大秦帝國

第二部 中卷

国命纵横

孙皓晖 ㊟

中信出版集团｜北京

图书在版编目（CIP）数据

大秦帝国．第二部，国命纵横．中卷 / 孙皓晖著
．—北京：中信出版社，2016.7（2025.1 重印）
ISBN 978-7-5086-6414-9

I. ①大… II. ①孙… III. ①长篇历史小说—中国—当代 IV. ① I247.5

中国版本图书馆 CIP 数据核字（2016）第 151044 号

大秦帝国
著者： 孙皓晖
出版发行：中信出版集团股份有限公司
（北京市朝阳区东三环北路 27 号嘉铭中心 邮编 100020）
承印者： 河北鹏润印刷有限公司

开本：787mm×1092mm 1/16 印张：22.25 字数：335 千字
版次：2016 年 7 月第 1 版 印次：2025 年 1 月第 23 次印刷
书号：ISBN 978-7-5086-6414-9
定价：598.00 元（全 17 册）

献给中国原生文明的光荣与梦想

目录

第八章　连横奇对

第九章　纵横初局

第五章 天地再造

一　异数中山狼

一个多月了，苏秦总算进入了上郡，走到了秦长城脚下。

回洛阳的大道是东出函谷关，非但路近，而且沿途人烟稠密多有驿馆，穷路富路都很方便。可苏秦不想走大道，不想教任何人看见自己这潦倒模样。出得咸阳时分，他已经孑然一身了无长物，唯一的一个青布包袱中，还只是不能吃不能喝且越来越显沉重的几卷竹简，直与乞丐一般无二。理论起来，一次说秦失败，也远非陷入绝境，还完全可以继续游说其他几个大国，毕竟成就霸业的雄心绝非秦国一家。可是，一次莫名其妙的车痴之祸，竟使自己一夜之间变成了赤裸裸的穷汉子，举步维艰，如何能去周旋于王公大臣之间？苏秦倒是闪过一个念头，去燕国，燕姬一定会帮助自己。认真一想，不禁失笑。燕姬初为国后，纵然想帮自己也未见得能使上力。纵然燕姬能使自己衣食不愁，可那无聊的日子受得了么？若在燕国再度被困，那可就真正地陷入绝境了。

苏秦在北阪道边想了整整一夜，最后终于想定，只有回家。

苏秦选择的这条路很生僻，与其说是路，还不如说只是个方向——出咸阳北阪，经云阳、栒邑直入北地郡，再沿秦长城到上郡的阳周[1]，而后东过大河，经离石要塞再南下回洛阳。且不说这条路比函谷关大道远了多少倍，更重要的是，在进入魏国河内地区之前，这是一条越走越荒凉的险道。可苏秦顾不得那么多，他只有一个念头，不要见人，悄悄回家。至于吃苦冒险，那是上天对自己荒唐行径的惩罚，原是罪有应得。

夕阳将落，河西高原已经湮没在暮色之中了。披着晚霞的夯土长城像是一道鳞光闪闪的巨龙，顺着山脊蜿蜒地伸向了东北，直达遥远的云中大河南岸。无边林木覆盖了千山万壑，极目望去，一片苍苍莽莽的空旷寂凉。山风呼啸，林涛隐隐，唯有长城亭障上那一缕袅袅飘散的炊烟，那一阵召唤巡骑的悠扬号角，给这荒莽的山林沟壑增加了一线生机。

这便是名闻天下的河西高原，一片人烟稀少的荒莽山地。

苏秦从来没有到过河西之地，以往也确实难以理解，秦魏燕赵与阴山胡人为何要反复争夺这片荒莽的高原？一百多年征战厮杀，死人无算，争来这片荒凉的山塬究竟有何大用？这次从关中跋涉北上，历经山山水水隘口亭障，才明白了这荒莽的河西高原是多么重要的必争之地。如果仅仅从生计上看，这里多是山林沟壑，既没有适合放牧的广阔草场，又没有多少值得耕耘的良田，无论谁占领这片高原，都不能得到当时极为缺乏的人口农田与牛羊。

但若从国家争霸的整体上看，河西高原便光芒四射。它是矗立在整个大中原腹部的制高点，谁雄踞河西高原，谁便对四面势力（北方匈奴、东方燕赵、西部秦戎、南部魏韩）有了居高临下的威慑力。魏国占领河西的五六十年，正是魏国的最强盛时期。秦国收复了河西，便立即成为鸟瞰中原、威慑北胡的强势大国。秦国要确保河西高原，靠的就是西边的大河天险，东边的千里长城。商鞅收复河西后，将大河天险延伸到了东岸的离石要塞，将秦国原来的旧长城一直修筑到了云中[2]之地。如此

[1] 阳周，今陕北绥德以西，当时是秦长城的要塞。

[2] 云中，今内蒙呼和浩特西南部，当时有要塞城堡，后有云中郡。

一来，河西高原成了稳定的老秦本土，秦国便真正成了被山带河的四塞之国。天时地利，何独佑秦国也？

饥肠辘辘地感慨嗟叹了一番，苏秦不禁失笑，暗自说声“惭愧”，连忙坐在一块山石上铺开包袱布，开始大咥起来。这是老秦人的狩猎路饭，一块半干的酱牛肉夹进厚厚的大饼，再加几根小葱，便是一顿结实鲜辣的路饭。苏秦食量本来不大，可一个多月跋山涉水下来，竟变得食量惊人，每次开吃都将所带路饭一扫而光，兀自感到意犹未尽。饶是如此，也还是变成了一个精瘦黝黑长发长须的山汉子，任谁也认不出这是昔日的苏秦。吃完路饭，苏秦到山溪边咕咚咚牛饮了一通，又跳进水里擦洗了一番，这才感到清凉了许多。收拾好自己，看看太阳已经完全下山，天色就要黑了下来，连忙背起包袱提起木棒，又开始了跋涉。

夜行昼宿，这是老猎户教给苏秦的“河西路经”。

一路行来，苏秦是讲书换食。每有农家可夜宿，不管老秦人如何朴实好客，苏秦都要给主家的少年子弟讲一两个时辰的书，以表示报答。走到白于山麓[1]时，农户渐渐减少。一打听，才知道自从商鞅收复河西之后，将散居深山的农户全部迁到了河谷地带，建立新里（村）推行新法，山林中只留下世代以狩猎为生的老猎户。

那一日，天色已经黑了，却看不见一户人家。苏秦正在着急，却遇见一个老猎户狩猎归来，邀他到家中做客。那是山坳里的一座小院子，大石砌墙，石板垒房，老猎户一家在这简陋坚固的山石小院里已经居住了四十余年。老人有两个儿子，都在深山狩猎未归，家中只有老夫妇留守。苏秦无书可讲，便与老人在山月下谈天说地，请教河西路情民风。老人见苏秦是个大世面人，谈吐豪爽快意，一发打开话匣子，将“河西路经”整整说了个通宵。

“河西山路两大险，地漏中山狼。”这是老人最要紧的告诫。

所谓地漏，说的是那些被林木荒草覆盖的无数沟壑山崖。老猎户说，大禹治水的时候，这河西高原被大大小小的河流山溪冲刷切割得沟沟坎

[1] 白于山，今陕北靖边与吴旗之间的山地，秦长城沿此山北进。

坎峁峁墚墚，山崖多，山坑更多；偏偏又是遍山的林木荒草，一眼望去的平坦山塬，走起来却是险而又险；一不小心，便要掉进树枝荒草下的山崖山坑。老人说，许多山坑深不见底，通到了九地之下，掉下去便没有救了。秋冬草木枯萎，“地漏”之险稍好一些。夏日草木葱茏，最是危险。由于这种“地漏”之险，河西人行路都有一支长长的木棒探路，而且大都在白天走路。

“可你不行。不能白天走。”这是老人的又一告诫。本地人行路大多是短途短时，自然是白日最佳。但对长途跋涉竟日行走者，却要白天睡觉，晚上走路。老人说：“一出白于山，荒山老林无人烟。”长行路，必定疲惫不堪，夜里一旦睡死，便有极大危险。只有白昼时日选个安全避风的山旮旯，方可睡上一两个时辰。且次日再睡，一定要离开昨日地点六十里以上，否则仍不能安宁。

这一切，都是因为河西高原还有最大的一个危险——中山狼。

河东有个中山国，乃是春秋早期的白狄部族建立的。那时，西北方的戎狄胡游牧部族大举入侵中原，与东南部的苗夷部族一起，对中原形成了汪洋大海般的包围。白狄是其中的一个部族，占据了晋国北部的山地河谷。后来齐桓公尊王攘夷，联合中原诸侯连年大战驱赶夷狄，终于将入侵的游牧部族赶出了中原大地。这时，晋国北部的白狄却已经化成了半农半牧的“晋人”，被晋国当作属地接纳了。后来晋国衰落，智魏赵韩四家争斗不休，白狄又野心大起，趁机自立为诸侯邦国，叫做了“中山国”。中山国建立不久，便被新诸侯魏国吞灭了。后来吴起离魏，魏国军势减弱，白狄部族又从草原大漠卷土重来，中山国又神奇地复国了。这个中山国虽然说不上强大，但却好勇斗狠，横挑强邻，死死咬住燕赵两国不放，居然还小胜了几次，被天下人看做与宋国一般的二等战国。

中山国声名赫赫，一大半是因了这中山狼。

老猎户说，中山狼都是妖狼，狡猾赛过千年老狐，凶残胜过虎豹。它认人记仇，遇上落单的路人，绝不会一下子扑上去将人咬死，而是跟着你周旋挑逗，直到这个人筋疲力尽心胆俱裂，才守在你身边慢慢撕咬消受；若有人打杀了狼崽，中山狼便会跟踪而至，日复一日地咬死你家的猪羊牛鸡，再咬死你家的小孩女人，最后才凶残地吞噬主人。更有甚者，中山狼能立聚成群。寻常时日，你无论如何看不见狼群。但若有孤狼遇敌，这孤狼伏地长嗥，片刻之间便会聚来成百上千只中山狼，连虎豹一类的猛兽也吓得逃之夭夭。河西高原的猎户以剽悍出名，可是却不敢动这中山狼。魏国占领河西高原的几十年里，中山狼几乎就是河西高原的霸主。狼灾最烈时，魏国军营的游骑夜间都不敢出动。河西高原人烟稀少，一大半都是这中山狼害的。

老人说，早先晋国的权臣赵简子曾经以狩猎为名，率大军三次杀狼，中山狼一度不见了踪迹。可中山国复活后，这中山狼也神奇地复活了。商君收复河西后，为保境安民，下令五千铁骑专门剿灭狼群。说也怪，这秦军铁骑仿佛天生就是中山狼的克星，狡猾凶残的中山狼硬是被他们杀怕了。秦军总是以三五小骑队驮载带血的牛羊引诱狼群聚集，而后大队铁骑从埋伏地猛烈杀出，穷追狼群，每“战”必杀中山狼数百头以上。经过三五年的灭狼战，河西高原的中山狼渐渐少了。

“还是要小心。猎户都知道，妖狼还没有死绝。”老人重重地叮嘱。

苏秦听得惊心动魄。他想不明白，这中山国与河西高原非但隔着横亘百里的崇山峻岭，还隔着一道惊涛骇浪峡谷深深的大河天险，中山狼如何就能翻山渡河而来？天地造化，当真是神秘莫测。苏秦原是听老师说过，中山狼是天下异数——白狄部族有驯兽异能，他们当年南侵时从草原大漠带来了漠北狼群，这种狼以中山国山地为巢穴，却很少伤害白狄人，只是成群地流窜邻国，使燕赵魏秦头疼不已。中山国四邻都是强大的战国，但若无充分准备和精锐大军，都不想与这个“狼国”纠缠。中山狼对于中山国来说，简直不亚于十万大军。

那时候，苏秦听了也是听了，只是将老师这“顺便提及”当做了一段天下奇闻，没有上心。如今想来，这中山狼竟远非“奇闻古经”四字所能了结，它是实实在在的灾难，匪夷所思的天地异数。

老人很是周到细心，特意给苏秦削磨了一根青檀木棒。这种青檀木坚如精铁，叩之有金石之声，寻常利刃砍下连痕迹也没有。五尺长短，粗细堪堪盈手一握，极是趁手。老人说，河西人几乎都有一根这样的青檀木棒，猎户们都管它叫“义仆”。这“义仆”可探路，可挑包袱，可做手杖，当然更重要的是打狼，简直比那口长剑还管用。

苏秦算得多有游历了，夜路也走过不少，可那都是一半个时辰的夜路而已，月明风清，倒有一种消遣情趣。可如今这夜路大大不同，从傍晚走到日上三竿，还不定能寻觅到一个合适的山旮旯睡觉。纵然有了山旮旯，也往往是一睡三醒，但有异动就猛然跳起。睡不踏实，那浓浓的睡意就老是黏糊在身上。夜晚上路，走着走着睡着了，不是在石缝里扭了脚，便是在大树上碰破了头，再不然就是衣服挂在了野枣刺上，有两次还差点儿掉进了“地漏”。几个晚上下来，苏秦已经是遍体鳞伤衣衫褴褛了。但苏秦还是咬着牙走了下去，实在走不动了，便靠在孤树或秃石上喘息片刻，困得眼睛睁不开时，便用握在手心的枣刺猛扎自己大腿，往往是鲜血流淌到脚面，自己才清醒过来。

夜路的最大危险，当然还是中山狼，且不说还有山豹虫蛇等。老猎人教给苏秦的诀窍是：“有树上树，无树钻洞，无洞无树，装死。”上树钻洞的事儿是家常便饭了，虽然还不能说敏捷如灵猿，但在苏秦说来，已经觉得自己与山猴相差无几了。有几次，苏秦还在枯树枝杈上睡了一觉，下来后精神大振，高兴得直跺脚。只有“装死”的事儿，还从来没有做过。老猎户说，中山狼从来不吃死物，万一在白日睡觉时骤然遇见中山狼，便要装死。这本来就是“险中险”，幸亏苏秦警惕灵动，一直没有碰上。

三日后，苏秦出了阳周要塞，顺着长城又向东走了两夜，太阳升上山顶时，终于看见了通向大河的山口。一鼓作气又赶了半个时辰，苏秦已经站在了山口大道边。向东望去，离石要塞的黑色旌旗影影绰绰，横跨大河的白石桥已经是清晰可见了，身后大道边的山坳里是一座秦军营寨，鼓角马鸣隐隐传来。军营边一个小小村落，袅袅炊烟随风飘散，鸡鸣狗吠依稀可闻，初秋的朝阳温暖如春，辽阔的山塬如仙境一般。

“噢嗬——有人了——”苏秦兀自跳着喊了起来，当真是恍若隔世。

比起长城山地，这里便是阳关大道了。“比山旮旯强多了，何不在此大睡一番？”苏秦念头一闪，顿时便觉浑身无力，软软地倒在了光滑的山岩上……

不知过去了多长时分，朦朦胧胧的苏秦觉得凉风飕飕，“对，该起来了。”陡然，苏秦觉得不对，是何声音？如何与父亲的牧羊犬大黄一般哈哈喘息？这里哪会有大黄？中山狼！心念一闪，陡然一身冷汗。

苏秦强自镇静，眼睛微微睁开一道缝隙，立即倒吸了一口凉气——漆黑夜色下，一只硕大的侧影就蹲在他身边五六尺开外，浑身白毛，两耳直竖，一尺多长的舌头上吊着细亮的涎水，哈哈喘息着，昂首望着天上的月亮——不是中山狼却是何物？！瞬息之间，一阵冰凉如潮水般弥漫了全身。

正在此时，中山狼仰天长嗥，一连三声，嘶哑凄厉，在茫茫旷野山鸣谷应。苏秦猛然想起老猎户的话：白毛老狼是中山狼的头狼，最是狡猾邪恶，每遇活物便守定不走，召唤它的妻子儿女和臣服它的狼群前来共享。看来，这是一只白毛老头狼无疑了，如何对付它呢？苏秦下意识地悄悄握紧了压在身下的青檀木棒，却是丝毫不敢动弹。“打狼无胜算，只有装死。”这是老猎户的忠告。可是，这只老头狼显然早已识破他不是死人，正在召唤同伴来享用，装死是不管用的，难道等着狼群来撕咥了自己？不！苏秦不能这样死去！滚下山崖？对，滚……

正在苏秦屏住呼吸要翻身滚崖时，骤闻崖下大道马蹄如雨，秦军铁骑路过么？没错，这是唯一的机会！心念电闪，苏秦骤然翻身跃起，大吼一声“狼——”抡圆了手中青檀棒向中山狼腰上砸下。那中山狼闻声回头，“嗷”的一声蹿出棒头，铁尾一扫，长嗥着张开白森森的长牙，正对着苏秦凌空扑来。“狼——”苏秦又是一声大吼，抡棒照着狼头死力砸下。只听“咣！嘭！”两声，那根硬似精铁的青檀棒竟拦腰断为两截。苏秦浑身一阵剧烈的酸麻，软软地倒了下去。那只老狼却只是大嗥了一声，滚跌出几尺，却又立即爬起，浑身白毛一阵猛烈抖擞，又猛扑过来……

正在这千钧一发之际，马蹄暴风雨般卷来，一支长箭带着锐利的呼啸“嘭”地钉进了中山狼后臀。全力前扑的老狼“嗷”的一声坐地跌倒，一个翻滚消失在山岩之后。

“快！救人！四面提防！”马队中一个粗嗓子高声大喊。

一骑士飞身下马抢上山岩："什长，人死了！"

"胡说！带人上马！"

突然，一阵"呜——呜——"的吼声仿佛从地底生出，沉闷凄厉而旷远，山头河谷都生出了共鸣回应。

"头狼地吼了！点起火把！黏住狼群——"

什长话音方落，四野连绵地吼，火把圈外的暗夜里顿时飘来点点磷火，越聚越多，片刻间便成了磷火的海洋。风中飘来奇异的腥臭与漫无边际的咻咻喘息声，在河西高原消失已久的中山狼群复活了。

面对无边恶狼，战马嘶鸣喷鼻，惊恐倒退，一时有些混乱起来。什长嘶声怒吼："圆阵不动！放下马甲！紧急号角——"随着什长吼声，三支牛角号尖厉地划破夜空，一连三阵，短促而激烈。十骑士同时走马，迅速围成了一个背靠背的火把圈子，五人弓箭五人长剑地配对花插，一阵锵锵声响，战马腹部与马腿立即放下了一层铁皮软甲。这是秦军铁骑的诱狼小队与狼群对峙的独特阵法：狼群成百上千，小股骑队绝不能贸然展开冲杀，也不能被狼群冲入马队，一旦陷入纠缠，杀不尽的狼群必然将马队分割撕咬，其后果不堪设想。寻常情况下，狼群的主动攻击比较谨慎，至少在半个时辰内要反复地"侦察与部署"。恰恰这半个时辰，便是秦军大队铁骑所能利用的路途时间。

谁知十人骑队刚刚列成圆阵，便听狼群中一声长嗥，那头苍毛老狼猛然冲近了火把圈子，后臀上的羽箭还颤巍巍摇晃。它蹲坐在火把之下，昂首冷冷地盯着战马骑士，从容地将硕大粗长的嘴巴拱到地上，"呜——"地发出一声长长的沉闷凄厉的嘶吼。随着这声地吼，火把圈外的汪洋磷火骤然发出惊心动魄的嗷嗥群吼，随着吼声，狼群蹿高扑低地从四野拥向火把。

"杀——顶住——"什长令下，骑士们的弓箭长剑同时射杀，几十只中山狼顿时血溅马前。中山狼一旦成群攻击，从来都是前仆后继不怕杀，十人骑队面对蜂拥扑来的千百只恶狼，无论如何是顶不住半个时辰的。

陡然，山塬上号角大起，火把遍野，杀声震天，马蹄声如沉雷隆隆滚过，秦军大队铁骑潮水般压了过来。蹲在山岩上的带箭老狼一声怪嗥，成千上万只中山狼竟一齐回头，骤然消失在无边的暗夜之中。铁骑火把也在山塬上成巨大的扇面形展开，喊杀穷追，直压向大河岸边……

苏秦醒来的时候，发现自己躺在一顶军帐里。一个壮实黝黑的年轻士兵正在帐中转悠，见他醒了，惊喜地喊了起来："人醒了！千夫长快来——"便听脚步匆匆，一个顶盔贯甲手持阔身短剑的将军走了进来，径直到军榻前笑道："先生好睡，整整三天了，能起来么？"

苏秦虽还有些懵懂飘忽，但也明白这必定是秦国军营，奋力坐起下榻，摇摇晃晃拱手作礼："将军大恩，没齿难忘。"

千夫长哈哈大笑着扶住苏秦："先生哪里话？引来狼群，聚歼除害，这可是先生大功呢。"

"你们，杀光了中山狼？"苏秦大为惊讶。

"不敢说杀光，也八九不离十。"千夫长显然很兴奋，一手扶着苏秦，一手比划着，"这是河西残留的最后一群中山狼，两千多只，追了三年都没有拢住。不想教先生给引了出来，一战杀了一千八百只中山狼。最大的战果，是杀了那头白毛老狼！那是狼王，偏偏就教你遇上了，先生命大得很！"

"惭愧惭愧。"苏秦连连摆手，"若非大军铁骑，早已葬身狼腹了。"

"来，先生这厢坐。"千夫长扶着苏秦坐到军案前，转身吩咐，"三豹子，给先生拿吃喝来，不要太多，快！"

"知道。"那个年轻壮实的士兵腾腾腾大步去了。

片刻之间，三豹子捧盘提壶走了进来：一个是布套包裹的大陶壶，壶嘴还冒着丝丝热气，大木盘中是一张白白厚厚的干饼，一盆已经没有了热气的带骨肉，还有几疙瘩小蒜[1]。苏秦但闻肉香扑鼻，顿觉饥肠辘辘，不待千夫长说"请"，便伸手抓起一块带骨肉大咥起来，只觉得生平从未吃过如此肥厚鲜美的肉味。眼见盆中肉完，苏秦抓起温软的大饼一扯，一手将盆中剩余的碎肉全部抓起塞进大饼，咬一口大饼，向嘴里扔进一疙瘩带皮小蒜。肉饼吃光，三豹子已经将大陶壶中的浓汤倒入盆中，

---

[1] 《齐民要术·种蒜》载：小蒜为中原固有，大蒜乃西汉张骞出使西域带回。

苏秦双手端起咕咚咚牛饮而下。片刻之间风卷残云，吃得一干二净。苏秦满头大汗，兀自意犹未尽，双手在身上一抹，又用残破的衣袖擦了擦嘴角。

“咥得美！”千夫长一阵大笑，“先生猛士之风，高人本色。”

“见笑见笑。”苏秦不禁红了脸。

“先生可吃出这是甚肉？”

苏秦一怔：“好像？”却总也想不起方才吃肉的味道，忍不住也哈哈大笑，“囫囵吞下，浑不知肉味也。”

“狼肉！中山狼的一只后腿。”

“啊！狼肉？”苏秦始而惊愕，继而大笑不止，“狼可咥人，人可咥狼，谁咥谁，势也！”

千夫长拱手笑道：“先生学问之人，末将佩服。三豹子，拿先生的竹简来。”三豹子快步从后帐拿出一个青布包袱放到军案上，千夫长打开包袱笑道：“先生发力猛烈，这些竹简全被震飞了。杀完狼群，清理战场，方才搜寻捡回了。军中书吏看不懂，不知缝连得对不对，先生查查了。”

“多谢将军了。”苏秦深深一躬。

“先生不必客气，请先擦洗换衣，末将还有求于先生。三豹子，带先生擦洗。”

“是。先生跟我来。”三豹子领着苏秦走进一道大布相隔的后帐，指着一个盛满清水的大木盆道，“先生自擦洗了。这是千夫长的一套衬甲布衣，先生且先将就换了。”说完走了。

苏秦已经脏得连自己都觉得酸臭难耐，脱下絮絮绺绺的破衣烂衫，痛痛快快地擦洗了一番，换上了短打布衣，顿觉浑身干爽舒适，精神大是振作。千夫长从帐外回来，见苏秦虽是长发长须一身短布衣，却是黑秀劲健别有一番气度，不由得笑道：“末将没看错，先生出息大了。三豹子，上茶。先生坐了。”待苏秦坐定，三豹子斟好殷红的粗茶，千夫长庄重拱手道：“敢问先生高名上姓？何国人氏？”

“在下苏季子，宋国人，师从许由农家门下治学。”苏秦料到迟早有此一问，早已想好以自己的“字”作答。这个“字”除了老师、家人与张仪，很少有人知道，叫的人更少；学问门派，则是因为自己对农家很熟悉，宋国又离洛阳很近，便于应对。苏秦打定主意不想在这番“游历”中留下痕迹，自然不想以真面目示人。

“先生以何为生？欲去何方？”

“农家以教民耕作术为生，在下此次奉老师指派，来河西踏勘农林情势，而后返回宋国。”

“是这样。”千夫长笑道，“国尉司马错求贤，末将看先生非寻常之士，想将先生举荐给国尉谋划军国大事，不知先生意下如何？”

苏秦暗暗惊讶，一个千夫长只是军中最低级的将军，能直接向国尉举荐人才？不由得微微一笑：“将军与国尉有亲么？”

“哪里话来？”千夫长连连摇手，“国尉明令，举贤为公，不避远近亲疏，但有举荐，必答三军。无论任用与否，国尉都要向三军申明理由。先生放心，秦国只认人才。”

苏秦心中慨然一叹：“贤哉！司马错也。此人掌秦国军机，列国休矣。”却对千夫长拱手笑道，“在下于军旅大事一窍不通，只知农时农事耳，况师命难违，委实愧对将军了。”

“哪里哪里？”千夫长豪爽大笑，“原是末将为先生一谋，先生既有生计主张，自当从业从师，何愧之有？”

“季子谢过将军了。”

“既然如此，军中也不便留客。”千夫长快捷爽利，立即高声吩咐，“三豹子，为先生准备行程，三天军食要带足！”

只听一声答应，三豹子拿来了一应物事——除了牛皮袋装的干肉干饼与一个水袋，便是苏秦原来的包袱与青檀木棒。苏秦惊讶地拿起木棒，但觉中间的铜箍光滑坚固，丝毫没有曾经断裂的松动感觉，这是自己的“义仆”么？

千夫长笑道：“青檀棒是稀罕物事，坏了可惜。末将教军中工匠修补了，趁手么？”

“趁手趁手。”苏秦肃然拱手，“不期而遇将军，不知肯否赐知高姓大名？”

“不足道不足道。”千夫长大笑摇手，“先生记得中山狼就行。”

二 荒田结草庐

老苏亢突然醒了过来，大黄正扯着他的裤脚“呜呜”低吼。

人老了瞌睡见少，却生出一个毛病——日落西山便犯迷糊，打个盹儿醒来却又是彻夜难眠。这不，方才正在望着落日发痴，一阵困意漫了上来，竟靠在石桌上睡着了。明明是刚刚迷糊过去，如何天便黑了下来？对，是黑了，天上都有星星了，这大黄也是，明明方才还卧在脚下自在地打呼噜，如何就急惶惶地乱拱起来？

“大黄，有盗么？”老苏亢猛然醒悟，拍拍大黄的头站了起来。

“呜——”的一声，大黄原地转了一圈，张开大嘴将靠在石桌上的铁皮手杖叼住塞进老人手里，又扯了扯老人裤脚，箭一般向庄外飞去，没有一声汪汪大叫。

是盗。老苏亢二话没说，笃笃笃点着铁皮杖跟了出来。大黄的神奇本事老苏亢领教多了，它的警告绝对不会出错。洛阳王畿近年来简直成了盗贼乐园，韩国的，楚国的，魏国的，宋国的，但凡饥民流窜，无不先入洛阳。如今这天子脚下的井田制，可是最适合流盗抢劫了，偷了抢了没人管，报了官府也是石沉大海。“国人居于城内，庄稼生于城外”，这种王制井田，饥寒流民如何不快乐光顾？庄稼无人看管，夜来想割多少就割多少。普天之下，哪个邦国有如此王田？只是目下秋收已完，遍地净光，强割庄稼是不可能了，莫非流盗来抢劫我这孤庄？果真如此，苏庄也就走到头了。

突然，大黄在门外土坎上停了下来，昂首蹲身，向着那片树林发出低沉的“呜呜”声。

树林中没有动静，老苏亢放下了心，笃笃地顿着手杖道：“树后客官，不要躲藏了。我东边田屋还有一担谷子，去拿了走。”

树林中没人答话，却传来一阵脚踩枯叶的沙沙声。大黄猛然回头，对老主人“汪”地叫了一声，身子一展，扑进了树林，接着便听见一阵“汪汪汪”的狂吠。这叫声怪异。大黄怎么了？老苏亢正要走进树林，却突然听见林中传来低沉的声音：“大黄，莫叫了。”接着是大黄哈哈哈的喘息声。

老苏亢一时愣怔，木呆呆地站在土坎上迈不动步子了。

没有人声，没有狗吠，一阵长长的沉默。终于，林中沙沙声又起，一个身影一步一顿地挪了出来。朦胧月色下，一身短衣的身影特别瘦长，一根木棒挑着一只包袱，木然地站着，熟悉又陌生，他？他是谁？猛然，老苏亢一阵震颤，摇摇晃晃几乎要跌坐在地，死死扶住手杖才缓过神来：“季子，是，是你么？”

“父亲，是我。”

又是长长沉默，唯闻人与狗一样粗重的喘息声。

“季子，回家。”老苏亢终于开口了，一如既往的平淡温和。

苏秦尚未抬脚，大黄就“呼”地长身人立，叼下了木棒包袱，回身向庄内跑去。

正厅刚刚掌灯，四盏铜灯照得偌大厅堂亮堂极了。寻常时日，苏家正厅是只许点两灯的。今日不同，苏家妯娌要在正厅办一件大事，破例地灯火通明了。

“哟，到底是自家大事，妹妹来得好快。”管家大嫂胳膊上挎个红包袱兴冲冲进来，还没进门就对坐在灯下的苏秦妻子笑语打趣。

“大嫂取笑我，原是你叫我来的。”寡言的妻子正在厅中一张铺着白布的木台上端详一匹苧丝，一答话满脸通红，仿佛犯了错一般。

“哟，看妹妹说的，他是我的夫君么？”大嫂将红包袱往台上一放，利落地打开，“看看这块如何？你大哥昨日从大梁捎回来的，说是吴锦呢。”说着摊开了包袱中的物事，便见一方鲜亮的紫红锦缎铺了开来，细细的金丝线分外地灿烂夺目。

“啊——”妻子轻轻地惊呼了一声，“太美了，大嫂可真舍得。”

“看这妹妹说的。”大嫂笑着点了点她的额头，“二叔高官荣归，那是光宗耀祖，苏家一门的风光呢。为二叔做件锦袍，还不是该当的？我这做大嫂的管着家，敢不上心么？妹妹日后封爵了，可别不认我这乡婆子哟。这人活着呀，就得像二叔一般！谁像你大哥个死汉，光能赚两个小钱，不能比哟。”

“我说大嫂。”妻子幽幽一叹，怯怯的，“你从哪里听说他成事了？还要荣归？”

“你看你看，还是不信。”大嫂一脸神秘的笑意，“你大哥说的，洛阳王室大臣都知道了，二叔见了秦王，做了上卿。上卿知道么？和丞相一样呢！你大哥托人打问，都说二叔不在咸阳，这不是回来省亲是甚？真个糊糊你也。”

妻子又红着脸笑了：“真的就好哎。我是想，他那心性，成事了不会回来的。”

“哟，说的，莫非不成事才回来？”大嫂大不以为然地撇撇嘴，“二叔是我看着长大的，不是薄情寡义小人。妹妹是正妻，日后可不得乱说。”

“甚个正妻？连碰都没碰过……”妻子哀怨地嘟哝着，眼泪都快出来了。

“哟哟哟。”大嫂连忙笑着搂住妯娌妹妹，又抽出袖中锦帕为她沾抹去了泪水，悄声笑道，“没碰过怕甚？原封好哟。这次二叔荣归，来个洞房真开封儿，大嫂包了！”

“你包什么哟？”妻子“噗”地笑了。

“哟——该死！”大嫂恍然大悟，连连摇手，笑得弯下了腰去。

妻子捂着嘴好容易憋住了笑：“我先上机了，锦袍布衬不好织呢。”

“好。”大嫂好容易直起腰来，“上吧，妹妹的织机手艺天下无双呢。”正在笑语连连，突然“啊”地尖叫了一声，“妹妹快！狗——”

明亮的灯光下，大黄“呼”地冲了进来，撂下木棒包袱，冲着两个女人“汪汪”大叫。大嫂历来怕狗，从来不敢走近这只与狼无异的猛犬，见它突然冲进厅堂大叫，吓得连忙便往妯娌妹妹身后躲藏。

妻子却很喜欢亲近狗，回头笑道：“大黄，抓住盗贼了？”

“汪汪汪！”

“立功了好啊，一会儿给你大骨头。”

“汪汪！呜——”大黄发出一阵呼噜声，“呼”地冲过来咬住了妻子的裙角。

“啊！你这狗——”大嫂吓得飞快地绕到锦缎台子后边躲了起来。

“大黄。”院中传来老苏亢平淡粗哑的声音，“莫叫，她们听不懂你。”大黄闻声放开了妻子裙角，喉头“呜呜”着耷拉着尾巴走出了大厅，显然扫兴极了。老苏亢笃笃着铁皮杖走了进来，瞄了一眼两个儿媳，回头淡然道：“季子，进来，免不了的。”

院中传来缓缓的脚步声，一个身影从黑暗中走来，兀立在明亮的厅堂门口——短打布衣褴褛不堪，长发长须精瘦黝黑，一股浓烈的汗酸臭味儿顿时弥漫了华贵的厅堂。厅中死一般的沉寂。大嫂慢慢地站了起来，眼睛瞪得滴溜溜圆，张着嘴半天出不了声气儿。妻子向门口一瞥，原本通红的脸色顿时一片煞白，明亮的眼睛立刻暗淡了下去，木头般地呆了片刻，脚下猛一用力，织机“呱嗒呱嗒”地响了起来。

突然，大嫂尖声笑了起来，手扇着萦绕鼻息的汗臭：“哟——这是二叔么？怎的比那叫花子还酸臭？好妹妹，快来看啊，你朝思暮想的夫君回来了！”

织机依旧“呱嗒呱嗒”地响着，妻子仿佛与织机铸成了一体。

苏秦的黑脸已经涨成了猪肝颜色，额头也渗出了津津汗珠。他紧紧咬着牙关沉默着，任大嫂绕着他打量嘲笑。渐渐地，苏秦额头的汗珠消失了，脸上的涨红也褪去了，平静木然的眼光写满了生疏与冷漠。

“大媳妇，季子饿惨了，去做顿好饭。”老苏亢终于说话了。

“哟！看老爹说的。活该我命贱似的，连一个叫花子也得侍候？”大嫂平日对公爹毕恭毕敬唯命是从，此时却换了个人似的，脸上笑着嘴里数落着，“王车宝马呢？貂裘长剑呢？古董金币呢？锦衣玉冠呢？哟，丢了个精光也！还游说诸侯呢，分明花天酒地采野花去了。不赌不花，带的金钱够你打十个来回呢，至于这样儿么？还有脸回来呢，指望我再供奉你这荷花大少么？除非太阳从西边出来，你苏季子高官金印！要不啊，没门儿！想吃饭，自己讨去啊，不是已经学会讨饭了么？真丢人……”

“够了！”老苏亢铁杖“笃”地一顿，怒吼一声。大黄“呼”地蹿了进来，骤然人立，两爪搭在了正在起劲儿数落的女人肩上，血红的长舌呼呼大喘着。

大嫂“啊”的一声尖叫，脸色苍白地倒在了地上。

“大黄，出去。”老苏亢顿顿手杖，大黄又耷拉着尾巴意犹未尽地出去了。

织机依旧“呱嗒呱嗒”地响着，妻子依旧没有下机，依旧没有回头。苏秦向妻子的背影看了一眼，牙关一咬，嘴唇上的鲜血骤然滴到了白玉砖地上……他弯腰拿起自己的包袱和木棒，默默地出了厅堂。

老苏亢摇摇头，也笃笃地出去了，厅中的织机依旧“呱嗒呱嗒”地响着。

这座小院子还是那么冷清整洁。

老苏亢吩咐使女整治了一大盆汤饼，默默地坐在了石案对面。苏秦吃得吸溜吸溜满头大汗，吃相直如田中村夫一般。大黄蹲在旁边，不断舔着苏秦的脚面，喉头呼噜不停。这是洛阳汤饼，猪肉片儿和着面饼条儿煮的，更有绿莹莹的秋苜蓿入汤，鲜香肥厚。苏秦吃得舒畅极了，片刻吸溜呼噜下肚，一推陶盆：“再来一盆。”

“只此一盆。不能尽饱。”父亲睁开了眼睛。

苏秦默然，看着使女收拾了石案，依旧沉默着，实在不知如何对父亲交代这场奇异的变故。他等待着老父亲的发问，甚至期待老父亲狠狠骂他一顿，抡起手杖打他一顿。可是，老父亲却只是仰头看着天上的那一勾弯月，什么也不问，什么也不说。

“父亲，大哥弟弟他们呢？”苏秦终于想到了一个话题。

“行商去了。”父亲也终于不再望月，淡淡的，“季子，可要改弦易辙？”

“不。初衷无改。”

“不后悔？”

“不后悔。”

“吃得苦？”

"吃得苦。"

"受得屈辱？"

"受得屈辱。"

老人"笃"地一顿手杖："创业三难，败、苦、辱。三关能过，可望有成也。"

苏秦肃然向父亲深深一拜："父亲，请赐儿荒田半井。"

"商人无恩，唯借不赐。"

"是。请借季子荒田半井。"

"借期几多？"

"三年为限。"

老人点点头，疲惫地闭上了眼睛。

次日清晨，老苏亢带着苏秦来到郊野农田。秋收已过，星星点点的私田茅屋已经冷清清地没有了人烟，田间一片漫无边际的空旷。秋风吹过，分外苍凉。普天之下，只有洛阳王畿还保持着古老的正宗的井田制——国人农夫居于王城，收种时节出城住在私田茅屋，收种之后搬回城堡消暑窝冬，田野空荡荡地杳无人烟了。从前，作为王畿国人的农户，各自还都有几户、十几户的隶农，他们没有资格住在王城，便在国人的私田里搭几间茅屋遮风挡雨，洛阳郊野在冬夏两季还有些许人烟。可再后来，隶农们也渐渐逃亡，到新战国当自由民去了，尤其是在商鞅变法的二十多年里，洛阳王畿剩余的隶农几乎全部逃亡到秦国去了。从那以后，秋收后洛阳城外的王畿井田，就真正成了荒漠的旷野，相比于村畴错落、四季勤耕不辍的战国都城郊野，这里就像一片荒凉冷清的陵园。

苏秦第一次发现，孤零零的苏庄与遥遥相对的王城，在这苍凉的旷野都显得那样的渺小。甚至，连印在童年记忆中高耸的红墙绿瓦，长长飞檐下的叮咚铁马，也都不再辉煌，看去竟那样破旧丑陋。奇怪，原来如何没有这种感觉？

"季子，这是半井荒田。"父亲伸出铁杖，向远处画了一个圈子。

荒芜残缺的路堤下，有一片荒草茫茫的土地，中间几面断垣残壁，旁边一副破旧的井架。无边良田之中，这块荒草茫茫的荒田透着几分神秘，几分恐怖。

按照正宗健全的井田制，一井九田——八家私田，中央公田，井在公田正中。十“井”为一“成”，实际上便是一个灌溉区；“井”内灌田的小水道叫做“渠”，都是各家自己修建的，小渠堤兼做了各家的田间小道；“井”与“井”之间的水道叫做“沟”；“成”与“成”之间更大的水道叫做“洫”。沟洫是官府征发民力修建的公共水道，沟洫堤岸是田间大道，两岸栽满了杨柳，春日柳絮飞雪，夏日绿树成荫。这种无数的方格绵延开去，便是一幅静谧康乐井然有序的王畿井田图。

一千多年过去，那耕耘相望、踏歌互答、鸡犬相闻的井田诗意，早已经随着耕作奴隶的逃亡流失而荡然无存了。剩下的，只有这空旷的荒野，残破的茅屋，秋风下无边的萧瑟。普天之下，争城夺地的狂潮正在一浪高过一浪，大约也只有洛阳王畿的井田还能保留这份空旷与苍凉。快了，那无边洪峰的浪头眼看就要压过来了，这种无风无浪无声无息死亡般的平静，眼看也就要结束了，上天啊上天，我能在这里平静地度过三年么？

“季子，过去。”老父亲“笃笃”地点着手杖，大黄闻声，嗖地蹿进了荒草。

苏秦恍然，大步走到父亲前面，手中“义仆”拨打着荒草，深一脚浅一脚地来到荒井废墟前。显然，父亲也是多年没来这里了，重重地叹息了一声，一句话不说，眯着眼陷入一种迷茫中去了。

苏秦默默转悠着，四面打量了一圈。父亲说，这里原是一个隶农的家，人在二十年前就逃亡了。父亲精明，当初只买隶农逃亡而主家无力耕种的荒田。所谓“半井”，就是苏家在暗中买下的四家荒田。一井八家，四家便是“半井”了。按照王畿井田制，“半井”大约有三四百亩地的样子。苏家经商，无人专司农耕，买下了也只算买下了，荒田依旧是荒田，破屋自然更破了。

三间茅屋已经被风雨冲刷得只剩下了光秃秃的几面土墙，屋前丈许远，还留下了一个石舂，舂坑里竟神奇地生出了一窝野草。门前一方空地，是原来的小打谷场。三五丈外，是一口竖着高高的桔槔[1]木架的水井，井台用青石条铺成，修得四方四正，井口还有一副半人高的辘轳桩，只是没有了辘轳与井绳。虽然荒草已经长上了井台，但从其规整的井台与齐备的两种汲水工具（桔槔与辘轳）仍然可以想见，这是一口老公井，而不是后来私家挖的新井。所谓老公井，是正宗井田制时期，按照官府堪舆的风水走向，合一井八家之力修建的公用水井。这种水井都在公田的中央，而公田又在八家私田的中央，如此各家打水的距离便是一样的。另外，公用水井的汲水工具也由官府统一安装，既有辘轳，又有桔槔，加之轮流维护经常修葺，显得很有器局规格。而所谓新井，则是井田制松弛后各家在私田挖的井，这种井只供一家之用，所以一般都只有辘轳，或只有桔槔，井台也要小得多。

有口老公井，自然方便许多，只是不知道这口井干了没有。苏秦走上井台，身子伏在辘轳桩上凝神向黑黝黝的井中望去，居然隐隐约约能看见圆圆的一片白光。好！还有水。从井台上下来，苏秦又沿着父亲说的“半井”地界走了一圈，他走出来时，心中已经盘算好了。

“父亲，就这里了。”

老人点点头：“何日动手？”

“就在目下。我不回去了。”

老人默默思忖片刻：“也好。午后我再来一次。”说完对大黄招招手，大黄呼地蹿过来望着主人。老人拍拍大黄的头：“大黄，你有大用了，守在这里吧。”

“汪汪汪！”

老人轻轻抚摩了大黄一阵，回身走了。

“父亲。”苏秦喊道，“你不能没有大黄！”

“汪汪汪！呜——”大黄猛叫几声，沮丧地趴在地上不动了。

老人没有回头，拄着拐杖走了，渐渐地，茫茫荒草湮没了苍老的身影。

父亲一走，苏秦立即脱光膀子干起活儿来。山间修习时，老师对他

[1] 桔槔，春秋早期已经开始使用的杠杆式汲水工具。北方某些地区现在仍可见到，呼为“秤杆”。

们经常说到墨家子弟的自立勤奋，也时不时教他们做一些修葺茅舍、山溪汲水、进山狩猎之类的生计活儿。对于自己动手，苏秦并不陌生，况且跋涉三月，他已经完全习惯了扎扎实实自谋生路，对脱了衣服下田这样的事儿，非但不再感到难堪，反倒觉得体味了另一种人生，别有一番苦滋味儿。昨夜情景，已经使他一路上对家的思念化为乌有，温情的梦幻在那一刻突然地破碎了，断裂了。要不是木讷深远的老父亲，他肯定会愤然离家自己闯荡去了。大嫂与妻子残酷地撕碎了自己梦幻的那一刻，他就打定了主意——远远离开自己原先华贵的瓦釜书院，离家苦修，再造自己。在荒野中时刻与风雨霜雪为伴，时刻处在痛苦与屈辱的体验之中，只能更加惕厉奋发。他决意做一次勾践式的卧薪尝胆，无情地摧残肉体，猛烈地刺激灵魂。

第一件事，就是在这断垣残壁上结一间能够遮风挡雨的草庐。

方才他已经留心查看了田里的荒草，虽然不如河滩茅草那般柔韧，却也长得颇为茂盛，草身尚算细密，稍加选择，一定能盖一间厚实的屋顶。眼下虽说没有一件工具，但先拔草总是可以的。霜降已过，秋草已经变黄变干，连草根上的那截绿色也没有了，正是苫盖屋顶的合用草材。他一头钻进齐腰深的荒草，拣细密的茅草一撮一撮地拔了起来。

大黄一直卧在断墙下自顾呼噜，后来终于也钻到荒草中来了。

“大黄，你还是回去，老父亲离开你不方便。”苏秦拍拍大黄的头。

“呜——汪汪！”大黄对着苏秦叫了两声，并没有回头走开。

“大黄，那就一起干活儿了。”苏秦有过了遭遇中山狼的经历，对良犬的灵异也便有了深切的感悟。像大黄这种有灵性的猛犬，对主人的忠诚与服从是无与伦比的，主人派它守在这里，它就一定不会离去，虽然它更想跟在主人身边。想了想，苏秦将拔好的茅草打成小捆子，拍拍大黄：“大黄，叼起来，哎，就这样。好，送到断墙下去，那儿——”苏秦伸手一指，大黄叼起草捆子，嗖地蹿了出去。

太阳西斜，父亲赶着牛车再来时，苏秦拔的茅草已经摊满了断墙四周。

“看看，还缺不？”父亲手中的短鞭指着牛车。

苏秦有些惊讶。他实在没想到，父亲竟能亲自将一辆牛车赶到这里。一路坑坑洼洼遍地荒草，走路都磕磕绊绊，更别说赶车了。可父亲除了额头上有汗珠，却是若无其事，转身看自己拔下的茅草去了。苏秦知道父亲的性格，也没说话，就去搬车上的东西了。父亲送来的物事不多，却都很实用。铁耒、泥抹、木桶、麻绳、柴刀等几样简单的工具；铁锅、陶壶、陶碗等几样煮饭烧水的炊具；一包原先的衣服，一袋够三两天吃的干饼干肉，剩下的五六个木箱便是自己的书了。搬完东西，苏秦觉得又渴又热，拿着麻绳木桶来到井台，将麻绳在桔槔上系好，又用绳头铁钩扣牢木桶放下了老井。吊上来一看，水清亮亮的，捧起喝了一口，竟是清凉甘甜。苏秦将水提到牛车旁，打了一陶碗递给父亲。

“季子，这是口活水井。”父亲品着清水，“上天有眼。”

“有吃有喝，够了，父亲回去歇息吧。”

父亲用短鞭敲打着一个锈迹斑斑的铜箱：“这是一箱老书，一并给你。”说完，父亲坐在牛车上咣当咣当地走了，走得几步，父亲回身向大黄招了招手。大黄“嗷”地叫了一声，几个纵跃，跳到了牛车上猛亲主人。父亲摸了摸大黄，又对它说了几句，大黄“汪汪”两声，又呼地跳下了牛车，蹲在荒草中，看着牛车去了。

父亲一走，苏秦立即重新开始拔草，要趁着天亮尽量地多拔一些。暮色消失天黑定时，断墙下又堆了一大垛茅草。时下正当九月中旬，秋月将满，分外明亮。打了一桶清凉的井水，苏秦与大黄各自吃了一张干饼一块酱肉，大喝了一通甘凉的井水，便开始盖自己的草庐。

这座小院子原来是一排三间草房，如今只剩下了四面断墙与架在墙顶的椽子。苏秦趁着月色仔细查看了断墙，觉得中间两面墙稍为完整，风雨冲刷的痕迹稍少，就决定用这两道墙盖一间草房。不用砌墙，就是屋顶上草抹泥，苏秦此刻觉得一点儿也不难。他先用铁耒挖土，围了一口很大的泥锅，又打了五六桶水倒进泥锅，然后向泥锅里填满选好的半干土块；等待泥锅泡土的时刻，用那口柴刀剁了许多细碎茅草，扔进了泥锅，然后赤脚跳进泥锅反复踩踏。月上中天的时分，一锅软黏适度的草泥和好了。

虽然是大汗淋漓，苏秦却是精神抖擞，丝毫不觉得困乏。三个月河西夜路的打磨，心力精力比原来有了神奇的增长。一鼓作气，他开始了屋顶上草。寻常间修建一间普通的茅屋，屋顶上草是技术性最强的一关。防风防雨的性能如何，全在于屋顶上草。讲究的茅屋，要上三重茅草，屋内方有冬暖夏凉的功效。苏秦当然做不到如此讲究，更重要的是，他毫不在乎是否冬暖夏凉，只求不要漏雨透风而已。如此要求，自然简单多了。

土墙原本不高。苏秦先将一捆削好的树枝扔上墙头，再装好一个泥包提到墙下，然后手拿泥抹、腰缠麻绳爬上墙头。在墙头端详一番，苏秦放下带钩的麻绳，向大黄招手比划："大黄，挂住泥包。"

"汪汪汪！"大黄绕着绳钩转了两三圈，真的叼住了铁钩，钩住了泥包。

"大黄，好！"苏秦高兴地吊起了泥包，开始向椽子上铺搭树枝，再向树枝上糊草泥，赶一层草泥糊满，东方已经鱼肚白了。苏秦没有歇息，立即开始铺干茅草。这是很需要细心与技巧的：要从屋檐铺起，每排草根部糊泥压紧，后排盖住前排的泥根，一排排压上去直到屋脊。正午时分，苏秦压完了一面茅草，高兴地从土墙上爬下来，双腿一软，倒在了大黄身边。"汪汪！"大黄已经变成了一只泥狗，原先丝绸般闪亮的黄毛，糊满了屋顶掉下来的泥巴。见苏秦倒地，它惊叫两声，凑了过来。

"呼——"一阵粗重的鼾声响了起来。大黄嗅了嗅苏秦，摇摇尾巴也卧倒了。

"呜，呼噜……"大黄喉头呼噜着，也靠在苏秦身上睡着了。

三　亘古奇书阴符经

北风呼啸，大雪纷飞，原野上的一切都模糊了，孤独的草庐已经完全淹没在漫无边际的风雪之中。远远看去，只有那高高的桔槔与井台上的辘轳依稀可见，成为寻找草庐的唯一标记。大黄从旷野里飞奔过来，须得时不时地停下来瞅瞅桔槔，嗅嗅脚下，才能继续飞奔。大黄终于扑到了草庐门前，“汪汪汪”地抖擞着浑身雪花大叫起来。

门板刚刚拉开一道缝隙，大黄嗖地裹着风雪蹿了进去。“大黄，真义士也！”苏秦啧啧赞叹着，连忙拿下大黄口中叼着的丝绵包袱，又连忙顶上门板堵上草帘，才回头拍拍大黄，“来，一起吃。”“汪汪！”大黄摇摇尾巴，径自卧到角落去了。

“啊，你吃过了？好，不客气了。”苏秦打开包袱，拿出里面一个尚有温热的铜匣，拉开盖子，一匣满当当的软饼酱肉弥漫出浓浓的香气。苏秦拿出一块饼一块肉放在大黄身旁的石片上，“这是你的，饿了吃。”说完回身大咥起来。

苏秦已经两天没吃饭了。

草庐一结好，苏秦便开始了一种奇特的粗简生活。每日黄昏，大黄准时回庄，叼来一顿干食。他知道这是父亲的苦心安排，便也没有拒绝。几天之后，索性自己也不再动炊，就是这每晚一顿干饼酱肉，喝一通老井的甜水了事。瞌睡了，在草席上和衣睡上一两个时辰，醒来了到井台上用冷水冲洗一番，立即又回来揣摩苦读。日复一日，倒是分外踏实。前两日突然下起了漫天大雪，苏秦才恍然大悟，已经是冬天了。看看风狂雪猛，他没有教大黄回庄，可也忘记了自己动炊，硬是一天一夜没离开那张破木板书案。直到方才大黄在门外狂叫，他才猛醒，大黄自己偷偷回庄了。

狼吞虎咽地咥完了软面饼与酱肉块子，苏秦精神大振：“大黄，雪很大么？”

“汪汪汪！”

苏秦笑了：“我去赏雪了，你歇息。”刚拉开门，大黄已经嗖地蹿了出去。

茫茫原野，风雪无边，充斥天地间的只有飞舞的雪花与呼啸的风声。极目不过丈许，闻声不过咫尺。苏秦什么也看不见，什么也听不见，只能感到冰凉的雪花打上脸颊，呼啸的寒风掠过原野。久旱必有大水，秋末入冬三个月一直没有雨雪，上天幽闭过甚，自要猛烈地发泄一番，上天无情，却有人道啊。

住进草庐，苏秦心底深处的那股烦躁急迫消失了。他的第一件事，是翻检书箱挑选书籍。自己书房的那几箱书，他只选出了老师临行赠送的《天下》，其余诸子大师的文章抄本，他都觉得与自己所要做的事太过疏离，没有必要再花工夫。东归的路上他已经想好，自己的学问面上渊博，缺乏的却是专注一点的精深。这一点，就是对天下大势的洞察。要锤炼这种见识，需要的不是具体的就事论事的学问，而是高屋建瓴鸟瞰天下的眼光境界。可是，到哪里寻觅这种启迪智慧之门的钥匙呢？记得老师有次对他们讲到太公吕尚时说："人之能，不仅在学，且在悟。悟之根本，不在少学，在难后重学。大难而有大悟，始得大成。"那时，他与张仪都觉得，这只是老师针对太公这种"老才老运"说的，与他们离得很远很远。况且，战国名士大多都是年轻成名，都像太公那样耄耋建功，天下岂不成了老叟世界？然则一番磨难之后，老师的话却如此清晰地凸现出来了。天下事原本就不是一成不变，无论耄耋建功还是英年成名，大约这个"大难大悟"都是该当有的。

"必须大悟，方得有成。"这是苏秦在坎坷屈辱中磨出来的见识。

想不到，上天居然给他打开了一扇大门，竟使他得到了一本久闻其名而寻觅无门的亘古奇书。那天，他在翻检完自己的书箱后，无意打开了那只锈蚀斑驳的铜箱。在他想来，父亲所谓的"老书"，一定是一些商家典籍。但无论如何，不看看是对不起父亲的。就在他打开铜箱翻检到最底层时，一本破旧的羊皮纸大书出现了。拿起一看，破旧发黄的封面是五个硕大的古篆，仔细端详，呀——《阴符四家说》！天哪，他几乎惊讶得要跳起来。这是真的么？他揉揉眼睛走到茅屋外边，光天化日之下，"阴符四家说"五个大字凿凿在目，旁边还有两行小字，拭目细看，隐隐约约便是"伊尹太公范蠡鬼谷子"四个名字。

"上天啊——父亲！"苏秦大喊一声，扑倒在地，哈哈大笑着连连叩头。

"汪汪！汪汪汪！"大黄也狂吠起来。

苏秦发现的，是一本亘古奇书。这本书名叫《阴符经》。世人传说：这是黄帝撰写的天人总要。也有大家名士说：这是一位殷商高人隐名写的，托名黄帝，只在于增其神秘而已。这部《阴符经》，只有四百二十四字，其神圣地位却在《周易》之上。在春秋战国的大家中，认真揣摩《周易》并写出注文的，只有孔夫子。但将《阴符经》奉为圣典并潜心注文的大家，却不下十家。更引人注目的是，但凡注文《阴符经》者，都是赫赫大名的将相学问家，譬如伊尹、太公、范蠡等。真正在野的学问家注《阴符经》者，大约只有鬼谷子一人。而这一人，又恰恰是志在精研治世学问的千古奇才。这本身就意味着，《阴符经》既不是《周易》那样的料事之书，也不是《老子》那样的论道之书，而是开启权力大智慧的棒喝之书，是所有志在建功立业者的一把钥匙。

这就是《阴符经》的永恒魅力。

苏秦与张仪听老师专门讲过一次《阴符经》。老师说："阴者，命之宗也，隐微难见。符者，命之本也，妙合大道。此谓《阴符》。天机暗合于行事之机，为《阴符》之根本。唯深微而能烛照，谓之阴。唯变通而无羁，谓之符。烛照以心，契合以符，《阴符》之意尽矣！"

那时候，老师手边没有《阴符经》，他们也只能唏嘘感叹一番。老师说，他对《阴符经》潜心揣摩了二十年，方能贯通经世之学。老师又说："吾为《阴符经》注文三年，游历楚国，却不意丢失于客栈之中。此为天意，罚我不得尽窥天机矣！"

至今，苏秦还记得老师说起这件事时的感慨嗟呀。

如此一本亘古奇书，却如何落到父亲手里做了"老书"？苏秦当真万般困惑。但他此刻已经顾不上想那么多了，二话不说，坐在门外土坎上便翻了起来……几个月下来，他已经能将《阴符经》倒背如流了。可这《阴符经》就像无边无际的丝绵套，只要轻轻一挤，就有汁液汩汩流出。一句话明明是懂了，可你联系不同的事情去想，便立即有了不同的心解，当真是"变通无羁，深微烛照"。且不说还有伊尹、太公、范蠡与老师四人的注文。苏秦只觉得，自己还远远未将《阴符经》咀嚼透烂，还得再下苦工夫。

风雪扑面，苏秦逆风而立，一字一字，高声吟诵起了《阴符经》——

观天之道，执天之行，尽矣。故天有五贼，见之者昌。

天性，人也。人心，机也。立天之道，以定人也。

天发杀机，龙蛇起陆。人发杀机，天地反覆。天人合发，万变定基。

性有巧拙，可以伏藏。九窍之邪，在乎三要，可以动静。

火生于木，祸发必克。奸生于国，时动必溃。知之修炼，谓之圣人。

天生天杀，道之理也。

天地，万物之盗。万物，人之盗。人，万物之盗。三盗既宜，三才既安。故曰，食其时，百骸理；动其机，万化安。

人知其神而神，不知不神所以神也。

日月有数，大小有定，圣功生焉，神明出焉。

其盗机也，天下莫能知。君子得之固躬，小人得之轻命。

瞽者善听，聋者善视。绝利一源，用师十倍。三反昼夜，用师万倍。

心生于物，死于物。

机在于目。

天之无恩而大恩生，迅雷烈风，莫不蠢然。

至乐性余，至静性廉。天之至私，用之至公。

禽之制在气。

生者死之根，死者生之根。恩生于害，害生于恩。

愚人以天地文理圣，我以时物文理哲。人以愚虞圣，我以不愚虞圣。人以奇期圣，我以不奇期圣。故曰：沉水入火，自取灭亡。

自然之道静，故天地万物生。天地之道浸，故阴阳胜。

阴阳相推，变化顺矣。是故圣人知自然之道不可违，因而制之。

至静之道，律历所不能契。

爰有奇器，是生万象。八卦甲子，神机鬼藏。

阴阳相胜之术，昭昭乎进乎象矣。

……

苏秦的声音嘶哑了，吼出最后一个字的时候，喉头一阵发甜，猛然喷出了大大一口鲜血，颓然扑倒在地。大黄“呜”的一声低吼，箭一般扑了过来，围着苏秦飞快地转了两圈，叼住苏秦的腰带，狼腰一弓，使劲儿往门口拖。大黄是阴山草原的牧羊猛犬，身材与豹子一般大小，每天要大吞五斤肉或带肉骨头，体力战力都远远超过一只普通的野狼，力气自是惊人。它将苏秦拖到门口，又三两下拱开了门板，将苏秦拖到了屋内。望望呼啸着扑进屋里来的风雪，大黄横卧在门口一动不动了。

“啊啊……”喉头一阵呼噜喘息，苏秦终于醒来了。睁开眼睛，看见门口隆起了一个高高的雪堆，自己的身边却干干的。不对，不像，啊，是大黄！苏秦挣扎着摇摇晃晃站起来，扑上去扒拉大黄身上的积雪，刚触摸到皮毛，大黄骤然站起，一阵猛烈抖擞，积雪冰块便全部抖落。“大黄，快进来。”苏秦喊了一声，却没了声音。当下也顾不得细想，连忙奋力挡上门板，再用一段准备生火用的树根撑在门后，又挂上那片又粗又厚的茅草帘子，这才点起了风灯。

“……”苏秦想对大黄说话，却没有了声音。静神一想，知道是方才迎着风雪吼叫，喉咙受伤失音，不再惊慌，喝了一通冰凉的甜井水，又坐在了风灯前。

方才一阵风雪吼诵，使他突然顿悟——《阴符经》正是纵横捭阖的大法则！其中天地之道、为政之道、君臣之道、创守之道、天人生克之道、万物互动之道、邦国互动之道无所不包。将这些大道理揣摩深透，何愁不能窥透天下奥秘？何愁不能找出列国症结？何愁不能纵横战国？

苏秦又兴奋地打开了《阴符经》，又一字一字地开始琢磨。读到“食其时，百骸理。动其机，万化安”一句，他眼睛突然一亮。老师鬼谷子在这句下边注文：“食者所以治百骸，失其时而生百病。动者所以安万物，失其机而伤万物。时之至间，不容瞬息，先之则太过，后之则不及。是以贤者守时，不肖者守命也。”读着想着，苏秦心中一片豁亮——

五谷百草能梳理生命百骸，但服食不应时却可以导致百病；人之行动可以与万物和谐，但若不应时而动，该收获却播种，该播种却睡觉，则要伤及万物；时机之重要，非但要认准它，而且要立即抓住它，此谓应时而动。早了太过，迟了不及。所以，“守时”是贤者的才能，“守命”则是不肖者的愚蠢。老师将“食其时，百骸理。动其机，万化安”这十二个字的精髓，的确讲得透彻之极。

想想自己说周说秦，一个是后之不及，一个是先之太过，如何能够成功？周不必说了，原本也没指望成功。入秦是经过反复思虑的，不成功一定是不应时了。王霸大业，秦国是没有拒绝的理由的，但秦国却偏偏拒绝了，而且还拒绝了两次，犀首失败了，他苏秦也失败了。现下静心想来，确实是早了。新君即位堪堪一年，秦国内政未安，实力的确也要扩展，这时候要秦国立即实施东出争霸，事实上是不可能的……

想着想着，他迷迷糊糊地瞌睡了，头“咚”的一声撞在了木案上。苏秦醒来揉揉眼睛，站起来在屋中踱步，念着想着，自言自语地嘟哝着……猛然，他盯住了“机在于目”四个字，顿时陷入了沉思，想着想着心中一闪，觉得似乎抓住了什么，瞌睡却又猛然袭来，那闪光又被淹没了。苏秦气恼异常，抓起案上的缝书锥对着大腿猛然一刺，一股鲜血“哧”地喷了出来。

苏秦猛然清醒，啊，“机在于目”，就是见机而动，不死守一端。

“啊哈哈哈哈哈！”苏秦仰天大笑，手舞足蹈，脚下一软，扑在了大黄身上。

冰天雪地的草庐里，苏秦抱着大黄睡过去了，人的鼾声与狗的呼噜声交织在了一起。

四　战国乱象大演绎

倏忽三年过去，草庐之外的世事，已经发生了翻天覆地的变化。

第一件大事，“齐魏相王”，东方两大王国结成了同盟，列国顿时陷入混乱！

苏秦西出铩羽，张仪南下折翅，在战国间倒是引起了一阵小小的波澜，但很快就在剧烈的争夺中被人们忘记了。齐威王本来想派特使赴楚，敦请张仪北返齐国，可听说了张仪在楚国“错断兵事”的探报后，对张仪的才能又产生了怀疑，觉得书生毕竟不能成事，便不再动作，听任张仪自生自灭了。但是，齐威王却没有忘记张仪“齐魏相王”的谋划，觉得这是齐国打开僵局的妙棋。于是，齐威王立即派靖郭君田婴主持大计，秘密与魏国联络。按照齐国的朝臣状况，此等军国大事本当由丞相驺忌主持。可齐威王对驺忌已经失去信任，本来是要等张仪入朝后再处置驺忌的，如今放弃了张仪，自然要另找个适当的时机罢黜了驺忌。反复权衡，齐威王选择了“齐魏相王”这个关节，既向天下昭示齐国新气象，又能借此树起新主政大臣的人望。

靖郭君田婴是齐威王的族弟，与原来的上将军田忌是堂兄弟。齐威王对王族子弟很少大用，深恐他们拥有大片封地属民，如果再拥有国府大权，很可能尾大不掉。田忌已经是上将军了，自然不能再用他的堂弟做文职大臣。当初使用乐师出身且与王族不和的驺忌做丞相，实际上也是牵制王族在国府的势力。待田忌孙膑出走，齐威王顿时感到国府萧瑟，少了左膀右臂。可处置田忌的决策是自己作出的，又不好公然迁怒于驺忌，一肚子火气便憋了下来。自从张仪给他透彻地剖析了齐国的困境，齐威王才感到了真正的急迫。如果再不物色大才，齐国只怕就要无疾而终了。着急是着急，齐威王毕竟久经沧海，还要做得不着痕迹，不能引起朝局动荡。田婴虽是贤明豁达，却从来没有担当过大任，也没有建立过大功勋，全靠王族爵位继承制做了靖郭君。用他的好处在于，此人既不构成威胁，朝臣又提不出异议，即使田忌能够归来，拿掉他也很容易。于是，齐威王公开下书，授田婴上卿之职，主司“齐魏相王”大事。

三天之后，驺忌呈上了《辞官书》，请求归老林泉以养沉疴。

齐威王立即下书嘉勉，对驺忌的功勋与辛劳表彰一番，末了“特赐三百金，准封成侯，回归封地，颐养天年，以慰朝野感念之心”。随后立即册封田婴为齐国丞相，赴徐州筹划齐魏会盟。

田婴与魏国新丞相惠施紧张忙碌了两个多月，秋天到来的时候，齐威王与魏惠王在徐州的泗水东岸举行了“相王”大典。徐州本是大禹治水后划分的古九州之一，《书·禹贡》记载：“海（黄海）、岱（泰山）及淮（水），唯徐州。”古徐州的广大地面除了魏、齐、楚三大国各有领土外，还有宋国、薛国、滕国、邹国、鲁国几个夹缝中的老诸侯国。以当时的势力范围，除了不太安分的宋国，这几个老小诸侯都是齐国的后院。齐魏会盟的地点，就在这几个老诸侯的边缘。这是齐威王选定的地点。他想借此震慑这几个小国，从而安定后院，使齐国能够全力在中原伸展。魏惠王这时已经威风尽失，雄心大减，对齐威王的会盟主张直有受宠若惊之感，生怕呼应不周，如何顾得提出异议？所以，一切都听从了齐国的安排。

会盟大典上，齐威王与魏惠王各自祭祀了天地，然后郑重宣告了承认对方为王国的文告；又由两国丞相田婴、惠施分别宣告了“修好同盟，永息刀兵”的盟书。

参加大典的五个老小诸侯诚惶诚恐，为两大国王很是卖力地颂扬了一番。

大典之后，消息立即传开，遂引发出了乱纷纷的称王、相王大风潮。

蓄之既久，其发必速。“相王”，实在是当世乱象憋出来的一股山洪。

春秋时期，国君的爵号尚能比较严格地代表诸侯国等级，除了楚国擅自称王，中原大诸侯依然还是公、侯两大名号。进入战国，陵谷交替，称王便成为实力的象征。中原战国中，魏国最先称王，齐国再称王，天下便有了魏齐楚三个王国。

但是，毕竟这几个王国都是自己加给自己的冠冕，其他国家并不正式承认。在正式的使节晋见与会盟场合中，他国使者或国君完全可以不以王礼行事。也就是说，你的大国地位并没有获得他国正式的认可。齐魏相王所以引起天下骚动，就在于这次相王打破了“天下一王”、“唯天子称王”的传统典制，公然承认在“本王”之外，还可以有王号。实际上，这是承认了天下可以多王分治。流传数千年的“四海之内，莫非王土；率土之滨，莫非王臣”的一王大一统典制，一时被踩在了脚下。

骚动之下，立即引出了第二件大事——三小国称王，战国格局大乱。

徐州相王不到半年，立即一个大爆冷门——宋国称王！惊得天下战国一齐咋舌。

说起来，宋国也是一个老诸侯。还在殷商末期，商王纣便封了庶兄微子启于宋国，自此有了“宋”这个国号。殷商灭亡后，周公又平定了殷商旧贵族叛乱，接着分封了一批诸侯国，其中便保留并重封了这个宋国。宋国重封的特别，在于它变成了殷商王族之后的一个特殊封国，又用了微子启的旧国号。当时，宋国的封地在靠近殷商故都朝歌[1]的东南地带，都城建在老宋国的废墟上，名叫商丘[2]。由于殷商王族后裔的特殊地位，宋国一直是战战兢兢小心翼翼地臣服于天子，不敢越雷池半步。春秋大乱，宋国才慢慢张扬起来。

到宋襄公时期，宋国发展到拥有一千辆兵车的“千乘之国”，与郑国并称天下两小霸。中原霸主齐桓公死后，宋襄公雄心大发，与楚国争霸。可几次都被楚国打败，自己还当了一回楚国俘虏。但霸业之心始终不泯，又联合卫国、许国、滕国兴兵讨伐郑国，要拔了这个眼中钉。楚国发兵救郑，兵至泓水与宋襄公大军相遇。当时楚军正在渡河，宋军大将目夷提出：“半渡而击之，可大败楚军。”

宋襄公一副王者气概，义正词严说：“王者当有仁义道德，岂能乘人之危？”

楚军安全渡过泓水，但尚未列成阵势时，大将目夷又请命出击。

宋襄公又是义正词严：“君子不攻不成阵势之军。”

待楚国大军列成大阵，宋军士兵已被窝得没有了火气。一战下来，宋军大败，宋襄公也重重挨了一箭，第二年伤重死了。从此，这宋国日渐孱弱下去，虽然也时不时出点小彩，可始终只是个三等附庸国。

---

[1] 朝（zhāo）歌，殷商后期都城，在今河南淇县。

[2] 商丘，在今河南商丘市南。

如今，一个几乎要被天下遗忘的诸侯国，竟然在一夜之间成了王国，岂能不令天下咋舌？谁知更令天下咋舌的还在后头。本来，宋国这时候的国君是司城子罕。此公平庸无能，黧黑干瘦，列国轻蔑地呼其为“剔成肝”。但是，也恰恰因了此公无能，宋国也没有任何作为，不致开罪于强邻大国，剔成肝竟也忽悠悠做了四十一年国君。这剔成肝有个三十多岁的弟弟，名叫偃，以国号为姓，国人呼为宋偃，却是个生猛狂热的武士。宋偃历来不满兄长的孱弱，多次提出“振兴襄公霸业，光复殷商社稷”，却都在剔成肝那里作了泥牛入海。

这年春天，忽然有人来报：东城墙拐角处的雀巢里，生出了一只刚刚孵出来的雏鹰。剔成肝懒得理会。宋偃却精神大振，请来巫师在祖庙祷告后用龟甲占卜，卦象大吉。巫师断卦象说：“雀生苍鹰，反弱为强，乃霸主之兆。”宋偃大喜过望，立即宣告：这是应在自己身上，无能的剔成肝辜负先祖，应当受到惩罚。一班追随的武士也狂热呼应。当晚宋偃便纠集了几百死士，黎明时分突然冲进宫中。剔成肝年老睡浅，正在枕边逗弄一个刚刚入宫的十六岁少妃，突闻猛烈躁动，公服也没穿，便从榻后的暗道钻出了寝宫，带着几个亲信跑到齐国去了。宋偃也不追赶，天亮立即就任国君。即位第一件事，便是宣布称王（后人称宋康王）。若仅仅是宣布称王，虽则也令人意外，却不足以令人震惊。

列国震惊处在于，宋偃的称王大典变成了向“天地神鬼”的宣战。

本来是祭天的高台，宋偃却派人将一只盛满猪牛羊三牲鲜血的皮囊挂了上去。他挽起硬弓，搭上长箭，口中大骂：“上天瞽聋无察，当射杀！”一箭射去，皮囊迸裂，鲜血喷溅。宋偃大吼：“射天功成！再扑地！”本来是祭地的礼坛，宋偃却挥舞起两丈长鞭捶扑地面，咒骂：“大地淫逸无行，孳生妖孽，该当鞭杀！”

在国人目瞪口呆的注视下，宋偃又操起铁耒，向祭祀谷神、土神的祭坛（社稷）猛铲，高喊：“鬼神为剔成肝张目，给本王毁了！”狂热的追随者们高喊着“万岁宋王”蜂拥上去将宋国社稷拆成了废墟。宋偃踩在天地鬼神的废墟上，向前来瞻仰大典的国人大喊：“本王苍鹰，高飞万里！国人须呼本王为‘万岁’！宋国霸业，天地鬼神不能挡！”

一片连绵不断的“万岁”狂热地持续了三天三夜。

消息传开，列国无不大呼“荒诞绝古，匪夷所思”。时日不长，各国不约而同地将宋偃比做荒诞暴虐的夏桀。后来干脆直呼为“桀宋”。齐威王本想借此发兵，灭了这个狂妄的宋桀，却虑及楚国魏国都一直对这条“小大鱼”有意，担心刚刚与魏国结盟，若因灭宋而与魏国成仇，便是因小失大了，反复权衡，最后也就容忍了这个狺狺猖狂的桀宋。

宋国称王不到三个月，又传出了一个更加令人咋舌的消息——中山国宣布称王！

这次，列国不是震惊，而是啧啧称奇哈哈大笑，天下一片滑稽。

中山国是个奇特的邦国。一则，是白狄插进中原的一根楔子，始终被列国视为戎狄异类。二则，国土只有几百里山地，国人半农半牧，是天下最穷的邦国。三则，两次被消灭，全赖逃回大漠卷土重来而两次复国，虽说顽强，可也算得军制最旧、军力最为孱弱的邦国。四则，以中山狼闻名天下，除了河西的猎户平民，天下人但说“中山狼”，倒有一大半说的是中山国。

一开始立国，中山给自己的规格是“公国”一等诸侯。当时的魏赵韩尚是“侯国”，只有老诸侯燕国、齐国、秦国是“公国”。中山国非但称公，而且也学习中原谥法[1]，将几代国君分别谥为文公、武公、桓公、成公。

此时的国君正当盛年，叫𡙇。𡙇亲率游骑五千，侵掠赵国边境，不想一战大胜，夺了一座城池与上万头牛羊。正在得意处，恰逢宋国称王的消息传来，𡙇立即召来所有大臣，兴奋地宣布：“自即日起，中山是王国，本公是国王！”大臣们立即赞同呼应，一片万岁颂扬之声。𡙇也很聪明，立即大肆封赏了一通：丞相、上卿、上大夫、上将军等，应有尽有。丞相立即提出：“中山国称王，天下大事，当昭告列国，务使诸侯公认之。”𡙇觉得大是有理，立即派出三十名快马特使星夜出发，大小国家一律告知，务求天下皆知。

[1] 谥法，古代开创的死后追认制度，主要适用于国君与权臣，根据死者功业与为政特点确定名号。

齐威王接见了中山国特使，一看“王书”，一通哈哈大笑：“埊也中山狼，得志便猖狂。”中山国特使大为尴尬，竟不知如何应对。

不久，“埊也中山狼，得志便猖狂”这句话传了开来，列国无不大加嘲笑，拍案称奇。只有赵国君臣气得咬牙跺脚，恨不能一口吞了这只中山狼。但后边的燕国却老是与赵国为敌，时不时在背后制造侵扰。赵国要灭中山国，又怕燕国这只“老黄雀”在后，只好强忍作罢。

宋国、中山国称王，各大国倒是没有特别当真。就实力而言，若非大国间矛盾纠葛相互抗衡，谁都可以在三天之内灭了这两个王国。可有一个小战国却沉不住气了，立即跟着宣布称王。

这便是韩国称王。

秦国崛起后，在七大战国中，韩国便成了最小战国。然韩国却素有“劲韩”之名。所以有此名声，一是韩国的宜阳是天下著名的铁山，韩国的铁兵器制造业一直为列国眼热；二是立国初期曾经有一支规模不大的精兵。虽则如此，立国百年来，韩国却一直处于受欺侮状态。秦国、魏国、赵国、齐国、楚国都打败过韩国，夺得过韩国的城池土地。韩昭侯初年，连二流的宋国都敢于攻打韩国，还夺取了韩国的黄池城[1]。在整个韩国的前期历史中，韩灭国扩地最少，要不是趁着一场内乱消灭了奄奄一息的郑国，将都城迁到了新郑，韩国可能连跻身七大战国的资格都没有。正是由于这种长期受欺，三十年前韩昭侯与申不害在韩国实行变法、改革军制、建立新军，韩国很是振作了一段，将近二十年没有一个大国敢于侵犯韩国。

这段历史成了韩国永远的骄傲。只可惜好景不长，就在韩昭侯雄心勃勃地准备称王时，魏国大举攻韩，韩昭侯与申不害都在魏国攻韩的大血战中惨死了。韩国新君为了稳定政局，部分地恢复了贵族旧制，新法大大地打了折扣。韩国的骄傲与荣誉流水般消失了，重新走向孱弱，又成了七强末座。

这一番大起大落，使韩国上层备感羞恼。即位新君韩璉，为君父未

---

[1] 黄池，在今河南省封丘西南。

能称王耿耿于怀，为自己只能称“侯”大感屈辱，硬生生想了个奇特的点子，命朝臣国人称他为“威侯”——做王不成，也要做个威震天下的侯。整个战国时期，在位自命者大约也就这韩琏一人。及至宋国称王、中山国称王的消息迭次传来，韩琏和大臣们终于忍不住了，朝会上一拍即合，立即宣布称王。

韩国称王，给战国带来了新的骚动。

这次，各国真正地惊讶了，出现了一时沉默。

在此之前，战国七强已经有了三个王国——楚魏齐。齐魏两国的相王同盟，更对其他四强造成了强烈刺激。当此之际，韩国突然宣布称王，可谓在剩下的四强中爆出了一个大冷门。论实力，目下最当称王的是秦国；论资格，最当称王的是燕国；论军力，最当称王的是赵国。可这三强都没有宣布称王，却是最为孱弱的韩国率先称了王。

列国的惊讶沉默被打破了。

魏国迅速提出“五国相王”的动议，又一次掀起了称王相王的巨大波澜。

这是魏国丞相惠施的谋划。惠施是稷下学宫的名家大师，十多年前曾经在魏国做过一段大夫，自感未获重用而离去。三年前经大梁“司土党”与孟子向魏惠王郑重推荐，又做了魏国丞相。论修学，惠施既不是兵家，也不是法家，而是专攻论辩术的“名家”。这名家，以探究万物之间的“名”“实”关系为主旨，本是诸子百家中最远离治国为政的学派。然则天下事多有诡异。这个专究名实、酷好辩论术的惠施，偏偏又是一个酷好参政热衷做官的人物。与他的同门庄周相反，终年奔走列国求仕，其顽强竟与孔孟儒家不相上下。于是惺惺相惜，孟子在自己执政无望的情势下，着力荐举了惠施入魏为相。惠施初当大政，雄心勃勃，一心想做出几件惊人业绩，令天下刮目相看。论才具特长，惠施不通兵事、不懂变法，在魏国这样的老牌强国本来很难立足。可时势凑巧，这时的魏国恰恰已经无心变法、无力军争，久挫心灰的魏惠王，只想在大国斡旋中来一些惊人之举，以保持魏国的老霸光环。这种图谋与惠施对自己功业方向的图谋不谋而合。于是，惠施在魏国风光了起来。

韩国称王，使惠施突然看到了，功业的希望正从大国摩擦的缝隙中放射出灿烂的光华。惠施的想法历来与常人不一般，否则也提不出“白马非马”之类的惊人论断。

他对魏惠王说：“王虽名号，实则却是邦国地位。一国称王，其实在宣告受命于天，不受制于任何其他王国。齐魏相王，引起列国称王风潮，足见名号之威力也。今韩国称王，安知秦赵燕不会立即称王？与其彼等自行称王，莫如我大魏发起‘列国相王’，实则使列王以我王为首，如此可重振魏国霸业也！”

“列国相王？也送秦国一个王号么？”魏惠王很是兴奋，但对秦国却总是牙根发痒。

“也可不要秦国。”惠施本来的谋划是包括秦国的。既然挡不住秦国，莫如大大方方承认秦国的王国地位，如此一来，既可使秦国与山东剧烈争斗，又可使魏国实际上拥有“赐秦王号”的天下盟主地位。但他见魏惠王对秦国耿耿于怀，立即改变了主意——在魏国，这个老国王的好恶是决然不能违背的，否则一件事也甭想做成。思忖间，他的新谋划已流畅地涌了出来：“可行五国相王：魏韩赵燕，加上宋。如此可孤立秦国，使其不能东出。”

“好谋划！”魏惠王拍案大笑，“只是啊，桀宋声名狼藉，不能要。再说，要是承认了桀宋这个王位，三五年就不能灭他了，是么？”

“那就是四国相王了。也可。”

“不，五国相王，加上中山！”

“啊……好好好，也好！”惠施本来惊讶得嘴巴都合不拢，居然硬生生地合上且一连串地叫好，也实在是想不出如何来赞美这则匪夷所思的王命。他本能地觉得，教中山国加入相王行列，完全可能使这场相王同盟变成儿戏。

“惠子有所不知。”魏惠王从来不称惠施“丞相”官号，而只呼“惠子”，他见惠施愣怔，神秘笑道：“要燕赵受制于我，就得中山狼加盟。懂么？”

“啊啊啊——明白，我王神明！”惠施惊愣得连“啊”几声，终于“明白”，还加了一句结结实实的赞颂。

终于，五国相王的会盟特使派出了。可是不到半月，却传来惊人消息：赵燕韩三国拒绝参加相王同盟。赵肃侯与燕文公公然大骂魏惠王“与中山狼一般无二”。韩宣惠王虽然没有破口，却也阴沉沉地当场撕碎了国书。一场“五国相王”的同盟霸主梦，就这样轻易地破灭了。魏国非但没能争回老霸光环，反而引起了赵燕韩三国的强烈愤懑，也使齐楚两个老牌王国大为不满。

齐威王怒斥魏惠王“无耻负约”，将魏国径自发动“五国相王”视为对齐国新霸权的挑战，立即打出了反对中山国称王的旗号，对燕赵两国发出国书说：“与中山狼并王，耻莫大焉！愿与两国起兵，灭此朝食！”

赵肃侯却没有进攻中山，而是立即发兵南下，进攻魏国的黄城[1]。

北面的燕国突然破脸，立即在背后偷袭赵国。

赵国手忙脚乱，连忙从魏国撤军，与燕国打了起来。

中山国新近称王，乐得为大国互斗火上浇油，毫不犹豫地发兵偷袭了燕国。

燕国两面受敌，非但被中山夺取了三座城池，又被赵国杀得大败。

韩国对魏赵两个“三晋兄弟”向来愤恨，见魏国陷入纠缠，立即夺了魏国西南两座小城，又在回兵途中顺路夺了宋国两座城池。韩宣惠王自感雪耻，下令举国欢庆。

如此一来，中原列国顿时陷入了空前混战：新称王的宋国趁着乱象突然奇袭滕国，竟一举灭了只有三座城池的滕国；又接连攻取了齐国一座城池，再接着灭了邻近只有五座城池的薛国。除了鲁国，宋国一口气吞灭了齐国后院的两个小国，竟猛然膨胀起来。宋偃宣布：要趁势南下灭楚，成就殷商帝业！楚国不能忍受，立即发兵攻宋，却不想竟在淮水北岸莫名其妙地败给了宋国。楚威王大怒，认为魏国在背后支持桀宋，发誓要与魏国一决雌雄。

沸沸扬扬的称王相王风潮，闹哄哄地互相攻伐，中原陷入了战国中期的第一次大乱。

---

[1] 黄城，今河南内黄西部。

如此乱象，由“五国相王”而起，气得魏惠王像吞了一只苍蝇，一下子疏远了惠施。直到三年后苏秦合纵，魏国才重提“五国相王”，在苏秦主持下抹平了这次事端。

这时，唯有强大的秦国不与任何邦国结盟，游离于中原的乱象之外。但却趁着乱势，不声不响结结实实地打了几仗，对山东六国形成了前所未有的威慑。

第一战是秦楚大战，楚军大败，举国震恐，楚国被迫迁都。

秦国奔袭楚国房陵得手后，楚国朝野震恐，发誓要夺回这个大粮仓。楚威王命田忌统率楚国的战胜之师，乘灭越声威兼程北上，要将秦军消灭在房陵。田忌对楚军实力已经熟悉，但对秦国新军却很生疏。秦国齐国，一东一西相距千里，历来很少交战，进入战国，这两个大国还没交过手。但田忌明白，山地的长途奔袭战只能是精兵轻装，不可能是秦国的重装铁骑。楚军战力虽差，但以精简后的十万楚军对三两万秦军，胜算还是有的。身为大将，若能打破秦国新军锐士不可战胜的神话般的声威，也是田忌的莫大声望。大军未动，田忌便派出了数百名游骑斥候，秘密探听秦军动静。不久斥候回报：秦军奇袭兵力只有两万余，占领房陵后尚未撤出。田忌立即兵分两路兼程北上：东路，前军主将子兰率领四万骑兵，沿汉水谷地秘密向西北行进，在丹水山地设伏，堵住秦军北撤退路；西路，自己率领重新整编的步骑六万，乘舟师大船越云梦泽，出郢都，正面进逼房陵与秦军决战。

无论从哪方面说，这都是一个周全的决战方略。

楚威王认定这次大战“万无一失，楚军必胜”，郢都连北上灭秦的王书都拟好了，单等房陵大捷便昭告天下，挥师关河。

可是，当田忌大军到达房陵山地时，两万秦军却鬼魅般地消失了。

正在田忌惊疑未定之时，探马急报：秦军奇袭郢都，王城岌岌可危！

田忌星夜回师，却在夷陵[1]峡谷突遭伏击。五万步骑军兵在陡峭的山谷中血战昼夜，最后只有数千人马逃出。旬日之后，东路也传来败

---

[1] 夷陵，今宜昌地区的山地。

绩：子兰大军反被一支由武关开出的秦军截了后路，唯有子兰率三千残兵逃回。

楚威王大怒，下令缉拿田忌来郢都问罪。但当王命特使截住败逃军兵时，田忌已经不在军中了。消息传出，楚国举朝恐慌——房陵屏障已失，大军主力被歼，唯一可凭借的统帅也神秘逃走，郢都完全暴露在房陵秦军的威慑之下，岂非大险？匆忙聚商，楚威王与所有王族大臣连夜乘舟师进入云梦泽避难。有一支颇具规模的水军，这是楚国唯一强于秦国的地方，否则便当真是大难临头了。三个月后，楚国为了避开秦军锋芒，迁都云梦泽以东、长江南岸的寿春[1]，都城名字仍然叫做郢都。

第二仗，攻取韩国宜阳[2]，夺得韩国铁山。

司马错奇兵战胜楚国大军，楚国被迫迁都后，秦国朝野大为振奋。司马错对山东列国的战力有了更清楚的了解，在回师北上时向秦公嬴驷上书：顺道出武关，夺取韩国的宜阳铁山。嬴驷立即召叔父嬴虔与樗里疾会商，三人对司马错的用兵才能已经不再疑虑，立即快马回书，赞同夺取宜阳。同时议定：樗里疾率领蓝田一万铁骑，东出策应。

宜阳地处函谷关以东百余里，东北距洛阳只有数十里，是洛水中游山地的咽喉要塞。因为这片山地有天下最为富有的铁矿石，所以韩国专门设置了宜阳邑镇守宜阳铁山。近百年来，围绕着争夺宜阳，韩国与几乎所有的大国，包括宋国一类的二流国家都打过仗，无论如何，总是胜多败少，确保了宜阳没有丢失。韩国在申不害变法时曾经训练出了十万新军，但在对魏国的新郑大血战中几乎打光，侥幸剩下的，便是驻守宜阳的两万骑兵。那场大血战后，新郑国人死伤十余万，韩国财富也几乎消耗殆尽，元气大伤，根本无力扩充新军。重新招募的五万士卒，也缺乏精良军器与充足粮草，严格训练自然也是大打折扣，其战力与申不害时期已经不可同日而语。唯独驻守在宜阳的这两万骑兵是当年的劲韩铁骑，堪称真正的精锐之师。韩国攻宋、攻魏接连得手，靠的便是这支铁

[1] 寿春，今安徽寿县西南。

[2] 宜阳，战国时韩国设宜阳邑，在洛水中游，今洛阳西南。

骑主力。

正在大宴群臣满城欢庆的时候，韩宣惠王突闻警报——秦国偷袭宜阳，激战正酣!

“哐啷”一声大响，韩宣惠王的铜爵掉在了鼎盘中，汤汁四溅。

拱卫新郑的五万步骑立即兼程疾行，开往宜阳救援。三天三夜之后，疲惫不堪的韩军方才渡过伊水，看见了洛水北岸的宜阳城楼。韩将下令全军埋锅造饭，战饭之后激战秦军。可炊烟刚刚升起，一股溃散的骑兵就冲了过来，战马骑士浑身鲜血，看得韩军将士胆战心惊。三言两语，便知秦军已经攻下宜阳，韩国两万精锐骑兵已经全军覆没。

逃回来的骑兵说，月黑风高的后半夜，秦军步兵突然出现在宜阳城下，趁夜全力猛攻。待到天亮，韩军守将清楚了秦军全是步兵，便率领城内铁骑杀出，要一举消灭秦军。谁知秦军根本不退，反而筑成步兵圆阵迎战。宜阳骑兵被秦军的傲慢激怒了，发誓要与秦军步兵见个高低。鏖兵竟日，韩军无法撼动秦军步兵的大阵，反而死伤了两千人马。这时，天近暮色，大祸降临，秦军大队铁骑神奇地从漫山遍野杀了过来。韩国的宜阳铁骑就这样陷入两面夹击，两个时辰便全军覆没了。只是不知何故，秦军没有追击韩国援军。

“那真叫害怕……”伤兵惊魂未定，“黑人，铁马，尖厉的号角，闪亮的长剑，我们还没回过神来，就被分割成了碎块！”

消息传来，韩国朝野无不倒吸一口凉气。要知道，申不害训练的韩国铁骑也是赫赫大名的天下劲旅，魏赵齐楚燕几个大国无不忌惮三分，可如今竟被秦军一夜之间全部歼灭，这秦军锐士之战力如何不令人胆寒?

第三战，夺取魏国占领的崤山区域，全面控制崤山。

对秦国战事的前期谋划，司马错始终在壮大根基上做文章。楚国房陵是粮仓，韩国宜阳是铁山。紧接着，司马错看准了夺取崤山这步棋。崤山，是与秦、魏、周、韩、楚五国都大有干系的要塞山地。从位置看，它处在黄河东折处的南部，与桃林高地连成了一片广袤的山塬，向西伸展到华山地带，向南楔入楚国北部的丹水中游，向东则居高临下地鸟瞰三川地区，与洛阳几乎只有百里之遥，骑兵两个时辰便可兵临城下。

崤山地带的咽喉要塞就有三处——东边函谷关、南边武关、西边桃林塞[1]。对于这五国，崤山都有“门户”的意义。谁占据了崤山，谁便真正掌握了自己的国门。

长期以来，崤山与河西地区一样，都是魏国占领的“飞地”。商鞅收复河西后，只收回了包括函谷关在内的崤山西部地带，崤山的大部分地区尚处在分割拉锯状态。楚国占据了崤山南部，魏国控制了崤山东南部。也就是说，秦国的武关直接处在楚魏势力范围，函谷关外的东部山麓也在魏国手里，崤山所具有威慑力的全部地段，并没有被秦国全部掌控。从东出争霸的眼光看，只要崤山处于分割状态，秦国东部的封锁就还没有彻底打开，出得函谷关并不能长驱东进。

全部占据崤山，就是要使山东六国的门户洞开，而秦国的防守要塞却更加牢固。

在崤山东南，魏国驻扎了五万守军，一部驻扎在武关背后的洛水上游河谷，一部驻扎在函谷关外大河南岸的三门大峡谷内[2]。洛水河谷以步兵为主，大峡谷以骑兵为主。魏国虽然衰落，但仍然是一流的强国富国，魏军也仍然算是天下少有的几支强大军队之一。训练严酷敢打硬仗的“魏武卒”更是威名赫赫。但是，在桂陵大战、马陵大战、秦魏河西大战后，魏国的精锐主力已经基本拼光，剩下的各关隘驻军全是守备之师，只有二流战力。庞涓死后，魏国军权先后由三任太子执掌，没有再设上将军。太子申掌兵伐齐被俘，后立太子赫不得魏惠王之心又被废，目下是新太子魏嗣掌兵。魏嗣志大才疏，以“名将”自居，执掌军权后两次征发，将魏军兵力总数重新扩大为三十万，一时颇有声威，一心要打几场大胜仗，复兴大魏的霸主地位。

对秦国而言，这是新君臣第一次对中原强国的直接挑战，也可以说是一种试探。魏国目下力量究竟如何？能否对秦国构成新的封锁？都将在崤山之战见出分晓。毕竟，魏国不是楚国，更不是韩国。

---

[1] 桃林塞，春秋战国时为要塞城堡，东汉设为潼关，在今潼关县境内。

[2] 三门大峡谷，即今黄河三门峡，在今河南三门峡市与山西平陆县间。

司马错提出夺取崤山的谋划后，嬴驷立即带领轻装骑队秘密东来。两日后的深夜，嬴驷进了宜阳，与司马错、樗里疾会齐，君臣三人秘密谋划了整整三日，议决由司马错统一指挥崤山之战，樗里疾总揽后援，嬴驷坐镇咸阳做万一失利的应变准备。

旬日之后，正是月初。夜黑风高，崤山南麓的武关开出了一支偃旗息鼓的步兵，轻装疾进，直扑洛水河谷。天将黎明，魏军正在酣梦之中，突闻鼓声如雷号角凄厉，漫山遍野的黑影潮水般压了下来。魏军惊慌大乱，自相践踏，溃不成军。两个时辰后天色大亮，魏军数千人拼命杀出重围，沿洛水河谷向东逃窜。未走几里，秦军一支伏兵杀出，硬生生将魏军残部封堵在山谷之中。日色正午时分，崤山东南便恢复了平静。这支秦军步兵迅速集结，战饭之后立即兼程北上，向函谷关外秘密运动。

三门大峡谷的黑夜一片静谧，唯有大河涛声隐隐可闻。魏军骑兵操演了一天阵法，早已经酣然入梦，连谷口的游骑步哨都不再游动，聚在山坳里燃起篝火避风取暖，不消片刻，都呼呼大睡了。魏军也是太大意了，认为这里虽是山地峡谷，但却在函谷之外，历来是魏国的本土；西边的函谷关，秦军只有一万步骑驻防，岂敢寻衅三万铁骑？东边距重兵驻守的大梁不过一日路程，大军随时可到。对于风驰电掣的骑兵来说，这里简直就是平安谷。况且太子亲统大军，正要重振魏国雄风，哪里还有人敢在这里与魏国打仗？

突然，却闻战鼓如雷杀声震天，火把如同白昼。黑色骑兵神奇地从峡谷深处铺天盖地地杀了出来。魏军营寨立即大乱，人喊马嘶，争相逃窜。统兵大将从睡梦中惊醒，慌忙上马发令，几经弹压，杀掉了几十名惊慌逃窜者，主力才稍见聚拢。大将下令，向峡谷外突围，在平原上与秦军决战。魏军潮水般冲向谷口，忒煞作怪，谷口竟无一秦军，畅通无阻。

“啊！秦军主力——”前行骑士几乎是尖叫起来。

漆黑的原野上出现了广阔的火把海洋，横宽无边，正正地堵在魏军骑兵面前——铁马面具，黑色森林，清一色的阔身长剑，正是秦国的铁骑主力。

“杀！杀出去——”情知生死在即，魏军大将怒吼着发出了死战命令。魏国的红色骑兵高举着长剑，冲向了无边的火把海洋。“哗——”火把海洋的中央地带却退潮般迅速缩回，两翼伸向无边的夜色之中，将冲锋的红色集团倏忽围困在火把海洋之中。

大河南岸的原野上，弥漫出惊心动魄的无边喊杀。

深秋的太阳升起时，原野上沉寂下来，层层叠叠的红色尸体从山外平川一直绵延到大峡谷深处。秦军迅速清理了峡谷，修筑起新的营寨。日落时分，大峡谷口已经竖起了一面黑色的“秦”字大纛旗。

消息传到大梁，太子魏嗣暴跳如雷，立即就要出动大军复仇。

“嗣儿，少安毋躁。”已经两鬓斑白的魏惠王深深地叹了口气，“如今大乱之势，猎犬捕兔而虎狼在后的事还少么？你没打过大仗，万一有差，大魏基业何人承继？”

太子魏嗣顿时泄了气，大骂秦国一通“蛮夷虎狼”了事。

此战虽然规模不大，但却打出了秦国的威风——一举控制了崤山全部，一脚踏出了函谷关，迫使赫赫魏国忍气吞声，洛阳周室、韩国新郑、楚国郢都尽皆噤若寒蝉，齐赵燕三大国也假装不知道似的默不作声。秦国的威慑力首次覆盖了大河南岸，一股凛冽的寒气开始弥漫中原。

然则，事情并没有就此终止。

一鼓作气，秦国打了第四仗——东出汾水，夺取晋阳[1]。

商鞅收复河西，秦国在大河东岸仅仅占领了离石要塞，在河东地带扎了一个小小的钉子，对赵国、中山国、燕国几乎没有任何威慑力。而这三个国家，都是秦国恨得牙痒，而又长期被魏国牵制得无法动手的国家。中山狼对河西的灾难，已经使秦国朝野切齿。赵国屡次策动秦国西部后院的戎狄叛乱，又屡次参与瓜分秦国，几乎与魏国不差上下。燕国则历来以老牌贵族自居，蔑视秦国，不屑为伍，多次拒绝了秦国在困窘时期的修好请求。秦孝公视为国耻者，即六国“不屑与我会盟”。这种仇恨，秦国朝野是不可能忘记的。

如今情势大转，秦国的后续目标立即瞄准河东，要在这里立下一个

---

[1] 晋阳，今山西太原地区。

根基。

“夺取晋阳！这里是河东腹心。”这次是樗里疾的主张。

“有理。”嬴虔立刻赞同。他青年时期长年在西北作战，对西部戎狄与河东燕赵一带特别熟悉，“晋阳不大，却是兵家形胜之地。东南直接压迫邯郸，东北威慑中山，北面对燕国的雁门塞[1]与代地可成攻势。一石三鸟，好棋！”

“国尉之见？”嬴驷特别地看重司马错的评判。

“臣以为有理。”司马错虑事细密，沉吟道，“只是，攻取晋阳，须得劳动太傅一场。”

“但凭国尉差遣！”嬴虔大是兴奋，他已经二十多年没有上过战场了。

“好！夺取晋阳仍由国尉统一号令，太傅与上大夫襄助。”嬴驷断然定板。

月余之后的一个深夜，一支商旅马队秘密出了咸阳北阪星夜北上。这是嬴虔率领的一支由公室弟子组成的特殊马队。西周初期，嬴秦部族曾经三分流亡。一支进入西部半农半牧，后来立国成为诸侯之前，两支较大的支脉曾经进入阴山草原，又从阴山南下，进入汾水流域的河谷草地，在那里定居下来。余部流散于东方山海之间，后来北上的秦人便成了后来的赵国。是故，秦人中流传着“秦赵同族同宗”的说法。其中，一支“赵人”定居在晋阳，是晋阳地带极为重要的一支力量。嬴虔的公室马队，就是要策动这支“赵人”认祖归宗，做秦军的接应力量，事后重新回归秦国。

半个月后，司马错接到秘密消息：嬴虔大获成功，“赵人”已经做好了接应准备。

司马错这时已经移帐离石要塞，闻讯立即下令：河西三万铁骑兼程北上，绕到晋阳北面待命。同时，司马错亲自率领八千轻装步兵，从汾水河谷秘密北进，堵住晋阳正面，以防赵国骑兵增援。

旬日之后，嬴虔率领的“赵人”勇士与秦军三万铁骑同时发动，内

[1] 雁门塞，当时的军事隘口，即后来的雁门关。

外夹击。一夜之间，晋阳的一万赵军全部被歼。赵肃侯接报大惊，立即派出五万骑兵挽救晋阳，眼看晋阳遥遥在望，不想却被司马错的步兵堵在汾水西岸的龙山峡谷，激战竟日，无法越过。次日，秦军三万铁骑杀到，与赵军骑兵展开了激烈厮杀。也是半日工夫，赵军损失大半，仅余万余骑突围逃走。

晋阳一鼓而下，燕、赵、中山无不惊恐。

颇有气焰的中山国首先发出修好和约，主动将临近晋阳的三个隘口割让给了秦国。

燕国百余年从来没打过大仗，面对秦军威势更是不敢贸然，只好以"秦虽无礼，却也未侵掠我邦"为自慰，宣告作罢。赵国倒是真想打一场，但自觉凭一国之力不足以取胜，须联合齐、楚、魏其中的一个大国方能出兵。可几经联络，三大国各有搪塞，硬是没有一个愿意结盟出兵。齐国是唯一没有与秦国直接冲突的大国，也是现下唯一可与秦国抗衡的大国。可是，齐国非但不想联兵攻秦，反乐得看到与秦接壤的各国手忙脚乱，以便从中渔利。心念及此，一股凉气顿时涌上赵肃侯脊梁。他恨透了这些无义邦国，更恨透了秦国。

"秦国蛮夷，虎狼之邦！"赵肃侯狠狠地大骂了一声。

这句咒骂迅速传开，"虎狼"立即成为秦国的代名。山东列国的口语中渐渐衍生出"虎狼之邦"、"虎狼之国"、"秦为虎狼"、"虎狼秦"、"秦虎狼"等关于秦国的诸多骂词。骂归骂，山东六国终是无可奈何。

骂了一段，中原战国又恢复了相互攻伐的乱象。

三年之间，大大小小打了四十余仗，没有稳定的同盟，甚至没有临时的合力，只有混战而没有目标。只有秦国似乎游离于中原乱象之外，冷冷地窥视着一切可利用的裂痕与时机，随时准备闪电般地出击。

中原列国之间充满了仇恨与猜忌，更对"虎狼秦国"神出鬼没的袭击战恐惧不已，生怕这"虎狼"之灾突然降临到自己头上。于是，各国纷纷在国界修筑长城，将自己圈得壁垒森严。非但齐魏燕赵楚韩六大战国开始修筑边境长城，连中山国、宋国也动手修筑长城了。

"洪水猛兽，莫如虎狼之秦！"这句咒骂永远地挂在了中原列国嘴上。

第六章 风云再起

一 红衣巫师的鼎卦

春草又绿，洛阳东门飞出了两骑快马，直向苏庄外荒野的草庐而来。

正在古井台上呼噜晒太阳的大黄嗖地立了起来，昂首凝望片刻，立即冲到草庐门前“汪汪汪”地狂叫起来。茅屋里，苏秦正在揣摩那张《天下》图，不时对照旁边的一本羊皮册子。这张大图，是老师当年从周室太史令老聃那里绘制的，原题《一千八百诸侯图》。所不同的是，老师对这张图做了详细注文，注明了每个诸侯国的始封时间、历代君主及灭亡时间。老师注文另成一册，与大图一合并，无异于一部最简明的天下诸侯兴亡史。春寒犹在，地上又很潮湿，苏秦双手拢在绵袦袖里围着羊皮大图打转，时不时还得一阵跺脚。

突闻大黄狂吠，苏秦惊得一个激灵。他觉得奇怪，大黄遇到险情是从来不叫的，但叫，一定是它熟悉的人来了。父亲是不会来的，纵然来了大黄也不会如此叫法。那么会是谁呢？苏秦思忖着刚拉开门，大黄嗖地蹿上了门前的土坎。

手搭凉棚遮阳远望，苏秦依稀看见泛绿的荒原上奔驰着两匹快马，就像两朵朦胧的云彩悠悠飘来——他的目力已经大减，看不清骑士的服色是黑是红了。突然，苏秦一阵心跳，莫非是张仪？不可能！若张仪有成，岂能等到今日来找他？

“二哥——”清亮的喊声随着急骤的马蹄声迅速逼近，大黄已经“汪汪汪”地迎了上去，引来一阵萧萧马鸣。啊，是苏代苏厉。苏秦心头一阵发热，双眼顿时潮湿了。三年不见，两个小弟已经长大了，已经是英俊少年了。

“二哥……”转眼之间，马到屋前，两个红衣少年滚鞍下马，却吃惊得呆住了。

面前就是他们的二哥么？就是那个曾经名动天下英挺潇洒的名士苏秦么？一头蓬乱灰白的长发，一脸杂乱连鬓的长须，身后是破旧不堪的茅屋，面前是一望无际的荒草，他木然伫立着，一身褴褛破旧的皮袍，目光蒙眬，黝黑干瘦，活脱脱一个饥荒流民。

“二哥——”一声哭喊，苏代苏厉跪倒在地，同时抱住了苏秦。

原是满怀喜悦激情而来，他们却被眼前的景象深深震撼了。在少年兄弟的想像中，名士草庐孤身苦修，是一件充满诗意的幻境，是只有世外高人才能品味的半仙生活。兄弟俩无数次地编织诉说着二哥的隐居境界——春日草长莺飞，手执一卷踏青吟哦，当引来多少游春少女的目光？夏日里绿荫古井，散发赤脚昼眠夜读，该是何等快意洒脱？秋风里草庐明月，河汉灿烂，长夜伫立，仰问上苍之奥秘，该是何等神奇意境？冬日里漫天皆白，或轻裘拥炉而读，或踏雪旷野而思，该是何等高洁情怀？兄弟俩相约，总有一日，他们也要像二哥那样，做一番隐居苦修，品尝一番高人境界。正因为如此想像，兄弟俩始终恪守着父亲叮嘱，三年内不扰乱二哥的清修。如今，二哥竟弄到了如此模样，这一对堪称锦衣玉食的兄弟如同遭受当头棒喝，如何不感到震惊？

“脱胎换骨，岂在皮囊？”苏秦虽只淡淡一笑，却是充实明朗。

“二哥，你受苦了。”苏代站起来低头拉着苏秦的手，一副不忍卒睹的样子。

“二哥，你不觉得苦涩？”苏厉毕竟年少，对苏秦安适的笑容觉得惊讶。

看两个弟弟悲天悯人的样子，苏秦不禁揽住了两人肩膀，一阵舒畅明朗的开怀大笑，毫无萧瑟凄楚，那是想装也装不出来的一种发自内心的轻松。

苏代苏厉终于破颜笑了：“二哥，我们给你报好消息来了。”苏厉忍不住先露了底儿。

“三弟四弟，就坐在这里说，屋里阴凉。”

“二哥，你先吃点儿，边吃边听。”苏厉从马鞍上拿下了一个皮袋打开，“父亲特意从一个老猎户手里买了一只逢泽麋鹿，二嫂……”苏厉突然顿住，又期期艾艾道，“二嫂执意要亲自做……”

苏代叹息了一声：“二哥，二嫂也可怜……不要记恨她。”

苏秦不禁大笑摇头：“梦也梦也，苏秦若还记恨，岂非枉了这荒野草庐？来，我咥。”说着摊开荷叶，撕开一块红亮的鹿肉大嚼起来，“三弟，你说，我听着。”

“二哥，我从大梁回来的，四弟从洛阳回来的。大事都清楚了。天下如今可是大乱了，我给你从头说吧。”苏代喘息了一下，一款一款地说起了这几年的天下攻防大事，有声有色，说到最后一声感叹，“咳，总归一个乱字，只有虎狼秦国占了大便宜！”

苏厉满面红光：“乱世出英雄，二哥，你该再度出山了！二哥，你……”

苏秦听得很仔细很认真，没有插问一句，一直在平静地沉思，丝毫没有兄弟俩预料的那种惊喜激奋。见两个弟弟困惑的样子，他在露出皮毛污黑的破衣襟上随意地抹了几下手，微微一笑：“看来，比我预料的快。我得想想，你俩明日再来。”

苏代苏厉相互看看，怏怏地走了。

望着两个弟弟骑马远去的背影，苏秦生出了一种奇特的感受——明明平静得心如止水，却觉得轻松得要飞了起来，充实得要喊了出来。不自觉地，他走进了茫茫荒草，越走越快，终于跌跌撞撞地跑了起来，湮没在无边的碧草浪中，一边仰天大笑，一边手舞足蹈地“啊啊啊”吼叫着。

“天意啊，天意——”一个苍老的声音在耳边悠然响起。

“谁？谁在说话？”苏秦气喘吁吁地摇晃着，看见茫茫泛绿的苇草中摇曳着一个红色身影，站定一看，红袍竹冠，雪白散发，清越得直如天人一般。“前辈高人，在下有礼了。”苏秦恭敬地躬身一礼，他知道，这种老人只可能是尊贵神秘的王室大巫师。

“得遇雄贵，老夫不胜荣幸。”明明迎面而立，苍老的声音却是那般旷远。

“雄贵？你说我么？”苏秦低头打量了自己一番，禁不住仰天大笑，“天下之大，当真无奇不有也。”

“老夫相术甚浅，不敢断言。先生可愿占得一卦？”

“天无常数，在下力行入世，不信虚妄。”

老人微微笑道：“武王伐纣，太公踩龟甲而止卜。非不信也，乃有成算也。先生不信，亦是成算在胸。然天道幽微，岂是‘力行’二字所能包容？若有印证，岂非天道无欺？”

苏秦肃然拱手道：“愿受教。”

“你来看。”老人大袖一挥，身形转开，指着原先挡在身后的一蓬青黄相间的奇特长草，“此乃老夫今日觅得的一株千年蓍草，以之占卜，可窥天地万象之密，先生何其大幸也。”

苏秦暗暗惊讶。他与大多经世名士一样，虽不精专《周易》，却也颇有涉猎。老师原本就是精研《周易》的大家，但却从来不为弟子占卜，只是向他们讲述易理与易家规矩传闻，让他们广博学识而已。老师说过，千年蓍草为易家神物，功效大过龟卜时期的千年龟甲，可遇不可求。但凡觅得千年蓍草，必得为所遇第一人卜卦而镇之，否则不能折草。看来，面前这位红衣大巫师要给自己占卜，也并非心血来潮，易家规矩使然，何妨坦然受之？心念及此，默默一躬。

老人点点头，宽大的衣袖中悠然现出一支细长的木剑，对着碧绿而又透着苍黄的蓍草深深一躬，站定凝神，木剑轻轻挥出。但听轻微脆响，一根三尺余长的草枝笔直地在空中竖起，草叶在瞬息之间飘回蓍草蓬根，一根绿黄闪光的草茎，横平着飘落在木剑之上。老人顺势坐地，木剑倏忽消失，蓍草已经平托在双手之上。

“太极。”老人轻轻地念了一声，蓍草茎神奇地断开了短短一节，落在了老人两腿间的袍面上。

“两仪，日月，四季，五行，十二月，二十四气。”随着老人的念诵，蓍草茎迅速地一节节断开落下，在红色袍面上整齐地排列成一、二、二、四、五、十二、二十四共七个单元。

苏秦看得惊讶了。他知道，蓍草占卜需要五十根草茎，“五十”之数的构成便是老人念诵的七个单元；有一根取出来始终不用，意味着天地混沌未开的“太极”；其余的“两仪”等四十九根便是用来占卜的实数。他惊讶的是，蓍草如何能如此神灵，竟能飞去草叶？竟能应声断开？如此说来，“千年蓍草之下，必有神龟伏之”也是可能的了？思忖之间，老人已经占卜完毕，悠然笑道：“鼎卦。”

苏秦默然。他理解“鼎卦”的意义，却觉得匪夷所思。

“先生通达易理，无须老朽细拆。”老人淡淡笑着，“只是这鼎卦之幽微在于‘九三’。九三虽正，却与‘六五’相隔，主初行滞涩；然‘九三’得正，唯守正不渝，终会‘六五’。余皆先生所能解，无须老朽多言也。”

“多谢大师。”苏秦深深一躬。

“先生自去。老朽尚须为神蓍守正。”

苏秦没有多说，默默去了。他走得很慢，“鼎卦”的卦象弥漫在心头挥之不去。

鼎卦之象

在《周易》六十四卦之中，鼎卦与革卦相连，组成了一个因果相连的卦象。革卦的卦象是除旧布新——“革”，是将兽皮制成皮革的过程，除去兽皮旧物而产生的新皮，便是“革”。鼎卦的卦象则是合百物而更新——鼎为炊器，煮合百物而成美食的过程，便是“鼎”。鼎合百物是艰难的，生的硬的干的湿的咸的腥的，都要在鼎中合成，经过“火”而达成新物；鼎卦的上卦是“火”，下卦是“木”，木入火为烹饪之鼎。从卦理上说，鼎卦之大意，在阐释贤才布新的大道——刚柔相济，持之以恒，方能合百物而出新。

大巫师说的“鼎卦幽微处”，在于“鼎卦虽吉，却有艰难”这个道理。此卦为自己占卜，所谓的“九三”一爻，是鼎卦中“才”的位置；而“六五”一爻，则是“君”的位置；“九三”与“六五”相隔了一爻，不能立即交会；但由于“九三”是正才之位，经“上火”催生，终于可合百物，而与“六五”交会……

想着想着，苏秦不禁“扑哧”笑了出来——这《周易》八卦确实奇特，每一卦都是用极为寻常极为简单而又亘古不变的一种“物事”来做卦象，却又能对最为纷繁复杂的人世万象做出恰如其分的拆解，当真匪夷所思。就说方才这个鼎卦，竟用“煮饭”这个过程来说明天下乱象的整合，却是那样的妙不可言。看似简单，细细一想，却又复杂得不可思议。

“大哉伏羲！大哉文王！”苏秦情不自禁地喃喃感慨。

尽管大巫师的鼎卦是一个令人鼓舞的“天机”，但苏秦还是很快就将它抛在了脑后。如同当时所有的入世名士一样，他从来不将自己的命运寄托在这种神秘游移的预言上。原因很简单，他了解一切神明预测的基本缺陷——模糊的断语能解释后来的一切：你胜利了，它能说通；你失败了，它也能说通；你信它，它能说通；你不信它，它照样能说通。

对于“上天”，苏秦很赞赏两个人的话。一个是稷下新秀名士荀况，他说：“天行有常，不为尧存，不为桀亡。”一个是老孟子，他说：“天听自我民听，天视自我民视。民心即天心。”说到底，天为何物？就是天下人心。顺应人心做事，就是天下大道。行天下大道，自当以大道为本，当为则为，当不为则不为，何言吉凶？若天下人皆以吉凶决事决命，何来慷慨成仁舍生取义？何来吴起、商鞅一批“极心无二虑，尽公不顾私”的忠臣烈士？我苏秦出山，虽然也为功业富贵，但所做之事却是顺应大道，吉凶二字何须在心？

草庐苦修，他一刻也没有忘记揣摩天下风云。每有心得，他都要将列国利害以各种方式拆解组合一遍。渐渐地，他形成了一个清晰的判断：山东列国必将陷入互相算计攻伐的乱象，秦国必将东出，一一攻破中原战国。面对这种即将到来的天下大乱，他当持何种方略应对？长策在胸，自可叱咤风云改变天下格局；若无长策，纵然谋得高官厚禄，也无非是高车驷马的行尸走肉，苏秦何堪此等人生？三年来，苏秦反复思虑，多方演绎，终于形成了一套明晰的思路，一套周密可行的大方略。

苏代苏厉的到来，使苏秦猛然醒悟——机会终于来了。

他原先预计，这种乱象至少要酝酿五年。没有想到，三年之中天下已经大乱了。他等的就是这个乱世。天下不乱，列国无亡国危机，力挽狂澜的长策徒然一篇说辞而已，他苏秦也徒然一个狂士而已。秦国固要称霸，然时机不到，说也白说。天下固要整合，然若无人人自危之乱象，说也白说。这就是“贤者守时，不肖者守命”的奥秘。

窥透时机，应时而出。这就是苏秦孜孜三年，所浸润出的大谋境界。

不觉回到草庐，苏秦开始收拾准备。其实，草庐的一切日用物事都是任何家庭也用不着珍惜的粗物，根本用不着收拾交代。苏秦所要准备的只有一件事——将那张《天下》绘制在永远不可能丢失的地方。这件事他思谋已久，准备已久，但真做起来也不是一件容易事。从午后到天亮，整整八九个时辰，苏秦才直起腰来，颓然倒在草榻上。

正午时分，马蹄声响，苏代苏厉准时来了。

苏秦拉着两个弟弟的手：“三弟四弟，我要走了。”

“何时？”苏厉急迫地问。

“还问？自然是今日晚上了。”苏代显然成熟了许多。

苏秦点点头，似乎也想不起什么叮嘱的话，面对两个聪慧绝顶的弟弟，什么话都显得多余。见两个弟弟似乎在等他开口，苏秦终于说了句：“好生修习，苏家也许要靠你们了。”

“此言差矣！”苏厉这回倒是老气横秋，“二哥天下第一，岂能英雄气短？”

苏秦哈哈大笑：“好！四弟有志气。二哥就做一回天下第一！”

苏代郑重其事道："二哥，傍晚我俩在路口等你。"

"不用操心，一切都会准备好的。"苏厉慷慨接口，比自己上路还激奋。

苏秦肃然拱手："多谢三弟四弟。"

"二哥如何恁般作怪？这像弟兄么？"苏厉面红耳赤，先自急了起来。苏代却默默地低着头没有说话。

苏秦长长地叹息了一声，又微微一笑："三弟四弟毋怪，自当初困顿归来，为兄明白了一个道理：人须自立，不可将任何外助看做理所当然，包括骨肉亲情。嫂不为炊，妻不下机，皆因我以家财出游，而于家无益。苏家本商人，利害所至，自当计较，我如何能以空泛大义求之于人？三弟四弟愿助我一臂之力，为兄自当感谢了。"

苏厉惊愕得说不出话来，只呆呆地看着须发灰白杂乱的哥哥，仿佛突然间不认识这位兄长了。苏代却轻轻叹息一声："二哥，人间情义还是有的。自你独处草庐，大嫂害怕大哥责骂，从不敢提你，蔫得霜打了一般。二嫂，更不用说了，每年交冬，她都要到这片荒田站几个晚上，却从来不敢走近茅屋……"

三兄弟一阵沉默，苏秦笑道："三弟四弟，顾不得许多了，我总归还会回来。"

"成败寻常事，家人总归亲。"苏代喃喃吟诵了一句。

"家人或可亲，成败岂寻常？"苏秦认真地回了一句。

苏厉却先"扑哧"笑了，向苏秦顽皮地做了一个鬼脸，三兄弟不禁哈哈大笑起来。

暮色时分，苏秦对着草庐深深一拜，举起那盏油灯对正了屋顶垂下的长长茅草。刹那之间，火苗腾起，整个茅屋顿时淹没在熊熊烈焰之中。苏秦一阵大笑，背起一个青布包袱，拿着那根青檀木棒，头也不回地大步走了。奇怪的是，大黄始终没有叫一声，只是默默地跟着苏秦。

官道路口，苏代苏厉守着一辆单马轺车正在等候。月光下遥见苏秦身影，苏代迎了上来，接过苏秦的包袱与木棒，利落地放到车身暗箱里："二哥，带了一百金，在这个暗箱。衣服未及准备，遇见大市买了。"

苏秦点点头没有说话，蹲下身子抱住了大黄的脖子，良久没有抬头。大黄伸出长长的舌头，不断舔着苏秦的脸颊，喉咙发出低沉的呜呜声……终于，苏秦站了起来，拍了拍苏代苏厉的肩膀，接过马鞭缰绳跳上了轺车，"啪"的一个响鞭，辚辚去了。

"汪！汪汪！"大黄叫了起来，声音从未有过的喑哑。

将近庄外，苏秦不禁张望了一眼那片熟悉的树林，惊讶地停住了车马——月光下的小树林道口，依稀伫立着一个白色身影。刹那之间，苏秦愣怔了，他似乎意识到了什么，怔怔地站在车上不知如何是好。慢慢地，白色身影一步步走到了轺车前，将一个包袱放在了道中，无声地跪了下去，连三叩首，又猛然起身，飞一般地跑了……

苏秦蒙了。他分明听见了树林中沉重的喘息与呜咽，却钉在车上一般不能动弹。良久，苏秦缓过神来跳下轺车，拿起了道中那个包袱，月光下，包袱皮上的四个鲜红大字赫然在目——冷暖炎凉。心中一动，伸手轻抚，湿滑沾手，竟是血书大字！"轰"的一声，苏秦觉得热血上涌，颓然坐到了地上。半晌，苏秦慢慢站了起来，将包袱放进车厢，对着树林深深一躬，回身跳上轺车去了。

白色身影出了树林，站在道口久久地伫立着。辚辚车声渐去渐远，树林边响起了幽幽的歌声——

燕燕于飞　差池其羽
远送于野　我心伤悲
辚辚远去　悠悠难归
瞻望弗及　泣涕如雨

二　奉阳君行诈苏秦

虽是四月初夏，邯郸却是杨柳新绿，寒意犹存。清晨起来，大雾蒙蒙，宫室湖泊树林都变得影影绰绰一片混沌。宽袍大袖的赵肃侯出得寝宫，来到湖边草地，做了几个长身呼吸，开始纵跃蹲伏地操练起来。

“君父，练胡功要穿胡服。”随着年轻的声音，一个少年走出了树林。

“雍儿么？”赵肃侯一个跳跃回身，“噫！你这是胡服？好精神！来，我看看。”

少年赵雍穿着一身紧袖短衣，脚下是长腰胡靴，手中一柄弯月胡刀。与赵肃侯的宽袍大袖相比，显得精干利落别有神韵。赵肃侯打量一番，点头笑道：“守边一年，有长进。”

“君父，胡人比我快捷，大半与这衣着有关。”赵雍兴奋地比划着，“你看，这身胡服里外四件，冷了最多加一件皮袍。我等一身，至少八九件，加上腰带高冠宽袍大袖，里外十几件，累赘多了。我的千人队，现下都是胡服，打了几仗，利落得很。”

“嗯，不错，军中穿穿还行。打仗嘛，就要动若脱兔。”

突然，一阵沉重急促的脚步声传来，朦胧可见一个红色的高挑身影大步匆匆走来。“是肥义，没错。”赵雍目力极好，只一瞥便认准来人。

“禀报君上。”丈许之遥，红色身影高亢的声音传了过来，“齐国大举兴兵灭宋，派特使前来，约我共同起兵。”

“禀报奉阳君了么？”赵肃侯淡淡地问。

“还没有。臣请君上先行定夺。”肥义拱手一礼，低着头不再说话。

赵肃侯面色阴沉地踱着圈子，良久沉默。

“君父，肥义将军忠诚可嘉。”赵雍慷慨激昂，“军国大计，理当国君决断。”

赵肃侯没有理睬儿子，回头对肥义道：“禀报奉阳君，听候定夺。”

“君上……”肥义看了看国君，终于没有说话，大步转身去了。

“君父，你要忍到国乱人散，方才罢休么？”赵雍面色涨红，几乎要喊起来。

“住口！”赵肃侯一声呵斥，四周打量一番，低声道，“他统领大军十余年，又有上党[1]封地二百里，兵强马壮，财货殷实，不忍又能如何？”

“君父勿忧，我有办法。”赵雍见父亲又要四面打量，大手一挥，“百步之内，断无一人。君父无须担心。”

赵肃侯盯着这个英气勃勃的儿子，悠然一笑：“力道几何？”

“死士三百。”赵雍肃然挺身。

“三百人就想翻天？真有长进。”

“专诸刺僚，一身为公子光翻转乾坤，况我三百死士！”

赵肃侯目光一闪，沉默良久，转身径自走了。赵雍略一思忖，跟着父亲进了晨雾蒙蒙的树林。

当肥义来到奉阳君府邸时，晨雾已经消散，府门外正是车水马龙的当口。

奉阳君乃赵成侯的三子，赵肃侯的胞弟。赵成侯本有三个儿子，长子赵语，次子赵绁，三子赵城。赵成侯对三个儿子都很器重，每有亲出，总由长子留邯郸监国，两个小儿子随军征战。时间一长，次子三子成了军中大将，赵语则时常执掌国政，顺理成章地做了太子。赵成侯死后，次子赵绁不服太子赵语，起兵夺权。赵语应对沉稳，联合三弟赵城打败了赵绁，赵绁弃国逃亡到韩国去了。为了报答三弟，赵语将赵城封为奉阳君，封地扩大了两倍。由于赵语不太通晓军事，赵国又多有征战，赵城兼领了上将军。几次胜仗，赵城的威望权势渐渐膨胀了，赵城也渐渐地威风起来了。

秦国夺取了晋阳，赵城领兵救援，却差点儿做了秦军俘虏。赵城恼羞成怒，要起倾国之兵与秦军决战。赵肃侯这回却出奇地固执，坚决不赞同与秦国硬拼。他当着全体大臣，将国君大印捧在手上说：“奉阳君若一意孤行，请收下这传国金印，赵语当即隐退山野。”赵城大为尴尬，硬是给闷了回去。

---

[1] 战国时赵国、韩国各有上党郡，后来韩上党归并赵国，治所壶关（今山西壶关以北）。

此后，奉阳君更是横行国中，不将赵肃侯放在眼里。许多大臣不满奉阳君的专横气焰，纷纷秘密上书，请赵肃侯“杀奉阳君以安赵氏”。赵肃侯非但不置可否，反而又将丞相权力交给了奉阳君，请奉阳君“开府号令，总摄国政”。

如此一来，赵国几乎成了奉阳君的天下。府邸整日间门庭若市冠带如云，赵城忙得不可开交。许多原先秘密上书的大臣眼看国君孱弱，也就顺势投奔到奉阳君门下，官位纷纷晋升了。只有这个万骑将军肥义落落寡合，该如何便如何，依旧时常找国君禀报军情，官爵也就老是原地踏步了。

“噫！肥义也，稀客哟！”一个圆鼓鼓胖乎乎矮墩墩红亮亮的白发老头儿，眯缝着双眼，满脸堆笑地倚着门庭下的石柱，拉长声调惊叹着。

肥义大步走上九级宽大的白玉台阶，淡淡道：“李舍人，肥义要见奉阳君。”

这个李舍人，本是奉阳君的门客家臣，当时一般统称为舍人。李舍人多年追随奉阳君，很出过一些斡旋朝局的点子，自奉阳君得势，晋升了府邸总管。中原“三晋”魏赵韩同俗，都将总管称为“家老”。近年来，这李家老在邯郸红得发紫，大小官员无不敬畏三分，见面莫不打拱作礼连呼“家老大人”，还要眼疾手快地给门庭一口铜箱里搁点儿金贵物事进去，否则，你便得处处难堪。肥义是赵国大臣，不可能不知道奉阳君府邸的进门规矩，但却公然直呼“家老大人”为“李舍人”，如何不教这位炙手可热的李家老气上心头？虽则如此，李家老毕竟老辣，反倒拱手作礼笑道：“将军乃国家干城，自当要务在身。奉阳君正在竹林苑晨练，将军请了。”

肥义二话没说，大袖一甩，径自进府去了。

奉阳君府邸已经由六进扩展为九进，府后还建了一座水面林苑。所谓竹林苑，是第三进国政堂东边的一片竹木花草园囿，除了一大片青森森的翠竹，还养着一些珍禽异兽。奉阳君久在军旅，晨练原是寻常，肥义自然不去多想，直奔竹林苑而来。晨雾尚未消散，静谧的竹林中忽然传来粗重的喘息与细长的呻吟……肥义突然觉得异常，立即停住脚步，略微思忖，肥义对着青森森的竹林拱手高声道："万骑将军肥义，紧急晋见奉阳君，有军国大事禀报。"

但闻竹林中婆娑阵阵，传来粗重嘶哑的呵斥："大胆肥义！私窥禁园，可知罪么！"随着话音，薄雾中转出一个须发斑白威猛壮硕的汉子，浑身淌汗，只在腰间裹着一片斑斓虎皮，仿佛一个远古猎人。

"国家为上，臣不知罪。"肥义肃然拱手，低头不看面前的奇异景观。

"哼哼，赵国唯你肥义忠臣了？啊！"赤身"猎人"大喝，"来人！将肥义革去官爵，贬黜云中大营，罚做苦役！"

雾气缭绕中遥闻呼喝之声，李家老领着一班武士上来，立即将肥义夺冠去服绑缚起来。肥义没有丝毫惊慌，只是狠狠盯了李家老一眼，微微冷笑了一声，便不由分说地被押走了。流散的晨雾中传来一阵哈哈大笑。

一个带剑军吏匆匆走来："启禀奉阳君，洛阳苏秦求见。"

"苏秦？苏秦是谁？"问话的虎皮"猎人"已经变成了衣冠整肃的奉阳君。

李家老笑道："臣想起来也，此人就是几年前说周说秦的那个游士，鬼谷子高足。天子赐王车，还拒绝了秦国的上卿高爵，名噪一时也，只是，不知后来为何沉寂了。"

"噢？好呵！"奉阳君笑了，"如此名士，求之不得。见。"

"主君且慢。"李家老低声道，"容老臣探听明白，以防背后黄雀。"

"也好。弄清他究竟真心投奔，还是别有他图？"

"老臣明白。"圆圆的李家老一阵风似的随着雾气去了。

邯郸是苏秦的第一个目标。

方今天下，对秦国仇恨最深的莫过于魏楚赵韩四国。魏国是秦国的百年夙敌，楚国近年来受秦国欺侮最甚，韩国直接被秦国夺去了宜阳铁山，赵国丢了晋阳之后，成为眼下受秦国威慑最为严重的中原国家。要在反秦大计上做文章，就要从这四国之中选择一个入手。苏秦做了反复权衡，魏国实力最强，但魏惠王君臣消沉颓废，想要他出头挑起反秦重担很难；楚国偏远，素来对中原狐疑，虽可能成为反秦主力，但却不适合做发起国；韩国太小，但有风吹草动都可能被秦国扼杀在摇篮。只有这个赵国，国力居中，民风剽悍善战，在中原六大战国中影响力仅仅次于魏齐两国。更重要的是，赵国在列国冲突中素来敢作敢当，国策比较稳定；前代赵成侯与目下赵侯都算得明智君主，善于决断权衡。凡此种种，都使苏秦毫不犹豫地直奔了赵国。

一路北上，苏秦对赵国的朝局已经了如指掌，决意先行说动奉阳君，然后晋见国君。听说奉阳君有早起理政的习惯，他便赶在大清早前来晋见。一见那个圆乎乎满脸堆笑的家老，苏秦心知这是一个"人猫"，很自然地向铜箱中丢进了三个有天子铭文的"洛阳王金"。家老立即对他肃然起敬，安排好他在暖房等候，匆匆进去禀报了。

过得片刻，家老满脸堆笑地碎步出来："先生，奉阳君紧急奉诏，进宫去了，特意转告先生，请先生明日晚上前来赐教。老朽当真惭愧也。"

"家老言重了。苏秦明晚再来便是。"

回到客寓，苏秦思量今日所遇，觉得大有蹊跷。权倾一国如奉阳君者，天下无出其右。此公有清晨独处园囿的嗜好，赵肃侯岂能不知？奉阳君紧急奉命云云，定是托词不见而已；然却又"特意转告"明晚"赐教"，又分明是想见他。一推一拉，仅仅是一种小权谋么？似乎是，又似乎不仅仅是。大挫重生，苏秦已经对"顺势持己"有了新的感悟，对于权力场的云谲波诡鱼龙混杂也有了一种登高鸟瞰的心境。面对这刚烈专横的奉阳君与柔腻阴险的"人猫"家老，苏秦决意抱定一个主意，顺势而说，见机而作，绝不再纠缠于一国一邦。

次日暮色时分，苏秦在家老殷勤的笑脸浸泡下见到了奉阳君。

煌煌灯下，两人都对对方打量了一番。苏秦看到的，是一个与这豪华府邸格格不入的粗壮黧黑的布衣村汉，两只眯缝得细长的眼睛突然一睁，会放射出森森亮光。奉阳君看到的，是一个从容沉稳的布衣士子，须发灰白，黝黑瘦削，幽幽的眼光教人莫测高深。

"先生策士，若以鬼之言说我，或可听之。若言人间之事，本君尽知，无须多说。"刚刚坐定，奉阳君怪诞冰冷，似乎要着意给苏秦一个难堪。

"以鬼之言见君，正是本意。"苏秦微微一笑。

“噢？此话怎讲？”

“贵府人事已尽，唯鬼言可行也。”

奉阳君突然一阵大笑：“好辩才！愿闻鬼言。”

“我来邯郸，正逢日暮，城郭关闭，宿于田野林畔。夜半之时，忽闻田间土埂与林间木偶争辩。土埂云：‘你原不如我。我是土身，无论急风暴雨，还是连绵阴雨，泡坏我身，我却仍然复归土地，天晴则又成埂。土地不灭，我便永生。你却是木头，不是树木之根，便是树木之枝。无论急风暴雨，还是连绵阴雨，你都要拔根折枝，漂入江河，东流至海，茫然不知所终。’请教奉阳君，土埂之言如何？”

“先生以为如何？”奉阳君似觉有弦外之音，却又一片茫然，反问了一句。

“土埂之言有理。”苏秦直截了当地切入本题，“无本之木，不能久长。譬如君者，无中枢之位，却拥中枢之权，直如孤立之木，外虽枝繁叶茂，实却危如累卵。若无真实功业，终将成漂流之木。”

奉阳君目光一闪，没有说话，思忖有顷，摆手道：“先生请回馆舍，明日再来。”

苏秦情知奉阳君木然烦乱，拱手作别，径自去了。

奉阳君黑着脸倚在长案上发呆。苏秦的话使他感到一丝不安，“无中枢之位，却拥中枢之权”，的确是权臣大忌，可是势成骑虎，自己能退么？听这苏秦话音，又似乎有转危为安的妙策。可能么？一介书生士子，能扭转乾坤？正在思绪纷乱，一阵轻轻的脚步来到身边。

“敢问主君，苏秦如何？”李家老的声音殷切恭谨，让奉阳君觉得舒坦。

“你以为如何？”奉阳君脸上威严持重。

“臣有一问：苏秦劝诫主君急流勇退，主君打算听从么？”

“不能。”奉阳君犹豫片刻，吐出了两个字。

“如此臣则可言。臣观苏秦谈吐，其辩才博学皆过主君。此人入赵，所图谋者终为自己功业，主君只是他建功立业的垫脚石罢了。唯其如此，此人将对主君大为不利。”

“赶走苏秦，开罪天下名士，谁还来投奔老夫？”

“主君勿忧。我有一计，可使苏秦乐而去之，不累主君敬贤之名。”

“噢？说说看。”

家老凑近，一番低语，奉阳君哈哈大笑。

次日晚上，苏秦悠然而来。奉阳君小宴款待，酒罢肃然求教。苏秦格外真诚，剖析了奉阳君的危局，提出了一举解脱危局的根本谋略——由奉阳君出面联合六国抗秦，拥戴赵肃侯出任盟主，化解君臣猜疑，既建立真实功业，又不露痕迹地回归臣子本职，如此奉阳君便可如土埂般永生。最后，苏秦慷慨言志：“苏秦本风尘布衣，不忍中原诸侯受强秦欺凌，愿奋然助君以成大业，愿君力挽狂澜，做天下砥柱。赤子之心，愿君明察。”

奉阳君两眼一直看着苏秦，脸上却没有任何表情。起初，苏秦只以为此人机谋深沉，自是江河直下滔滔不绝，说了一个时辰，奉阳君仍是正襟危坐，丝毫不为所动。苏秦觉得蹊跷，停了话头，端详着奉阳君神情，等待他的发问。谁知奉阳君依旧木然端坐，终是一言不发。

“苏秦告辞。”情知有异，苏秦拱手一礼，径自去了。

“先生留步。”身后传来沙沙柔柔的声音，李家老轻步追了上来，“老朽代主君送先生了。”

苏秦淡淡一笑：“敢问家老：昨日粗谈，奉阳君尚且动容；今日精谈，奉阳君却木然无动于衷，缘故何在？”

家老神秘地笑了笑，将苏秦拉到道旁大树下，先深深一个大躬，又幽幽一叹道：“先生机谋大，策划高，我家主君才小量浅，不能施展。老朽恐先生有不测之危，便请主君丝绵塞耳，无听谈说。老朽惭愧，惭愧。”

苏秦大是惊愕，愣怔片刻，纵声大笑起来：“奇也！奇也！当真大奇也！”

待苏秦笑声平息，家老又是幽幽一叹：“虽则如此，先生游历诸侯，跋涉艰难，无非图个锦衣玉食。老朽定然请求主君，资助先生以高车重金。老朽惭愧，惭愧。”

“噢——”苏秦更加笑不可遏，“还有此等事？不听我言，却赠我钱？”

"还请先生明日再来。老朽惭愧，惭愧。"

"好好好，明日再来。"

"老朽惭愧，惭愧。"

苏秦觉得大是滑稽，想忍也忍不住满腔笑意，大笑着扬长去了。

回到馆舍，苏秦忍不住大笑了半日，惹得邻居客人伸头探脑啧啧称奇。虽说天下之大无奇不有，然则自春秋以来，如此塞耳使诈者，当真是闻所未闻匪夷所思。一篇精心构思的宏大说辞，竟作了聋瞽塞听，当真对牛弹琴。名士游说有如此滑稽奇遇者，五百年也就我苏秦一人耳。既遇如此滑稽褊狭之徒，何不顺势而下，成全了这个滑稽故事？

次日午后，苏秦如约前往，李家老肃然迎出请入。奉阳君在正厅隆重设宴，连说一番"昨日受教，如醍醐灌顶"云云。李家老便急忙对着苏秦使眼色。苏秦又是一通大笑，也就势说了一通"水土不服，便欲归去"云云，虽都是口不应心，却也是其乐融融。

酒宴之后，奉阳君"赐赠"了苏秦许多贵重物事，除了黄金百镒，轺车一辆，有三样珍宝倒确实是苏秦所没有见过的：一是一颗明月珠，在幽暗中能光照丈许。二是白玉璧一只，李家老特意叮嘱说这是楚国的荆山璧，与和氏璧齐名也。三是黑貂裘一领，能化雪于三尺之外。

"老朽惭愧惭愧。"李家老指点交代完毕，毕恭毕敬地看着苏秦，生怕生出意外。

苏秦却大笑着接受了。

三　燕山脚下的古老城堡

一过易水，进入燕国地界。

苏秦听到的第一个消息是：老国君病倒，蓟城禁止夜行了。

这个消息使苏秦生出了几分莫名其妙的不安。燕文公在位已经二十九年，是中原战国中以"明智"著称的老君主。苏秦离赵赴燕，就是想从这个明智的老国君身上打开目下的僵局，若燕文公突然病逝，一个国丧至少耽延数月，再加上新君往往忙于理顺朝局，一年内能不能见到新君都很难说。

但苏秦丝毫没有改变目标的念头，反倒快马加鞭，力图早一日赶到蓟城。

北上燕国，苏秦还有一个朦胧的梦，就是见到那个至今还在他心目中保持着几分神秘的天子女官。苏秦原本的打算是：说燕成功，就正式请求拜见国后，能得片时交谈，就了却夙愿了。当然，若说燕不成，这个梦想也就只有永远地埋在心底了。可听到燕文公病倒的消息后，苏秦陡然觉得，无论如何都应该见到她。老国君病危，正是年轻美丽的国后即将失势的尴尬时期，官场宫廷最是冷酷，一旦失势便有可能发生各种危险。此时正是她独木临风之际，苏秦既然知晓，自当义无反顾地助她一臂之力。

昼夜兼程，古老的城堡终于遥遥在望了。时当盛夏日暮，雄伟的燕山横亘在蔚蓝的天际，山麓的城堡显得那般渺小。就在轺车向着山麓城堡疾驰的刹那之间，苏秦倏忽感到了一阵凉爽。燠热顿时消失，仿佛从蒸笼跳到了清凉的山溪，习习山风徐徐拂面，凉爽宜人，与中原盛夏不可同日而语。

古老的城堡果真是戒备森严，城外五六里有马队巡视，喝令一切车辆走马缓行，在城门外验身后方可入城。苏秦到达护城河前时，正逢闭关号角吹响。按照寻常规矩，闭关号角半个时辰内吹过三遍，便要悬起吊桥关闭城门，未入城者便要等到次日清晨开关。苏秦已经验身，匆匆走马，向吊桥而来。

“大胆！找死你！”一声呵斥，一个军吏猛冲过来挽住马缰，硬生生将轺车拉得倒退几步。再看面前，吊桥正在轧轧启动，湍急的卷浪河水就在面前翻滚。

苏秦一时懵懂，及至清醒过来，气咻咻喊道：“一遍晚号关城，岂有此理！”

“咳！脾气比我还大？”军吏不禁“扑哧”笑了，“你这先生从天上掉下来的？戒严半月了，早关晚开，不知道你？没淹死算你命大了，还喊。”

苏秦粗重地叹息了一声：“那，今晚不能进城了？”

“今晚？”军吏又气又笑，“你看着月亮做梦吧。”

苏秦顿时沮丧，坐到石礅上痴痴地盯着护城河湍急的流水发呆。眼看月亮爬上了山头，苏秦依然痴痴地坐着，想到自己事事不顺，不禁一阵长长叹息。

“哎？我都巡察几圈了，你还在这儿守啊？”那个军吏提着马鞭走了过来，一番端详，低声笑道，“说说你入城原由，看我能不能想个法儿？”

苏秦精神一振，连忙拱手一礼：“我乃洛阳士子苏秦，为燕公带来重大消息。小哥若肯帮衬，我当为小哥请赏。”

“与国事相干，有转圜。随我来。”军士上马，苏秦上车，绕行到另一座城门前。军吏扬鞭向城楼高喊：“东门尉听了——有洛阳士子与国事相干，请放入城——”但闻城楼答话：“南门尉不必客气。放吊桥——”苏秦拱手道：“将军原是南门尉，苏秦失敬。”军吏大笑：“先生一言，我就做了将军，痛快！”眼见吊桥轧轧放下，军吏一拱手：“先生请。告辞。”苏秦未及答话，军吏已经飞马去了。

由于是单独放行，东门尉没有开启正门，而教苏秦轺车从便门进入。苏秦进得便门瓮城[1]，道谢之余颇感好奇：“既是国事相干，为何东门可进？南门不可通融？”年轻的东门尉郑重其事地拱手回答：“国师祈天，南门夜开，不利国君病体。”苏秦不禁想笑，可看着东门尉一脸肃然，也连忙郑重点头：“上天佑燕，国君无恙。”

正在此时，瓮城外军士高喝：“国后车驾到——”

东门尉忙道：“先生稍等，国后车驾过去再出。”疾步匆匆地走出了瓮城。

听得“国后”二字，苏秦的心一阵猛跳。是她么？肯定是。国后能

---

[1] 瓮城，古代较大城堡在主要城门旁修建的屯兵、诱敌场所，四周城墙，形似天井大瓮，谓之瓮城。

有几个？从瓮城幽暗的门洞看出去，一队火把骑士当先，一片风灯侍女随后，一辆华盖轺车辚辚居中，车中端坐着一个女子，绿衣白纱，美丽肃穆……苏秦一阵心跳，死死地抓住了车辕。

“啧啧啧！国后当真贤德，每日都要去太庙祈福。”

“那是，国君痊愈，国后平安嘛！”

“难说。真正平安，要天天祈福？”

“嘘——不许乱说！”东门尉低声呵斥。

车马过完，苏秦不待东门尉点头，跳上轺车辚辚出街。一阵疾驰，追上了国后车马，尾随到宫室街区，苏秦轺车不能前行，只好看着那队风灯侍女簇拥着华盖轺车迤逦消失在层层叠叠的宫殿群落里。

燕国自来贫弱，除了五六百年将宫室营造得颇为气派之外，商市民居都无法与变法之后的中原战国相比。蓟城国人居住的街区大都简陋破旧，石板砌的房屋极多，偶有高房大屋，不是官署，便是外国商人开的客寓。月亮尚在山头，城中已经是灯火寥落，行人稀少了。与咸阳、大梁、临淄的繁华夜市相比，蓟城的夜晚的确是一片萧瑟。加上燕山清风毫无暑气，使人在盛夏的夜晚平添了几分寒凉。苏秦满腹感慨，信马由缰地在蓟城转悠，最后来到一家客寓门前，见风灯上大字赫然——洛燕居。店名很是雅致，一问之下，是洛阳商人开的，欣然住了下来。

萧瑟夜晚有客人投宿，店中顿时一片欣然。片刻之间，店东出来相见，是个年过六旬的老人，虽白发苍苍，却矍铄健旺。几句寒暄，老店东得知苏秦乃故里客官，备觉亲切，立即亲设小宴为苏秦洗尘。老人数十年未回过洛阳，殷殷请苏秦详说洛阳变化。及至听苏秦说了一番，老人感慨唏嘘道：“赫赫王城，今不如昔，我辈愧对祖先矣！”

“敢问老人家，可是老周王族？”苏秦知道，洛阳国人大抵都是周室部族。除了苏家这样的殷商后裔，经商之人极少。老人显然不是殷商后裔的那种商人，倒很有可能是因某种变故逃离洛阳的王族子弟。

老人沉默不语，良久，慨然一叹：“洛阳蓟城，俱都式微，周人气运尽也！”

“燕为大国，如何式微？愿闻前辈教诲。”苏秦很想听燕国目下情势，连忙恭敬请教。

“先生当知，燕国乃周武王始封，召公奭为开国君主。目下，这燕国是天下唯一的姬姓诸侯了。若燕国气象振兴，周人或可有望。然燕国也是唯知安乐，不思振兴，已被赵国齐国挤到了边陲一隅，尚不知危难。国君病体恹恹，太子虎视眈眈，臣子惶惶不可终日，偌大蓟城，无一中流砥柱……当真一言难尽也。”

苏秦惊讶地看着老人，更加相信老人绝非寻常商人，思忖问道：“方才入城，见国后为国君祈福而归，人皆赞颂。前辈以为如何？”

“洛阳唯此奇女子，惜乎埋没燕山了。”老人粗重地叹息了一声，“国后本是王族公主，大义高才，自请嫁燕，欲助王族诸侯崛起，使周人重生。可入燕以来，国后多方求贤不成，反与权臣扞格，竟至一筹莫展。燕公病倒，国后更是举步维艰了。国人唯知其贤，不知其难也。说到底，还是天不佑周人也！”

苏秦心头一阵发热，不禁脱口而出：“前辈可是国后同支？”

老人默然良久：“先生何有此问？”

“烦请前辈告知国后：洛阳苏秦入燕。”

老人看看苏秦，默默点头，一句话也没有问。

苏秦一夜难眠，心中闪过与燕姬两次不期而遇的情景，许多疑惑顿时明白，许多疑惑又丛生心头。燕姬不是寻常的女官，竟是王族公主，这是他始终没有料到的。作为公主，自请嫁燕救周，更是他没有预料到的。在他心目中，一个天子女官嫁给诸侯国君，无论命运如何，都是无奈的悲凉的。那个绿衣白纱的美丽身影，其所以深深烙在他的心头，不能说与他深深地为之扼腕无关。现下想来，燕姬原是自己走上祭坛，要以自己的毁灭来拯救衰落的王室部族的。一个女子有如此超乎寻常的情怀，确实令苏秦怦然心动。春秋战国多慷慨悲壮之士，苏秦如同任何一个名士一样，对那些孤忠苦愤的英雄，无不抱有深深的敬意。如今，一个隐藏在古老宫墙里的女子，竟然就是这样一个孤忠苦愤的名士女杰，岂能不教他感慨万千。如此说来，当初在函谷关巧遇，燕姬请他入燕，当是她有意求贤了。可为何只是那么轻轻一问，甚至连正面的请求都没有？敬重他的选择么？为何她没有将他当做一个有用贤士那样，不惜一切手段地争取甚至强迫过来？惊鸿一瞥，任君而去，这是一个兴邦才女的作为么？也许，只有一种理由能够解释……可是，苏秦不愿意那样去想——那只是虚无缥缈的幻象，只是残存在自己心底的依稀旧梦。

次日，苏秦还是到宫室去了。宫廷多诡谲，不管外间如何传闻，总是要亲自尝试一下才踏实。谁知他尚未报名求见，就被宫门将军正色挡回："国君有疾，朝野皆知，如何能见中原士子？若有国事，请到太子府处置。"

无可奈何，苏秦快快回了洛燕居，思忖一番，开始埋首开列早已成竹在胸的《说燕策》纲目。他相信，无分迟早，衰颓的燕国总是需要他的。贤者守时，他就要等待这个机会。日暮时分，店仆送来燕国名吃胡羊葱饼，苏秦胡乱吃了两块，又埋首灯下了。

"嘭嘭嘭"，随着轻轻的敲门声，房门无声地开了，一个面垂黑纱的白衣人已经站到了屋中。苏秦丝毫没有觉察，犹自埋首灯下。

"季子别来无恙？"白衣人轻轻的声音。

苏秦蓦然回首，惊愕间心头电闪："你？你？是……"却终是没有说出。

"季子，你？连我的名字，都叫不出来了？"白衣人声音有些颤抖，说着摘掉黑纱，脱去长大的士子白衣，一个秀发如云绿裙白纱的美丽女子宛然便在目前。

"燕姬……实在没有想到。"苏秦一时间有些手足无措。

"别动，我看看。"燕姬将苏秦扳到灯下亮处，端详有顷，泪光莹莹。

苏秦心念一闪，肃然躬身："国后，苏秦入燕，多有唐突，尚望见谅。"

燕姬眼波一闪，释然笑道："季子请坐，能说说为何选择了燕国么？"

"我有改变天下格局之长策，需要从燕国迂回入手。"说到正事，苏秦顿时坦然。

"燕国只是棋子？"

"不，首要为燕国谋利。不安定燕国，何显长策？"

燕姬静静地看着苏秦的眼睛："季子，你是天下大才，我没有看错。可当年在函谷关，我没有强拉你来燕国，知道原由么？"

苏秦略一思忖："国后，你知道苏秦当日尚在稚嫩，不足以担当大任。"

燕姬叹息了一声，摇摇头道："我没有那般远见……季子，听听我的心里话，我们都不要欺瞒自己了。洛阳王城初识君，便知君为天下英杰。燕姬固想挽回王族危难，心中也自知难为。周室衰微，根在久远，时势已过，灭亡难免。三皇五帝，夏商至今，谁曾见过万世不朽的王室王族？燕姬身为王族之后，自当为王族之苟延残喘尽孤愤之力。这是一条看不见尽头的幽幽穷途，燕姬不想将一个天下英才拉着殉葬。你看中强国，要在那里实现辉煌的功业，燕姬心里很是清楚。鲲鹏展翼九万里，燕姬岂忍将君当做蓬间雀？平心而论，若非王族之身，燕姬早随君去了……"

"燕姬！"

"季子……"燕姬走了过来，轻轻抱住了苏秦，低声道，"日后有时日。"

苏秦有些恍惚起来。本来他已经拿定主意，若能得见，只和燕姬说国事。自从他听说燕姬是王族公主后，这个主意更坚定了。他觉得自己很清醒，一个自觉为没落王族献身的女才士，绝不会为了一个朦胧的梦幻使自己陷入私情纠葛之中，与其后患难料，不如一开始就不要发生。可是，燕姬的一番倾诉，竟然就如此轻易地模糊了自己的棱角，如此轻易地打碎了自己的坚壁，无论自己内心如何呐喊着"岂有此理"，他都无法抗拒那轻柔的拥吻。刹那之间，苏秦觉得自己不清楚自己了，而在此前，他对自己的自制力是毫不怀疑的。多少次，他都满怀怜惜地准备抱起妻子，与她完成敦伦大典，可最后都因为内心自责"虚情"而退却了。苏秦因此而相信，他在男女之事上是冷漠的，是永远不会陷入私情纠葛的。从来不隐讳丽人嗜好的张仪，嘲笑他是"柳下惠坐怀不乱"，可也由衷地称赞"苏兄心如铁石，堪当大任也"。今日是怎么了，铁石之心如何瞬间消于无形？

"季子，不要自责。"燕姬悠然一笑，"你对自己总是苛求过甚。情理人欲，与天地大道相合，有何惭愧？”说也奇怪，燕姬几句话，苏秦顿感舒坦明朗，不禁笑道：“苏秦还是学未到家，惭愧。”燕姬不禁笑道：“噫？你如何与奉阳君那个家老一辙？”苏秦惊讶道：“奇！你如何知道那个‘惭愧’家老？”

“日前，奉阳君派家老率领三名赵国太医，前来为燕公治病。”

“燕公接受么？”苏秦蓦然心动。

“燕赵世仇，如何接受？可燕国正在艰难，又不好开罪赵国。”

“燕姬。”苏秦肃然道，“我可化解燕赵纠葛，只不知燕公是否还清醒？”

燕姬没有丝毫惊讶，凄婉一笑：“季子入燕，必是瞄着燕赵仇隙而来。否则，燕国也真是没有价值。”

“燕姬……”

“季子，燕公没有大病，三日内你可以见他。”

“没有病？”苏秦虽然惊愕，却也立即一阵轻松，“宫闱深邃，又是一奇也。”

燕姬嫣然一笑：“日后你会知道的。季子，我得走了。”

“这就走？”苏秦很惊讶，想到函谷关竟夜畅谈，显然大觉意外。

“等我消息。”燕姬匆匆说了一句，迅速地穿上白衣戴上黑纱，没等苏秦说话便带上门出去了。苏秦怔怔地站着，觉得像一场梦。

发了一会儿呆，苏秦漫步来到洛燕居后园，登上了土丘石亭。山风凉爽，碧蓝的夜空星斗满天。啊，天帝之车北斗星已经略微偏西了，除了玉衡光芒四射，其余六星都是那样混沌不清；[1] 尤其是居于枢要的斗魁四星，尽皆暗淡昏黄。按照星象分野，此刻的玉衡所指，正是河西秦川所在。虽然天象难测，苏秦更非占星家，但也许应了“象由心生”这句老话，今晚这北斗星象苏秦却看得分外清白：一星独明而六星昏暗，这不分明便是天下大势么？苏秦啊苏秦，你要改变这种天下格局，却是

[1] 古星象家认为，北斗星既是天帝之车“运于中央，临制四乡”，又在不同季节的不同时分指向不同分野，其光芒的明暗强弱，预示着分野之际的灾异祸福。北斗七星分别是天枢、天璇、天玑、天权、玉衡、开阳、瑶光。“玉衡”是北斗第五星，与“天帝”（天权星）相连。

谈何容易？燕国之行看来气运不错，能不能做成一个有气势的开端，还得看自己的作为；以燕姬的身份与神秘降临来看，她是无法对燕公正面提及自己的，她所能提供的只是机会与条件，能否把握住这个难得的机会，归根结底还要靠自己的真实谋划。心念及此，苏秦反倒觉得踏实了。如果自己依靠燕姬的荐举力保而任职燕国，那在他是无法接受的。莫说燕姬是红颜名士，即或燕姬是须眉豪杰，他也照样无法接受。苏秦出山，永远有一个坚定的信念——依靠自己独特的智慧与才华，打开一条独特的功业大道，非如此，苏秦枉修纵横之学十余年。

天将拂晓，苏秦方才回到住房，心中虽是轻松，却也疲惫不堪，倒头便睡。一觉醒来，已是午后日斜。梳洗一毕，自觉神清气爽，看见书案上摆着一盘松软酥香的胡饼与一壶温热的米酒，立即大嚼一阵，风卷残云般一扫而光，惬意中正待起身，眼角余光忽然瞄见一支竹简孤零零地摆在书案中央。

苏秦目力不济，连忙拿过竹简近看，顿见一行小字入眼——明日酉末进宫！

太阳一落下燕山，蓟城一片暮色了。

燕文公觉得自己老了，一个显然的感觉是心绪特多烦躁，忧心的事连绵不断：秦国刚夺了赵国晋阳，捎带抢去了燕国两座小城；还未及反应，北边胡人又有数万骑兵抢掠骚扰；刚一出兵，西南边中山国又趁火打劫；及至回兵，狡猾的中山狼又销声匿迹；正欲报复，东南边齐国渔民又是明火执仗地争夺湖泊水面。这些事还只算麻烦，最严重的是赵国这个老冤家正在边境集结重兵，准备寻衅攻燕。百思无计，燕文公与国后密商，决定称病诱敌，同时秘密集结兵力，要一举解决赵国威胁。

谁知事有乖戾，他染病不起的消息一传出，太子却想入非非，密谋发动宫变提早夺权。燕文公觉察后气恼攻心，竟真的病倒了。若不是国后燕姬斡旋折冲，说服太子负荆请罪，又说服燕文公隐忍不发，燕国大局还真要崩溃了。其间，赵国奉阳君狐疑不定，假惺惺派来太医“救治燕公”，燕文公只好压下了太子事端，将计就计地认真病了起来。

暮色降临，燕文公觉得憋闷，吩咐内侍将自己的病榻抬到湖泊竹林旁。待内侍退去，他坐了起来，在清凉的晚风中沿着湖边漫步。走得一段，两盏风灯从对面悠悠而来。燕文公知道，那一定是国后，别人到不了这里，包括太子。

“国公，如何一个人出来走动了？”老远传来燕姬关切的声音。

“你呀，当真了？”燕文公对年轻美丽的妻子几年来的作为很是信服，见面便高兴。

燕姬上来扶住燕文公笑道：“原本就是真的也。来，慢慢走，到亭下坐坐。”

这是一座宽敞的茅亭，脚下绿草如茵，背后竹林婆娑，面前波光粼粼，周遭晚风习习，加之燕山凉爽，夜无蚊虫，真是湖边一块上佳的休憩所在。燕姬吩咐侍女在亭下石榻上铺好竹席置好靠枕，扶着老国君舒适地斜倚石榻，然后吩咐侍女推来酒食车，说她要在湖边与国公小酌。燕文公大是欣然，立即催促侍女快去快回。

“国公，我方才从太庙归来，在宫门遇见一个求见士子。”

“又觉是个人才？”燕文公不经意地笑着。

燕姬笑了笑：“我倒是没留意，只是在暗处听他与宫门尉争辩，方知他是洛阳名士苏秦。国公可知此人？”

“苏秦？噢——莫非是几年前，名震一时的鬼谷子高足？”

“对，是他。他说‘燕有大疾，我有长策。拦苏秦者，燕之罪人也’。我便秘密唤来宫门尉，安顿他在宫门等候，又连忙赶来禀报国公。”

燕文公默然有顷，高声吩咐：“来人！立即带苏秦从秘道入宫，在此晋见。”

“遵命。”竹林边老内侍答应一声，匆匆去了。

片刻之后，燕文公遥见一人随着老内侍飘飘而来，月光下，但见来者散发大袖，步态洒脱，内心先暗自赞赏。及至稍近，已能看清来者的服色是洛阳周人特有的深红，燕文公更是平添了几分亲切，觉得在如此月夜清风中与一个来自故国的名士相见，纵无奇策，也是快事一桩。

“洛阳苏秦，参见燕公。”

“先生请入座。”燕文公欠身作为还礼，“本公稍有不适，不能正襟危坐以全礼待之，尚请先生包涵。来人，上酒，为先生洗尘。”

几年苦修，苏秦目力本已减弱，但眼下却毫无朦胧之感，只觉天上一轮明月，地上碧水绿草，虽无风灯照明，已是澄澈一片。茅亭下石榻上的国君，苏秦也看得分外清楚，须发斑白，干瘦细长，晶亮的目光与喘息的声气大是不相符合。

“月是燕山明。先生，品一爵老燕酒，看比赵酒如何？”燕文公微笑举爵，却只是轻轻呷了一口。

苏秦举爵一饮而尽，置爵品咂：“肃杀甘洌，寒凉犹过赵酒。”

“好！老国人毕竟有品位。”燕文公大笑，“可笑赵人，竟传我燕人不善酿酒也！”

“酿得好酒，又能如何？”

“先生差矣！”燕文公很兴奋地把玩着酒爵，“酒乃宫室精华，无五百年王族生涯，不足以领略王酒奥秘。譬如《大雅》国乐，若非庙堂贵胄，岂能品得其中神韵？赵人暴发立国，粗俗鄙陋，以蛮辣赵酒风行于天下，岂不令人齿冷？”

“燕公博闻，可知天下贵胄，品位第一者何人？”苏秦悠然笑问。

“噢？闻所未闻，何人堪称‘贵胄品位第一’？”

“魏国公子卬。”

“啊，公子卬？”燕文公大笑，“声色犬马之徒也，谈何贵胄品位？”

“燕公但知其一，不知其二也。”苏秦笑道，“所谓声色犬马之徒，乃此人败国，天下指控之辞。究其衣食住行、鉴赏交游、宫室建造、狩猎行乐而言，公子卬天下第一贵胄也。梁惠王[1]尚自愧弗如，何况他人乎？此人食不厌精脍不厌细，带兵出征与商鞅争夺河西，尚且要从千里之外的安邑洞香春飞马定食；逢春必循古风，踏青和歌，与民间少女篝火相偎；行猎必驾战车、带猎犬、携鹰隼，祭天地而后杀生；每饮宴必有各等级铜爵千尊以上，使每人爵位席次丝毫不差；每奏乐必《大雅》、

[1] 梁惠王，即魏惠王，因魏国迁都大梁而产生的当时称谓。

《小雅》，乐师有差，必能立即校正；每入王宫遇梁惠王狎昵美姬，视而不见，谈笑自若；收藏古剑，品尝美酒，鉴赏妇人，更是精到之极。不瞒燕公，苏秦不善饮酒，对老燕酒之品评，正是公子印判词也。”

“先生似有言外之意？”燕文公听得仔细，却觉得哪里拧劲儿。

“一国之君，唯重王族血统，必坠青云之志。处处在维护贵胄品位上与邻国角力，纵然事事尊贵，亦徒有虚荣也。”苏秦素来庄重，一番话直责燕文公。

“先生言如药石，愿闻教诲。”燕文公肃然坐起，拱手一礼。

“战国以来，天下大争，唯以实力为根本。然燕国却百余年几无拓展，颓势如年迈老翁。安乐无事，不见覆军杀将，天下无过燕国也。此中根本，皆在公族虚荣之心，若瞽若聋，闭目塞听，不思整肃实力，不思邦交周旋。若非燕国地处偏远，早成卫、宋之二流邦国也，何能立身战国之世？”

燕文公粗重地叹息：“先生痛下针砭，亦当有药石长策。”

“强燕长策有八字：内在变法，外在合纵！”苏秦清晰果断。

燕文公眼睛骤然一亮：“敢请先生详加拆解。”

“强国根本在变法，已经成天下公理，无须多言。然变法需要邦国安定，无得外患，否则不可能全力变法。目下燕国危难在外，得外事为先，邦交为重。而燕国外患，须得从天下大势出发，一体解决，方为长远之策。如今天下大势之根本，在于强秦东出，威胁山东。尤其秦国占领晋阳之后，对燕国威胁也迫在眉睫。唯其如此，燕国解决外患，立足点也是八个字——修好赵国，合纵抗秦！”苏秦一挥手，又江河直下，“燕与赵多年交恶，此为燕国大谬也。赵国在西南，如大山屏障一般，非但为燕国挡住了当年魏国霸主的兵锋，而且为燕国挡住了今日秦国的兵锋。赵国处四战之地，国人悍勇善战，兵势强过燕国多矣。赵若攻燕，一日便能越过易水，而直抵蓟城。若非中原乱象多有掣肘，赵国兵祸早已湮灭燕国了。当此情势，燕国本当与赵国结盟修好，然燕国却屡屡在赵国有外战时袭击赵国，以致仇隙日深，终致赵国决心策动灭燕大战。究其竟，实属燕国长期失误所致。一举安赵，燕国外患便消弭大半，燕国之声望地位便立可奠定。此为修好赵国。”

“合纵抗秦如何？”

“秦为虎狼，已对山东构成灭国之患。然山东列国犹不自知，一味地相互攻伐，陷入一片乱象。长此以往，不消十余年，秦必逐一吞并中原。此情此景，绝非危言耸听。当此之时，中原列国本当结盟同体，形成山东一体合纵之大格局。若得如此，强国并存，天下安宁。惜乎无人登高一呼，连接天下。若燕公能做发轫之举，燕国纵不是盟主，亦当成为堂堂大国。其时外患熄灭，境内安定，再行变法，燕国何愁不强？王族何愁不兴？此为合纵抗秦也。”

“好！”燕文公听得血脉偾张，霍然站了起来，“先生真长策，燕人举国从之。”说罢，深深一躬。

“原是燕公贤明。”苏秦连忙扶住燕文公。

“天佑燕国，赐我大才。”燕文公满面红光，兴奋地对天一拜，又转身看着苏秦，“从明日起，先生便是燕国丞相，安赵合纵！”

“不妥。”苏秦冷静地摇摇头，“安赵合纵，臣唯以特使之身可也。骤然大位，反使燕公与臣皆有诸多不便。”

燕文公惊讶了，思忖有顷，猛然拉住了苏秦的双手：“成功之时，卿必是大燕丞相！”

次日，燕文公书告诸臣病愈理事，首先召太子并枢要大臣与苏秦会商国政。苏秦对强燕大计作了整整一个时辰的陈述解说，竟意外地获得了权臣们的一致认可。燕文公更是高兴，立即下诏：特封苏秦为武安君，职任燕公全权特使，赴赵结盟合纵。权臣们见苏秦虽然高爵，却并无实职，自然异口同声地赞同，纷纷提议重赐苏秦，以壮行色。燕文公当殿赐了苏秦六进府邸一座、黄金千镒[1]、绢帛三百匹、驾车名马四匹、护卫骑士百人并一应旗号仪仗。

举殿皆大欢喜，燕国君臣期待着一举摆脱困守燕山的尴尬险境。苏

[1] 镒，战国重量单位，一镒合二十两，千镒即两万两。

秦请准了三日准备之期。他不想在合纵功成之前搬入那座府邸，依旧住在洛燕居，只是到府邸去了一日，料理了出使的所有文书、印信，确定了两名随行文吏。事毕当晚，苏秦策马南门，找见了那个南门尉。

“哎呀先生，那日进城顺当么？”南门尉很是高兴。

“兄弟，可愿随我建功立业，挣个爵位？”苏秦开门见山。

南门尉困惑地笑了：“末将一介武夫，但不知派何用场？”

“做我的护卫副使如何？”

“护卫副使？”南门尉惊讶了，“先生做了公使？”

苏秦点点头：“官不大，愿意去么？”

南门尉慨然拱手：“末将荆燕愿追随先生！只……不敢当兄弟称呼。”

苏秦大笑：“好个荆燕，解我急难，成我大事，虽兄弟不能报也，何愧之有！”

“大哥在上，受兄弟一拜！”南门尉荆燕慷慨激奋，纳头便拜。

苏秦连忙扶住：“荆燕兄弟，半个时辰后你到蓟城将军府交割，明日卯时到武安君府。”说完飞马去了。

回到洛燕居已是初更，苏秦用过晚饭闭门沉思，究竟该不该见燕姬一面？她方便不方便，会不会给她带来麻烦？想了半日，一件事也想不清楚。正在暗自烦乱，门却无声地开了。苏秦刚一回头，一件白色物事凌空笔直飞来。他大惊跳开，那件物事却轻飘飘地落在书案正中，毫无声息。一打量，是折叠紧凑的一方白绢。苏秦不禁哑然失笑，隐约已经明白，拿起白绢打开，两行大字赫然入目——盟约结成，当回燕国，以燕为本，可保无恙。

夜静更深，明月临窗，苏秦怔怔地站着，心绪飞得很远很远。

四　明大义兮真豪杰

燕国使团大张旗鼓地出发了，蓟城国人几乎是倾城而出，夹道欢呼。

多少年来，燕国朝野都没有如此舒心过。一次特使出行，使君臣国人如过年节如迎大宾，似乎确实有些小题大做了。但苏秦却明白其中原由，他从夹道国人明朗真诚的笑脸上看到了渴望灾难消弭的激动兴奋，从朝臣们郑重其事的恭敬中看到了他们为燕国能够发动一次正义结盟而生出的骄傲。几百年了，燕国人从来以“周天子王族诸侯”骄傲，以西周时代“靖北大国”的功勋骄傲。就是在礼崩乐坏的春秋时期，燕国北抗胡族，也是备受天下敬重的邦国。可进入战国以来，燕国的光环消失了，外出燕人在列国再也不是受人敬重的大邦国人了，困守一隅，连中山狼这样的蛮邦都敢挑衅燕国，燕国朝野如何不感到窝火？多少年来，燕国与赵国、齐国之所以锱铢必较，为的就是维持些许可怜的面子，守住些许脆弱的尊严。苏秦一策点化，使燕国豁然开朗——燕国可以消弭兵灾！燕国可以高举抗暴安天下的正义大旗，成为力行天道的大国！燕人以天下为己任的王族子民的胸怀立即显现了出来，古老周人敬重功臣的传统情怀，也淋漓尽致地涌现出来，如何能不感激这位来自洛阳王畿的天赐大才？

轺车辚辚，站在六尺车盖下的苏秦肃穆庄重，心头反复闪过白绢上的大字“以燕为本，可保无恙”。古老疲弱的燕国啊，谁能想到，你竟然会成为第一个接纳合纵长策改变天下格局的国家！

十里郊亭，燕文公为苏秦饯行：“苏卿谨记，成与不成，速回蓟城。”

苏秦慨然举爵：“受燕重托，忠燕之事，苏秦决然不辱使命！”

绿衣白纱的国后燕姬走到百人骑队面前，亲自从内侍手中抱过酒坛，一碗一碗地斟满了整齐排列在骑士们面前的大碗，然后举起一碗老燕酒道：“燕山壮士们：燕国安危在武安君，武安君安危在你等。身为国后，为了燕国存亡，为了武安君平安，我敬壮士们一爵！”说完一饮而尽，躬身殷殷拜倒。肃然列队的骑士们热血沸腾了，全体刷地跪倒。荆燕拔剑高喝：“歃血——”百名骑士齐刷刷拔剑向掌中一勒，大手一伸，鲜血滴入了每个陶碗。

荆燕举起血酒，激昂立誓：“义士报国，赴汤蹈刃！不负国后，不负武安君！”

“义士报国，赴汤蹈刃！不负国后，不负武安君！”百名骑士举碗汩汩饮尽，一齐将碗摔碎。骤然之间，苏秦热泪盈眶。借着向燕文公躬身告别，大袖一挥，遮住了自己的泪眼，转身下令：“起行！”跳上轺车辚辚去了。

当苏秦车队到达易水河畔时，接到探马急报：赵国发生宫变，奉阳君府邸被围困。

大权在握的奉阳君根本没有觉察到危险在临近，更没有想到，此等危险是由被他贬黜边地的肥义引出的。肥义原本就是与草原匈奴作战的将军，罚他到边军中做苦役，恰恰使他如鱼得水，不久便生出了事端。

赵国大军素来有步骑两大势力：步军以奉阳君一族的封地为成长根基，主要驻守赵国南部，对中原作战；骑兵以国君嫡系一族的封地为根基，主要驻守雁门、云中、九原等隘口要塞，对匈奴作战。那时，阴山草原尚在匈奴（胡人）之手，燕、秦、赵三国均受到匈奴游骑的很大威胁。赵国北部边境恰恰又与匈奴部族正面接壤，地域最广阔，所受威胁最大。直至战国中期，赵国边患始终是匈奴大于中原。正因为如此，北边的骑兵一直是赵国的主力大军，但却很少开进中原作战。中原列国之所以经常占赵国便宜，却又对赵国畏惧三分，顾忌的也就是这支骑兵大军。赵国之所以屡败于中原而笃定以“强赵”自居，倚仗的也是这支等闲不动的锁边力量。

赵肃侯目光深远，将少年太子赵雍派到北边锤炼，为的就是掌控这支主力大军。赵雍是一个胆识过人的少年英雄，与肥义一见如故，成了忘年至交。其时，肥义正是北边骑兵的名将之一，深沉而有机谋，在军中很有根基。赵雍将肥义荐举给父亲，赵肃侯立即调肥义入朝，做了官小权大的兵库司马，掌管全军兵器配给。这兵库司马隶属国尉，而国尉府历来都是武职文事，奉阳君不屑掌管，给了国君面子，由着他去任命。肥义秉承国君叮嘱，凡奉阳君调拨兵器，不驳不挡，只是及时禀报国君。如此两三年中，倒是相安无事。这次偏偏遇上“人猫”李家老要捉弄肥义，使肥义去碰奉阳君的清晨大忌，引得奉阳君恼羞成怒，当场将肥义重贬治罪。

奉阳君听“人猫”家老一番解说，自感借此拔了一颗铁钉子，高兴得连呼快哉快哉。

正在奉阳君府邸举酒相庆之际，大祸突然降临——两千精兵从天而降，包围了府邸。原来，肥义权衡朝局，决意发动宫变。借着屈辱难耐为由，肥义通联军中密友歃血为盟，立誓杀回邯郸复仇。大事底定，肥义又与赵雍秘密联络，一拍即合，于是率两千精骑星夜南下，在邯郸城外的山谷隐蔽三日，换装散流入城，重新秘密集结，在月黑风高的夜晚，突然包围了奉阳君府邸。

奉阳君大怒，亲自率领府中二百名甲士冲杀突围。可血战两个时辰，二百名甲士全部战死，也没能迈出前院一步。绝望之下，奉阳君手刃全家老小十余口，长声嘶吼：“赵语，我何负于你？出此毒手——”愤怒剖腹，人已气绝，兀自腹中插剑，跪立血泊之中。

肥义冷笑着一剑砍倒奉阳君尸体，喝令搜查李家老。这只“人猫”被血战吓得魂飞胆裂，竟软倒在茅厕里，被押到肥义面前时尚禁不住屁滚尿流。肥义嘿嘿嘿笑了几声：“如此腻歪小人，当真令人恶心！”剑光一闪，李家老雪白的肥头已经飞出了丈外。

突变发生，赵肃侯尚蒙在鼓中，及至得报，大剿杀已经完毕。赵肃侯迫于无奈，只好出面收拾残局：立即赐肥义兵符，令其调兵封锁邯郸外要塞隘口；又命太子赵雍镇守邯郸，同时派出快马特使，急召奉阳君一脉的在外将吏还都。赵肃侯自己则紧急召集文武百官，宣布奉阳君谋逆大罪，立即晋升了一批新贵，当殿剥夺了奉阳君亲信将领的全部兵权。

一番紧急折腾，邯郸总算没有大乱。这时，奉阳君一脉的在外势力也全部回到了邯郸。赵肃侯下诏：除官升爵——每人爵升两级，实职全部免除，封地变为虚封（只收赋税而无治权）。至此，赵国局面才算大体稳定了下来。但从此以后，赵国的边地将军便在政局中开始拥有极为特殊的地位，致使军人宫变成为赵国无穷的后患。大局方定，探马急报：燕国武安君苏秦出使赵国，已到邯郸城外。

“燕国特使？”赵肃侯冷笑，“老朽之国，又来使诡计？不见。”

“父侯且慢。”赵雍上前低声耳语了一阵。

赵肃侯思忖点头：“也好，那你去迎他。”

倏忽之间，苏秦又来到了邯郸，然则今非昔比，心中不禁感慨万分。

太子赵雍亲自在北门外隆重迎接。将苏秦护送到驿馆住好，赵雍尚无离去之意。苏秦已知邯郸宫变情形，对这位尚未加冠而威猛厚重的太子颇有好感，也知他对赵侯大有影响，诚恳相邀饮茶清谈。赵雍爽快，一口答应，两人便在驿馆庭院的竹林茅亭下品起茶来。

“武夫好酒，我只觉这茶太清苦了。”赵雍呷了一口笑道。

“太子不闻《诗》云：谁谓荼[1]苦？其甘如荠。”苏秦悠然一笑，“茶之为饮，发乎神农氏，闻于鲁周公。那时候，酒还在井里呢。”

“酒如烈火，茶若柔水，可像赵燕两国？”赵雍颇为神秘地笑着。

“此火此水，本源同一。若无甘泉，酒茶皆空。”苏秦应声便答。

“先生好机变，佩服。”赵雍不禁肃然，俄而微笑低声道，“闻奉阳君家老与阁下交好，可有此事？”

苏秦大笑一阵道：“此等人猫，想不到竟被奉阳君当做心腹，当真天杀也！”见赵雍欲言又止的样子，苏秦心中一动道，“太子，奉阳君一脉在燕国多有势力，与辽东燕人渊源颇深。我在得知邯郸事变后，已经快马知会燕公，对奉阳君势力多方监视，务使对赵国无扰。”

“先生周详，父侯定然高兴。”赵雍显然轻松了许多，“恕我直言，燕国惯于骚扰赵国，尽做偷鸡摸狗勾当，赵国朝野不胜其烦。然则说到底，赵国也无力全吞了燕国。赵国为中原扛着匈奴这座大山，中原列国还要趁机挖我墙脚，赵国压力太大了。否则，赵国早对燕国算总账了。赵雍心中无底：燕国虽然听从先生，然则究竟能否改弦更张，从此停止偷袭？”

“能。”苏秦坦然坚定，“太子所疑自有道理。苏秦原本也觉燕国怪诞乖戾，入燕体察，方知燕国公室虚荣过甚，常以锱铢偷袭之利，维持贵胄尊严。今燕公悔悟，已明燕国利害之根本，和赵也得朝野拥戴，何能

[1] 荼，先秦时对“茶”的称谓之一。

旧病复发做市井行径？”

“好！要的就是这句话。”赵雍爽朗大笑，“先生且歇息半日，静候佳音。”说完拱手一礼，匆匆去了。

苏秦望着远去的赳赳身影，不禁感慨赞叹：“天生赵雍，赵国当兴也！”

次日清晨，荆燕匆匆来报：“国君特使来迎，车马已到馆门。”

苏秦以为是赵雍亲来，连忙迎出馆门，却见轺车下来一个决然不过十五六岁的少年，红衣玉冠，面目清朗，一股勃勃英气。苏秦稍有愣怔，少年已经双手捧着一卷竹简深深躬下：“公子赵胜奉君命前来，恭迎武安君入宫。”虽然两句话，却是声音朗朗轻重有致，大是清新。

“此儿少年加冠，又一个弱冠英才！”苏秦心头一闪，接过少年手中的国君君书展开，两行大字赫然入目：“特命公子胜为特使，迎燕国武安君来落雁台会商，赵侯即日。”方未合卷，但闻马蹄沓沓，荆燕已经领着百人骑队将苏秦的轺车驾了过来。

“荆燕，就你随我前往便了，护卫骑队撤回。”苏秦想的是凸现对赵国的信任。

荆燕尚在犹豫，公子赵胜拱手朗声道：“国君有命，武安君可带全部护卫入宫。”

“既然如此，公子请。”苏秦心中顿时一热，也不想反复推托。

“武安君请。”公子赵胜恭敬还礼，上前将苏秦轻轻一扶上车。待苏秦坐定，赵胜拱手道，“敢请驭手下车，赵胜为武安君驾车。”

荆燕目光一闪，就要制止。这个驭手是万里挑一的驾车剑术两精通的奇才，而且是国后燕姬亲自交到荆燕手中的，如何能轻易换了？燕赵世仇，谁敢掉以轻心？哪知尚未开口，却见苏秦笑道：“恭敬不如从命，正可领略公子车技了。”驭手看看荆燕，荆燕一摆手，驭手身形未动已跃起飞出，落在两丈外的一匹备用战马身上。

“好！燕国有此奇士，当教我的几个门客也见识一番。”公子赵胜显然也是此道痴者，少年心性顿时流露，未见动作，人已经站上了车辕，两手一展两边马缰，轻轻一抖，轺车已经辚辚上街。片刻之间，轺车马队出了邯郸北门，直向落雁台飞来。公子赵胜立在车辕，英挺明朗，长发随着大红斗篷迎风飘舞，当真是玉树临风。也不见他有大幅度动作，只是两缰轻摇，偶尔一声口哨，轺车却始终是平稳飞驰，毫无剧烈颠簸。苏秦多有游历，也算得驾车好手，却真是惊叹这个少年公子的本领。要知道，他驾的是陌生车马，要在搭手之间对车马秉性立即感悟，岂是一件容易的事情？

不消片刻，落雁台已经遥遥在望。

落雁台，是赵成侯时为庆贺雁门关对匈奴的一次大胜仗修建的，坐落在邯郸城北的寖水南岸，实际上便是赵肃侯的行宫。落雁台建在一座小山顶上，从山下开始，一百余级的白色石梯直达山顶的绿色宫殿，远远望去，如在云天。苏秦知道赵国君主有个传统，大事往往在宫外会商。今日赵侯将会见地选在落雁台，应该是一个很好的征兆。

车队马队到得台下，早有太子赵雍迎了上来，与赵胜左右陪伴着苏秦登台。燕国的百名骑士下马在后紧紧跟随。到达顶端下的平台时，苏秦命令卫队止步，只许荆燕以副使身份跟随。赵雍本来还要请卫队上台，被苏秦坚执谢绝了。

落雁台顶端实际上是一个硕大无比的石亭。除了“亭”后树林中有两排房屋作为起居饮食处所外，落雁台廊柱环绕，四面临风，居高鸟瞰，确实使人心胸顿时开阔。此时落雁台上已经肃然聚集了赵国的十几名实力权臣，赵肃侯居中就座，显然已经将赵雍对苏秦的试探说了，权臣们正在各自思忖，间或小声议论一阵。

“燕国特使武安君到——”

随着内侍在台口的高声报号，苏秦在赵雍、赵胜陪伴下踏进了落雁台大厅。

“燕使苏秦，参见赵侯。”苏秦深深一躬。

赵肃侯在座中大袖一伸遥遥虚扶：“先生辛苦，入座。”

一名红衣老内侍立即轻步上前，将苏秦引入赵肃侯左手靠下的长案前就座。苏秦一瞄，赵雍已经坐在了他对面案前，少年公子赵胜竟然坐在赵雍之下，心中不禁暗暗惊讶，看来这个少年公子在赵国果然是个人物。

“先生使赵，何以教我？”赵肃侯淡淡开口。

“苏秦使赵，事为两端：一则为燕赵修好，二则为赵国存亡。”苏秦肃然回答。

话音落点，座中一人高声道：“肥义不明，敢问特使：前者尚在特使本分，后者却分明危言耸听！赵国有何存亡之危？尚请见教。”

“将军看来，赵国固若金汤。苏秦看来，赵国危如累卵。”

“轰——”一言落点，举座骚动。一个白发老臣颤巍巍道：“苏秦大胆！百余年来，赵国拓地千里，北击匈胡，南抗中原，巍巍乎如泰山屹立，如何便有累卵之危？”

苏秦悠然笑道：“国之安危，在于所处大势。大势危，虽有破军杀将之功，终将覆没，此春秋晋国所以亡也。大势安，虽有数败而无伤根本，此弱燕所以存也。赵国地广两千里，步骑甲士三十万，粮粟有数年之存，隐隐然与齐魏比肩，堪称当今天下强国。”苏秦一顿，辞色骤然犀利，“然赵国有四战之危、八方之险，纵能胜得三五仗，可能胜得连绵风雨经年久战？”

“何来四战之危、八方之险？当真胡说！”肥义显然愤怒了，竟然用了“胡说”两字。赵国人将匈奴胡人之说蔑称“胡说”，意谓乱七八糟的肮谬之言。这在赵人是很重的斥责了。苏秦却没有计较，侃侃道：“四战之危，乃赵国最主要的四个交战国：魏赵之战、秦赵之战、韩赵之战、燕赵之战。此乃四战。诸君公论，赵与四国之间，血战几曾停止过？”见座中一片寂然，无人应对，苏秦接道，“更以大势论，匈胡之危、中山之患、齐赵龃龉、楚赵交恶，再加秦魏韩燕经年与赵国开战，岂非八方之险乎？”

满座寂然，唯有肥义涨红着脸喊道：“即便如此，奈何赵国！”

苏秦大笑道：“匹夫之勇，亡国之患。赵国之危，更在心盲之危。”

“此言怎讲？先生明言。”公子赵胜急迫插话。

“所谓心盲者，不听于外，不审于内也。赵国自恃强悍，与天下列国皆怒目相向，动辄刀兵相见，外不理天下大势，内不思顺时而动，致成好勇斗狠之邦，譬如盲人瞎马，夜半临池……”

“啊——”举座大臣惊讶地一声喘息，虽然很轻，寂静中却清晰可闻。

“依先生所言，天下大势作何分解？”公子赵胜紧追不舍。

苏秦应声便答：“方今天下，人皆说乱象纷纷，列国间无友皆敌。此乃虚象也，此言亦大谬也。方今天下大势之根本有二：其一，山东列国势衰，陷入相互攻伐之乱象；其二，关西秦国崛起，利用六国乱象，大取黄雀之利。近四五年来，山东列国相互五十余战，大体上谁也没占得一城之利。然则再看秦国：三五年来先夺房陵，大败楚军，威逼楚国迁都；再夺崤山全部，使魏国向东龟缩三百里；又夺韩国宜阳铁山，锋芒直指河内[1]沃野，对周韩魏如长矛直指咽喉；三夺赵国晋阳，直在赵国肋上插刀，在燕国门庭舞剑；唯余齐国无伤，皆因相隔太远。一朝中原打通，齐国顿临大险。这便是如今天下大势之要害——强秦威慑中原，而中原却一片乱象，坐待秦国各个击破，分而食之。赵为山东强国，不思大势根本，一味牙眼相还，唯思些小复仇，岂非要被强秦与乱象湮没哉！”

落雁台大厅静得唯闻喘息之声，谁也提不出反驳，人人都觉得一股凉气直贯脊梁。

“先生之策若何？”赵肃侯终于开口了。

苏秦精神大振，胸臆直抒：“安国之本，内在法度，外在邦交。刀兵争夺，邦交为先。今山东六国皆在强秦兵锋之下，赵国又在山东六国之腹心。山东大乱，赵国受害最深，威胁最大。山东安，则赵国自安。唯其如此，赵国当审时度势，借燕赵修好之机，发动合纵盟约，六国一体，共同抗秦！如此则天下恢复均势，赵国可保中原强国之位。”

“先生且慢。”肥义站了起来，“合纵盟约，如何约法？得说个明白才是。”

“合纵盟约，大要在两点：其一，六国结盟，互罢刀兵；其二，任何一国与强秦开战，五国得一齐出兵救援。救援之法，以开战地点不同而不同。苏秦拟定了六套互援方略，各有一图，尚请将军指教。”说着回身吩咐，“荆燕副使，请张挂六图。”

[1] 河内，与“河外”相对，指黄河东折后的南岸平原；河外指北岸平原。

荆燕利落地打开木箱，拿出六幅卷轴。赵胜大感兴趣，连忙走过来帮忙，片刻将六幅卷图张挂在六根粗大的廊柱上。赵国臣子几乎人人都有过戎马生涯，聚拢过来看得片刻，不消解说已经大体明白，不禁相互议论点头，大有认同之意。

肥义看得最细，看罢也不与人交谈，径直走到苏秦面前高声问道："六国同盟，我赵国吃亏最大，要为他邦流血死人，对么？"

"将军差矣！"苏秦毫不回避肥义锋棱闪闪的目光，慨然高声道，"恰恰是赵国得利最大。要说首当其冲之危害，当属魏韩两国。但得合纵，魏韩便成赵国南部屏障，秦国纵是虎狼，也不可能越过魏韩径直从天外飞来。此中道理，将军当不难明白。"

肥义沉默，又不得不点头。

"然则，赵国总不至于只乘凉，不栽树吧。"苏秦跟了一句，颇有讥讽。

"岂有此理！先生轻我赵人也。"公子赵胜满面涨红，慷慨激昂，"老赵人刚烈粗朴，岂有安心乘凉之理？但为合纵同盟，赵国必为居中策应之主力大军，先生岂可疑我赵国！"

苏秦哈哈大笑："公子快人快语，苏秦失言了。"说罢深深一躬。

太子赵雍呵呵笑道："先生一激，果然忍耐不得，当真赵人也。"

落雁台中气氛顿时轻松。赵肃侯从中央长案前站起，向苏秦拱手一礼道："先生长策，我君臣皆服，愿从先生大计，燕赵修好，六国合纵，以图恢复中原均势，求得赵国长安。"

"赵侯明智，苏秦不胜心感。"

赵雍上前与赵肃侯耳语了几句，赵肃侯高声道："本侯书封：苏秦为赵国上卿，兼做赵国特使，代本侯出使列国，同盟合纵。"

"好——"赵国臣子们素来粗豪不拘礼仪，一片叫好拍掌。

赵肃侯出了座案，拉着赵胜向苏秦走了过来："上卿，这是公子胜，本侯最钟爱的一个族孙，尚算聪敏才智，我已为他加冠了。本侯派他做副使，上卿意下如何？"

"臣谢过国君。"苏秦深深一躬，"公子少年英才，苏秦深为荣幸。"

赵雍在旁笑道："胜侄，就带我的雁门骑士队去。"

“谢过大父，谢过族叔，赵胜定然不辱使命！”

“好！成得大功，国有重赏。”赵肃侯欣然激励。

三日后，苏秦车马队出了邯郸南门，气势是任何特使都无法比拟的。这支车马大队分为三节，当先是赵胜的雁门百骑护持着两面大旗，一面大书“燕国武安君苏”，一面大书“赵国上卿苏”；苏秦的青铜轺车与六辆装载礼品的马拉货车辚辚居中，荆燕的百骑护卫分成两翼，将苏秦车队夹在中间；最后又是赵胜的二百雁门铁骑与十二辆辎重车。公子赵胜总司这支军马的行止，号称“燕赵骑尉”，怀抱令旗不断地前后飞马驰驱。

如此气势的出使，一路行来浩浩荡荡，尚未到达韩魏地界，新郑、大梁已经是尽人皆知。也自然惊动了各方哨探斥候，各方探马流星般飞驰列国都城。

五　大节有坚贞

渭水之上，一艘黑帆大官船正顺流东下，南岸葱茏的骊山遥遥在望。船头上一个黑矮的胖子正在凝望骊山，一副怡然自得的神态。突然，视线中出现了一骑快马，沿着南岸官道飞一般向东追来。看看与官船平行之际，快马拐下官道，直向渭水官船而来。“停船。”黑矮胖子一声命令，大船锚链“咕咚咚”抛下，官船稳稳当当地停了下来。黑矮胖子看看岸边两三丈宽的芦苇泥滩，高声下令：“搭下长板。”话音落点，骑士已经飞驰到岸边，疾如闪电的黑色骏马陡然长嘶人立，马上骑士已经借着骏马前冲之力高高跃起，大鹰般飞上了船头。

“公子好身手。”黑矮胖子嘿嘿笑了。

青年骑士一甩脸上汗珠，连带一个拱手礼道：“上大夫，事体紧急，我要即刻禀报君上。”

“公子随我来。”上大夫樗里疾抬脚迈步的同时一声长传，“公子嬴华紧急晋见！”随着声音，两人下了短梯，来到中央大舱。国君嬴驷已经笑着迎了过来道："小妹急得如此模样，看来不是佳音啊。上冰茶。"嬴华未及说话，接过内侍递上的一盆冰茶汩汩饮干，摘去湿漉漉的束发丝带，一头乌亮的长发瀑布般披散在双肩，瞬息之间变成了一个明朗英秀的女公子。她没有丝毫消闲姿态，涨红着脸急急道："君上，山东六国要包围秦国了！"

"别急别急，坐下，缓缓道来。"嬴驷笑着指指座案，"总还没打进函谷关也。"

嬴华略带羞涩地笑了笑，详细说了各处斥候紧急报来的消息：燕赵异动以及苏秦目下的游说行止等，整整说了半个时辰。听着听着，嬴驷与樗里疾的脸色不约而同地阴沉下来。

"上大夫以为如何？"嬴驷缓慢地踱着步子。

"兹事体大，臣以为当立即召太傅、国尉商议才是。"

"这次渭水视察，又半途而废了。"嬴驷一拳重重地砸在舱柱上，显是深为痛心。这次嬴驷与樗里疾带了五名老水工[1]沿渭水东下，本来是要勘察渭水沿岸的盐碱危害，确定治理方略，想尽早使根治秦川盐碱的工程动起来。这也是上大夫樗里疾极力推进的"先富根基"的主要部分，他力主在六国纷乱之时抢时间开工，两三年内一举改变秦川面貌。谁知刚刚勘察了一半，便遇到如此突然的大变故，如何不使嬴驷痛心？

"君上，存亡事急，当火急应对，迟则生变。"樗里疾没有任何叹怨。

"来人。"嬴驷转身下令，"快马急传，请太傅、国尉即刻前来会商。"

樗里疾立即接道："大船靠上骊山码头等候。"

嬴华霍然起身："君上特使只管东路国尉便了，我回咸阳。"话音落点，人已经出了船舱，只听得一声响亮悠长的呼哨，黑色骏马已经从草滩嘶鸣飞来。嬴华从高高船头一跃而起，飞上马背，闪电般向西去了。

"君上，嬴华公子派得大用场也。"樗里疾悠然一笑。

"好啊，上大夫就给她想个大用场，省了她整日找我要事做。"

"嘿嘿，待臣与太傅、国尉合计合计再说。"樗里疾狡黠地笑笑点头。

---

[1] 水工，先秦时代对治水专家的称谓，并非一般的工匠。

次日清晨，河滩晨雾尚未消散，太傅嬴虔与国尉司马错相继从咸阳和函谷关赶到。樗里疾已经在昨日将水工继续勘察的事安排妥当，见嬴虔、司马错上船，吩咐官船立即逆流西上，商议完毕正好赶到咸阳部署实施。嬴驷心细，料得嬴虔与司马错一路驰驱正在饥肠辘辘，吩咐内侍搬上酒菜在舱中摆开，叮嘱二人放开吃喝，先边吃边听。樗里疾便先将嬴华汇集的各路探报从头至尾说了一遍，末了归总道："此事虽然重大，却正在成势之中。君上之意，当早日谋划上佳应对之策，否则待六国势成而后动，我必将陷入汪洋封堵之局面。"

"鸟！"嬴虔一拳砸在案上，"这个苏秦也忒歹毒，先杀了这个贼种，再破六国封堵！"

樗里疾嘿嘿笑了："纵然杀了管用，也未必杀得了苏秦。太傅，消消气。"

嬴虔也是释然一笑："我一介武夫，只是会听，你肥子肚大点子多，先说。"

"我揣摩了一个晚上，还真没谋划出破解苏秦这连环合纵的法子。"樗里疾沮丧地摇摇头，"不过，我想了两个题外之法：一则，派一路特使，说动齐王与我秦国结盟，东西夹击中原，共分天下。只要先稳住齐国，其余五国势力稍减，再徐徐图之。二则，最好有一密使能见到苏秦，说动苏秦重返秦国。不要忘记，苏秦最先是看重秦国的，此可谓釜底抽薪。君上、太傅、国尉，以为如何？"

"国尉以为如何？"嬴驷看着司马错，很想听他如何说法。

司马错一直沉默思忖，见国君发问，拱手道："臣以为，上大夫两策可行。齐为山东第一强国，齐国若能暂时不动，六国结盟将有挫气焰。此路特使，臣以为唯上大夫堪当大任。至于苏秦，臣以为很难说动，此人目下声势显赫，十有八九根本无法谋面……"

"谋面苏秦，我来设法。"舱外守护的嬴华一步踏了进来，"要紧的是，谁来做说客？"

嬴虔微微一笑："我看，还是肥子最合适。去齐国，顺路捎带办了。"

"君上，容我与公子合计后再说，还是先定下大计。"樗里疾未置可否。

“好，且听国尉说完。”嬴驷笑道，“何人实施，倒是不难。”

司马错接道：“臣以为还当谋及一点，既然有了苏秦此等合纵奇士，秦国便得寻觅一个才智足可抗衡苏秦的策士，否则，秦国将有很大危局。臣差强军事，上大夫长于治国理民，对邦交纵横均非所长。唯有觅得如此大才，秦国方可放开手脚。”

“妙！”樗里疾拍掌笑道，“一言提醒大梦人，我想起一个人，抗苏足矣！”

“上大夫快说，谁？”嬴驷急迫发问。

“苏秦师弟，张仪！”

“张仪？”君臣三人恍然点头，又一齐默然。还是嬴驷道：“此人倒是曾经听说，他还活着么？”

樗里疾摇摇头：“臣不知此人死活，唯知此人可抵苏秦。不知死活，则有活的可能。”

嬴驷默然良久，断然拍案：“好！查访张仪，活要见人，死要见尸。”

暮色时分，船到咸阳，君臣秘密会商方才结束。当夜，咸阳宫大书房灯火彻夜通明，一道道君书、密令接连发出。嬴虔、樗里疾、司马错、公子嬴华一直守在出令堂紧急调度，忙到东方发白，方才平静下来。

三日后，一支商旅车队出了函谷关，过了洛阳，直向新郑开来。

新郑城正在热闹之中，韩国民众奔走相告着一个消息：“结盟抗秦！韩国有救了！”萧瑟冷清的商市不知不觉地热闹繁华了，郊野耕作的农人们也放开喉咙唱起了那首《郑风》中有名的悲中遇喜的歌儿：

风雨凄凄　鸡鸣喈喈
既见君子　云胡不夷
风雨潇潇　鸡鸣胶胶
既见君子　云胡不瘳
风雨如晦　鸡鸣不已
既见君子　云胡不喜

韩国朝野压抑得太久了。自从韩昭侯申不害死后，韩国一直抬不起头来，元气大伤，民心沮丧，连宋国这般小疯子都要来趁火打劫。虽然国君硬撑着宣布了称王，事实上却是谁也没有高兴起来。尤其是秦国强夺了宜阳铁山之后，韩国朝野就像泄了气的风囊，大骂了一阵“虎狼暴秦”便惨兮兮地沉默了。三晋之中，韩国与魏国有血战大仇，与赵国也是龃龉不断，如何能指望人家帮助夺回宜阳？齐国与秦国修好，不愿再插手中原；燕国自身难保；楚国也被秦国逼得迁都淮南了。天下乱象纷纭，韩国竟找不到一个盟国，落到了在强秦虎视之下奄奄待毙的地步。当此之时，燕赵忽来与韩国结盟，如何不使韩国人惊喜万分？尤其是赵国，在魏国衰落之后军力已经是三晋之首，与赵国修好，无异于韩国有了一个使秦国顾忌的强大盟邦，韩国人当真是求之不得。消息传开，朝野上下奔走相庆，一扫阴霾。

苏秦预料得毫无差池，对韩国没费唇舌，几乎一拍即合。

韩宣惠王听完苏秦对天下大势的分析与对韩国危境的估测，已经是挽起大袖，双眼圆睁冒火，霍然而起，按剑长长叹息一声道：“君毋多言，韩国若屈身事秦，天诛地灭！我韩国上下，愿举国追随先生，合纵抗秦！”

当晚，苏秦便与韩宣惠王达成盟约。韩宣惠王于新郑大殿隆重宴请苏秦一行，韩国君臣众口一词，发誓合纵，永不负约。席间，宾主无不慷慨激昂，频频大爵豪饮，直到三更方散。

回到驿馆，公子赵胜与荆燕都醉到了十分，径自呼呼酣睡了。苏秦却很清醒，因为他只饮温顺的兰陵酒，不饮赵国烈酒，饶是如此，也还是脸色通红脚下飘飘然。用冷水冲过全身，苏秦酒意消去大半，在厅中铺开那张《天下》大图，踱步端详着揣摩下面的三个大国——魏、楚、齐。六国合纵，这三国是最大的力量，是根本，三国中任何一个国家拒绝，都是合纵的失败。虽然苏秦颇有把握，但还是不敢掉以轻心。要知道，这三国的君主都是非同寻常：魏惠王与齐威王都是老一代国君，老辣狡黠，极难说动。楚威王虽然年轻，也是与赵肃侯同时即位的四十来岁的老资格国王了，楚国丢失房陵被迫迁都，楚威王决心在楚国推动第二次变法，当此之时，他愿意加盟合纵么……

突然，苏秦听见一种奇异的声响，很沉闷很轻微很清晰很遥远而且似乎越来越近。对，就在地下！苏秦骤然一头冷汗，霍然起身收拾藏好大图，疾步走到剑架前取下长剑，在厅中悠然舞了起来。河西夜路与荒野草庐，已经使苏秦不再对任何怪诞事体心怀畏惧，他要看看，这新郑驿馆有何诡异？

轻轻地，大厅深处的帷幕动了一下。苏秦眼力不好，听力却是非凡，一阵极轻的嚓嚓声已经被他敏锐地捕捉到了，却浑然不觉，依然在悠悠舞剑。突然，苏秦觉得身后一阵轻微异响，一个滑步转身，惊讶得目瞪口呆——

那面书架竟变成一扇门无声地开了！一个又黑又矮又胖的绿衣人摆着鸭步从"门"里摇了出来，一个长躬，满脸笑意道："苏子别来无恙？"几乎就在他出来的同时，那道"门"立即无声地合上了。刹那之间，苏秦瞥见了"门"后暗影里一片白色倏忽闪了一下，显然，"门"后帷幕后都有人隐藏。

"你？如何是你？"苏秦愣怔了。

"嘿嘿，苏子做了大官，不识故人了？在下樗里疾，没错。如何进来，容当后说，先说正事如何？"黑矮肥子笑容可掬。

苏秦冷冷道："正事？身为上大夫，如此鼠窃狗偷，办得正事么？"

樗里疾又一个长躬道："无奈之举，尚请苏子恕罪。"

"说吧，有何正事？"苏秦指着长案，"请入座。"

樗里疾坦然就座，笑眯眯道："苏子，六国合纵能成功么？"

"秦国已经怕了？"

樗里疾叹息一声："苏子，当初秦国没有重任留你，秦公深以为悔，至今犹在思念。"

苏秦不禁大笑一阵道："此等没气力话，樗里疾竟能说出来，当真一奇也！没有合纵，秦公想得起苏秦么？当初秦国不用我策，自然无须重任留我，有何可悔？苏秦不怨秦公，亦无悔当初。"

"好！不绕弯子。"樗里疾正色拱手，"秦公命我为特使，诚意相邀苏子回秦，执掌丞相大任。望苏子以强秦为根基，成就一番大业，名垂千古。”

“樗里子学问名士，当知刻舟求剑故事了。”苏秦悠然一笑，“流水已去，心境非昨，如何能以今日之志，重蹈昨日覆辙？良禽固然择木，也须持节自立。朝秦暮楚，终将自毁。耿耿此心，尚望秦公见谅。”

“苏子襟怀，令人感佩。”樗里疾由衷赞叹，却又口气一转道，“然则六国孱弱，一团乱象，苏子明知不可而为之，岂非与孔老夫子奔走呼号井田制如出一辙？”

“此言大谬也！”苏秦大笑，连连摇头，“孔夫子逆时势而动，如何能与苏秦相比？方今天下，七大战国皆非旧时诸侯，各有变法图强之志。其中差别，唯在谁家变法更深彻更全面。目下而言，秦国当先。然则大潮汹涌，大争连绵，安知六国中没有一国超越秦国？昨日之志：苏秦欲将秦国变法之实力，化为一统大业。今日之志：苏秦欲将变法图强之潮流，弥漫山东六国，与秦国一争高下！今日昨日，苏秦皆无复辟守旧之心，唯有趁时成事之志，谈何明知不可而为之？”

“好说辞！”樗里疾不禁拍案叫好，又喟然一叹，“若秦国有抗衡先生之才，苏子之梦想，岂非终将成为泡影矣！”

“是么？”苏秦微微一笑，“天下大道，何惧抗衡？我这便向秦国荐举一人，其才足以抗衡苏秦，上大夫以为如何？”

“果真如此？”

“绝无虚言。”

“愿闻姓名。”

“安邑张仪。”

“张仪？此人还活着么？”

“张仪者，天不能死，地不能埋也。如何有死活之问？”

“敢问：张仪目下却在何处？”

“秦国已经瞄上张仪了，只找他不见，可是？”

“苏子慧眼，确实如此。”樗里疾坦率诚恳。

“安邑城外，涑水谷，张家孤庄……”突然之间，苏秦双眼潮湿了。

“苏子，樗里疾未能说动你，然樗里疾敬重你，告辞。”樗里疾站起身来肃然一拱，迅速消失在那扇已经打开的“门”里了。

倏忽之间，一片若有所失的惆怅涌了上来，苏秦心头空荡荡的。虽然拒绝了秦国的策反，但他对秦国君臣的胸襟还是充满了敬意。一个能够真诚反省自己过失的国家，是最有力量的。这样的国家，可以错过犀首，错过苏秦，但决然不会再失去张仪。他们已经清醒过来，已经实实在在地开始行动了。能在韩国都城如此神秘地闯到自己面前，需要花费多么巨大的努力，这是任何一个中原战国都难以做到的。看来，当初自己确实没有看错，秦国的崛起强大是很难阻挡的。若有了张仪，秦国将更是另一番气象。张仪将给这个长期闭关锁国缺乏邦交斡旋经验的西部战国，带去他独特的智慧，并一定能使秦国以非凡的气势，一举进入中原逐鹿的大战场。

那时候，苏秦的合纵大业或将更加艰难，也许，还有失败的可能。如此说来，不该给秦国荐举张仪么？不！应该荐举。从个人成败而言，张仪一旦入秦，就必然是自己的竞争对手，谁成谁败，实难逆料。但从他们一致憧憬的天下一统大业而言，他们的目标又都是一致的，都是立志结束天下战乱，使华夏族群在统一国度里蓬蓬勃勃地富裕壮大。这是老师当初给纵横派立下的入门誓言——纵横捭阖，四海为一。老师曾经谆谆告诫：“行可殊途，心须归一。否则，纵横家将沦为诈术。”一开始，他与张仪便选择了各自认为最适合自己的国家：苏秦志在秦国，张仪志在中原。一番风雨，他们的位置竟颠倒了过来，苏秦施展于中原，张仪却可能进入秦国。其间发生的一切灾难波折，都是他们所无法预料也无法逆转的，也许，这就是命运对他们安排的“殊途”。从根本上说，张仪的复出也是无可避免的，你苏秦不荐举，张仪就不会出山么？果真那样，也未免过低估计秦国的索贤能力了。

“上卿何须多虑，我有破解良策。”

苏秦回身，大红斗篷手持长剑的公子赵胜正笑吟吟站在厅中。苏秦不禁讶然笑道：“奇也！公子不是大醉酣睡了么？”

“赵国骑士，等闲饮得三四坛，一坛酒岂能醉我？”赵胜露出与年龄极不相称的狡黠笑意，“此等小技，我早已觉察。我与荆燕大睡，就是给这黑肥子留个缝儿，看他钻进来做甚？实不相瞒，也想见识一番先生志节。”

“公子不信苏秦？”

“不。”赵胜摇摇头，“先生是合纵策士，目下又是燕赵特使，何时不可见秦人？秦人又何时不能策反先生？阻拦密使，如同为渊驱鱼，为丛驱雀。若先生志节不坚，早变也许比晚变更好。是以，我等只保先生全身，不阻拦先生与任何人接触。不想先生精诚若此，赵胜敬佩之极！”

苏秦不禁赞叹：“公子如此年少，却有如此见识，令人刮目相看也。”

赵胜做了个受宠若惊的顽皮鬼脸：“哎哎哎，这是族叔教我的，与我无关啊。”

苏秦笑了：“公子方才说的破解之策，要破解何事？”

“先生向秦国荐举了张仪，却又分明担心张仪成为合纵劲敌，可是？”赵胜又骤然变得老到深沉，“我来料理此事，可保张仪不能为害。”

苏秦哈哈大笑：“公子非我，如何知我之心？”

“人同此心，心同此理：功名大业，岂容他人分享！”

苏秦不禁愣怔了，如此少年，却如此熟谙人心本性。对这种在宫廷杀戮争夺中浸泡长大的贵族公子，能解释得清楚自己的想法么？沉默良久，苏秦慨然一叹：“公子啊，不要轻举妄动。张仪只能对合纵有好处。此中奥秘，非一日所能看清也。”

“好，但依先生。”赵胜明亮的眼睛不断地闪烁着。

“谢过公子。”苏秦笑道，“明日赶赴魏国，公子有成算么？”

“只要先生有成算。赵胜只保先生要见谁便能见谁。”赵胜说完，笑着一拱去了。望着赵胜的大红斗篷，苏秦心中又蓦然浮现出樗里疾与张仪的影子。

新郑城北的迎送郊亭外，停着一支正在歇息的商旅车队。车夫们一边忙着喂马，一边架起吊锅煮饭。车队、炊烟、道边林木与熙熙攘攘的人喊马嘶完全挡住了石亭。

石亭之下，樗里疾与公子嬴华正在低声密谈。樗里疾说服苏秦的使命没有完成，却对苏秦有了贴近的了解与真实的敬重。他没有想到，苏秦竟能荐举张仪入秦与自己抗衡，更没有想到苏秦对张仪下落的判断是那样的自信而明确。回来说给嬴华，这位女公子也是大为意外。从咸阳出发时，嬴华已经向大梁与名士隐居的经常地点派出了访查探马，在新郑的几天已经纷纷接到回报，都没有张仪的踪迹。嬴华顿时茫然，一时没了主意，听得樗里疾一说，大是兴奋，决意亲自到河内访查。

樗里疾与嬴华商议的是：若能找到张仪，如何动其心志？是樗里疾亲自前来，还是嬴华见机行事？目下，樗里疾一定要赶在苏秦之前稳住齐国，自然无法与嬴华一起赶到河内。嬴华虽是一个不让须眉的女公子，见识本领也都极为出色，然则毕竟没做过为国求贤这种大事。按照传统，此等事该当由国君亲自出面的。事关重大，嬴华一时沉吟，与平日的明朗果决大是不同。

"这样。"樗里疾一挥手，"若情势异常，断不能错失良机，公子当相机立断。若情势正常，有成算便动，若无成算，待我赶来便是。"

"好！一言为定。"嬴华心中有底，高兴起来，举起酒碗道，"上大夫身负重任，一路保重了。"汩汩饮尽。"罢了罢了。"樗里疾举碗笑道，"长远计，争得张仪是根本，齐国是靠不住的。公子要做的，是一件布袋买猫的大事，难。干了！"也是咕咚咚饮了。嬴华"哧"地笑了："布袋买猫？此话怎讲？"

"不明就里，估摸着办也。"

嬴华不禁大笑："呀，听说张仪利口无双，要知道做猫，可饶不得你也！"

"惭愧惭愧，谁教他躲在暗处？"樗里疾笑着拱手，"公子，就此告辞。"

"后会有期。"嬴华也是一拱，大步出了石亭。

一声轻轻的呼哨，三骑快马上了官道，向河内方向疾驰而去。片刻之后，商旅车队丢下了载重货车与车夫，清一色的十余骑快马簇拥着一辆轺车，向东北大道去了。

六　秋雾迷离的张氏陵园

秋风乍起，涑水河谷满目苍黄，幽静萧瑟。

自从魏国迁都大梁，这道安邑郊野的狩猎河谷年复一年地冷清了。王公贵族与豪富巨商，都随着王室南下大梁了，安邑的繁华富庶梦幻般消失了。秦国夺回了河西高地，占据了河东的离石要塞，安邑没有了北大门，也失去了大河天险；赵国占据了上党山地，安邑的东北面也完全敞开了。倏忽之间，这座昔日的天下第一都城，成了一座四面狼烟的边塞孤堡。人口大减，商旅止步，涑水河谷中星罗棋布的狩猎山庄，也成了蛛网尘封狐兔出没的座座废墟。每当明月高悬，河谷里的虎啸猿啼随着习习谷风远远传开，即便是猎户世家，也不敢在夜间踏入这道河谷。

就在这样的月夜，河谷深处的松林里却亮着一盏灯火。林间小道上，一个纤细的身影正向着灯火走来。渐行渐近，松林中的一座大墓与墓旁的一座茅屋已经清晰可见。

“哟——张兄快来！”纤细身影惊叫着跳了起来。

一个高大的身影提剑冲出茅屋：“绯云，别怕。”

“蛇！吔，好粗！跑了跑了。”纤细身影惊呼喘息着。

高大身影哈哈大笑：“秋风之蛇，困龙一条，饶它去也。”

“吔！我偏踩上了，又硬又滑。呸呸呸，一股腥味儿。”

“你呀，日后晚上不要来，饿不死张仪。”

“吔，就会瞎说。除了蛇我甚也不怕。快进去，饼还热着。”说话间拉着张仪进了茅屋。

这是一间极为粗朴的陵园茅屋，门是荆条编的，后边挂着一幅宽大的本色粗麻布做挡风的帘子。屋中大约一丈见方，墙角避风处的草垫芦席上有一床丝绵被，算是卧榻了。除此之外，两只满当当的书箱、一片架在两块老树根上的青石板书案、一口挂在墙上的吴钩，便是这茅屋中的全部物事了。绯云将提篮放在石板书案上，揭开苫布，利落地从篮中拿出一个饭布包打开，原是一摞热气腾腾的面饼，又拿出一个饭包打开，却是一块红亮的酱肉。

“呀，好香！甚肉？”张仪挂上吴钩，兴奋地搓着双手。

“猜猜。”绯云又拿出一包剥得光亮亮的小蒜头，“吔！不晓得了吧。”

张仪不去凑近酱肉，只是站着使劲儿耸鼻头，猛然拍掌：“兔肉！没错。”

“吔，野味儿吃精了，一猜就中。”绯云顽皮地笑笑，“快吃，趁热。”

张仪咽着口水悠然一笑：“不是吃精了，是饿精了。”说着就势一跪，一手抓起酱兔肉，一手抓起热面饼蘸几粒蒜头，狼吞虎咽地大嚼起来。

“张兄，有人要赁我家老屋做货栈，你说奇也不奇？”绯云边扫地边说话。

“如何如何？”张仪抹抹嘴笑了，“甚生意做到深山老林来了？当真一奇。”

“还有，一个年轻人带了个小童，也住进了我家老屋。吔，你别急，听我说。”绯云拿起屋角木架上的陶壶给张仪斟满了一碗凉茶，笑道，“那天我去山坳里摘野菜，回来后听张老爹说：一个公子探访老亲迷了路，又发热，求宿一晚。张老爹于心不忍，教他住下了。我不放心，特意去看了看，那公子还真是发热。我看他生得俊气，人也和善，不像歹人，也没说甚。谁知都三日了，他的热烧还不见退。那小童除了天天给他熬药，还出去打猎。小童说猎物放久了不好吃，要我等家人天天吃。这几日便天天有肉了。你看这事儿？”

张仪沉吟着问：“要赁老屋的商人也来了？”

“吔，还没。”绯云笑道，“我没答应。他也说他们东家还没定主意，过几日再来看看，东家要定了再和我说价，还说保我满意。”

张仪咕咚咚猛喝了一碗凉茶，半日没有说话。这两件事来得蹊跷，可一下子也说不清疑点在何处。要在十几年前，安邑城外那可是商贾纷纷，租赁民居、夜宿郊野者实在平常得紧。可如今，这安邑已经成了孤城荒野，却忽然有人前来经商，有人前来投宿，可真是少见。然则，天下事本来就没有一成不变，若有商旅忽发奇想，要在这里采药猎兽也未可知；至于有人路病投宿，也并非荒诞不经，张仪自己不就多次投宿山野农家么？如此想来，似乎又不值得惊奇生疑。可不管如何开释，张仪心头的那股疑云都是挥之不去，连张仪自己都觉得不可思议。

终于，张仪定了主意：“任其自便，只是多长个心眼，暗中留心察看。”

“吔，我也是这般想法。你放心，谁也逃不过我的眼睛。”

张仪笑了：“心里有数就好。走，我送你下山。”说着摘下吴钩，顺手拉开荆条门，与绯云出了茅屋。绯云红着脸笑道：“不用送，我不怕吔。”张仪笑道：“你是不怕，我想出来走走。”绯云高兴地挽起张仪的胳膊：“是该走走的。吔，你的吴钩练得如何？会使了么？”张仪兴致勃勃道：“越王这口吴钩，还真不好练，要不是我还算通晓剑器，真拿它没辙。”绯云一撇嘴笑道：“那是当然，张兄天下第一吔。”张仪哈哈大笑：“你个小东西！跟着我海吹啊。”绯云咯咯咯笑得打跌。

说话间到了山口，山脚下老屋的灯光已经遥遥可见。张仪站在山头，直看着绯云隐没在老屋的阴影里，方才转身，本当回到茅屋，却不由自主地沿着河谷走了下去。天空湛蓝，月光明亮。涑水波涛拍打着两岸乱石，虎啸狼嗥随山风隐隐传来，都使得这山谷秋夜在幽静之中平添了几分苍凉。

张仪对这道涑水河谷是太熟悉了，儿时的记忆，家族的苦难，自己的坎坷，都深深地扎根在这道河谷。但是，这道河谷给他打上最深烙印的，还是母亲的骤然亡故。

当初，张仪从楚国云梦泽连夜逃走，与绯云一路北上，进入河外已经是冬天了。逃离云梦泽时，张仪被打伤的两条腿本来就没有痊愈。几个月的徒步跋涉，伤口时好时坏，不得不拄着一支木杖一瘸一瘸地艰难迈步。要不是绯云顽强地撑持，张仪真不知道自己会不会突然倒在哪道荒山野岭。

路过洛阳郊野的时日，张仪腿伤发作，倒在了路边。田野耕耘的一个老人将他们当做饥荒流民，好心留他们在一间闲置的田屋里住了下来。在那间四面漏风的田屋里，张仪自己开了几味草药，教绯云带着越王送给他的那口吴钩，到洛阳城卖了换钱抓药。绯云去了，也抓了药，可也带回了那口越王吴钩。绯云对他说遇上了一个好心店东，没收钱。夜半更深，张仪伤疼不能入睡，看见和衣蜷缩在身边的绯云的头巾掉了，圆乎乎的小脑袋在月光下青幽幽的，伸手一摸，一根头发也没有了！

骤然之间，泪水涌满了张仪的眼眶。一头秀发，对于一个含苞待放的少女，意味着诱人的魅力，意味着大贞大孝大节，更意味着对生命之源的恒久追念。“身体发肤，受之天地父母，毫发不能摧之。”男人名士尚且如此，更何况一个女子？可是，为了给他治伤，绯云竟卖掉了满头青丝……

就在那一刻，张仪抹去了泪水，心中暗暗发下了一个誓愿。

回到这条熟悉的河谷时，正是大雪纷飞的冬日。看到老屋门前的萧疏荒凉，张仪心中猛然一沉。母亲是严整持家的，虽然富裕不再，但小康庄院从来都是井井有条的。可如今，门前两排大树全成了光秃秃的树根，青石板铺成的车道也残破零落，高大宽敞的青砖门房竟然变成了低矮破旧的茅草房。那时候，张仪几乎不敢敲门，他不知道，迎接他的将是何种情景。他记得很清楚，当绯云敲开屋门，老管家张老爹看见他时立即扑地大哭。张仪双腿顿时一软，跌坐在大雪之中……

当他踉踉跄跄地撞进母亲的灵堂时，他像狼一样地发出一声惨嚎，一头撞在灵案上昏了过去。后来，张老爹说，那年魏赵开战，魏国败兵洗掠了涑水河谷，砍树烧火还拆了门房；幸亏主母认识一个千夫长，才免了老屋一场更大的劫难；从那以后，主母一病不起，没大半年便过世了；临终前，主母拿出一个木匣，只说了一句话：“交给仪儿，也许，他还会回来。”

留在张仪心头永远的疼痛，是母亲的那几行叮嘱：“仪儿，黄泉如世，莫为母悲。人世多难，自强为本，若有坎坷，毋得气馁。后院树下石窟，藏得些许金玉，儿当于绝境时开启求生。母字。”

掘开了后院大树下的石窟，张仪拿出了那个锈迹斑斑的小铁箱，打开一看，除了六个金饼，全部是母亲的金玉首饰……张仪看得心头滴血，欲哭却是无泪。母亲留下了少妇时的全部首饰，素身赴了黄泉，没有丝毫心爱的陪葬之物。对于张仪，这是永远不能忍受的一种遗恨。他咬着牙打开了母亲的坟墓，将金玉首饰与三身簇新的丝衣，装进了自己亲手打制的两个木匣里，放进了棺椁顶头的墓厅。从那天晚上开始，张仪在母亲的墓旁搭起了一间茅屋，身穿麻衣，头戴重孝，为母亲守丧了。

寒来暑往，在母亲陵园的小松林中，张仪渐渐地平静了下来。

虽然他从未下山，但对天下大势还是大体清楚的。这也亏了绯云，她不但要与张老爹共同操持这个破败的家，还时不时赶到安邑打探各种消息。半个月前，绯云去了一趟大梁，回来后兴奋地告诉他，苏秦已经重新出山，谋划合纵抗秦，燕赵韩都欣然赞同了！

“吔！我正好遇上苏秦车队进大梁，声势好大吔。幡旗、马队、车辆，整整有三里路长。苏秦站在轺车上，嘀！大红斗篷，白玉高冠，一点儿也不笑。只是他的头发都灰白了，教人心里不好受。”绯云说得眉飞色舞，最后却嘟哝着叹息了一声。

“你看得恁清楚？”

“吔！我爬到官道旁的大树上，谁也看不见我。”

张仪不禁怦然动心了。苏秦复出并不令人惊讶，那只在迟早之间。教他心动的，是苏秦提出的崭新主张——六国合纵，结盟抗秦！苏秦对秦国关注得很早，与自己对秦国的淡漠大不相同，苏秦第一次出山就选定了秦国，纵然没有被秦国接纳，何至于立即将秦国当做仇敌？不。这不是苏秦的谋事方式，也不是历来名士的传统精神，其中一定另有原因。最大的可能，是苏秦对天下大势有了全新的看法。苏秦思虑深彻，善于创新，正如老师曾经说的：“无中生有，暗夜举火，苏秦也。”如今在山东大乱之际，苏秦倡导六国合纵，当真是刀劈斧剁般一举廓清乱象，使山东六国拨云见日，一举使天下格局明朗化。这岂非暗夜举火，烛照天下？从这里看去，用个人恩怨涂抹合纵抗秦，就显得非常的滑稽，至少张仪是嗤之以鼻的。

既然如此，张仪的出路何在？

半个月来，他一刻也没有停止思索。苏秦廓清了大格局，天下必将形成山东六国与秦国对峙的局面。他从听到“合纵抗秦”这四个字，便敏锐意识到苏秦必然成功。天下已经乱得没有了头绪，列国都想使局势明朗化，都不想被乱象淹没。当此之时，山东六国的君臣们能拒绝具有“救亡息乱”巨大功效的合纵同盟么？

可如此一来，张仪顿时就没有了选择。天下战国七，苏秦一举居六，张仪又能如何？

曾几何时，天宽地阔的张仪，骤然之间只剩下了一条路，而且是自己最为陌生的一条路。自己的立足点一开始就在山东六国，并不看好秦国。第一番出山，自己几乎就要大功告成，若非轻言兵事，错料房陵之战，早已经是齐国丞相了。比较起来，苏秦的第一次失败，在于“策不应时”；自己的第一次失败，则在于“轻言坏策”。也就是说，苏秦败在划策本身，张仪败在划策之外。就第一次而论，张仪自觉比苏秦要强出些许。可这一次呢？苏秦当先出动，长策惊动天下，其必然成功处，正在于划策切中时弊。此等情势下，自己要在山东六国谋事，无异于拾人余唾。想想，你张仪难道还能对山东六国提出另一套更高明的方略？提不出，那就只有跟在苏秦身后打旋儿。

这是张仪无法忍受的，也是任何名士所不屑作为的。

看着天上月亮，张仪笑了。难道要被这个学兄逼得走投无路了么？苏兄啊，你也太狠了，将山东六国一网打尽，使张仪竟茫然无所适从，岂不滑稽？

“山月作证。”张仪对着天上月亮肃然拱手，“张仪定要与学兄苏秦比肩天下，另辟大道。”

多日来，张仪揣摩思虑的重心，就是如何应对苏秦的六国合纵。他作了一个推测：作为六国合纵所针对的秦国，不可能无动于衷；秦国要动，就要破解合纵；那么，如何破解？谁来破解？便成为必然的两个难题。第一个难题，他已经思虑透彻，有了应对之策。张仪坚定地认为，除了他这套谋划，苏秦的六国合纵无策可破。那么，秦国有这样的人才么？他虽然对秦国颇为生疏，但大情势还是明白的。商鞅之后，秦国似乎还没有斡旋捭阖的大才。司马错虽然教他跌了一大跤，但司马错毕竟是兵家将才，秦国不会教一个难得的名将去分身外事。樗里疾呢？治国理民可也，伐谋邦交至多中才而已，岂是苏秦对手？

放眼天下，唯张仪可抵苏秦。

然则，秦国能想到这一点么？难。秦国虽然强大，毕竟长期闭锁，对天下名士一团朦胧，如何能知晓他张仪？那么，只有一条路——主动入秦，游说秦国，献长策而与苏兄较量天下。可是，能这样做么？在寻常情势下，名士主动游说无可非议。然则在苏秦发动合纵后，天下便是壁垒分明的两大阵营，当此之时，秦国若无迫切求贤之心，这秦国国君也就平庸之极了；对平庸之主说高明长策，那是注定的对牛弹琴；魏惠王、楚威王尚且如此，这个拒绝过苏秦的秦国新君又能如何？说而不纳，何如不说？可是，假若秦国君臣想到了自己，你张仪又该当如何？

想到这里，张仪不禁哈哈大笑，觉得自己瞻前顾后婆婆妈妈的实在滑稽。这种事儿，神仙也难料，何须费力揣测？心思一定，张仪大步走上河岸，向松林陵园走来，堪堪走进林间小道，他惊讶地揉了揉眼睛。

出来时分明吹熄了灯火，如何茅屋却亮了起来？

张仪隐身树后，凝神察看倾听片刻，已经断定树林中没有藏身之人。他目力听力都极为出色，从些微动静中已经听出茅屋中最多只有两个人。于是他大步走出，挺身仗剑，堵在茅屋前的小道正中高声喝问："何方人士，夤夜到此？"

"吱呀"一声，荆条门开了，一个粗壮的身影走出茅屋拱手作礼："末将见过先生。"

"末将？究竟何人？直说了。"

"末将乃赵国骑尉，奉密令前来，请先生屋中叙话。"

"反客为主了？就在这里说，省点儿灯油。"

骑尉笑了。"也好，月亮正亮。"回头喊道，"墨衣，出来，吹了灯。"

屋内风灯灭了，走出来一个手持长剑身形瘦小的劲装武士。张仪知道，赵国君主的卫士通常叫做"黑衣"，此人被称为"墨衣"，无论如何也是个卫士头目。从他的步态便可看出，这个墨衣定然是个一流剑士。张仪也不理会，径自坐到小道旁一块大石上："说。"

骑尉又是一拱："先生，我二人奉太子之命，请先生星夜赴邯郸。"

"可有太子书简？"

“赵国军法：密令无书简。这是太子的精铁令牌，请先生勘验。”

“不用了。太子召我何事？”

“太子只说：要保先生万无一失。余情末将不知。”

张仪悠然一笑：“既然如此，敢请二位回禀太子：张仪为母亲守丧，不能离开。”

骑尉僵在那里，似乎不知如何是好。这时，那个精瘦的墨衣说话了：“太子有令，务必请回先生，先生须得识敬才是。”

“如此说来，若是不去，便是不识敬了？”

骑尉拱手道：“我等奉命行事，敢请先生务必成全，无使强逼。”

“强人所难，还要人无强其难。赵人做事，可谓天下一奇也！”张仪哈哈大笑。

墨衣冷冰冰开口：“先生当真不去，只有得罪了。”

“如何得罪啊？”张仪性本桀骜，心中已经有气，脸上却依旧微笑。

“胜得我手中剑，我等便走。否则，只有强起了。”

“你手中剑？怕是你等两个手中剑了。”

墨衣正要说话，骑尉抢先道：“那是自然，公事非私斗，如何能与剑士独对？”

“好！理当如此。”张仪豪气顿生，霍然站起，“请。”

“墨衣，我先了。”骑尉大步走出，只听“咔嗒”两声铁音，一柄闪亮的厚背长刀已弹开刀格，提在手中。张仪本是老魏国武士世家出身，对三晋兵器本来熟悉，一看便知这是赵国改制的胡人长刀。这种刀以中原精铁锻铸，背厚刃薄，刀身细长而略带弧弯，砍杀容易着力，击刺不失轻灵，且比胡人原刀形还长了一寸有余。赵国在与匈奴骑兵的较量中屡占上风，与这种锋锐威猛的战刀大有干系。虽然如此，张仪却是毫无畏惧。他相信手中这口越王吴钩绝不输于赵国的改制战刀。

月光下，一道细长的弧形青光伴着嗡嗡震音闪过，张仪的吴钩已经出鞘。

这吴钩虽然也是弧形，却是剑而不是刀。剑为双刃，厚处在中央脊骨。刀为单刃，厚处在背。同是弧形，骑士战刀较吴钩要长，弧度自然小得些许；吴钩稍短，其弧度几乎接近初旬瘦月，而且还是双刃。两相比较，骑士战刀专为战场骑兵制造，趁手好使，即或未经严格训练，也能仗着膂力使出威风。吴钩却大大不然，它本来就是吴越剑士的一种神秘兵刃，初上手极为别扭，等闲人等根本无法劈刺击杀，使用难度比骑士战刀要高出许多。张仪自从接受了越王吴钩，便在闲暇时悉心揣摩，也是他颇有剑术天赋，竟教他无师自通，自己摸索出了一套吴钩使法。绯云也喜欢剑法，见他练过几次，惊讶得连连赞叹。此刻，张仪也知道赵国骑士的剽悍威猛，自然不会掉以轻心，吴钩出鞘，右剑左鞘守定不动，准备后发制人。

骑尉抱剑作礼道："太子敬重先生，我只与先生虚刺，剑沾其身即为胜。"

张仪冷笑："我只会实刺，不会虚刺。"

旁边的瘦子墨衣不胜其烦："剑士之道，安得有虚？将军当真絮叨。"

骑尉无奈地笑笑："先生执意如此，末将只好从命。看刀——"喊声未落，骑士战刀已经带着劲急的风声斜劈下来。这是骑士马战的基本功夫，最为威猛，对方若被砍中，大体是通体被斜劈为两瓣。骑兵对步兵，居高临下，这斜劈是威力极大使用最多的杀法。

张仪身材高大，对方也不在马上，所以并没有感到战刀凌空的威力，但听这刀风劲锐，便知这战刀力道不凡。不及思索，张仪手臂一掠，吴钩划出一道寒光，鱼跃波涛般迎了上去。但听"叮"的一声急响，骑尉的战刀已经断为两截，刀头飞上树梢，又哗啦啦削断树枝，"噗"地插进了地面。

"噫——"骑尉惊叫一声，一跃跳开，"你有神兵利器？"

张仪哈哈大笑："第一次用，不晓这越王吴钩如此锋锐，多谢陪练。"

瘦子墨衣冷冷一笑："将军战刀是军中大路货，如何敌越王吴钩？今日，也教先生见识一番赵国精兵。"说罢肩头一抖，黑色斗篷蝙蝠一般飞了起来，竟堪堪地挂在了身后松树枝丫上。只此一个动作，便见赵侯卫士的不同凡响。斗篷离身的同时，星光骤然一闪，墨衣手中已经出现了一支短剑。战国之世，长剑已经成为多见兵器，短剑便多成为传统剑士手中的利器，等闲人倒是很少见到了。传统剑士的短剑，与越王吴钩一样，十有八九都是春秋时期著名铸剑师的精品。紫蓝色光芒一闪，张仪便知道墨衣手中短剑绝非凡品，微微一笑：“神兵相交，两败俱伤，岂不暴殄天物？”

“小瞧赵国剑士么？”墨衣冷笑道，“驾驭名剑，自有剑道，岂能笨伯互砍？”言下之意，显然在嘲笑张仪与骑尉的剑术。

张仪心知此人必是第一流剑士，自己虽然也略通剑器剑法，但毕竟不是用心精专，无法与此等剑士抗衡。但听他说不与自己“互砍”，倒是轻松了一些，剑器互不接触，那无非是他直接将我刺伤，而后再“请”走了。张仪自信墨衣做不到这一点，你不砍我砍，大节当头，何顾些小规矩？舞开吴钩护住自己，只要他剑器刺不到我身，又能奈我何？

“既然如此，足下开始。”张仪淡淡地一笑。

“先生，看好了。”话音未落，黑色身影一跃纵起，一道紫蓝色光芒向张仪头顶刺来。张仪的吴钩已经挥开，趁势向上大掠一圈。谁知他上掠之时，墨衣已经越过他头顶，就在他尚未转身之际，右肩已经被刺中。一阵短促剧烈的酸麻疼痛，张仪右手吴钩脱手飞了出去。黑色身影脚一点地，立即闪电般倒飞出去，在空中将吴钩揽在手中，稳稳落地道：“先生还有何说？”

张仪咬牙撑持，才没有坐倒，勉力笑道：“你，剑术无匹。我，却不去。”

“先生不识敬，在下只好得罪了。”墨衣冷冷一笑，走了过来。

突然，一声悠长粗厉的虎啸，疾风般掠过山林。

瘦子墨衣愣怔了一下。骑尉笑道：“涑水河谷夜夜如此，平常得紧……”正说着却骤然变色，“你你你，是人？是鬼？！”张仪看去，见月光下的山口林间小道上，悠着一个细长的白色身影，长发披散，手里却拄着一根竹杖，一阵清朗大笑传来：“强人所难，这是谁家生意经？”

骑尉缓过神来，冷冷道：“你若是商家，赶快走开，莫管闲事！”

瘦子墨衣：“既看了，只怕不能教他走。”

白衣又一阵大笑：“我说要走了么？战国游侠，可有不管闲事者？”

“游侠？”墨衣拱手作礼，“敢问阁下高名大姓？”

“高名大姓？”白衣人骤然冷漠，“邯郸墨衣，趁早离开，还先生安宁。”

“足下绝非正道游侠！将军护着先生，我来料理他。”瘦子墨衣显然被激怒了。

“且慢。”白衣人笑道，“先生并不认可两位，无须你等护持，敢请先生作壁上观。”说完向张仪深深一躬，“先生，这是一包伤药，请到那边石礅上自敷便了。”

片刻之间，张仪大为困惑。此人若是游侠，那当真是天下一奇。须知战国游侠常常被时人称为“带剑之客”、“必死之士”，所谋求者皆是惊动天下的大事，极少到市井山野行走，即或隐居，也是等闲不过问民间琐事。闻名天下的游侠如春秋的公孙臼、专诸、北郭骚、毕阳、偃息等，战国的要离、聂政、孟胜、徐弱等[1]，都是在邦国上层行大义、除大恶的名士，几乎没有一个关注庶民恩怨的风尘游侠。此人自称游侠，张仪自然难以相信，然若不是游侠，又何来此等行踪本领？倒真是令人难以揣测，且先看下去再说，至少在当下，他对张仪不构成危害。于是张仪也不多说，走到小道边石礅上坐下敷药。

白衣人见张仪走开，回身笑道：“一齐来。”

骑尉、墨衣本来担心张仪被游侠劫走，此时见此人并无帮手，张仪也泰然自若，自然便要先全力解决这个游侠。墨衣低声道：“将军掠阵，我来。”骑尉点点头：“小心为是，此人大是蹊跷。”墨衣冷笑一声，径自走到白衣人对面丈许：“游侠请了。”

白衣人见墨衣岿然不动，笑道：“让先么？好！”一个“好”字出口，竹杖啪啦脱手，但见森森光芒裹着“嗡——”的金铁震音，一柄超长的异形弯剑已经凌空罩住了墨衣头顶。墨衣大惊，一个贴地大滑步，堪堪躲开，森森光芒又如影随形般从身后刺到，大是凌厉。慌忙之中，墨衣一个侧滚，方得脱出剑锋之外，额头却已经是冷汗淋漓。见白衣人

[1] 这些游侠都是战国中期之前的游侠，战国中后期还有诸多著名游侠，但在张仪之后，是未提及。

没有追击，墨衣气哼哼问道：“阁下使何兵器？尚望见告。”

“此兵器天下无人识得，只让你见识一番便了。”说罢，白衣人顺手一掠，一道森森寒光竟从身边一棵合抱粗的树身掠出，没有任何声息，松树也丝毫未动。白衣人悠然一笑：“敢请二位观赏了。”墨衣与骑尉疑惑地走到树前，借着明亮的山月，分明可见大树腰身有一道极细的缝隙。

“你是说，方才拦腰切断了这棵大树？”骑尉惊讶地拍打着树身。

“将军力大，一推便知，何用多说？”白衣人显然不屑与之争辩。

骑尉一个马步扎稳，双手按住树身，猛然一推，缝隙之上的树身骤然向外滑出，树干喀啦啦向里压来，如同疾步之人脚下打滑摔了个仰面朝天一般。骑尉、墨衣飞纵闪开，待大树倒下，上前查看，留下的三尺树身切面平滑如镜，兀自渗出一片细密油亮的树脂。墨衣二话不说，拉起骑尉便走。

白衣人拱手笑道：“敢请转告赵雍，敢对先生非礼用强，墨孟不会旁观。”

墨衣骤然回身道：“你？是墨家孟胜大师？”

“既知我师之名，便知天道不会泯灭。”

墨衣似乎还想问什么，却终于忍住没说，拉着骑尉回身走了。

白衣人向张仪走过来道：“敢问先生剑伤如何？”张仪笑道：“他没想狠刺，不妨事，多谢义士好药了。”白衣人长出了一口气：“涑水河谷看似荒僻，实则大险之地，先生守丧已过三年，该当换一个地方住了。”“这却奇了。”张仪揶揄道，“义士怎知我守丧三年已满？难道也是游侠职分么？”白衣人笑道：“看这光洁的陵园小径，看这草色变黑的茅屋，还有山林中踩出的毛道，只怕还不止三年也。”张仪从石礅上站了起来：“有眼力，只是我还不想到别处去。”白衣人笑道：“我只是提醒，此乃先生之事，该当自己决断，在下告辞。”“且慢。”张仪目光一闪，“看义士年轻不凡，为何要冒游侠之名？”白衣人一怔道：“先生如何知我不是游侠？”张仪道：“战国游侠，皆隐都城谋大事，不动则已，动则一举成名，可有跑到荒僻山地，长做夜游神者？”

白衣人惊讶了：“何言长做？在下是夜来路过而已。”

张仪大笑："义士漏嘴了，若是匆匆过客，何以连四面山林踩踏的毛道都恁般清楚？若非旬日，转不完这涞水河谷。"

白衣人沉默有顷，郑重拱手道："先生所言不差，在下本非游侠，只是见情势紧急，临机冒名罢了。"

"冒名也罢，又何须为墨家树敌？"

白衣人脸上掠过一抹狡黠而又顽皮的笑："先生穷追猛打，只好实言相告：在下本是宋国药商，图谋在涞水河谷猎取虎骨，已在此地盘桓多日。今夜进山查勘虎踪，不意遇见有人对先生用强，是以出手，唐突处尚望先生见谅。"

"既是药商，如何知晓彼等是赵国太子指派的武士？"

白衣人笑了："先生果然周密机变，然这回却是错了。那是在下在大树上听到的，至于赵国太子之名，天下谁人不知，况我等游走四方的商旅之人？再说了，在下不想暴露商家面目，只好将义举让名于墨家。否则，日后如何到邯郸经商？"

至此，张仪完全释疑，拱手道："张仪禀性，心不存疑，义士见谅。"

白衣人嘟哝道："这人当真难缠，做了好事，好像人家还欠他似的，审个没完。"

张仪哈哈大笑道："义士真可人也！走，到茅屋……啊，偏是没有酒也。"

"先生有趣，想说痛饮，却没有酒。"

"兄弟莫介意，无酒有茶，凉茶如何？"

"先生大哥的茶，一准好喝。"

"先生大哥？"张仪不禁又是大笑，"大哥就大哥，先生就先生，选哪个？"

"大哥！"白衣人笑着拍掌。

"好兄弟！"张仪拍拍白衣人肩膀，慨然一叹，"风清月朗，萍水相逢，也是美事一桩，真想痛饮一番也。"

"大哥稍等。"白衣人话音落点，身影已在林木之中，片刻之间又飞步而回，举着一个大皮囊笑道，"上好赵酒！如何？"

“好！月下痛饮，快哉快哉！”

“不问个明白么？”

“日后问，走！茅屋去。”

“大哥差矣。谷风习习，山月朗朗，就这里好。也省你灯油啊。我去拿陶碗。”说罢轻步飘飘，转眼便从张仪的小茅屋中拿来了两只大陶碗摆在大石礅上，解开皮囊细绳，咕咚咚倒下，一股凛冽的酒香顿时飘溢开来。

“当真好酒也！”张仪耸耸鼻头，久违的酒香使他陶醉了，“来，兄弟，先干了这碗！”

“哎哎哎，且慢，总得两句说辞嘛，就这么干干？”白衣人急迫嘟哝，有些脸热。

张仪大笑一阵：“兄弟可人，大哥喜欢。为上天赐我一个好兄弟，干！”

“上天赐我一个好大哥……干！”白衣人骤然一碰张仪陶碗，汩汩饮尽。

仔细品闻酒香，张仪兀自感慨长吟：“酒啊酒，阔别三载，尔与我兄弟同来，天意也！”说罢猛然举碗，长鲸饮川般一气吞下，丢下酒碗，长长地喘息了一声。

“大哥三年禁酒，当三碗破禁，再来。”白衣人说着又咕咚咚斟了一碗。

张仪自觉痛快，连饮三碗，方恍然笑道：“呵，你为何不饮？”

“小弟自来不善饮，寻常只是驱寒略饮一些。今夜不同，大哥三碗，小弟陪一，如何？”

“好。”张仪笑道，“不善饮无须勉强，我有学兄也不善饮，依然天下英雄。”

“大哥学兄是天下英雄，那大哥也是天下英雄了。”

“可是未必。苏秦能成功，张仪未必能成功。”

“哎呀！大哥学兄是苏秦么？那真是个英雄也，如今走遍山东六国，苏秦几是妇孺皆知了。大哥去找苏秦，不也大是风光了？”

张仪猛然饮干一碗，目光炯炯地盯着白衣人，一脸肃然：“此话要在饮酒之前，你我就不是兄弟了。大丈夫生当自立，如何图他人庇护？”

“啪！”白衣人打了自己一个耳光，打拱笑道：“大哥志节高远，小弟原是生意人无心之言，大哥宽恕才是。”

张仪也笑了：“兄弟也是商旅义士，原是我计较太甚，不说了，干！”又大饮一碗。

白衣人陪着饮了一碗，又为张仪斟满酒碗，轻轻地叹息一声：“大哥要终老山林么？”

张仪默然良久，喟然一叹：“天下之大，唯一处我从未涉足，可目下却偏偏想去此地。”

“楚国偏远，是那里么？”

“不，是秦国。”

“啊……”白衣人轻轻地惊叫了一声，又连忙大袖掩面。

“兄弟害怕秦国？”

“有点儿，大父当年在秦国经商，被秦献公杀了。”

张仪叹息道：“此一时，彼一时。秦国自孝公商君变法，已经是法度森严的大国了。尽管我没去过秦国，也曾鄙视秦国，但目下，我已经对秦国有了另一番见识。只是不知秦国有无求贤之心。须知苏秦、犀首都不被重用而离开了秦国。商君死后，秦人似乎丧失了秦孝公之胸襟，又在排斥山东士子了。”

白衣人听得眼睛一眨不眨，释然笑道：“大哥毋忧，小弟的一车虎骨正要运往咸阳。大哥不妨与小弟先去咸阳看看，合则留，不合则去嘛。”

张仪大笑：“好！便是这般主意。”

“大哥痛快！那就三日后启程如何？”

“也好。就三日后。”

这时明月淡隐，山后已经显出鱼肚白色，松林间已经降下白茫茫霜雾。两人对饮了最后一碗赵酒，白衣人就消失在霜雾迷离的河谷里。张仪看着那细长的白色身影渐渐隐没，自觉胸中发热，不禁长啸一声，左手拔出吴钩力劈，一段枯树喀啦裂开。

霜雾消散，红彤彤的太阳爬到山顶时，绯云送饭来了。张仪将昨晚的事大约说了一遍，绯云惊讶得直咋舌：“吔，昨夜那公子住的老屋一直没声气，我悄悄从窗下过了两趟，听出屋里根本就没有人。你说，这公子是不是那公子？”张仪沉吟道：“有可能是。然不管此人身份如何，却绝非邪恶之徒。不要说穿，借他之力，我先到秦国再说。”

绯云点点头：“那好，我赶紧回去收拾打理一下。吔，张老爹咋办？”

“老钱金币还有多少？请老人家，到安邑买所房子安度晚年吧。”

“只有二百钱、三个金币了。”

张仪大手一挥：“全给老人家。”

“老屋？”

“烧了。”张仪咬牙吐出两个字。

“不烧！”绯云红着脸喊了一声，“我来处置，不用你管。”站起来匆匆走了。

想了想，张仪终于没有喊回绯云，任她去了。他知道，绯云从五六岁的孤儿被母亲领回，就一直在老屋与母亲共度艰辛共尝甘苦。铩羽回乡，又是绯云与张老爹苦苦撑持，才保他守陵再造。绯云与张老爹对张庄老屋的依恋，比四海为家的自己要强烈得多……罢了罢了，还是教他们处置，何须一定要摆出一副名士不留退路的做派？

心定了，张仪开始整理自己的随身之物。衣物不用他操心，他也弄不清自己的衣裳有几件。需要他自己动手的，是两架书简，还有自己三年来撰写并誊刻就绪的一堆策论札记。那些札记是自己的心血结晶，也是自己痛彻反省的记录，更是自己生命的一部分。他将必须携带的书简装进了一只大木箱，那些札记，则特意用母亲留给他的那只铁箱装了，而且将那支小小的铜钥匙系在了脖颈贴身处。突然，张仪心中一动，又将两只箱子搬到母亲墓旁的一个小石洞里，又用茅草苫盖妥当，一宗宗做完，天也黑了下来。

奇怪，绯云如何没有上山送饭？出事了么？心思一闪，张仪摘下吴钩，大步出了茅屋。

将及南面山口，突闻河谷中一阵隆隆沉雷。仔细一听，张仪立即辨出这是马队疾驰，且是越来越近。张仪机警异常，看看四周，快捷地爬上了一棵枝繁叶茂的大树。片刻之间，马蹄声止息，一片清晰沉重的脚步声进了北面的山口。

时当明月初升，依稀可见一队甲士开进了松林，散成了扇形，将茅屋围了起来。一个带剑军吏高声命令："守住道口，不许任何人进来。荆燕将军，点起火把，随我去见先生。"说着便见一支火把点起，两个身影走进了茅屋。片刻之后，两个身影又走了出来，军吏道："先生显然走了，我等也只好回去复命了。"那个举着火把的荆燕答道："该不是赵国将先生请走了？我却如何向武安君交令？"军吏笑得很响："老话真没错：燕人长疑赵。如今两国结盟了，我若捣鬼，太子如何对武安君说话？"荆燕叹息一声："咳！也是天数，张仪没贵命，武安君好心也没用。"军吏笑道："将军若不放心，可带十骑留下，继续访查。"荆燕道："武安君安危要紧，我如何放心得下？"

"既然如此，也不用费心了，有一信放着，先生会看到的。回兵。"

甲士们收拢成一队，又出了北山口，片刻间便闻马蹄声隆隆远去了。

张仪见马队远去，下了大树，走进茅屋点起风灯，发现石板书案上赫然一个扁薄的铜匣。看来，这就是他们方才说的信了。张仪拿起铜匣端详，一摁中央铜钮，铜匣无声地弹了开来。匣中红锦铺底，一个火漆封口的羊皮纸袋正在中间。吴钩尖端轻轻一挑，羊皮纸袋"嘶"地开了一个口，一页羊皮纸"刷"地掉了出来，张仪拿起一看，极为熟悉的字迹立即扑进了眼帘：

> 张兄如面：合纵有望，其势已成。我已向樗里疾荐兄入秦，望兄与时俱进，对我合纵。兄做对手，苏秦当更惕厉奋发，再创长策。破我即助我，此之谓也。时势诡谲，安邑不安，望兄作速入秦，大振雄风。苏秦大梁秋日。

"好！"一眼瞄过，张仪已是血脉偾张。苏秦已经在战场上向他招手了，张仪岂能拖泥带水？苏秦如此襟怀气度，张仪自当全力施展，使天下大浪淘沙。看来，入秦已是事不宜迟了。苏秦既然已经向秦国上大夫荐举了自己，便说明秦国已经知道了自己……

且慢！一个念头突然生出：秦国既然知道了自己，为何却没有动静？是秦国君臣迟钝么？抑或另有隐情？既然说不清楚，最好还是不要冒失，要沉住气，做成大事不在三五日之间。一番权衡掂量，张仪已经冷静下来：入秦是肯定的，只是不能贸然，这是最后一条路，不走则已，走则务必成功，如何能在扑朔迷离之时贪图一时痛快？苏秦说“时势诡谲，安邑不安”，究是何意？对了，苏秦肯定发现了“有人”对自己心怀叵测，提醒自己早日离开这里。这“人”是谁？目下看来，似乎是赵国。可是，就必然没有秦国么？古往今来，国君求贤而佞臣杀贤的事数不胜数，若果樗里疾是个小人，担心自己入秦威胁到他的权力，难保不私下“控制”自己，情势没有完全明朗之前，就无法排除这种可能。

思忖一番，张仪觉得自己还是按照原来谋划行事较为稳妥——白身入秦，看清再说。

一阵匆匆脚步声，绯云送饭来了。张仪心中兴奋杂乱，也确实饿了，狼吞虎咽吃起来，及至吃完，却见绯云直抹眼泪，不禁惊讶：“绯云，有事了？说呀！”

绯云带着哭声道：“张老爹不要钱，也不离开老屋……我看，老人家有死心吔……”

张仪二话没说，拉起绯云便走。老人是张家的“三朝”管家了，从迁出安邑开始，张家上下便呼老人为“张老爹”。四十多年来，张氏家族的风雨沧桑就是老人的兴衰荣辱，老人对张氏家族的忠诚、功勋几乎是任何人都不能比拟的。如今，老人家绝望了么？

陵园离老屋只是山上山下之隔。张仪大步匆匆，片刻到了老屋门前。三年未下山，他发现张庄已经比当初有了些许生气，门前已经重新栽上了一片小树林，茅草小门楼也变成了青砖门房。他顾不上细看，推开门进得庭院高声道：“老爹！我回来了。”见无人应声，绯云轻轻推开了堂屋大门，骤然之间，绯云哭叫起来：“老爹，何苦来呀——”

张仪急忙进屋，被眼前的景象惊呆了——张老爹跪在张仪母亲的灵位前，鲜血流淌，腹部已经大开，双手依然紧紧握着插在腹中的短剑。

“老爹……”张仪骤然哽咽，扑地跪倒，抱住了张老爹。

老人艰难睁开了眼睛：“公子……莫忘故土……”软软地倒在了张仪怀里。

“老爹，安心走……”张仪泪如雨下，将老人的眼皮轻轻抹下，“绯云，给老爹穿上最好的衣裳，安葬陵园……”

天将拂晓，霜雾迷蒙，一辆灵车缓慢地驶上了通往张氏陵园的山道。太阳初升的时分，一座新坟堆起在张仪母亲的大墓旁。

“张兄吔，主仆同葬，自来未闻，你不怕天下嘲笑么？”

“忠节无贵贱，大义在我心。他人嘲笑？鸟！”张仪愤愤然骂了一句。

绯云忍不住笑了，笑脸上挂着两行晶莹的泪珠。

“大哥！教小弟好找。”随着话音，那个英秀的白衣药商飘然而来，走到近前却觉得气氛不对，稍做打量已经明白，立即走到那座新坟前肃然一躬：“老爹啊，多日蒙你关照，不想你却溘然去了……老爹走好，晚辈年年来涑水，定会为你老人家扫墓祭奠的。”说罢长身拜倒，肃然三叩。

张仪不禁唏嘘道：“兄弟啊，罢了。”绯云走过去，抹着眼泪扶起了白衣后生。

“大哥。”白衣后生道，“涑水河谷已成多事之地，我等不妨今日便走如何？”

张仪默然片刻，看看绯云，绯云道：“给我两个时辰，但凭张兄便了。”张仪点点头道，“好，午后走。”

白衣后生笑道：“大哥尚不知我的名姓，实在惭愧。我叫应华，宋国应氏后裔。日后就叫我华弟吧。小妹，你可该叫我大哥。”

绯云笑道：“吔，宋国应氏，那可是天下大商家了，难怪神秘兮兮。”

应华咯咯笑道：“不就悄悄捕老虎么？小妹为我操心了。”

“你们俩呀，针尖儿对麦芒。”张仪笑道，“别聒噪了，分头准备。华弟，我听你吩咐。”

“大哥明断。”应华笑道，“一路行止，都听我，保你无事。”

秋日西沉，晚霞染红了满山松林的时分，一队商旅车辆驶出了涑水河谷。上得官道，车队辚辚疾行，沿着大河北岸直向西去了。

第七章 大成合纵

一 大梁公子出奇策

进了魏国，苏秦有一种奇特的憋闷。

当他的三国车骑声威赫赫地进入大梁时，这座天下最大的都城平静得一点儿波澜也没有，非但郊野没有观者如潮的景象，连看热闹的传统地方城门口也是冷冷清清的。街市照样繁华锦绣，人流如梭，市声如潮，可苏秦无论如何也没有感应到一种勃勃生气。所能感到的，只是一种平静的麻木，一种深刻的淡漠。苏秦没有偏见，不至于因为魏国人没有夹道欢迎而对大梁生出失落或愤懑。对魏国，他是抱有最大期望的。他期望魏国成为六国合纵的真正轴心。虽然魏国衰落了，但按照诸般实力与曾经有过的辉煌，魏国依然是最适合扛起合纵大旗的盟主国。然进得大梁，苏秦的心却直往下沉。

住进华贵的国宾驿馆，魏国掌管迎送的“行人”前来通报：“魏王尚在逢泽狩猎，两日内不能还都，敢请武安君先行歇息。”赵胜气得满脸通红：“岂有此理？我去找魏无忌说话。”匆匆大步走了。苏秦送走行人，对荆燕笑道："换上便服，到市井看看去。"

苏秦曾经游历各国，每进一城，他都要先到市井街区转转看看。有时候竟日流连，许多名胜去处都被耽延了。苏秦有个说法："市井之区，邦之经脉，细细把之，可得国命。"当年游临淄，天下对齐国尚不看好，可在游览齐市三日后，苏秦对老师详细描述了临淄的民生民气，断言："齐国有强盛之象，绝不在魏国之下。"老师大为赞赏，对苏秦的预言下了八字考语："善把国脉，独具慧眼。"教张仪很是发急了一阵子。对于大梁，苏秦并不陌生，当年每次出游，都要经过大梁，几个月前北上燕赵，也还从大梁过了一趟。应该说，大梁是苏秦所到次数最多的大都，也是苏秦最熟悉的一座都城。

天下人将大梁的商市称为魏市。魏市分成了老市、新市两个区域，未做都城前的市区叫老市，做了都城后扩展的市区叫新市。经过一番归并，老市街区成了私市交易的大市场，一切不受官府控制的货品都在这个区域交易：丝绸、衣物、珠宝、家具、车辆、牲畜、五谷并各种日用器物分做了几条大街，琳琅满目，市声如潮。新市被民间称为"官市"，举凡官府控制的物品都在这里交易。当时各国控制的市易不尽相同，越是穷弱之国，控制的货品就越是多。譬如燕国有一段禁止战马的交易，秦国在商鞅变法之前是连醋都禁止私自买卖的。当时的醋叫做"苦酒"，因为要用粮食酿造，所以常常在饥荒之年受到官府的控制。魏国是最先富强的大国，货品限制最少，官市经营的主要是盐、铁、兵器三项。这个"铁"主要指铁料铜料——铸铁块、铜锭以及源头产品铁矿石铜矿石等，而不是所有铁制品。在铁器成品中，官府寻常只控制兵器交易，其他铁器则视国家情势而定。魏国大约是各大战国中控制最松弛的。商鞅变法后的秦国是"依法市易"，当是控制货品最多的国家，但其控制的方式与山东六国又有不同。

对于官市，苏秦寻常都是走马观花，走一遭便知大概。对于私市，苏秦则看得仔细，他所说的"国脉"，根基便在这熙熙攘攘的私市人潮之中。

苏秦出门，正在行将暮色而尚未掌灯之时。大梁是天下第一商市，其不夜闹市也是天下有口皆碑的。按寻常惯例，这大半个时辰正是商家最为忙碌的一段。店小们一面要轮流吃饭，一面还要继续招呼那些趁着“日市尾子”磨价钱的上门客官，还要同时准备灯火与适合夜市摆卖的特殊货品，大体上每个店铺在这时都要高声呼喝一阵子，而且大多数店东或执事都要亲自出来，帮着打点一番。苏秦走遍天下大市，对这种夜市前的特殊嘈杂最是熟悉不过。可今日走进大梁私市，却觉得空荡荡的，市人在慢慢消散，几乎有一半店铺在“呱嗒咣当”地上门板，没有上门的店铺也是一番悠闲景象，只有眼见的几家在点硕大的风灯准备夜市，一眼看去，也都是外国商家。苏秦有些惊讶了，这是大梁夜市么？

“老伯呵，如此早打门，不夜市了么？”苏秦上前问一个正在打门的老人。

“呵呵呵。”老人将门板交给一个后生，回身淡淡地笑着，“先生外国人，多日不来大梁了吧。也说不清因由，反正这大梁的夜市啊，不知教甚个风一吹，它就淡了，没了。再去看看官市吧，半后晌就没有人了，真是怪也。先生，你可是要买货？”厚道的老人似乎觉得自己太唠叨，耽搁了客人正事。

“只想买几卷白简罢了，没大事。”

“看，前头那街是文品街，都黑了一大半了。往常，文品街可是红火得不得了呢。中原文士，谁不想在大梁买白简、笔墨、羊皮纸，如今这大梁啊，没人来了。看看，老朽又多说了。要在往常啊，这时辰，老朽哪里有工夫和人说话？先生，你去买吧，前边，走好了。哎，后会有期，后会有期。”

望着半明半暗的萧条街市，苏秦不禁有些怅然，曾几何时，大梁繁华不再？

大梁商人素来领天下风气之先，那种“天下第一”的张扬与得意是任何旅人都能感觉到的。他们可以放肆地嘲笑外国人的口音，也可以粗声大气地对买主喊出：“言不二价，这是大梁。”买主回头，他们又会在背后撂上一句：“这是大梁，没钱别来。”人们艳羡大梁，气恨大梁，又对大梁商人的做派无可奈何，终了还得说一句：“谁教人家是魏国也。”

当初，魏国北面攻赵、南面攻韩、东面威慑齐国、西面压迫秦国、东南逼得楚国唯魏国马首是瞻的时候，大梁人是何等的意气风发，大梁的魏市是何等的风光？而今，大梁商人的声音苍老了，凄凉了，听得出，琐碎的唠叨后面是大梁人的沮丧与麻木。

“走，到中原鹿去。”

中原鹿，是大梁最豪华的酒家，也是大梁名士聚集的中心。当初魏国都城在安邑的时候，安邑白氏的洞香春天下有名，也在于它是天下的消息集散中心。魏国迁都大梁，白氏商家随着岁月流散，洞香春虽依旧留在安邑，却也风光不再了。这时候，大梁的酒肆行业突然出现了一家更为豪阔的酒家，名字便叫中原鹿。市井传闻：这中原鹿的真正主人，是魏国老丞相公子卬，大梁的酒肆都得让它三分。开始，高傲的魏国人不认这个陌生而又咄咄逼人的新贵酒肆，力图在大梁拥戴出一个像安邑洞香春那样的名贵老店。无奈时过境迁，一则是名贵如洞香春那样的赫赫老店，朝夕间无从寻觅；二则是以大梁富商为常客的酒肆人流，再也没有了安邑那种高贵的底色，“天下名士争往游学，列国冠带趋之若鹜”的景象，在大梁已经不复存在了。大梁做了都城，魏国人似乎也变了味儿：只要豪华舒适，对领先天下文明的自信与情趣却是大大淡漠了。时日蹉跎，这中原鹿也顺理成章地成了大梁上流人物的聚散之地，而大凡这种地方，不想做消息议论的湖海都难。

苏秦就是想看看，想听听，仔细掂掂魏国的分量。

中原鹿很是气派。一幢三层木楼，富丽堂皇地矗立在最宽阔的王街入口处，林木掩映，灯火通明；六开间的门庭前，三十六盏巨大的风灯照得六根大铜柱熠熠生光，美艳的侍女在灯下矜持柔媚地微笑着，像是天上的仙子；西面树林间的车马场，高车骏马穿梭进出，门庭前锦衣如流，各种华贵的服色灿烂交织令人目眩。这一切，都骄傲地宣示着这里的财富等级，也冷森森地阻隔着贫寒布衣的脚步，与方才商市的萧瑟落寞相比，直是另一重天地。

苏秦驻足凝望，不禁轻轻地叹息了一声。

“先生，这厢请了。”两个仙子飘了过来，殷勤主动地引导苏秦与荆燕。

“最大酒厅。”荆燕生硬地吩咐着。

“是了。”侍女轻柔地答应着，“请上楼，小女来扶先生。”

荆燕冷冷甩开仙子的小手，径自寸步不离地跟在苏秦身后，嘴里嘟哝着：“这脚下软得怪，要醉人一般，啧啧啧！扶手都是金铜，魏国真富，鸟！”苏秦回头使个眼色，荆燕脸红了一下，板着脸不再吭声了。

上得二楼，眼前顿时豁亮，偌大的厅堂用绿纱屏风隔成了几十个小间，可见人影绰绰，可闻高谈阔论，却又互不相干，倒也是别有一番意味。苏秦多有游历，自然知晓其中门径，瞄得一眼道：“就在临窗处。”侍女立即嫣然一笑，对一个飘过来的长裙侍女道：“先生要临窗坐席。”说完深深一礼，飘然去了。

长裙仙子一身轻纱，雪白的脖颈上掩一抹曳地的红绫，长发乌云般垂在肩头，浑身散发着醉人的香气。“阿嚏！”荆燕不禁打了个响亮的喷嚏，口水立即星溅到仙子裸露的脖颈胳臂上。仙子一面咯咯咯笑着，一面轻柔利落地将手心一方白巾捂在了荆燕鼻头上。荆燕大急，顺手一推，仙子娇笑一声跌倒在地。荆燕却弯腰顿足，“阿嚏阿嚏”地连连打起了更猛烈的喷嚏。仙子旋跌旋起，几乎是起舞一般，又咯咯笑着飘过来扶荆燕。荆燕躲避不及，大吼一声：“给我滚！”

仙子顿时脸色发青，嘤嘤抽泣着跪在地上：“小女得罪，敢请客官惩罚。”

“这这这，这是甚路数？起来起来，我又没……”荆燕大急，手足无措。

苏秦忍俊不禁，哈哈大笑道：“起来吧，我等小国寡民，没经过这阵势也。”

“多谢先生了。”仙子破涕为笑，“先生这厢请了。”再也不往荆燕身边靠了。

临窗确是雅座，既看得大梁街景，使荆燕一饱眼福，又听得清全场议论之声，使苏秦大可静心品评。落座之后苏秦道：“两鼎逢泽鹿，一坛赵酒，半坛兰陵酒。你不用在此侍候，我等自饮。”那个仙子脸上笑着口中应着，飘飘去了。荆燕气狠狠地嘟哝了一句：“鸟！气死布衣也。”苏秦笑道："兄弟忍住了，大梁风华奢靡，原非燕国可比。"荆燕也"哧"地笑了："大哥，你说这等国家，富得流油，还能打仗么？"苏秦笑道："能否打仗，不在穷富，秦国不富么？"正在说话间，一队浓施粉黛的仙子飘了过来，一阵莺声燕语，摆好了鹿鼎，斟好了酒爵，又带着一片香风飘去了。

荆燕耸耸鼻头，眉头大皱，回头正要猛打喷嚏，却生生顿住，霍然起身："大哥，别动。"话音落点，荆燕站到了屏风入口，一柄短剑已经赫然在手。

苏秦没有觉察到如何异常，惊讶莫名，却知道荆燕有"神獒"之称，眼力听力与嗅觉远超常人，便也坐着没有动。荆燕回头低声道："像是公子赵胜声音，好像在找你。"

"赵胜？他如何找到这里？有了意外么？"偌大厅堂人声哄嗡，苏秦甚也没有听见，但他相信荆燕绝不会听错，略一思忖道，"找赵胜过来，大事要紧。"

"嘘——他来了。奇怪，两个人。"

这时，苏秦已经隐隐听见侍女与赵胜的对话声，似乎说那个先生不让侍候……只要是赵胜，不管他带来了何人，都已经不用担心，苏秦起身离座，准备与赵胜回去。

"先生，有个客官请见。"一个仙子飘进来柔声禀报。

苏秦一怔，惊讶这少年公子如何懂得这般古礼？思忖间也依礼高声作答："苏秦扫庭以候，公子请了。"绿纱屏风外影影绰绰，可见赵胜拱手道："在下带来一位高朋，同来拜会先生。"苏秦不禁笑道："公子尽管进来。"

只听赵胜一阵笑声，走了进来道："先生莫怪罪我，是我这姐丈哥非说甚'宾座如宅，礼同拜会'。你看，先生不是拘泥之人吧。"一通爆豆儿般快语，苏秦荆燕都笑了起来。赵胜却恍然道："看看，还没中介。先生，这位是公子魏无忌，我的未来姐丈。这位先生是武安君苏秦。那位，是将军荆燕。"

赵胜身后站着一位红衣青年，端严凝重，气度沉稳，上前来深深一躬："无忌对先生心慕已久，今日得见，不胜荣幸。"转身又一拱，"无忌见过副使。"

早已在二人进门时，苏秦便留意到了这位公子，同是及冠青年，他与赵胜站在一起，显然有一种赵胜所缺乏的沉稳厚重，先就有了好感，及至听赵胜说，这位公子要在如此场合以古礼拜见自己，便觉此人不同流俗，庄重地一躬到底道："苏秦幸会公子。"

赵胜低声道："先生，换个地方说话，事情或有转机。"

"好。"苏秦精神顿时一振。这时只见一位素装长裙的美丽女子走到了屏风外面："请诸位跟我来。"说着将绿纱屏风顺势一推，面前出现了一条幽静的小径，走得三五丈便到尽头。素装女子又一拧墙上一个凸出的小木轮，便见墙面像大门一样打开，里面隆隆吊下一个巨大的铜筐。素装女子先请四人进筐，然后她自己也走了进来，摇摇筐边一条细绳，隐约听见高处"丁零"一声，铜筐徐徐升起，外面的墙面也徐徐合拢，片刻之间，铜筐便停了下来。素装女子一摁墙边机关，墙面又像门一般打开，女子对魏无忌笑道："公子，这厢请，我已经安置妥当了。"

"好，你领道，先生请。"魏无忌对苏秦拱手一礼，坚执请苏秦先行。

苏秦一行跟着女子走过一条铺着大红地毡的长廊，便觉眼前骤然一黑……仔细一看，竟来到了满天繁星的露天楼顶。说是露天，四面却是半人高的厚厚板壁，唯独头顶露出了一片碧空。夜风习习，满城灯火尽收眼底，河汉灿烂如在身边，仿佛置身于一艘大船，漂在无边天河之中，说不出的开阔惬意。

"有此等佳境，果见公子品位高雅。"苏秦不禁由衷赞叹。

"好地方！不憋气！"荆燕高兴拍掌，连连深呼吸几番，"那味儿实在难受。"

赵胜笑道："先生不知，我这预备姐丈是通天彻地，中原鹿这机密，魏王都不知道也。"

"又信口开河。"魏无忌笑道，"先生，此处总执事，曾经是我之门客，如此而已。"

这时，那个素装女子走了过来道："公子，收拾妥当，敢请入席。"

魏无忌做请，苏秦跟着女子来到楼顶唯一的宽敞隔间内。此时正逢下旬，半个月亮刚刚爬上城楼，可见隔间内的四张长案上已经是酒菜齐备。素装女子为每案斟了一爵，对魏无忌作了一礼道："公子不要侍奉，我便去了，若有急需，摇铃。"魏无忌笑道："好了，你去，莫教任何人上来。"女子答应一声，轻柔地飘走了。

四人落座，月光下相互朦胧，别有一番韵味。魏无忌举爵笑道："勉为东道，且先为先生洗尘。来，干了此爵。"一饮而尽。

苏秦正要说自己不能饮烈酒，及至举爵，一股熟悉的兰陵酒香扑鼻而来，不禁对这位公子的细致周到大是感慨，一声"多谢"，也举爵一饮而尽。

赵胜先开了口："先生，我也是在大厅找见公子的。我与他正在理论，他却听得外边声气不对，说是像燕国武士打喷嚏。我出来一瞄，果然是先生的背影。他思忖一番，方才决断在这里拜会先生。"

魏无忌作礼道："唐突冒昧，尚请先生恕罪。"

苏秦对赵胜说法感到惊奇，爽朗笑道："无妨无妨，人生何处不相逢也。"

荆燕恍然大悟："敢问公子，燕国武士的喷嚏不一样么？"

魏无忌微微一笑道："听赵胜说，无忌只是觉得连打喷嚏，很不寻常罢了。"

荆燕大笑，上气不接下气道："那，那味儿，香得，刺鼻……"

赵胜惊讶道："荆兄啊，听人说，只有狗不喜欢闻这种香气，你也受不了么？"

苏秦忍不住"噗"地喷出了一口酒："公子好眼力。荆燕被军中称为'神獒'，不知道吧。"魏无忌与赵胜哄然大笑，赵胜连连打拱道："得罪得罪。"

荆燕却大惑不解："狗也不喜欢？难怪也。"

三人更加乐不可支，前仰后合大笑起来。

良久平息，赵胜向魏无忌努努嘴："该你东道唱了。"魏无忌慨然一叹道："先生有所不知，赵国赞同合纵后，我对大父魏王讲说了此事。可大父王不置可否。念起先生终将前来，必能说服大父王，无忌也没有再作纠缠。不想大父王明知先生已经从韩国出发来大梁，却到逢泽去狩猎，当真令人汗颜。”

默然有顷，苏秦道：“大梁朝局，可有微妙处？”

“今非昔比。”魏无忌脸色沉重，“自从魏国迁都大梁，朝野风气大变。魏国恰似泄气之鼓风皮囊，又好似霜打之秋草，一日一日地瘪了，一日一日地干了。大父也老了，雄心不再，除了狩猎，便是和老孟子谈天说地。权臣们也都是花天酒地，没有一个庞涓那般的强硬人物出来说话。连韩国都抖起了精神，魏国却如此沉迷，无忌当真是欲哭无泪也。”

赵胜愤愤道：“先生不知，公子小辈，上有老祖父压着，下有太子父亲挡着，公子虽有主见，诸多朝臣也拥戴公子，老魏王却是优柔寡断，任何大事都是拿捏不住。”

“胜弟休得乱说。”魏无忌打断了赵胜，显然不想涉及朝局。

苏秦明白此中奥秘，却也不能理会，只是喟然一叹道：“魏王当政四十余年，岂能不知秦国威胁？但能见得魏王，苏秦必使他决断合纵。”

魏无忌眼中骤然生光：“先生有此心志，无忌当全力促成。”

“如何做法？”赵胜紧紧追问。

“我陪先生直赴逢泽，可保先生见得大父。”

“何时可行？”赵胜目光炯炯。

“明日寅时出发，午后可赶到逢泽行营。”

“如此，苏秦谢过无忌公子。”苏秦站起来肃然一躬。

逢泽依然壮美如昔，所不同的是，湖畔山麓多了一道长长的城墙，城墙中有了一片巍峨的宫殿。这是迁都大梁后，丞相公子卬为魏惠王修建的狩猎行宫。可魏惠王说这里阴冷，住了一次后再也不来了。后来每次来逢泽狩猎，魏惠王都坚持住在行辕大军帐里，说帐篷里暖和舒适。这次也一样，逢泽北岸的山凹地带，便成了辕门行营的驻扎地。这里避风向阳，在秋天是不可多得的小阳春之地。

站在山腰望湖台上已经两个时辰了，遥望着茫茫逢泽，魏惠王也弄不清自己究竟想了些什么？总归是有些伤感，不想离开这渺茫的大湖。四十多年前，魏罃还是刚刚加冠踌躇满志的英俊公子，夺太子、平内乱、首称王、大战天下，一举成为战国盟主。那时，魏国是中天的太阳，没有一个国家不在她的煌煌光焰下诚惶诚恐。那时，安邑比大梁可是小多了，但是，魏惠王所有的骄傲却都是在小小安邑获得的，所有的梦想，也都是在安邑实现的。倏忽二十三年，他做了多少事情？魏国领土在那二十多年几乎扩大了两倍，三十万铁骑威震天下，几乎就要灭了秦、赵、韩三国……可世事偏偏无常，不知不觉间魏国就萎缩了，他也老了。又是倏忽二十来年，河西千里全部丢了，离石要塞丢了，崤山西大门丢了，上党北大门丢了，巨野东大门也丢了，魏国又回到老祖父魏文侯时代的老疆域了。魏罃已经六十多岁，是满头霜雪的老人了。他平心静气地想了许久，还是觉得自己没有铸过何等大错，一切都是天意——上天兴我我则兴，上天亡我我则亡，岂有他哉？

自从惠施做了外事丞相，魏惠王对阴阳五行说有了兴趣，常常通宵达旦地与惠施商讨。他说大梁风水不佳，累了国运，要惠施用阴阳学说多方论证，好再次迁都。然也奇怪，惠施虽说在论辩术之外酷爱阴阳说，却偏偏别扭，老是聒噪道："我王切莫热衷此道，强兵富国于阴阳五行，臣未尝闻也！"每每扫兴，魏惠王只有邀请老孟子到大梁盘桓，终日说叨些远古奇闻与小国寡民井田制，无奈老孟子雄心犹在，总是劝他"力行仁政，廓清天下"。魏惠王觉得老孟子迂阔可爱，便老是打哈哈。老孟子总埋怨说"王顾左右而言他"。魏惠王更是哈哈大笑一通了事。老孟子一生清高，自也耐不得性子，终究是拂袖去了。

于是，魏惠王到逢泽行猎，也没有心情邀惠施同来，只有孤独地消磨这长长的时光。要说也不是没有朝臣可见，没有国事可议。然魏惠王历来有"大王之风"，最烦大臣拿琐碎细务来纠缠他，也最厌烦与大臣商讨具体政务。除了任免丞相、征伐敌国，魏惠王以为其他所有事情都该是臣下"依法度办理"。

六国使者们常常说："天下之大，魏国做官最轻松，权大事少俸禄高。"

魏国官员们却每每愁眉苦脸地说："魏国做官最烦恼，做不得事，立不得功，替人代罪做牺牲。”

魏惠王也听到了这些话，每次都是哈哈大笑了事，身为王者，岂能没有包容四海的胸怀？不管朝野如何风吹草动，他依旧只见丞相，只说大事，剩下的时日宁可自己消磨。女人玩腻了，狩猎过去了，便对着烟波浩渺的大湖发发呆。

“禀报大王，公子无忌请见。”老内侍声音很轻很柔。

“无忌？他来何事啊？”

“公子说，给大王举荐一个清谈名士。”

魏惠王笑了：“孙儿有心啊，知道找个人陪大父说话。好，宣他来。”

片刻间，魏惠王看见少孙带着两个人上了山阶。站了半日，魏惠王自觉疲惫，斜躺在竹榻上闭目养神，准备享受难得的清谈乐趣。

“无忌拜见大父。大父康健。”

魏惠王睁开眼睛笑道：“无忌啊，起来，难得你记挂大父，回头赐你大珠一颗。”

“谢过大父。”魏无忌站了起来，“大父，这位是赵国公子胜，屡次请求一睹大父威仪，无忌斗胆带了他来。”

魏惠王笑着：“公子胜？是我孙儿的那位内弟么？一表人才，好！”

“赵胜参见王大父。王大父威仪皇皇，如中天之日，赵胜不胜荣幸。”赵胜本来玲珑聪敏，一通颂词清亮悦耳，说得顺溜之极。魏惠王大乐：“起来起来，赐座。赵语后辈若此，大福也。”

“大父，这位是洛阳名士苏秦。”

“苏秦参见魏王——”

“苏秦？苏秦？”魏惠王思忖片刻，恍然笑道，“无忌啊，你对大父说过这位先生，好像是？噢，对了，合纵。”魏惠王竟从榻上站了起来，虚手相扶道，“大魏国求贤若渴，这无忌竟将先生做清谈名士待之，岂有此理？先生请入座。”说完，魏惠王自己也在竹榻上坐了起来，以示敬贤之道。老内侍连忙走过去，给老王推过来一个高大的兽皮靠背，让老魏王舒适地靠坐着。

苏秦听说过许多老魏王的传闻，知道此王素有“敬贤不用贤”的名声。天下许多大名士都与魏惠王有亲密过从，最著名者如孟子、慎到、邹衍、孙膑、许行等，但都是礼遇优厚而一一离去。至于商鞅、犀首、张仪等曾经被荐举或撞到魏惠王面前而离去的名士，还不在其“敬贤”之内。不管途径如何，只要一个名士能到魏惠王面前，这位大王都会很耐心地听你说话，如果说辞与国事无关，这位大王则更是虚心求教兴致盎然。尽管如此，这样的机会对于苏秦仍然只有一次，而且不能失败。

“苏子远来，何以教我？”魏惠王颇为郑重地开始了敬贤之道。

“苏秦无才，只想给魏王说个故事，聊作笑谈。”

“噢？先生能说故事？好！听听了。”魏惠王脸色顿时舒展。

苏秦微微一笑：“苏秦生于村野，能知兽语。当日居破旧田屋夜读，曾经听到一场田鼠论战，大是奇特，至今不能忘怀。”

“如何如何？田鼠论战？”魏惠王哈哈大笑，“奇！先生好本事，快说来听听。”

“天旱饥荒，田中无粮，田鼠们大诉其苦，一致要搬迁到人家去谋生。一只老硕鼠慷慨唏嘘：‘我辈原是家鼠，吃不愁，喝不愁，子孙繁衍不愁，五十三鼠居于一大户之家，何等悠游自在？’此言一出，群鼠大哗，纷纷责问老硕鼠：‘为何搬家，使我辈流落荒野？’老硕鼠答曰：‘不是我辈愿意搬家，而是来了一只黑猫。’群鼠愤愤然：‘一只黑猫算甚？我辈不是咬死过三只黑猫么？’老硕鼠叹息一声：‘那时我辈也是这样想了，说定黑猫一出来，我辈便四面拥上，纵然被那厮咬死几只，也要撕碎了那黑物！刚刚说定，黑猫便吼叫着猛蹿了出来。我鼠辈却是争相四散逃命。黑猫抓住了一只逃得慢的，便细细吃了……如此反复，两个月后，鼠辈只剩下老奶奶我一个了。那日我正在伤心，黑猫又猛蹿出来。老奶奶我也没想活，与黑猫拼命厮咬！半个时辰，我浑身是血，还是与黑猫纠缠。不想黑猫突然吱吱尖笑说：‘今日一个拼命，何如当初一齐拼命？若一齐拼命，我猫大人岂不呜呼？’老奶奶我咬牙切齿地发誓：‘若得逃出，定要让鼠辈一齐拼命，咬死尔等猫类！’黑猫尖笑说：‘鼠辈尔尔，还能一齐拼命？放你出去，看鼠辈如何变法？’如今，孙孙们要回人家，先好好想想，敢不敢同心拼命？一席话毕，鼠辈们竟无一吱声，那只老硕鼠呜呜哭了……”

听着听着，魏惠王皱起了眉头，不禁摇头道：“此等故事，大有意味。”

“敢问魏王，方今天下可有一只大黑猫？”苏秦依旧轻松地微笑着。

魏惠王眯起了一双老眼，思忖沉默片刻，悠然笑道：“先生所言，也有道理。无忌向我说起过此事，当初也没想到，燕国这个老蔫儿竟出了一回彩。先生若能第一个来大梁，由我大魏动议合纵，那是何等力道？如今么，既然燕赵韩三国都合力了，老夫也乐观其成吧。我大魏不惧秦国，然毕竟做过山东盟主，不能撇下盟邦也。”他说得一派真诚，赵胜却只是想笑不敢笑地使劲儿努着嘴巴。魏惠王突然一拍竹榻道：“本王决断，依赵国例：拜先生为上卿，派公子无忌做魏国特使，随同先生促成合纵！”

“谢过魏王——”苏秦心中大石落地，立即以臣子身份行了大礼。

“无忌谨遵大父之命！”魏无忌显然也很兴奋。

“赵胜代主父谢过魏王！”这位公子终于笑出了声。

魏惠王摆摆手，慢悠悠道：“且慢。此等大事毋得急躁。若办不下来，本王出面收拾，毕竟，我这老盟主比你等有数。上卿以为然否？”

苏秦憋住笑意拱手正色道：“我王洞察深远，臣自当遵命。”

魏惠王高兴地呵呵笑了：“苏卿果然干练。来人，赏赐上卿府邸一座、全套出行仪仗、三百名铁骑护卫，恩加一辆镶珠王车，以壮苏卿行色。”

苏秦虽然久闻魏惠王出手豪阔不吝赏赐，但还是为这瞬间重赏惊讶了。燕文公、赵肃侯、韩宣惠王都是常规处置——未曾实建功效，君封止于仪仗。而据苏秦观察，在他的“捧辞”之前，魏惠王是决然没有想到如此赏赐于他的。一言之喜，便宠爱有加。若一言有失呢？苏秦骤然想起魏国官员们流传的魏王口碑，不禁心中一抖。然则，这种赏赐是决然不能推辞的，苏秦立即深深一躬：“臣谢过我王——我王万岁——”

“好！”魏惠王指着小孙子，“无忌啊，还有你这个赵胜，要听命于上卿，啊！”

"谨遵大父命。"魏无忌恭敬回答。

"遵命。"赵胜笑着作礼。

从望湖台下来，魏无忌在行营官署办理了王命君书并调兵虎符，主张立即回大梁。苏秦欣然赞同，四人策马加鞭，一夜疾行，次日清晨便回到了国宾驿馆。

苏秦在驿馆设了小宴，四人聚酒，商议下一步行程。苏秦慨然举爵："若无公子襄助，合纵几乎半途而废。为公子大义高风，我敬此一爵！"说罢破例地大饮了一爵赵酒。赵胜与荆燕也是同声相应，大干一爵。魏无忌却慨然一叹道："今日一行，先生当知我大魏国振兴之难也。"说罢泪光莹然，举爵猛然饮尽。苏秦心知魏无忌所指者何，却也无法附和，轻轻一叹道："魏有公子，后国之福也。"

赵胜哈哈笑道："说那些何用？还是魏人不利落，放在赵国，打翻便是。"

魏无忌瞪了赵胜一眼，破颜为笑道："大事要紧，先生指派，无忌听命。"

苏秦心中舒展，便说了下一个目标去楚国，并大体叙说了快马使者在楚国的联络情势，末了笑道："如今这合纵特使已经是四国了，千余人马，加上车骑、辎重、仪仗，行止便要统一号令，否则无法合同做事。我意：无忌公子任行军主将，统一调遣；公子胜与荆燕辅之，如何？"

赵胜拍掌笑道："先生慧眼！我这预姐丈熟谙兵法，人称兵痴，做行军主将最妙不过！"

"胜弟又信口流淌。"魏无忌对苏秦拱手笑道，"无忌只是比他长得两岁，自当为先生分忧。若有不当，先生说破便是，无忌最忌客套虚礼。"

荆燕笑道："我老燕武士一搭眼，便知公子有能耐，荆燕唯公子马首是瞻。"

苏秦慨然笑道："不想公子果然知兵，此乃合纵大幸也！天赐公子于我，合纵如何不成？"又与三人举爵同饮良久，方才分头去做上路准备。

二　南国才俊多猛志

中原结盟的消息迅速传到了楚国，郢都被震动了。

楚威王夜不能寐，在园林中悠悠漫步。秋风吹来，已经是夜凉如水，他却觉得浑身燥热。自他继承王位十年来，楚国经历了一个奇特的转折：扩张与收缩并存，声威与屈辱俱来。四年前一战灭越，楚国完全占据了淮水江水以南的广袤土地，楚国历代君主的第一梦想，便是吞吴灭越，一统华夏泰半。这个梦想，在他手里终于变成了事实，使他得到了“威加江南，振兴大楚”的朝野赞颂。但接踵而来的却是丢失房陵、丧师汉水、被迫迁都，使楚国蒙受了立国以来的最大屈辱。至今，楚威王都说不清楚国在自己这十年当中，究竟是得到的多，还是失去的多？每每扪心自问，他都觉得愧对列祖列宗。芈氏部族立国数百年，大半时间受到中原诸侯的强烈蔑视。北上中原争霸，显示问鼎中原的实力，便成为楚国的第一国策。能否与中原诸侯一争高下，是楚国历代君主的成败标尺，与内政失误、吴越骚扰相比，中原争霸永远都是第一位的。楚庄王数年不鸣，一鸣惊人，就是内政失败却争霸成功从而成为一代英主的。

如今，他虽然灭了越国，但却在中原争霸大业上一败涂地，认真说起来，还是耻辱大于功劳。更何况，灭越之战本来就不是楚国君臣的谋划，而是张仪与田忌的功劳。想起这两个人，楚威王就痛悔不已：一谋之失，一战之败，何至于怒而问罪，将两个天下大才逼得逃出楚国？当时若能善待张仪、田忌，请两个人留在楚国效力，弥补他们对楚国的损失，以两人的名士本色，必能全力谋划以报楚国。有此二人，楚国何至于狼狈若此？可自己当时血气方刚，就是觉得这两人误了他的第二次变法的时机，竟听任昭雎加害于他们，当真是悔之晚矣。

一阵秋风掠过，楚威王猛烈地咳嗽了一阵，雪白的汗巾上咳出了一片血迹。

“禀报我王，左司马屈原求见。”

“屈原……”楚威王粗重地喘息着坐到草地石礅上，“宣进来。”

内侍去了，楚威王却疑惑起来。一个掌管军中政务的司马，在楚国只是个与下大夫相当的官员，若论官职，是没有资格晋见国王的。可这个屈原不一样，他是楚国老世族屈氏的贵胄子弟，职官在他身上便成了并不主要的东西。楚国的世族制一直没有根除，昭、屈、景、黄、项五大部族始终是支撑楚国的根基力量，如果再算上王族芈氏，楚国的权力和财富几乎被这六大部族全部分割。世族子弟在加冠前后的青年时期，在楚国的实际地位并不取决于官职大小，而取决于他在本族内所领封地的大小、继承爵位或被赐爵位的高低。青年贵胄的官职，最多只表示着他是否有了实际功业而已。

这个屈原，是楚国世族中涌现出的一个新锐人物，加冠两年便做了左司马，名满楚国朝野。究其竟，一则屈原是屈氏部族的嫡系长孙，加冠之时立即被赐亚大夫爵位，在族内袭受封地一百里；二则这屈原才华横溢，性格又坦诚热烈，在贵胄子弟中大有人气。所以，青年屈原在郢都早已经是声名鹊起的名士了。

楚威王还记得，第一次见到屈原，是在自己即位的第二年。那次，老臣屈匄陪楚威王巡视云梦泽，带着他十余岁的长孙屈原。那时，楚威王心思沉重，明月初升时便在船头独自徘徊。

“我王思治楚国，便当动手。”一个脆亮的声音从他身后传来。

回头一看，一个英俊少年在月下如玉树临风，不由得惊奇道：“子系何人？妄言君心。”

少年拱手回答：“布衣屈原，不敢妄言。”

楚威王恍然，对少年屈原的老成之气颇有兴致：“算我思治楚国，当如何动手？”

少年屈原没有片刻犹豫，高声回答：“效法商鞅，彻底变法！”

楚威王愣怔，不禁笑道：“为何不是效法吴起？吴子可是在楚国第一次变法了。”

“吴起不足效法，商君方为天下楷模。”少年依旧毫不犹豫。

“却是为何？”楚威王第一次听到楚国人说“吴起不足效法”，有些认真了。

“吴起治表不除根，商君治本真变法。”

楚威王当真惊讶了。一个弱冠少年，对国政大事竟有如此明确坚定的看法，真正是志不可量也。他关切地询问了屈原的族脉、年龄、喜好，还谈天说地般考察了一番屈原的学问，结果更是惊讶非常——这个少年对《诗》三百篇，几乎能倒背如流！对天下流传的名家著作如《计然策》、《商君书》、《吴子兵法》等，也是如数家珍。不知不觉的，他和这个少年屈原在船头月下竟整整海阔天空说了一夜。

从那时候起，楚威王有了在楚国进行第二次变法的志向。倏忽八年，诸多梗阻，第二次变法被搁置了起来。渐渐地，屈原也二十多岁了，曾经几次晋见，竟都没有再请命实施变法。他隐隐约约地疑惑惋惜，这个才俊之士是否成名太早，雄心不再了……

“屈原参见我王。”一个英挺的身影已经站到了茅亭外边。

楚威王恍然：“屈原啊，进来吧。”

屈原走进茅亭，见楚威王面色苍白地斜倚在竹榻上，不禁惊讶关切地问道：“我王可是不适？当及早请名医诊治为是。”楚威王略显疲惫地笑了：“略受风寒，咳嗽而已。坐下说。夤夜晋见，有何大事啊？”

屈原坐到了竹榻对面的石礅上：“启禀我王，臣得游骑探报：苏秦率四国特使南下楚国，旬日后将到郢都。”

“晓得了，无非邀我结盟而已。如今天下，盟约最不值价也。”

“我王差矣。此次盟约绝非寻常，它是上天赐予楚国的一个大好时机！”

“噢？此话怎讲？”楚威王淡淡笑了，觉得这个才俊之士又在故作惊人之语。

“臣请我王思之：十年以来，楚国二次变法搁置不行，因由何在？秦国夺我房陵、灭我大军、迫我迁都于淮南小城。多年来，朝野无得片刻安定，岂能谈得上变法？秦国威胁不除，楚国不得安宁。这便是今日大局。此次苏秦合纵中原，其所以已得四国响应，便在此大局已经为天下共识。楚国若得与中原五大战国结盟，非但秦国威胁消除，中原乱象亦可自灭。楚国至少十年安宁，岂非天赐良机？”

楚威王已经霍然坐起："卿以为合纵有此功效么？"

"臣虽不知合纵具体款约，但据臣远观：苏秦能使三晋与老燕国冰释恩怨纠葛，其中定然对列国有绝大裨益。天下第一利害，无非国家安危，岂有他哉！"

楚威王目光一闪，又陷入了沉默。

屈原一鼓作气道："我王思之：楚国虽经吴起短暂变法，然世族领地并未触动，老楚国本土民治分割六块；加之东灭吴越，扩地千里，增口两百余万，吴越旧世族又形成新的世族领地；楚国之下，诸侯林立，但凡国家大事，不聚世族首领不能推行；王命不出二百里，政令不能统一。如此陈腐旧制，民不能治，财不能聚，兵不能齐，如何能与强秦抗争？如何能与中原抗争？商鞅变法之前，楚国已是外强中干，勉力与中原保持均势而已。强秦崛起，楚国立成风中之烛。当此之时，深彻变法乃楚国唯一选择，合纵抗秦更是变法之唯一时机。我王若再犹豫，楚国将永远被时势抛弃！"

楚威王坐不住了，站起道："依卿之见，与世族领主无须商讨？"

"我王明断！"屈原坚定果断，"变法治本，正在根除世族割地，若要商讨，岂非与虎谋皮？楚国诸侯林立，变法大计不能与中原一般大张旗鼓，须得依时而行，另辟蹊径。"

"噢？卿有谋划？快说。"

"臣有一请：敢请我王允准臣秘练一支精锐新军，以为变法利器。与此同时，秘密制定新法，秘密网罗吏治人才。明年今日，可以雷霆之势厉行变法。"

"啪"！楚威王拍案而起，却又猛然打住，盯着笑道："屈原啊，你可是世族贵胄，想过没有，变法大潮一起，屈氏部族也将被淹没？"

屈原粗重地喘息了一声，声音出奇的平静淡漠："极身无二虑，尽公不顾私。屈原誓做商君第二。"

"好！"楚威王拉住屈原的双手，"卿做商君，我安得不做秦孝公？"

"我王有孝公之志，楚国大幸也！"

楚威王哈哈大笑："来人，上酒！与屈子痛饮一番。"

片刻酒来，楚威王与屈原边饮酒边议论，变法大计便渐渐地明晰起来。楚威王说，应当再有一个才智之士，与屈原共谋大事。屈原荐举了公子黄歇。楚威王大笑道："正合我意也！"酒过三爵，楚威王宣来出令掌书当场记录，赐封屈原"执圭"[1]爵位，左司马升迁大司马[2]。

明月西沉，屈原方才出宫，打马一鞭，向公子黄歇的府邸而来。

次日清晨，一支马队簇拥着一辆青铜轺车，向淮水北岸疾驰而去。轺车前一面"黄"字大旗迎风招展，轺车伞盖下挺立着一个黧黑精悍的青年，头戴六寸白玉冠，手持三尺吴钩剑，金色斗篷鼓荡飞扬，分外的意气风发。这便是公子黄歇，奉屈原转达的楚王命令：兼程北上，迎接合纵特使。

黄歇并非楚国芈氏王族，但母亲却是楚威王的族妹，虽是外戚，在楚国传统中也算王族成员，也称为"公子"。在楚国贵胄子弟中，青年黄歇是一个才智名士，机变多谋，随和诙谐，极善应酬周旋，在楚国人望极好。说也奇怪，黄歇性情随和，却与奔放热烈的屈原甚是相得，常常竟日盘桓，唱诗和歌，较武论文，情谊甚笃。时日一久，郢都便有了"双子星"一说。楚威王其所以欣然赞同屈原荐举黄歇为助手，共图变法大计，非但因为黄歇是自己的外甥，更重要的是因为屈原与黄歇少年意气相投，能够坦诚共谋且风险共担，对于秘密谋划大事而言，精诚一心胜于智计百出。

楚威王所料不差，当屈原连夜向黄歇转述了秘密谋划后，黄歇二话没说，义无反顾地全力投入。他所承担的第一个使命，便是北渡淮水，迎接苏秦使团南来楚国。

按照列国使节来往的惯例，楚国无须迎出国界。事实上，赵、韩、魏三国也都没有这样做。但屈原力主破例出迎，楚威王思忖一番，也便赞同了。屈原有一个雄心勃勃的谋划：楚国不能仅仅是参与合纵，而是要借合纵之机，振兴楚国声望，力争成为合纵盟主。此前，楚威王无论

[1] 执圭，楚国的第三级高爵，仅次于君、侯。

[2] 大司马，执掌全国军事行政，同中原战国的国尉职权。

如何没作此想，及待屈原剖析了六国情势，方才赞同了这种做法，至于能否如愿，楚威王确实心中无底。毋宁说，他之所以赞同，是想实地检验一下屈原的料事与谋划能力。然则黄歇却是一力赞同，且显得极有成算：“噢呀，六国之中，唯楚国君明臣贤，一片亮色。苏秦何许人也？岂能没有此等眼光？”

对魏楚之间的淮北地带，黄歇极为熟悉，马队沿颍水河谷北上，两日后便走出了楚国北界二百里，却还是不见苏秦车骑踪迹。黄歇不禁大起疑惑，派出飞骑斥候前出探测，半日之后得到回报：苏秦车骑在女阳谷地遭遇神秘奇袭！黄歇大惊，立即催动马队疾驰北上。

这场袭击，来得十分突然，异常神秘。

按照当时的官道，从大梁南下楚国，沿颍水西岸的大道直下是最近便的走法。魏无忌酷爱兵法，对魏国的地理山川自然是熟悉不过。他谋划的南下路线，也是这条大道。四国特使出使楚国，早已经是天下皆知的事情，走捷径小道当然远不如官道来得万全。魏无忌思虑周密，一路之上命斥候游骑前出百里探路，全无丝毫异常。赵胜笑他“太得谨细，淑女出嫁一般”，他也只是一笑了之，丝毫没有放松警觉。谁也想不到，在女阳这样一个平平常常的地方，竟然真的出事了。

颍水西岸有座小城，名字很奇特，叫女阳[1]。据学问之士考究，此乃“缺称”。此城本名“汝阳”，曾经是汝水的河道，小城在汝水之北，依地名惯例便叫了“汝阳”。不知何年，这条汝水断流干涸而改道，民间便呼为“死汝水”，老老实实地将“汝阳”变成了缺“氵”的“女阳”。而今，干涸的河道变成了深深的土山峡谷，几乎与颍水并肩南下。旧河道淤泥肥厚，又无人开垦，两岸与谷中林木参天。颍水官道从女阳开始，自然利用了这段平坦的老河道，从峡谷密林中穿出，百里之后方重新回归颍水西岸。

行至女阳城正当晌午，魏无忌下令在城外扎营歇息，明日黎明开始上路。如此调度，为的是要一个白日走完这段峡谷密林。扎营之后，魏

[1] 女阳，见《水经注》，亦做汝阳，今河南周口市西南。

无忌来到苏秦大帐，与苏秦秘密计议了一个时辰，诸事安排妥当方才歇息。

次日黎明，魏无忌下令拔营整装。曙光初露时分，车骑马队已经进入了老河道峡谷。前行开路者，是赵胜率领的三百赵国骑士，断后者是荆燕的两百名燕国武士。魏无忌居中策应，率领魏国五百精锐与自己的一百名门客，亲自护卫苏秦轺车与辎重车队。峡谷中旌旗招展，号角相闻，斥候穿梭，车马辚辚，当真与一支大军无异。天气凉爽，车马只在中途歇得片刻便连续赶路，暮色降临时分，堪堪就要穿出谷口。

突然，一阵凄厉的虎啸猿啼，道中战马纷纷人立嘶鸣。魏无忌大喝一声："骑士勒马，毋得乱动！"话音未落，便闻隆隆雷声轰鸣，山崖密林中滚下无数巨石，直冲马队中央砸下。与此同时，两边树林中箭如骤雨，带着劲急的啸声齐射中央轺车。刹那之间，魏无忌立刻明白，手中令旗一劈："两头掩杀！中军后撤！"话未落点，但闻"哐啷咔嚓"一阵巨响，苏秦轺车骤然被砸翻压碎，血溅当场。

只听山崖上一声虎啸，滚石箭雨顿时消失。唯有赵燕马队呼啸追杀的声音响彻河谷。魏无忌却巍然勒马，魏国骑士的方阵也依旧旌旗如林，井然有序。

"鸣金！"魏无忌高声下令。

一阵大锣"镗镗"响，追杀的两支马队迅速回撤。赵胜、荆燕旋风般卷到中央车队前，几乎是异口同声："先生如何了？"荆燕猛然瞥见那辆被砸得支离破碎的青铜轺车与地上的血迹，大吼一声："魏无忌！武安君在哪里？说！"燕国两百名死士"刷"地举起长剑，向旌旗林立的魏国马队围了过来。赵胜骤然变色，一时间手足无措。

"将军少安毋躁。"年轻的魏无忌面无表情，"啪啪啪"拍掌三声，身后的一片旌旗分开，一个双手执定一面大旗的红衣骑士沓沓出列。荆燕惊喜地大叫一声："武安君！"滚鞍下马便扑了过去。"红衣骑士"笑道："荆燕鲁莽，还不向公子赔礼？"荆燕恍然大悟，走到魏无忌马前扑地拜倒，头在地上直碰得咚咚响。魏无忌连忙下马扶起："将军赤子之心，我却如何承当？"

赵胜惊讶了："车中死士是谁？"

苏秦沉重地一叹："公子门客，天下义士也！"

魏无忌回身对一名书吏吩咐道："速将舍人尸身收拾妥当，就高冈之上安葬。回得大梁，再为舍人请功定爵。"书吏一声答应，带人去办理了。

苏秦下马肃然拱手："公子，我去义士墓前祭奠了。"

"先生且慢。"魏无忌横身当道，"古谚云：礼让大义。此时刺客未必退尽，先生当以六国大义为重，岂能亲身涉险？"

"有理！武安君当立即南下！"荆燕急吼吼地嚷道。

"那就别僵在这儿了，武安君，走。"赵胜笑着上前扶住苏秦，要他上马。

苏秦正要上马，却闻峡谷外隆隆马蹄急风暴雨般卷来。魏无忌骤然变色，厉声大喊："全体上马！丢下辎重，退上北岸山头！魏兵断后！"就在赵燕两支马队拥着苏秦撤进密林，魏无忌的红色铁骑刚刚列成冲锋队形时，谷口马队隆隆涌入，一骑当先飞到，手举一面黄色令旗高喊："楚国公子黄歇到——对面可是魏无忌公子——"

魏无忌凝神观察，见衣甲旗帜口音的确是楚国马队，走马前出道："我是魏无忌，黄歇公子何在？"话音落点，对面黄色马队分列，一辆轻便轺车疾驰而出，车中人遥遥拱手高声急迫道："噢呀，无忌公子，先生安在？"魏无忌拱手笑道："黄歇公子别来无恙？先生无事。"说罢回身吩咐，"号角。"

一阵悠扬的牛角短号，山头树林的两支马队隆隆下山。魏无忌高声道："先生，黄歇公子特意迎接你了。"苏秦走马上前道："多谢公子了。"黄歇惊讶地对着苏秦上下打量着，恍然大笑道："噢呀，先生瞒天过海，好高明也！"苏秦笑道："此乃无忌公子谋划，在下也是恭敬不如从命。这位是赵国公子胜，这位是燕国将军荆燕。"三人相互见礼，略事寒暄，魏无忌便问："前路如何？"黄歇笑道："噢呀，楚国境内，跟我走便是了。"说着对魏无忌一拱，"末将请命，楚军做先锋。"魏无忌笑道："岂敢言命？到得楚国，自当客随主便了。"黄歇大笑道："噢呀，还是魏公子爽快。好，楚军开路！"

一阵号角，五色马队辚辚上路。黄歇来时已经安排好了沿途驿站的迎送事宜，军食、马料、宿营等几乎没有任何耽搁，三天行程，便到了郢都郊野。

时当午后，秋阳西沉，遥望十里长亭下旌旗招展，隐隐的钟鼓大作。苏秦游说合纵已经四国，这是第一次遇到郊迎大礼。战国之世礼仪大大简化，这种带有古风的郊迎礼仪已经很少了，且黄歇已经出迎数百里，还用隆重的郊迎么？

正在疑惑，苏秦见一辆青铜轺车迎面而来，六尺伞盖下站立一人，大红斗篷，白玉高冠，身穿软甲，腰悬吴钩，一副大胡须飘拂胸前，威猛潇洒尽在其身。苏秦虽然目力不济，却也看得清爽，不禁高声赞叹道："江东子弟多有才俊，好个人物也！"

黄歇哈哈大笑："噢呀，武安君好眼力也！这是楚国大司马屈原。屈兄，这是武安君，正在夸赞你。"轺车堪堪停稳，屈原肃然拱手作礼道："屈原见过武安君，见过两位公子。"

苏秦三人一齐还礼，相互致意。屈原恭敬下车，扶苏秦上了自己轺车，然后跳上驭手座位，亲自为苏秦驾车居中前行。魏无忌周到细致，早命随行司马带开辎重车队，整肃仪仗队形，大张四国旌旗，随后沓沓跟进。对面郊亭下已是乐声大起，庄重悠扬而又委婉动听。与黄歇并马的魏无忌笑问："这是《颂》、《雅》、《风》么？"黄歇笑着摇头："噢呀，屈原兄是乐道大师，肯定是他选的乐曲了。这是楚乐，不入《诗》，稍待问他便了。"

到得亭下，宴席已经摆好，苏秦居中首座，屈原对面主位相陪，魏无忌、黄歇、赵胜、荆燕四案分列两厢。黄歇笑道："噢呀，这云梦银鱼、兰陵老酒，都是楚人口味，不知先生用得惯否？"赵胜兴致勃勃道："算你蒙对了，先生不饮我赵酒，历来只饮兰陵酒。银鱼嘛，天下美味，多多益善。"黄歇哈哈大笑道："噢呀，这可是屈原兄蒙的，与我不相干了。"

一片笑声中，屈原起身举爵道："武安君身负天下兴亡，历经艰险，兼程南来。屈原与公子黄歇奉我王之命，专程迎候。今日郊宴，特为先生并诸位洗尘。来，我与公子，先敬先生并诸位一爵。"说罢，与已经站起的黄歇一饮而尽。

苏秦也举爵起身："多谢大司马、黄歇公子，我等为楚国振兴，干此一爵！"

"为楚国振兴，干！"魏无忌三人同声响应，一饮而尽。

屈原笑道："先生与诸位远道而来，先请一睹楚乐楚舞如何？"

"噢呀，这可是屈原兄亲写的歌儿了。"

苏秦很想见识屈原的才华，自是欣然赞同。魏无忌、赵胜原是洒脱不羁的贵公子，听说屈原亲自写歌，更是齐声叫好，只有荆燕微笑静观。屈原谦逊地笑笑："此歌乃越人歌，不入《诗》，我略改几句罢了，先生诸位听个新鲜而已。"说罢，向亭外乐师班头一挥手。

但听庞大的编钟阵形中飘出旷远的乐声，亭下瞬间便是亘古无人的幽幽山谷。八名身着粗朴短裙的半裸山姑，在旷远的乐曲中飘了出来，舞了起来，一名同样是山姑装扮的女歌师婉转明亮地唱了起来：

今日何日兮
得遇君子共一舟
明日何日兮
愿偕君子四海游
山有木兮木有枝
心思君兮君不知
君不知兮愁煞我
魂魄绕君兮到白头
到白头兮何所求
江水沧沧兮相知悠悠
……

随着一声响遏行云的高腔，满场静寂，余音犹自绕梁，久久不散。

"好！"苏秦情不自禁地高声赞叹，"朴实无华，情深意切，真正庶民心声。"

魏无忌长嘘一声，仿佛刚刚从沉醉中醒来，恍然惊讶道："素闻楚风雄健粗犷，山气甚重，如何竟有如此本色动人之曲？"

"对呀对呀。"赵胜迫不及待，"这首歌儿唱得人心里酸楚，却又美得人心醉。看看，荆燕兄都抹眼泪了。"

屈原爽朗大笑道："楚地数千里，隔山隔水不通言语，风习民歌岂能一律？方才乃楚地越歌，柔韧绵长天下无双。楚歌更有《射日舞》，高颂九头鸟之凶猛；《山鬼舞》，颂英灵魂魄生生不息。此等尽皆刚猛无匹，改日再请先生并诸位观赏了。"

苏秦意味深长地一叹："大司马所言无差，楚国山川广袤，壑谷深邃，一朝振作，承担天下重担者，舍楚其谁也！"

屈原目光炯炯地看着苏秦："楚国振作，也许便在今朝。郊宴之后，敢请先生到我府一叙，屈原尚有请教处。"

"大司马言请，苏秦自当从命。"

郊宴礼罢，已是暮霭沉沉。苏秦一行住进驿馆，随行的四国马队在驿馆外空地扎营。一切安排妥当，屈原已经派车马卫士来请。苏秦邀魏无忌、赵胜同往，二人一齐推却，魏无忌笑道："盟约确定后我等自当拜望屈原、黄歇。今日先生初谈，涉及楚国利害，微妙处甚多，我等回避为宜。"苏秦见二人心中清白，释然一笑，也不多说，自带着荆燕去了。

屈原虽做了大司马，却依然住在自己原先的宅第。楚国原是地广人稀，郢都又是新迁都城，城墙圈地甚广，官署民居却是疏疏落落，使人觉得空旷寂凉，远不能与中原大都的繁华锦绣相比。屈原的府邸，是一所庭院宽敞房屋却很少的园林式府邸。说是园林，其实也就是一大片草地、几片小树林、一片小湖泊，粗简之象绝不能与洛阳、大梁、咸阳、临淄的精致庭院相比。只是那草地树林中的几座茅屋，却是实实在在的别有情致，看得苏秦啧啧赞叹。

黄歇笑道："噢呀，屈原兄特立独行，不爱广厦楼台，却偏爱这草庐茅屋。"

屈原也笑了："你倒是楼台广厦，湖光山色，却偏偏爱到我这野人居来。"

苏秦慨然一叹："占地百余亩，草庐三重茅，纵然隐居，亦非大贵而不能。天下多有贫寒布衣，几人能得此茅屋一住？"

黄歇顿显尴尬，黧黑的脸膛变得紫红："噢呀噢呀，此话怎说？原是小事一桩，先生却当真了也！"

屈原却对苏秦深深一躬："先生济世情怀，令屈原汗颜。"

苏秦心下赞叹，连忙拱手一礼道："苏秦唐突，敢请屈子见谅。"

"噢呀，这是么子一出？请请请，先生请进了。"黄歇呵呵笑着扶苏秦走进了正中茅屋。

茅屋厅堂宽大，六盏风灯照得屋中通亮。屈原拍拍掌，三名侍女轻盈地进来摆置茶具。鼎炉、木盘、陶壶、陶碗，片刻间在四张红木大案上安放整齐。屈原笑道："先生雅士，今夜我等以茶代酒如何？"苏秦本不嗜酒，自是欣然赞同。黄歇却笑着摆手："噢呀，你的茶太苦，我却要淡些，茶醉可不好受也。"屈原大笑道："何等时刻，能教你醉么？今夜四炉，均是淡茶温饮，如何？"

"淡茶温饮。"苏秦点头微笑，"屈子为清谈定调，当真妙喻也。"

黄歇揶揄笑道："噢呀，屈原兄竟也学会了清谈？啧啧啧，奇闻一桩了。"

屈原大笑："知我者，黄兄也。得罪处，尚请先生包涵。"

一直没有说话的荆燕看看左右煮茶的四个侍女，又看看屈原："大司马，是否该屏退左右？"屈原挥挥手："先生将军放心便是，这几个侍女都是哑女，不妨事。"

"哑女？"苏秦脸色顿时阴暗下来。楚国的奴隶制远远没有铲除，难道这个屈原，竟也在这美丽的茅屋园林中蓄养奴隶不成？一想到制作哑奴，苏秦的心一阵剧烈的颤抖，身上骤然生出了鸡皮疙瘩。只有那些精明可人的少男少女，才配被主人选定为哑奴坯子；被选定的少男少女，要被强迫吞下大小不等的烧红的木炭块，将咽喉发声部位全部烧死；而后再天天服药，使咽喉恢复吞咽功能；再由专门的歌舞师训练他们如何用身体动作表达各种意思。许多主人制作出哑奴，并不是自己使用，而是用来行贿或换取更多的黄金地产。苏秦在洛阳时，一个老内侍曾经带他看过一次王室尚坊制作哑奴，当那个美丽少女发出一声惨绝人寰的叫声时，苏秦当场就昏了过去……至今，苏秦依然不能忘怀那毛骨悚然的情景。屈原若有如此阴鸷癖好，如何能与之共谋大计？

看看苏秦神色惊愕，黄歇哈哈大笑道："噢呀噢呀，屈原兄这是从何说起？先生听我说了：这四个哑女，都是屈原兄在奴人黑市上强买回来的。为此，屈原兄还杀了一个族长，只差被削爵。买回哑女，屈原兄请来乐舞大师教她们舞技，还教她们识文断字，对她们就像亲妹妹一般。昭睢丞相几次要重金买这几个哑女，屈原兄坚执不给。他啊，要将这几个哑女送到太庙做乐舞女官。可这几个女子啊，宁肯饿死，就是不离开屈兄……"说到后面，黄歇唏嘘不止了。

四个煮茶哑女一起回头，殷殷地望着苏秦，那种热烈的首肯是不言而喻的。

苏秦怦然心动，肃然拱手道："屈子情怀，博大高远，苏秦多有得罪。"

屈原泪光闪烁，慨然一叹："苏子何出此言？以此罪屈原者，大义高风也。只是我楚人苦难良多，国弱民困，屈原不能救苍生于万一，此心何堪也！"

骤然之间，苏秦觉得自己遇到了一个难得的奇才。此人才华横溢，品格高洁，胸襟博大，志向高远，更有激情勃发，当真是楚国的中流砥柱。有此人在楚国当政，六国合纵便坚如磐石，强秦的光焰便会迅速黯淡。心念及此，慨然拍案道："屈子谋国救世，为天下立格，苏秦愿与屈子携手并进，挽狂澜于既倒。"

"好！"屈原慷慨激昂，"壮士同心，其利断金。屈原愿追随苏子，虽九死而无悔！"

"噢呀，苦茶一盏，明月作证啦。"黄歇不失时机地笑吟吟站起。

三人陶碗相碰，汩汩饮下了一碗碧绿的茶水。黄歇笑道："噢呀，我看还是说说正题，六国合纵，谈何容易啦？"

"各为国谋，公心自当本色。两位有话明说便是，苏秦不会客套。"

"敢问苏子，六国合纵，相互间恩怨如何了却？"屈原立即正色发问。

此一问正在要害。苏秦游说合纵的真正难处，也正在这里。秦国的威胁，目下已经不难为各国承认，结盟抗秦也不难为各国接受，因为这是唯一可行的最好选择，各国君臣都不是白痴。可是，中原战国一百多年来相互攻伐，恩怨纠葛实在太深了。谁和谁都曾经做过盟友，谁和谁都曾经有过血海深仇。合纵是一种协同抗敌，最需要的自然是相互信任。可是，有这一百多年甚至三四百年的恩怨纠葛缠夹在中间，说不清道不明，信任从何谈起？而没有起码的信任，合纵又从何谈起？燕、赵、韩、魏四国其所以赞同合纵，也都是从强秦威胁与自身稳定出发的，但四国君主权臣都曾经撂下一句话："该说的话，到时还是要说的。"

显然，这"该说的话"不是别的，就是想讨回令自己心疼的某些城堡土地，尽量使本国得到一个公道。每个国家都如此坚持，岂非又成了一锅粥？除了燕、韩两国，其余的魏、楚、齐、赵四国实力大体相当，纠缠起来肯定是互不相让，如果事先不能有一个成算在胸的斡旋方略，而只是一味回避，合纵必将付诸东流。

屈原能提出这个问题，意味着楚国君臣很清醒其中利害。那齐国呢？齐威王更是一世威风，人称战国英主，又岂能不提到这个要害？看来，这个棘手的问题已经摆到案头上来了。苏秦自然有自己的方略，可是，他不能贸然拿出。

"屈子洞察要害，苏秦敢问：以屈子之意，如何处置方为妥当？"

"噢呀先生，如何皮球又踢了回来？"

"屈子有问，必有所思。苏秦实无定策，尚望屈子不吝赐教。"解释中苏秦又一次请教。

苏秦虚怀若谷，屈原倒是不好再坚执其辞，沉默有顷，屈原缓缓道："为合纵计，此事不宜不管，又不宜清算，当有一个适当的处置，使列国都能接受，苏子以为然否？"

苏秦点头："敢请屈子说下去。"

屈原微笑着摇摇头："言尽于此，方略还得苏子厘定。"

苏秦略感意外。他原以为屈原激情坦率，定会顺着话题一吐为快，却不料屈原突然打住。当然，方略由苏秦提出，楚国便有见机回旋的余地，而如果由屈原提出，则楚国事实上就变成了一种事先承诺。但屈原又有基本思路，至少表示了楚国不会坚持清算，不会斤斤计较。从这等适可而止的应对来看，屈原绝不仅仅是个激情满怀的诗家，而且是一个练达老到的无双国士。面对如此人物，雕虫小技只能适得其反，最好的办法是以真诚对真诚，心换心地磋商出可行之策。想到此间，苏秦一拱手道："不敢说厘定。苏秦的谋划与屈子一辙：不宜回避，不宜清算。大计是：秦国东出之前的旧账，一概不提；秦国东出三年多来，中原六国间的争夺，一律返回原状。"

"噢呀，也就是说，六国间只清结这三年以来的土地、城池？"

"正是。公子以为如何？"

"噢呀……那小小几座城池不打紧。这几年倒是宋国、中山国占了诸多便宜了。"

屈原静心思忖，"啪"地一拍长案："好方略！合纵目标，在于抗秦。秦祸之前，一概不究。秦祸之后，争夺作废。如此一来，六国恩怨消解，唯余对秦仇恨，妙！"

"噢呀，赵失晋阳，魏失崤山，韩失宜阳，楚失房陵，大仇尽在秦国！"黄歇兴奋间却又突然沉吟，"唯有齐燕两国未被虎狼撕咬了，他等……"

苏秦笑道："公子毋忧，对齐、燕两国，苏秦自有主张，必使两国铁心合纵。倒是楚国，三年来失地最多，夺得淮北几县又须得退还韩、魏，楚王能否接受？"

屈原沉默良久，喟然一叹道："楚国之难，不在我王。先生明日自知。"

三人又商讨了一些细节，一路说来，不知不觉已是四更。秋霜晨雾轻纱般悠悠笼罩了树林、茅屋、草地，苏秦回到驿馆，已经是雄鸡高唱了。

辰时日上三竿，郢都王宫的大殿里聚满了楚国权臣。

楚威王听了屈原的详情禀报，觉得已经没有必要再单独会见苏秦，便下书召集了这次朝会，教苏秦直接面对楚国的贵胄权臣说话。邦交大事每每关系国家安危，没有柱石阶层的认同，国王也是孤掌难鸣。尤其是楚国，芈氏王族虽然势力最大，但对于整个吞并吴越后的大楚国来说，依然是小小一部分而已。那广袤的土地、人口，都要靠各个自领封地的部族势力来聚拢汇集。没有世族大臣的认可，举国协力就是一句空话。将最终的决策权交由御前朝会，对于世族权臣是一种尊严和体面，对于楚王则是进退皆可自如。更重要的，是楚威王要借此考验苏秦的胆识才华，以决定对合纵的信任程度。

郢都新宫的正殿不大，只有四十多个席位，权臣贵胄全数到齐，几乎是座无虚席。苏秦进来的时候，大殿中鸦雀无声，大臣们目光炯炯地盯着这个红衣高冠大袖飘飘须发灰白却又年轻冷峻的当世名士，艳羡妒忌赞赏气愤，还夹杂着诸多说不清的滋味儿，一齐从锐利的目光和各异的神色中涌流出来。苏秦却是旁若无人，从容走到大殿中央的六级台阶下深深一躬："苏秦参见楚王——"

"先生无须多礼，请入座。"楚威王虚手示意，当值女官将苏秦引导到王座左下侧一个显赫而又孤立的坐席前。苏秦坐定，抬眼向大殿瞄了一圈，便见两边各有三排坐席，满当当的人头白发者多黑发者少，如屈原、黄歇等少壮人物都在前十座之后，不禁心中慨然一叹："人道楚国暮霭沉沉，果不虚言矣。"心知今日必有一场口舌大战，沉下心神默默思忖，静候楚王开场。

"诸位大臣。"楚威王轻轻咳嗽了一声，不疾不徐地开了口，"几个月来，合纵之事已经在朝野传开。然我楚国，尚未决定是否加盟合纵。先生身兼四国特使入楚，意在与我磋商合纵大计。今日朝会，便是议决之时。诸卿若有疑难，尽可垂询于先生，以便先生为我解惑释疑。"寥寥数语极为得体，却又留下了极大的回旋余地。苏秦听得仔细，不禁暗暗佩服楚威王的狡黠。

殿中片刻沉默，前排一位老人颤声发问："老夫景珩，敢问先生：合纵抗秦，对我大楚究竟有何好处？先生彰明义理，公道自在人心也。"

这景珩是楚国五大世族之一的景氏宗主，封地数百里，私家势力直追春秋小诸侯。景氏与王室融洽，景珩本人又方正博学，楚威王拜他做了太子傅，领侯爵，算是楚国一个四面都能转圜的人物。苏秦听他的问题，便知其老谋深算——只引话题而不置可否。

“合纵抗秦，首利在楚。”苏秦从容道，“强秦东出，楚国先失房陵，辎重粮仓尽被洗劫一空；再失汉水，步骑十万溃不成军。两战之后，楚国匆忙迁都，江水上游与汉水山地竟成空虚。若秦国一军出夷陵，顺江直下，直指楚国腹心；一军出武关、下黔中，直逼郢都背后，楚国岂非大险？列位思之，秦国固然威胁中原五国，然可有一国如楚国这般屡遭欺凌践踏？方今天下，楚国与秦国已成水火之势，其势不两立。秦强则楚弱，楚强则秦弱。所谓合纵，实是楚国借中原五国之力以抗秦，于楚国百利而无一害。唯其如此，合纵之利，首利在楚，列位以为然否？”

大殿中死一般寂静。苏秦丝毫没有粉饰太平，而是赤裸裸地将楚国的屈辱困境和盘托出。对于楚国人，这是难以忍受的痛苦与屈辱。几百年来，楚国屡屡挑战中原，自诩“大楚堪敌天下”。对中原战国，楚国历来保持着极为敏感的大国尊严与战胜荣誉。房陵大败迁都淮南后，楚国君臣对耻辱保持了奇特的沉默，一次也没有在朝会上公议过这些败绩。如今，谁也不愿直面相对的伤口，竟被苏秦公然撕开，楚国大臣们的难堪可想而知。

“苏秦大胆！”一个甲胄华贵的青年将军霍然从后排站起，“子兰问你：胜败乃兵家常事，如何夸大其词，说成亡国之危，灭我楚国威风，长虎狼秦国志气！”

“子兰公子，当真可人也。”苏秦揶揄笑道，“一个大国，若将丧师失地、迁都避战也看做吃饭一般经常，其国可知也。”

这子兰乃是楚国首族昭氏宗主昭雎的侄子，任柱国将军之职（掌都城护卫），卓尔不群，酷好谈兵论战，常以“名将之才”自诩，曾对田忌败于秦师大加挞伐，对楚国两次大败也极是不服。此刻受苏秦嘲笑，大是羞恼，面色涨红，厉声喝道：“苏秦，楚国两败，皆因田忌无能，误我楚国！若子兰为帅，战胜何难？！”

苏秦不禁哈哈大笑：“子兰公子，若非田忌，楚国何能一战灭越？”一语出口，敛去笑容正色道，“田忌虽非赫赫战神，却也是天下名将，一战灭越，足以证明其绝非庸才。然则，同一名将，率同一大军，胜于越而败于秦，因由何在？非田忌无能，而在楚国实力疲弱也。秦国乃铁骑新军，楚国却是战车老卒；秦国粮草丰盛，楚国却捉襟见肘；秦人举国求战，人皆锐士，楚国却一盘散沙，人多畏战。如此国情，虽吴起再生而不能战胜，况乎未经战阵的子兰公子？”

“如先生所说，楚国唯有合纵一途了？”座中一个白发老臣拍案而起。

苏秦悠然一笑：“前辈若有奇策，合纵自成虚妄。”

“老夫却是不信！”白发老臣须发戟张，“我项氏一族领有江东，可召三万子弟兵。若大楚五族共奋，可成三十万精锐大军与秦国死战！何须那牛拽马不拽的合纵？”

苏秦肃然拱手：“楚国项氏，尚武大族，前辈亦当是沙场百战之身，何以论兵却如此轻率？苏秦敢问：纵然募得三十万子弟，须得多久方能训练成军？战马须得几多？甲胄、马具、兵器、精铁须得几多？云梯、弓弩、军帐、旌旗、木材、布帛、兽皮，须得几多？粮食、草料、干肉、辎重、赋税，须得增加几多？以秦国之强之富，商鞅二十年变法，只练成新军五万。莫非老将军有呼风唤雨之能，撒豆成兵之法，朝夕一呼，便有三十万大军？若非如此，三十万子弟兵也只是鱼腩而已，安有死战一说？”

白发老臣满脸通红，无言以对。这位项氏老将军原是一时愤激，苏秦问得合情合理，字字击中要害，如何能强词夺理？思忖无计，“咳”的一声坐了下去。

“先生之言大谬！”一个老臣沙哑愤激地高声问，“我黄氏不服：今日楚国，无论如何比当日秦国强大。当初六国锁秦，秦国与谁合纵了？也未见灭亡，反倒成就了二十年变法！我楚国并未到衰败崩溃之时，为何不能变法自强，却要与中原五国沆瀣一气？他们屡屡坑害楚国，还嫌不够么？”

此人乃公子黄歇的祖父，黄氏部族宗主，官居左尹[1]。黄氏部族领地虽然不算广袤，却与楚国王室渊源深厚，数代结亲，子弟多是实权职位，在楚国影响甚大。此老说法自然须得认真对待。苏秦起身拱手道：

---

[1] 左尹，即令尹副职。楚国令尹即是丞相，副职为左尹、右尹。战国楚国尚左，左在右前。

“左尹之言，及表不及里，及末不及根。时移势易，岂能做刻舟求剑之论？苏秦敢问：楚国变法，最需要者何？”

大殿肃然无声，众臣被问得愕然，唯有屈原目光炯炯地盯着苏秦。楚国大臣多认为楚国是经过吴起变法的新战国，谁也没想到楚国还要变法，又如何有人思虑变法需要什么？一问之下，大臣们面面相觑。

“大凡一国变法，最根本者乃是国势稳定。”苏秦侃侃道，“何谓稳定？内无政变之忧，外无紧迫战患，是谓稳定也。战国百余年，内乱外战而能变法者，未尝闻也！六国锁秦之时，秦孝公忍辱割地与魏国媾和，又派密使分化六国盟约，方争得一段安定，始能招贤变法。及至魏齐赵韩间四次大战，中原无暇顾及秦国，方成就了秦国二十年变法，此乃天时之利也。若今日楚国变法，其志固然可嘉，然则天时何在？稳定何在？强秦在侧，五敌环伺，楚国虽有三头六臂，也当疲于奔命。喘息尚且不能，又何来变法时机？”

大殿中唯闻喘息之声，大臣们有一种心惊肉跳的感觉。

苏秦大袖一挥：“楚国若想变法振兴，唯有合纵，舍合纵不能救楚国。因由何在？合纵能给楚国安定，能使强秦望楚而却步，能使中原五国化敌为友，能使楚国安心内事，振翼重兴。不结合纵，楚国危在旦夕也！”慷慨之中，苏秦戛然而止。

“哼！”一声冷笑在寂静的大殿中清晰传开，前排首座那位白发苍苍的干瘦老人缓缓站了起来。苏秦知道，他是楚国令尹昭雎，楚国最大部族的宗主，在楚国实在是一言九鼎的人物，也是最令楚威王棘手的人物。

他慢悠悠地环视了一周，却似乎谁也没看，沙哑苍老的声音一字一顿，透出一种久居高位浸泡出来的矜持：“先生与诸公，大论合纵变法，无稽之谈也。”一句话，便将苏秦与论战的楚国大臣全数否定。举座错愕，苏秦却是微微冷笑。昭雎依旧是谁也不看地扫视着全场，款款数落着，“谁说楚国要变法了？难道楚国没有过变法么？楚国是旧诸侯么？楚国不是新战国么？我大楚立国数百年，从来都是领先时势，未尝落后也。称王第一，称霸第一，问鼎中原挑战天子者，仍是第一。悼王吴起变法，与魏武侯同时，也是领天下之先。抹杀祖宗功业，侈谈重新变法，居心究竟何在？”

如同肃杀秋风，殿中气氛顿时冷僵。

对楚国君臣而言，这无疑是一个明确警告：楚国绝不会第二次变法，谁也不要想动摇楚国旧制。楚国大臣中本来也没有变法呼声，论战中基于维护楚国体面，话赶话赶出来而已，谁也没有当真去想。昭雎却如同一只老鹫，警觉地嗅出了其中的异常——如此话题会给居心叵测者提供变法口实。楚国之大，安知没有野心勃勃之徒？若不借此时机大敲一记警钟，合纵一成，朝局便难以掌控。但是昭雎没有料到，这一番既无对象又囊括全体的“训诫”，却使朝会宗旨猛然扭曲，楚国君臣顿时在赫赫合纵特使面前，公然暴露出深深的内政危机。这是邦交礼仪场合最大的忌讳，楚国君臣顿时陷入大大的难堪。

按照寻常规矩，要不要变法这种大政决策，非君王不能轻言。昭雎身为令尹，纵然是实力权臣，笼统的训诫论断也显然是越矩的。但是，其余朝臣却无法开口。而楚威王若出面矫正，则无论支持还是否定，都会将一个尚在秘密酝酿中的决策公然提前端出，只能使局面更加混乱。思忖之下，楚威王面色淡漠地保持着沉默，殿中一片奇特的肃静。

“令尹之言，歧路亡羊也。”苏秦站了起来，脸上一副淡淡的微笑。昭雎一开口，他便看穿了这个首席权臣的用心，也看见了屈原眼中火焰般的光芒，看见了黄歇面如寒霜般的黑脸。可是，他们都不宜正面与昭雎碰撞，打开这个僵局的合适人选，只能是苏秦。而且必须给这个老鹫一点儿颜色，压下他的气焰。否则，楚国在合纵中的作用将大受掣肘。

苏秦气静神闲地笑道：“今日朝会，本是议决合纵。变法之说，本为延伸之论，涉及合纵能够给楚国带来的利害而已，无人决意要在楚国变法，如何便成无稽之谈？如何竟有‘居心何在’之问？论辩争鸣，历来讲究‘论不诛心’，老令尹动辄凶险诛心，非但一言屠尽忠臣烈士，而且与合纵之议南辕北辙，置合纵大计于歧路亡羊之境，与国无益，于事无补，弦外之音却大有杀气。苏秦敢问：老令尹究竟居心何在？”

“鬼谷子高足，果然名不虚传也。”昭雎老到地笑了。苏秦一句“弦外之音却大有杀气”使他心头猛然一颤，立即断定不能再教此人在这个话题上纠缠下去。打断苏秦，昭雎一脸庄重之色，“方才只是题外之话，权且作罢。老夫所疑者：六国间争斗百余年，恩怨至深，一旦合纵，如何保得相互诚信？”

苏秦见昭雎插断，又主动找回话题，便知他已生退心，也乐得重回合纵本题，于是悠然笑道：“六国宿怨，不可不计，不可全计。苏秦以为：合纵盟约在于抗秦，秦国东出之前的六国争夺，一笔勾销；近三年以来的六国争夺，各自返还原状。老令尹以为如何？”

昭雎默然片刻，转身向楚威王一礼：“此中利害，敢请我王定夺。”

楚威王心知昭雎做出一副尊王姿态，意在委婉地修饰方才的越矩，却依然是面无表情，不置可否，给了昭雎一个软钉子。群臣却少有觉察，一个高亢的声音急迫发问：“右司马靳尚不明：宋国夺我大楚的两座城还不还？我大楚灭越，退不退？啊！”

“轰”的一声，殿中哄堂大笑。

屈原霍然站起，一声怒喝：“愚蠢靳尚，还不退下！”

苏秦看时，原是后排座中一个面如冠玉的俊秀青年在说话。见屈原怒斥，他面红耳赤地嘶声喊道：“屈原，尔无非一个新任大司马！我靳尚乃六年右司马也，你敢当殿侮辱大臣？靳尚请我王秉公处置！”喊声未落，殿中又是一阵哄然大笑。

这个靳尚，本是小吏世家子弟，因俊秀风流而被称为“郢都美少”。偏偏这个“美少”懒于读书修学，开口便显愚笨可笑，却又忒爱人前邀宠而争口舌之功，每每引得人乐不可支。因了少年弱冠，反倒被人视为憨直可爱。有贵胄纨绔子弟者，便将这个“郢都美少”引荐给太子芈槐。不想这“美少”竟大得芈槐欢心，三五年间竟做了太子舍人。虽是下大夫一般的小官，毕竟进入了“臣子”之列，也是他祖辈小吏的靳氏家族最为荣耀的高职了。没过几年，太子芈槐又荐举靳尚做了右司马，与屈原这般贵胄俊才比肩了。屈原本非骄矜贵胄，更无蔑视平民子弟之心，无奈这靳尚每每在议论军务时口没遮拦，大嘴巴信口开河，惹得不苟言笑的一班军中将领大为不快，屈原便开始从心底里厌恶这个“金玉其外，败絮其中”的市井痞子了。新近屈原做了大司马，右司马是他的部属官员，理当出面申斥。可这靳尚仗恃太子宠爱，竟不将屈原放在眼里。

楚威王大怒，“啪”地拍案：“来人！将竖子剥夺冠带，赶出王宫，永不许为官！”

四名武士轰然一声上前。靳尚“哇”的一声坐地大哭道：“我王做主，靳尚冤枉！太子大哥，快来救救小弟弟啊……”楚威王面色阴沉之极，正要大发雷霆，四名武士已经猛然捂住靳尚嘴巴，将他飞一般拖了出去。

殿中寂然，无人再笑得出来。

这时黄歇站了出来，向楚王深深一躬，以惯有的诙谐口吻道：“噢呀，我王明鉴：大国如江海，鱼龙混杂也是常情，无须我王与这般竖子较真。臣以为，我王当决断大计，决策合纵才是了。”

黄歇虽年轻，却长于折冲周旋，言谈温和雅致，那笑在言先的“噢呀”口头禅，更是虽雷神火暴也不能峻拒的“善引子”。他寥寥数语，殿中气氛顿时缓和下来。楚威王点头笑道：“黄歇大是，本王倒是肝火过盛了。”随即扫视大殿，肃然正色道，“朝会论战，合纵大计已无异议，本王决断：楚国加盟合纵，举国跟从先生。今命：公子黄歇为本王特使，随先生谋划合纵；与合纵相关之内政，由大司马屈原一并处置。”决断完毕，转身对着苏秦深深一躬，“合纵功成，先生便是楚国丞相。”

苏秦连忙大礼拜下：“外臣苏秦，谢过楚王。”

朝会散去，魏无忌、赵胜、荆燕三人早已经在驿馆门口迎候苏秦。苏秦将朝会情形细细一说，三人兴奋异常。正在谈笑间，公子黄歇前来相邀到府中做客。黄歇已成楚王特使，将与一众同行，本来也有诸多事务需要磋商确定。苏秦一行略事安排，留下荆燕坐镇，立即登车上马，辚辚来到黄歇府邸。

进得正厅，宴席已经安置妥当。黄歇本是刚刚从王宫办理出使王书出来，便先对苏秦几人讲述了楚王对合纵的决心与期望，转述了楚王的八个字——全力促成，愿担重责。苏秦大为振奋，心中一块大石顿时落地。如果说大殿朝会只是一种姿态，对黄歇的这八个字显是楚王真实的意愿了。楚为大国，又是受秦国伤害最深的国家，一旦加入，合纵便成功了一大半，苏秦如何不感到高兴？赵胜却有疑惑，瞪着一双大眼问：“这‘愿担重责’却待怎讲？六国合纵，职责不同么？”魏无忌却只是微笑不语。

苏秦爽朗笑道：“公子一时懵懂而已。六国合纵，须得有大国做盟主。此事苏秦自有主张，只是尚未到商讨时机。待齐国底定后，此事自会水到渠成。此时先告诸位：苏秦必定处以公心，不使盟主之位成为合纵羁绊。”

“好！”魏无忌拍案赞叹，“有先生公心，合纵必有大成。”

黄歇端起酒爵笑道：“噢呀，楚国受秦欺凌最甚。我王之意，是愿多出兵出粮，可没有二心也。”

四人一阵大笑，却听院中有人高声道：“好啊！聚酒行乐，竟无我份，岂有此理？”

“噢呀，屈原兄！”黄歇一声笑叫，人已经到了廊下，“你不是进宫了么？”

“进宫就不出来了？”屈原大袖飘飘，神采奕奕。

苏秦三人已经站起：“大司马酒中豪杰，来得正好，快请入座。”

屈原坐定，先与四人连干了三爵，方才撂下大爵，慨然一叹：“想不到，今日朝会竟成楚国振兴之转机，屈原谢过先生了。”

苏秦微笑道：“大司马有好消息？”

屈原笑而不答，却又径自干了一爵，粗重地喘息了一声，显然在压制内心的兴奋：“楚国，终于等到了这一日。屈原，终于等到了这一日！”双眼潮湿，一拳砸在案上，大爵“咣当”落地。苏秦也不细问，举爵慨然道：“来！为屈子耿耿情怀，干！”五爵相撞，一饮而尽。

黄歇轻声问：“决断了？”

屈原轻轻点头：“你走之后，立即开始。”

“噢呀，了不得了……”黄歇也激动得喘息起来。

苏秦三人都没有插话。谁都能感觉到，楚国将要发生一场出人意料的变化。在战国大争之世，除了变法，还能有何等大事使人激动若此？如此一个广袤纵深的大国，若进行一场如同秦国那样的雷霆变法，天下格局又当如何？闪念之间，一阵风暴不约而同地滚过三人的心田。苏秦默默地慨然叹息，魏无忌紧紧咬着嘴唇，赵胜愣怔怔地瞪着双眼。

“噢呀，都愣怔何来？我与屈兄并无密谈了。”黄歇一阵大笑，“来来来，还是说正事了，几时去齐国？”

苏秦恍然笑道：“公子若无急务缠身，后日如何？”

“噢呀，一言为定，就后日了。”

“我已经派斥候探明，潍水正在枯水期，无须绕道……”魏无忌尚未说完，突闻府门马蹄如雨，众人惊愕间，荆燕已经大步匆匆进来道：“禀报武安君并无忌公子：斥候急报，潍水突然暴涨，水流湍急，河道漫溢十余里！”

“如何？”魏无忌骤然站起，“咄咄怪事！十月初冬，何来洪水？”

众人面面相觑，一时不知如何是好。屈原沉吟道：“潍水上游在鲁国境内，有四条支流。当年楚齐争战，倒是都到上游峡谷堵过水，而后放水淹没河道，阻止对方军马。可目下，谁肯花此等力气？”

赵胜急迫道：“此事看来不简单，即使河水退了，十余里宽的烂泥塘，十天半月也过不了河。”

“能否绕路？”苏秦急问。

魏无忌面色阴沉：“绕路而行，只有北上宋国、魏国，再经薛国、鲁国到达临淄，加上转换关文，足足得磨上一个月。”

“噢呀不行，宋国这个地头蛇恶气正盛，一定从中作梗！稍有麻烦，岂不阴沟里翻船了？”黄歇情知楚国与宋国交恶，实在是不放心这条路。

苏秦思忖片刻，断然道：“就过潍水！明日便出发。荆燕打前站，找几条渔船等候。”

“我立刻便走。”荆燕一拱手转身走了。

苏秦五人又商议了片刻，散了酒宴，各自分头准备去了。

三　壮士舍身兮潍水茫茫

樗里疾可是着急了，驿馆庭院的绿草被他踩出了一大片白地。

来临淄已经二十余日了，竟然见不上老齐王，急得他直骂田因齐老枭。每当他想拂袖而去，那个专门陪他的公子田文便会说："我王病情好转，三两日可见上大夫。"可当他兴致勃勃地做好了准备，公子田文又会来说："我王病情发作，敢请上大夫稍待两日。"如此反复了几次，樗里疾也皮了。原本是着意赶到苏秦前边来临淄，就是要先稳住齐国，使苏秦的"六国合纵"少去一个重要支柱，变成瘸腿。可如今一耽搁，这"抢先一步"就变得毫无意义了。可要不见老齐王一面便走，又实在不妥，毕竟秦国现在要自己解困，是有求于齐国。等在这里吧，又实在是着急。

今日，樗里疾又在庭院草地打圈子，懒得再骂齐王老枭，慢悠悠踱步，慢悠悠思忖，倒是冷静了下来。对呀，这分明是那只老枭有意拖延，既不想放他走，又不想立即见。这只老枭意欲何为？对了，一定在等待苏秦一行。这只老枭要将秦国和"苏秦五国"都握在自己手里掂量一番，既要利用秦国压"苏秦五国"，又要利用"苏秦五国"压秦国，然后权衡取舍，使齐国从中谋到更大利市。呀，好一只狡黠的老枭。想到这里，樗里疾不由自主地笑了："鸟！你个田因齐，竟敢拿咱黑肥子作耍。咱就逗逗你这只老枭，没结果咱就不走，看你如何了结这场博戏？"

"上大夫啊，和谁说话？"一阵清朗的笑声在背后响起。

"反正啊，没和你这公子哥说话。"待樗里疾转过身来，却见一个英气勃勃的青年笑吟吟地走来。此人身材高大，散披长发，一身红色软甲，外罩一领大红绣金斗篷，左手一口阔身长剑，活生生一个战国剑士。樗里疾上下端详一番，揶揄笑道："虽说像个剑士，到底富贵气忒重，少了布衣剑士的肃杀凛冽，倒像个荷花大少一般。"

来人大笑道："樗里子，不管你如何骂，我还是没办法也。"

"你田文没有办法，我有办法，怕甚来？"

“樗里子又要走？”田文目光骤然一闪。

“哼哼，你才要走。”樗里疾冷笑道，“我呀，吃不到猪肉也要守着猪，你齐国总得给一根猪骨头了。”

“恶人自怜。”田文又是一阵大笑，“秦国威风八面，齐国敢得罪么？樗里子哪里是要一根骨头，分明是要囫囵吞下一口肥猪也。”

“嘿嘿嘿，岂有此理？秦国可是没拔过齐国一根猪毛也。”

田文笑不可遏地点点头：“倒也是。哎，我说樗里子啊，我今日请老兄去市井一乐，如何啊？”

樗里疾将鼓起的肚皮拍得啪啪响，一本正经道：“老也肥也，能与你等少年风流同乐？罢了罢了。”

“哎——”田文神秘地笑笑，“临淄圣境，天下独一份，真不去？”

“那……”樗里疾眨眨秦人独有的细长三角眼，“嘿嘿，莫非是国王后宫不成？好，走。”也不啰嗦，跟着田文便走。到了驿馆门口，一辆宽大的篷车正等在门口，田文笑吟吟伸手做请，樗里疾也不客气地坐了进去。田文跟着坐进，脚下一跺，篷车放下前厢厚厚的垂帘，辚辚启动了。

樗里疾在暗幽幽的车厢里打量，只见这车厢特别宽敞，并排两个宽大的座位，脚下还有隆起的脚凳，坐着特别舒适；不可思议的是，后边还有一个小巧的卧榻，一个人蜷卧在那里是绰绰有余的，显然，这是特制的一种篷车。“齐人费神，这叫甚车？”樗里疾笑问。田文笑道：“没见过吧，这叫逍遥车，野游是四马驾拉。后面那张卧榻还可伸缩，小到一个座位，大到一张卧榻。榻下有一个暗箱，里面酒肉茶齐全。铺上锦被大枕，这逍遥车便一个销金窟也，要不要改日试试？”

“啧啧啧！”樗里疾不禁咋舌道，“临淄贵胄了得，了得也！”

“秦人真是少见多怪。”田文大咧咧笑道，“这种车在临淄多了去，我这逍遥车算最寒酸的了。齐王的逍遥车，车厢展开有一丈见方。就是几个元老权贵的逍遥车，也是八九尺见方，装三两个美女大是宽敞也。”

樗里疾黑脸已经绷紧，本想痛斥一番，可转念一想，却嘿嘿嘿笑了：“临淄已经领天下文明风华之先，超越大梁了。想必稷下学宫的士子们，也快一人一辆逍遥车了。”

“别绕着弯儿作践齐国。”田文笑道，“文明风华？亏你想得出！灌我迷魂汤，教齐国继续荒唐奢靡么？稷下士子一人一辆，齐国不得趴下了么？”

樗里疾哈哈大笑：“齐国有公子，总算还有一口气了。”

田文慨然一叹：“樗里子，大石滚山，独木也是难支。到了，下车。”

樗里疾下车，只见篷车停在一道街口，抬眼打量，街口的高大石坊正中有四个大字“绿谷胜境”，街中一色的绿顶木楼，虽不甚宽阔，却整洁异常。最为不同的是，石坊下站着四名带剑的文职小吏，在认真查勘每个进街人的照身牌。照身牌是齐国发给外国商人、使节的一个铜牌，上面刻有持牌者的画像、姓名、国别，背面还有铸牌尚坊的铜印，私人决计无法仿造。

田文低声笑道：“樗里子，这里只许外邦人士进去，尤其欢迎外邦商人，然则只能步行。”

樗里疾点点头，揶揄笑道：“嘿嘿，这就是管仲老儿掏外国人钱袋的鸟物事么？怕人家不给钱跑了，便不许坐车骑马。还绿谷胜境，啧啧啧！老面皮说得出。”

“管仲可是齐国功臣，不得乱说。”田文笑笑，“若非陪你，我也进不去。”

樗里疾大笑道：“啊，田文也有借光的时日嘛。好！带你进去风光风光。”说着递上特使铜牌，小吏验看后对两人恭敬作礼。樗里疾二话不说，拉着田文走了进去。

街两边全部是两层的绿顶小木楼，仔细看去，各擅胜场，一座与一座决然不同。各个楼前临街的正门，都矗立着一座石刻，石上刻着自己的字号：“绿月楼”、“散仙居”、“河汉春”、“白云涧”、“云雨渡”、“阳春雪”……樗里疾一路念叨，连呼肉麻，田文笑得不亦乐乎。最后，樗里疾指点道：“阳春雪嘛，差强人意。”

田文笑道：“那就进去，别夫子气。”不由分说将樗里疾推进了“阳春雪”的门厅。不想这阳春雪豪华得令人咋舌。十丈见方的宽阔大厅，一色白玉大砖铺地，光亮得能照出人影儿来。门厅两边，两片婆娑摇曳的绿竹，在雪白的玉砖地面衬托下和谐雅致。大厅尽头是一面几乎与墙等高的铜镜，将门厅外的绿色长街映成了无限纵深的甬道，客人迎面走来，仿佛要走向无可揣测的神秘去处。左面墙上一个孤零零的大字——食。右面墙上也是孤零零一个大字——色。

樗里疾看得浑身局促，脸色涨红道："啧啧啧！齐国真是富，这简直就是金饼堆起来的，管仲老小子真黑，黑！"

"又村气了？不闻孟夫子高论：食色，性也？"田文开心地看着樗里疾的窘态。

"嘿嘿，还孟夫子？老头儿要知道两个字写在这里，还不活活气死？"

"嘘——别扯了，妈妈来了。"

"妈妈？"樗里疾笑不可遏，"这地方有妈妈？你妈妈还是我妈妈？"

田文可劲儿捏了樗里疾一把，低声道："只是妈妈，谁的都不是。"

"莫得乱捏。谁的都不是，算甚妈妈？"樗里疾更是惊讶。

田文情急，伏在樗里疾耳边狠狠道："妈妈就是女人班头。别聒噪了。"

一个身着白纱长裙的丽人轻盈走来，向田文款款一礼道："公子请随我来。"田文惊讶道："妈妈如何识得我？"丽人妩媚地笑了："临淄谁人不识君？公子光临阳春雪，也是我门一大盛事呢，请到楼上消闲。"田文释然笑道："我陪这位贵客前来，先生口味很是高雅，妈妈留意了。"丽人一双清凌凌大眼飞快地扫了樗里疾一番，庄重温柔地微微一礼："小女子见过先生。"举止极是温文尔雅。樗里疾不由自主地一拱手，竟冒出了一句道："多承关照。"田文不禁"噗"地笑了。樗里疾顿觉狼狈，狠狠地瞪了田文一眼。那位丽人却是嫣然一笑："先生原是贵人雅客，请了。"说罢飘然举步，带二人绕过铜镜，踏着猩红松软的厚厚地毡走上了楼梯。樗里疾看看金黄锃亮的楼梯扶手，伸手一弹，竟是"当"的一声，不禁惊叹出声道："噫！真货！""阿嚏！"田文生生憋住笑意，却打了个响亮的喷嚏，脚下踩空，身子猛然一闪。白裙丽人好像事先料到一般，轻轻偎身一扶，恰到好处地将田文身体稳住了。樗里疾却嘿嘿笑了："善有善报也。"丽人回首，眼角一瞟道："先生诙谐可人，真名士呢。"一句话竟使樗里疾暖烘烘的，不禁又拱手道："公子妈妈褒奖，如何敢当？"一句话出口，田文与女子不禁笑得跌坐在楼梯上，田文上气不接下气道：“你，你，你，妈妈……”樗里疾原是真不知晓此中规矩，认真摇头道：“非也非也，君子不掠人之美，岂有争妈妈之理？”看他认真争辩的模样，田文与女子更是笑作了一团。

好容易上得楼来，丽人带着两人曲曲折折拐了好几个弯儿，才来到一间绿纱环绕极为典雅的房间。丽人笑问：“公子、先生，先吃酒？先沐浴？”

田文道：“先沐浴了。”

“吃酒。嘿嘿，十日前我已沐浴过了。”樗里疾认真摇头。

丽人第一次惊讶地张开了小口，又连忙用一方白巾捂在了脸上。田文哈哈大笑道：“老夫子也，你多久沐浴一次？”

“一个月。打起仗来就没日子了。”

“早馊了！”田文笑叫，“别聒噪了，先沐浴。”

丽人已经被笑意憋得面色通红，闻言连忙“啪啪”拍了两掌，便见从左右绿纱后分别飘出两名美丽活泼的少女，分头向两人作礼：“敢请大人行沐浴之乐。”田文笑道：“先请樗里先生，可要小心侍奉了。”丽人妈妈向少女只一瞄，那个少女立即敛笑低眉，化成了一个温顺淳朴的村姑对樗里疾羞怯怯道：“敢请阿大沐浴了。”

秦人土语将父亲唤做“大”，这“阿大”几近义父之意，后来演化做“干大”，中原叫做“干爹”。樗里疾年近四十，加之肤色黧黑粗糙，寻常也时不时以“老夫”自嘲，听少女呼他“阿大”，自觉也当得如此少女的父辈，竟顿生淳朴乡情，呵呵笑道：“好好好，阿大就沐浴一回。你等我，出来吃酒。”

“不等，此处是自个方便。”田文笑吟吟地拒绝了。

“如何能自个方便？要方便一起方便！”樗里疾已经走到了隔间口，却回头认真起来，高声大嗓地叮嘱。

田文道：“好了好了，一起方便，我等你。”

丽人与少女见樗里疾走了进去，不由自主地喷声大笑，一齐软倒在田文身上……

这时，突然传来一阵急促沉重的脚步声，一个男仆匆匆走了进来对丽人一躬道："禀报东主，公子门客紧急求见公子。"

"何人？"田文急问。

"报名冯驩。"

田文霍然起身道："请妈妈关照，贵客稍时出来，护送他到街口篷车，我去了。"说完也不待丽人回答，匆匆去了。

冯驩带来了一个突然消息：潍水暴涨，苏秦一行可能延期。田文顿时面色铁青道："走，回府计较。"坐在车中一言不发，心中却是分外焦急。冯驩也不多问，专注驱车，片刻回到田文府邸。

田文是齐威王庶孙，被齐威王称做"田氏新锐"，在齐国贵胄子弟中可谓独领人望。这次，田文奉齐威王密令：全力斡旋"苏秦五国"与秦国特使，为齐国谋划最佳出路。田文很清楚，无论自己如何权衡，最终都要老齐王亲自接见双方作最后决断。而这位曾经英气勃勃的国王，如今年事已高，痼疾缠身，近日愈见不善，眼看是随时都可能溘然长逝。加之樗里疾又耗在这里，苏秦一行自然是越早到越好。为此，田文在六百多名门客[1]中遴选出三十人的一支精悍队伍，交给文武全才的舍人[2]冯驩，由他率领这支人马随时探听各国动向。苏秦游说赵国成功后，这支人马撒开了大网，随时将各种消息送到临淄。苏秦入楚，樗里疾入齐，齐国成为合纵与秦国双方争夺的焦点，这支人马便更加忙碌了。眼下潍水莫名其妙地暴涨，冯驩他们竟查不出是何方神圣作祟，岂非咄咄怪事？若耽延日久，岂不大大误事？

回到府邸，田文一面派出一个精明门客去驿馆找理由向樗里疾解释，一面立即与冯驩一班心腹门客商议。冯驩早有思索，提出了三路并进的主张：其一，由他率领二十名善于泅水的骑士连夜赶赴潍水，争取渡过潍水接应苏秦；其二，由两名门客携带田文密件，连夜赶赴潍水岸边征

---

[1] 门客，春秋战国时期贵族权臣私家聚养的士人，即所谓"养士"，主要为权臣谋划利益并付诸实施。

[2] 舍人，战国时期贵族权臣的家臣称谓，有才能的门客一般都是舍人，具体职责临事而定。

集大船，能将苏秦全部人马接过来更好；其三，由驯马奇士苍铁驾千里车，从齐鲁边境绕道潍水，若苏秦一行走了远道，立即用千里车将苏秦一人先行接来。

冯驩说罢，其他人没有异议，田文也欣然赞同，于是立即分头出发。田文自己则急忙赶赴驿馆安抚樗里疾，毕竟，这个秦国特使也是不能得罪的。

冯驩马队出发的时候，苏秦的五国使团刚刚抵达潍水东岸。

潍水发源于琅邪郡境内的潍山，是以名为潍水。琅邪郡本是越国后期的都城，楚国灭越后，琅邪之地成了楚国的北部边境。潍水向西北独立入海，流经临淄东部平原，成为横贯齐国境内的最大河流。潍水在独立入海的二等河流中（古人将独立入海的江、河、淮、济四条大水称为“四大名水”，没有包括流程较短的独立入海者），堪称大水，水流丰富，河道宽阔，过山河段则狭窄湍急。其时，潍水在楚国境内的两岸尚是人烟稀少的荒凉地区，数百里茫茫盐碱滩，连当时的越国都无心占领，而将长城修筑在盐碱滩之南，楚国灭越后承袭了越国北境，无心派兵向北推进。齐威王初期，本想占据这块茫茫芦苇滩作为向南推进的根基，后来却觉得揽在手里反倒惹事，便将齐长城修筑在可耕田的南部边缘。于是，这片一望无际的茫茫盐碱地便成为楚齐两国的一片无人缓冲区，倒也乐于为双方所接受。

苏秦的五国使团已经有了两千多随行军马，连同辎重车队与文吏随员，足足有三千人。按照魏无忌的调遣，从郢都乘楚国舟师的十艘大战船，从淮水顺流东下，穿过洪泽下船乘马，兼程北上，再从齐国境内的高密城西渡潍水，直达临淄。一路顺利，第六日可到齐国境内。然赶到潍水岸边，所有人都茫然无措了。

寻常清澈的潍水，变成了一条恶浪汹涌的浑浊泥流。岸边良田统统被淹没在齐腰深的泥水里，河边的官道也被浸成了踩不得人马的软根路。遥望西岸，黄蒙蒙无边无际，莫说无船，纵然有船，这汹涌澎湃的泥水与西岸无边无际的浅水烂泥，又如何能过？

“噢呀呀，洪水如此厉害，有船也不行！”黄歇急得声音都变了调。

“狗贼子！一定是秦国使坏！”赵胜恶狠狠骂了一句。

“武安君，我看只有绕道了。”魏无忌看看苏秦，又看看茫茫泥流，“选十匹快马，武安君先行。路上若不出事，半个月可到临淄。”

“其余人马？”荆燕急问。

“原地守候，能走再走。”

黄歇、赵胜都没有说话，显然也认为这是唯一的选择了。赵胜少年心性，见苏秦没有异议，便急匆匆道：“选马的事交给我，我有现成的五匹胡马，保你一日六百里！”

“且慢。”苏秦摇摇手，“绕道之烦之险，在郢都已经议过……没有办法，只有泅渡。”

“噢呀噢呀，泅渡？笑话！太险了！”黄歇连连摆手，脸都白了。

赵胜锐声道：“武安君，如何泅渡？你会水么？”

荆燕黑着脸：“万万不能！万一出事，我无颜回老燕山。”

只有魏无忌沉默着，见苏秦望着他，沉重地叹息了一声道：“武安君一身系天下安危。谚云水火无情……”

“诸位休要再说了。”苏秦冷静果断，“齐王时时有不测之危，秦国也意图拉过齐王。岂能耽延半月一月？合纵成败，在此一举。行百里半九十，岂能功败垂成？”看看几个人的沉重犹疑，苏秦慨然一叹，“生死何足论，唯愿死得其所也！我带荆燕泅渡，三位公子绕道，其余人马原地守候。”

话音一落，几个人“轰”一下嚷嚷起来，黄歇声音最响：“噢呀，泅渡就泅渡！为何我就不算？有比我水性更好的？”赵胜更是面红耳赤：“武安君大谬，瞧不起我赵胜么？赵国剑士有丢下正主儿不管的么？大谬大谬！”魏无忌摆摆手，庄重地对苏秦一拱手道：“武安君之言气壮山河，泅渡便是。只是，武安君命无忌掌军行止，须得听我分派，不能乱了军法。”

苏秦点头：“也好，公子分派。”

魏无忌转身肃然道：“诸位听我将令：公子黄歇，在楚国子弟中挑选三十名水中好手，随侍武安君两侧，专司保护；公子赵胜，遴选十匹上等骏马，带二十名骑士牵马泅渡；将军荆燕，率领军马留守东岸；我魏无忌，带领二十名壮士保护一应文籍泅渡。若无异议，立即分头准备，半个时辰后泅渡！”

“我有异议！”荆燕慷慨激昂，“要我留下，荆燕立即自刎！我不能离开武安君，燕国壮士也不能离开武安君，就是这话！”说着锵然拔剑，明晃晃的剑锋已搭在了脖子上。

全场愕然。苏秦也不知该如何说才好，原是他从安危考虑，不想教三个栋梁人物涉险，将燕国壮士看做自己老根，才首点荆燕跟随，如今魏无忌却将自己的安排颠倒了过来，荆燕又是如此激烈，委实难以处置。

默然良久，魏无忌轻轻一叹：“将军放下剑，无忌留守便了。”

荆燕缓缓撤剑，却惊讶地看着魏无忌，心中有些茫然。在他看来，赵胜最年轻，该当留守才是，如何魏无忌要自己留下？他可是行军总管啊，可转念一想，以赵胜的少年气盛，又如何肯放弃英雄举动？方才他还说苏秦瞧不起他，争执起来，魏无忌又该当如何？想想，荆燕深深一躬道：“多谢公子成全，荆燕永世不忘公子。”

魏无忌哈哈大笑道：“哪里话来？我随后设法赶来便是，也许，就是我留守合适。诸位，开始准备！”

三个人都匆匆去了，苏秦对魏无忌慨然一拱道：“公子屈己容人，真乃全局之才。苏秦先行一步，定设法早日接回公子。”魏无忌笑道：“不劳先生费心，走！我帮先生准备。”

最忙碌的要算黄歇。他将三百名楚国骑士与全部随员集中起来，登上轺车高呼：“楚国壮士们，武安君为了天下安危，决意泅渡潍水！我黄歇也决意追随。我要问，谁是水中高手？谁愿共赴国难？左袒！”话音方落，人群轰然骚动，接着一片呼喊：“我是！”“我算一个！”“我等云梦泽子弟，全数都是！”呼喊声中，袒露的左臂齐刷刷举成了一片黝黑树林。

“好！楚国多义士，何愁楚不兴！”黄歇奋然高呼，“云梦泽子弟前出！”

楚国本是水乡，云梦泽渔民更是楚国腹地的泽国老民，几乎人人熟悉水性，是楚国水军的主要兵员地。从军成为骑士的云梦泽子弟，更是水陆两硬的渔民精华。他们在左袒的同时，已经迅速地剥掉了全部甲胄，只留得贴身短褂，听得黄歇呼唤，云梦泽子弟呼啸一声大步前出，站成了白花花的一排。

“噢呀……”黄歇骤然哽咽了，“诸位壮士人人赐爵一级！但有牺牲，加爵三级，还乡厚葬。”说罢深深一拜，跪倒在轺车辕上。

“云梦子弟，誓死报国！”一声呐喊，一片呼应，六十多名云梦泽子弟齐刷刷跪倒了。

黄歇跳下轺车道：“诸位请起，听我分派：水中斗杀力强者，站左；善泅而膂力弱者，站右。”队中一人高声道：“公子下令便了，我等在水中无有弱者！”黄歇道：“好！左队三十人护持武安君，十人前游开路，八人断后，十人居中两侧护卫，两人驾扶武安君泅渡。”

“遵命！”左边三十人一声呼应。

“右队三十人，十人前行探水，十人辅助赵国壮士牵马，十人巡回救急。”

“遵命！”

“一刻准备，留言留物。一刻之后，全数列队下水！”

云梦泽子弟们散开了，黄歇稍事收拾了自己，又对留守随员交代了几件事务，便匆匆来找苏秦。一座小帐篷里，苏秦已经收拾妥当，魏无忌正在端详品评。黄歇却看得惊讶不止，但见苏秦紧束灰发，上身赤裸，全身唯有一件紧身布包着下身。紫铜色的肌肉结实饱满，却又是伤痕累累。“噢呀武安君，如何恁多伤疤了？”苏秦尚未答话，赵胜急匆匆走了进来，魏无忌看着浑身雪白的黄歇与赵胜，不禁莞尔道：“赤裸裸相对，便见精铁脆玉之别了。”

黄歇也笑了：“噢呀，你魏无忌难道还比武安君强了不成？”

赵胜也是惊叹不已：“呀！武安君并无征战，如何直与老军卒一般？”

“未经风霜，不成大器，信哉斯言矣！”魏无忌慨然一叹。

苏秦笑了：“公子们钟鸣鼎食，苏秦蓬蒿布衣，时也命也，如何比得？”

“噢呀。”黄歇恍然道，“秋令时节，水是冰凉，先生裸身，如何受得？”

“无妨无妨。”苏秦笑道，“我最耐寒，冰天雪地，也奈何不得我这裸身。”

此时，帐外号角齐鸣。四人连忙出帐，只见荆燕已经将泅渡队列整肃列阵，高声向魏无忌禀报：“泅渡阵式列成！敢请公子下令！”魏无忌转身向黄歇一拱，双手奉上令旗道：“水上之事，还是黄兄调遣妥当，魏无忌拜托了。”

黄歇肃然还礼：“大事临头，恭敬不如从命。”说罢大踏步跳上一辆轺车，令旗一劈高声下令：“探水斥候，先行入水——”

十名云梦泽子弟一声呼喊，呼啦啦越过泥滩，扑入茫茫黄水。遥遥望去，他们在河面上散开成一字排列，布满了大约一里宽的水面。渐渐地，他们的身影变成了小小黑点，出没在滚滚泥浪之间，渐渐地水天苍茫，什么也看不见了。大约有半个时辰，对岸传来悠扬粗重的螺号声。

“噢呀，三长两短。水底多险滩，水面多浮物，加倍小心！”黄歇转身看看苏秦，苏秦平静地点点头。黄歇转身高声发令：“公子赵胜，率赵国壮士牵马，先锋泅渡！云梦子弟十人游动救急！”令旗劈下，“出发——”

赵胜一声大喝，赵国二十名勇士分别牵着鞍辔齐全嘶鸣跳跃的十匹阴山战马，走进了滔滔大水。只见赵胜居中关照，每三人一马一个单元，两个赵国勇士一前一后牵马推马，一个云梦泽子弟左右游动救急。十个单元并排前进，河面不断传来萧萧马鸣与赵胜尖锐的呼喝之声。听得岸边人心惊肉跳。

半个时辰后，荆燕率领的八十名燕国骑士下水了。燕国派出的护卫骑士本是两个百人队，但反复遴选，会水的只有八十人，但在这汹涌泥水中泅渡，本领显然不如楚国子弟。荆燕毕竟不糊涂，不再坚持要燕国骑士全部泅渡，也不再坚持一定要亲自护卫苏秦泅渡，而是服从了黄歇命令，单独率领燕国骑士泅渡了。这是水性最弱的一阵，黄歇又特意加派了落选的楚国子弟四十名，连同原来的十名云梦泽子弟，共五十人与燕国骑士共同泅渡。饶是如此，茫茫河面也不断传来呛水、溺水的救急呼喊，带给岸边阵阵慌乱。

良久，西岸终于传来了又一阵螺号声。

此时暮色已经降临，黄歇有些犹疑："武安君，明日再泅渡如何？"苏秦却没有丝毫犹豫，"不，点起火把，连夜泅渡！"魏无忌大是感奋："逆境愈奋，武安君英雄本色也。来人，点起火把！拿酒！"

大片火把在沉沉暮色中燃起，魏无忌亲自把酒，敬了苏秦，敬了黄歇，敬了所有的云梦泽子弟。而后魏无忌走上一座土丘，命令将三面牛皮大鼓全部抬上土丘，魏无忌脱去斗篷，走到居中大鼓前，拿过那对硕大的鼓槌："武安君，无忌为你擂鼓壮行了！"

三鼓齐鸣，隆隆如雷。黄歇大喊："壮士们，下水！——"

岸边火把连天，一片呐喊。三十名云梦泽子弟，人人手持一支火把，簇拥着苏秦进入了汹涌的泥流，一个火把圈子便围着苏秦缓缓前进了。黄歇游在苏秦的身边，不断高喝着推开漂来的树木草堆。行至河心，骤然水深丈余，波涛滚滚冲力极大，苏秦顿感吃力，身体不由自主地随浪漂去。两名夹持护卫的云梦泽子弟一声大吼，不由分说一边一个架住了苏秦。恰在此时，一根巨大的断树在火把阴影中乘着浪头冲了过来。右边的黄歇一声大喝，来奋力猛推，不料黄歇力弱，水性又是堪堪自保，竟被断木枯枝撞向一边，胳膊上还划开了大大一道血口。黄歇被撞得呛水，连连猛咳间却见断木直冲苏秦而去，不禁大惊失声："噢呀！"

这时，苏秦右边的云梦子弟大叫一声："护住人了！"便全力冲向浪头断木。只见他跃起水面，迎着断木的来势一压，用肩膀向斜刺里顶去，瞬息之间，断木偏开，水面上却漂出一片殷红的血水。

"兄弟呀——"随着架扶苏秦的云梦子弟一声哭嚎，三四名游过来的云梦子弟顺着断木血水直追而下。大约一顿饭工夫，他们托着一个人艰难地游了回来。黄歇嘶声喊问："人有救么？"一个子弟哭喊着："枯枝插进了肚皮……"另一个子弟游过来禀报："屈三是船家子弟，本来已经将断木荡开，水下枯枝却刺进了腹中。还有一口气，死活难说！"

此时已过深水河心，苏秦在泥水中沉浮，泪水却将脸颊泥巴冲开了两道，脚一触地，奋然从泥流中站起："走！为这位兄弟治伤！"一声嘶哑大喝，竟神奇地从泥流中走了出去……越过两里多宽的泥滩，两片火把终于相聚了。赵胜听得动静有异，早已命军士铺好了一堆干茅草，并从马具里拿出了伤药。赵胜迎到泥人，便要察看苏秦黄歇。苏秦哑声大喊：“我没事，快救楚国兄弟！”此时楚国子弟已经将屈三抬到了茅草堆上，火把已经围了一圈。黄歇浑身带血冲了过来道：“噢呀闪开，我来看。”但见火把照耀下，泥乎乎的屈三双目紧闭，肚腹中还插着一根利剑般粗长的枯枝。“清水！伤药！”随着黄歇喊声，已经有人端来大盆清水，将屈三身上冲洗干净。泥水一去，便见屈三肚腹肿成了一个巨大的淤青硬块，枯枝周围裂开成一个森森白口。面色苍白如雪的屈三，眼见已经是奄奄一息了。

“兄弟呀，你就这样去了！睁开眼，看看我！”一个泥人踉踉跄跄地冲进来，抱住屈三放声大哭。扶持苏秦的云梦泽子弟，原是屈三一对双胞胎兄弟。哥哥在水中已经知道弟弟凶多吉少，却只是哭喊了一声再不开口，咬紧牙关将苏秦护过深水区，便昏了过去。此时哥哥醒来，一见兄弟惨状，情知无救，大放悲声。

“哥哥……我，我有爵位了……屈家，不做隶农了。”屈三神奇地醒了过来。

“噢呀屈三，我是黄歇。你有爵位！全家脱隶籍！你做千夫长！听见了么？”黄歇哽咽着嘶哑大喊，他精通医道，心知屈三不行了，一时语不成声。

苏秦举着一支火把走了过来，肃然跪倒在屈三身旁：“屈三兄弟，你是为我去的，你永远都是我苏秦的兄弟，永远再不做奴隶……屈三！”

“武安君，公子，好，好……”带着满足的笑容，屈三安详地闭上了双眼。

“屈三啊……”云梦泽子弟们哭成了一片，跪倒在屈三身旁。

秋风萧瑟，吹来了潍水的滚滚涛声。五国壮士们按照云梦泽的古老习俗，将屈三的遗体放在了一只独木舟上，云梦泽子弟们喊着号子将独木舟抬进了滚滚波涛，眼看着独木舟随着波峰浪谷漂向了北方的茫茫大海。

四　烈士暮年的最后决策

田文接到紧急密令，立即进宫。

已经近一个月没有见到老国王了，田文也是忐忑不安。他目下做的这件事干系实在重大，确实需要时时晋见国王，以便得到明确指令。可国王已经今非昔比，近年来深居简出，极少接见臣下，自己一个后进公子，目下又无实职，连爵位也还没有确定，又如何能随意进出王宫？其实也不仅仅是田文，即或如父亲田婴，接任驺忌做了丞相，爵位又是靖郭君，在齐国可谓高爵重权的开府权臣，也是很长时间见不到老国王一次。虽则如此，朝中大臣可是谁也不敢掉以轻心。寻常时日，齐国大臣多有先斩后奏之事，近年来反倒都是谨慎有加，如履薄冰，未经王令，哪个官署也不敢就任何大事做主。倒不是齐国官员没有了既往的率直坦诚，而是官员们对老国王实在无法捉摸。经常在谁也无法预料的时刻，在谁也估摸不准的府邸，在谁也看不清有何重要性的事情上，往往就有紧急王书或紧急宣召降临，而官员所得到的决策命令，又往往的出乎预料。

今日也是如此，田文实在想不到会在这个时刻紧急宣召他进宫。

三个月前，当苏秦刚刚在燕国游说成功的时候，田文第一次被秘密召进了王宫。就实而论，田文并没有见到老国王，只是隔着一道帷帐，听见了一个苍老沙哑而又令人敬畏的声音："田文啊，你乃齐国王族之后进新锐，本王素寄厚望。"那个沙哑苍老的声音粗重地喘息了片刻，接着一口气说了下去，"今闻急报：苏秦游说合纵抗秦。兹事体大，天下格局可能巨变。以大父老眼，中原五国受秦巨创，合纵必成。未来数月之内，苏秦必到临淄，秦国特使亦必到临淄。然则，是否加盟合纵，齐国最难抉择。齐国濒临东海，远离秦国，与之素无深仇大恨。合纵抗秦，则齐国将无端树一强敌。游离合纵之外，则中原五国将视我为另类，迟早亦是大祸。"田文清楚地记得，说到这里，帷帐后一阵苍老沙哑的喉喘痰咳之声，可是他却丝毫不敢分心，依旧纹丝不动地跪坐在案前。片刻之后，苍老沙哑的声音舒缓了一些：“今召汝来，委汝重任：汝携我王剑，全权周旋两方，使我有回旋余地，可是明白？”

“田文绝不负大父王厚望。”

“王孙无官无爵，又是庶出，有难处么？”沙哑苍老的声音平淡冷漠。

“为国效力，田文当克难全功。”

帷帐后再没有了声息，一个侍女走了出来：“大王入眠，公子可以走了。”

那次未曾谋面的接见，使田文在临淄权力场骤然变成了一个神秘人物。寻常间逍遥平静的公子府邸，变成了日间车马穿梭夜来灯火通明的繁忙重地。在所有官署都冷清下来的时候，有如此一个公子府邸在日夜不息地动作，能不让官场侧目？但田文却没有时间去理睬，不仅仅是那口供奉在出令堂的王剑赋予了他无限的权力，也是因为他毕竟是丞相田婴的儿子。

父亲本是老齐王的少子，也是嫔妃庶出。长期酷烈的宫廷争斗，使父亲变成了一个谨慎君子，在王族贵胄中最是平淡无奇。他经常告诫田文一班儿孙：“王族旁支坐大，历来是国王大忌，尔等都要收敛锋芒，莫得生出事端。”接任丞相，父亲几番推辞，想要提出召回上将军田忌主持国政，可一想到田忌是自己的王族堂兄，又硬生生忍住了。父亲当政，奉行“减政去冗”的办法，除了边防急务与赋税纠葛，凡是大政一概压下，等待老国王召见时请命定夺。如此一来，这个开府丞相也确实清闲了不少。父亲见小儿子骤然变成了一个神秘的大忙人，风言风语多有流播，便来到田文府中想看个究竟。不想田文却正在与冯驩等心腹门客秘密议事，匆匆迎得出来，颇是神不守舍。

“文，近日何事匆忙啊？”父亲口气虽然从容，目光却是究根问底的。

田文略微犹疑，终于明朗回答：“回禀父亲：儿奉王命，绝非私家俗务。”

父亲思忖片刻，默默地走了，一句话也没有多说。田文心中歉疚，夜晚来到丞相府邸向父亲赔礼。父亲却摆摆手制止了他，默然良久，父亲开口了：“知晓大父何以委你么？”田文道：“儿未尝思之。”父亲淡淡道："你有王族之名，而无官职之身，似公似私，进退裕如。你有近千门客，尽皆白身[1]，可免王室国府人力之繁难。"田文默然点头，承认父亲说得对。"约束门客，慎之慎之。"父亲叩着书案郑重叮嘱了一句，便出了书房。

家族是个特异的家族，田文自己，又是这个特异家族中的一个特异人物。

家族的特异处，在于这个"田"既是田氏王族的嫡系，而又是一个庶出支脉。一百多年前，齐国的正宗君主是姜氏。齐国第一代接受周武王封号的诸侯君主，是太公姜尚。春秋中期，田氏部族渐渐强大，最后在田完时期终于实力超过公室，实际夺取了齐国政权。田完做了国君，齐国便成了今日的"田齐"。田氏宗室为了防备重蹈"姜齐"覆辙，一开始便采取了抑制嫡系庶出势力膨胀的国策，立下定制：王族嫡系庶出子弟，可高爵，不可重权。在这种定制之下，嫡系宗脉实际上只能确定一个太子继承王位，其他子弟，尤其是庶出子弟，则都只能尊贵荣华，而不能掌权任事。然则，田氏毕竟是齐国第一大部族，人口众多，代有英才，全然不用，也在这大争之世无法立足。于是，田氏王族的庶出子弟也渐渐有了脱颖而出的机会，时有几个出色者做了实权重臣，庶出支脉便形成了新的田氏望族。二十多年前的上将军田忌，是田氏庶出支脉的第一个显赫重臣。目下的丞相田婴，是田氏庶出支脉的第二个显赫重臣。而田忌、田婴又恰恰是同一庶出支脉的庶兄弟。短短二十余年，同一庶出支脉涌现两位当政大臣，这在齐国历史上是绝无仅有的。

田文很明白，父亲的谨慎根源正在这里——木秀于林，风必摧之。

田文之特异，在于他"其身不正而才堪栋梁"。所谓其身不正，是说田文母亲不是田婴的正妻，而是小妾，田文是庶出而不是嫡出。在礼法严格的春秋中期，庶出子弟是没有资格继承父亲爵位财产的，在家族中的地位自然也是二流的。进入战国，礼崩乐坏，长子世袭制被冲击得接近于名存实亡，才能的重要性大大超出了身份的重要性，嫡庶大防也大

[1] 白身，指身无官职的布衣之士。

大松弛，庶出子弟也多有取代嫡长而成正宗的。虽然大势如此，但具体到每个家族每个庶出子弟身上，要突破这些传统礼法，也绝非轻而易举的事。难处之一，庶出子弟必须有过人才能与特别功勋；难处之二，嫡出长子须得确实平庸无能。二者同时具备，庶出子弟才有入主正宗的可能。二者缺一，庶出子弟便只能成为凭借自己实力去奋发的寻常士子。

但是，田文最为特立独行处，尚不在身份的瑕疵，而在于他惊世骇俗的作为——门客众多而多行侠义。战国中期，权力竞争加剧，贵族权臣与王室子弟纷纷招募为私人所用之士。这种“士”不受王室官职与俸禄，由权臣贵胄从私家财产中提供优厚的生活待遇。士子受人知遇，忠人之事，成为专一为权臣贵胄谋划私家行动的智囊库。于是，天下出现了一个新词——门客。招募门客，被称为养士。战国之世，养士之风已经成为一种特殊的风潮，赵国公子胜、魏国公子无忌、楚国公子黄歇、齐国公子田文，恰恰是当时天下最有名的四家养士公子。这时，“战国四大公子”的名头虽然还没有叫响，但他们的养士之名，却已经在天下传开了。

田文的养士别出心裁。寻常私家养士，以寻觅谋略之士为主，养武士者相对少。赵国公子胜少年征战，又兼赵国权力争夺酷烈，喜欢招募剑士。魏公子无忌喜欢学家名士，门客少而精。楚公子黄歇喜欢风雅之士，门客常被他荐举到国府做官。唯独田文养士大有不同，无分学问身份，但有一技之长者均可成为他的门客。唯其如此，投奔田文的门客多有市井奇能之士。有一次来了三个市井之徒，田文问其特长本领，一人说善于学雄鸡打鸣，一人说善于学狗叫，一人说善于盗物。田文大笑一通，令三人当场演技。鸡鸣者一开口，笑得众人前仰后合，雄鸡、斗鸡、母鸡的各种叫声尽皆惟妙惟肖，引得庭院外一片鸡鸣声。狗吠者更是出色，夜半狗吠、春情狗吠、厮咬狗吠、觅食狗吠、撒欢狗吠等，不一而足，尽都可与真狗一般无二，竟引得田文的几条凶猛猎犬狂吠不止。盗物者也是神奇，光天化日之下走过田文身边，便拿掉了他藏在大袖中的白丝汗巾。田文心中一动，大笑一阵，竟收下了这三个鸡鸣狗盗之徒。此举轰动临淄，引来朝野一片嘲笑，田文浑然不为所动，依旧我行我素。

然则，门下的有识之士也不满了。一日，田文到门客大院视察，远远听到当门传来一阵“叮当叮当”的弹剑之声，俄而一人高声吟诵：“鸡鸣狗盗兮竖子锦衣，磐磐壮士兮无车无鱼。安得骏马兮一去千里，高山大川兮藏我布衣。”田文听得仔细，遥遥拱手道：“怨声载道者，可是冯驩？”弹剑者淡淡道：“怨声不隐，正是冯驩也。”田文笑道：“从此刻起，先生便是我门下舍人，总掌府事。”转身吩咐家老，“即刻给先生配备骏马高车，一等俸。”家老答应着疾步去了。冯驩愣怔良久，方才默默地深深一躬。出得庭院，随行一个门客幽幽笑道：“一个酸布衣呻吟两声，便有了高车一等俸，公子何以服人？”田文一阵大笑道：“你也如此呻吟两声我听，自然一视同仁。”门客顿时红着脸不再多说了。

就是这个冯驩，一掌事便做了一件令田文刮目相看的大事。

那时候，天下除了秦国彻底废除了分封制，其余六大战国还都程度不同地保留着封地制。齐国对贵族与功臣的封地素有宽厚之名，田婴便领有封地二百余里。田婴家族与中原战国的大家族一样，也是内部分封：父亲将自己所领的二百余里封地，分给嫡长子田彤五十里，庶出子田文四十里，由他们自己掌管封地的民治赋税。田文洒脱不羁，素来不屑于钱财算计，便派冯驩代他视察封地民治并清理所欠赋税。

十日之后，一个门客飞骑回报：冯驩不听随行门客劝阻，竟将赋税债券一把火烧了，更大胆的是，也把封邑大夫当场杀了。田文大惊，这烧债券还则罢了，封邑大夫可是国府直派的官吏，如何轻易杀得？他无暇多想，立即飞马赶到封地，迎接他的却是万千民众的夹道欢呼，“万岁”之声铺天盖地。

田文查实：封邑大夫非但克扣赋税，假造债券，而且苛虐治民，确实罪有应得。虽则如此，他自己一个白身公子也无权先斩后奏，更何况冯驩一个布衣门客？冯驩却很是坦然：“杀掉一个酷吏，少收千石赋税，却得狡兔三窟，公子不以为然么？”

“狡兔三窟？”田文感到惊讶。

“狡兔之窟，性命根基也。”冯驩的眼中闪射着狡黠的光芒，“天下大争，齐国多事。自此以后，公子回到封地，便可得民死力，岂非一个永久洞窟？”

田文恍然大笑，非但一力承担了“私杀吏员”的罪名，且对冯驩更是器重异常。否则，这次白身担大任，冯驩如何能做他的行动总管？当然，父亲寥寥数语，也明白地告诉他：大父国王完全知晓他的门客力量，而且正是要利用这种力量的布衣身份，以使国王与国府隐身到幕后周旋，你田文孺子白身，千万不要掉以轻心。按此推测，国王对事件的每一步进展肯定也都清楚，只是不出面罢了。既然如此，却为何要在他还没有接触苏秦一行，事情还没有任何眉目时召见他？“君心似海，猜不透也。”田文苦笑着摇摇头。

“来者可是公子文？”一个轻柔清亮的声音拦在了对面。

田文抬头一看，不知不觉间已经来到了王宫最深处的碧玉池。奇也，轺车不得进宫，如何我的轺车能进到这里来？匆促间田文顾不得细想，恭谨一礼道：“正是田文，奉召晋见。”

“公子随我来。”绿纱长裙摇曳着身段隐没在灯影之中。

对这些女官，田文可是不敢怠慢，一言不发地跟着走便是。近年来，祖父老国王性情大变，身边内侍、护卫、文吏竟然全部换成了清一色女子，从妙龄少女到白发老妇，王宫女子竟多达数百。如果是魏惠王如此，天下任谁也不会感到奇怪，魏罃本来就是个浮华纨绔子弟也。可齐威王田因齐却是天下有名的正干君主，不近女色厌恶奢靡勤于政事宵衣旰食，惩治贪吏的酷烈壮举曾经使天下为之变色。如此一个英名四播的君主，晚年隐身于深深宫闱，沉溺于裙带海洋，当真是不可思议。然而，更不可思议的是，他的威慑光芒却并未因此丝毫减弱。本性桀骜不驯的田文，唯独对祖父老国王敬佩有加，常感到以自己的阅历与智慧尚远远不能看清这座云遮雾障的高山。

碧玉池实际上是一个一百余亩地的大湖，湖边草地树林，湖中岛屿相望。一到暮色，座座岛屿的亭台上风灯点起，在碧波荡漾的水面上恰似一座座仙山。田文没有来过碧玉池，可知道这是老国王晚年开凿的大湖，一建成便钉在了这里，再也不去其他宫殿，更不去临淄外的那几座行宫。从湖边向里走，先过了一片草地，再过了一片竹林，又过了一片森森松林，田文看见了一片隐隐灯火，渐行渐近，灯火也大亮起来。

在看见灯光一片的时候，领路的女官将他“交接”给了另一个白纱长裙的女官，脚下也变成了白玉铺就的大道，一座城堡式的宫殿被遍体灯火照得一片通明，背后却是一座黑黝黝的大山。田文不禁大为惊讶，临淄地处海滨平原，哪里来如此一座大山？仔细一想，恍然——这座大山定然是开凿大湖的泥土堆积而成，山下城堡也定然是依山而建，山外依然是王家园囿。恍如仙境的灿烂城堡外，看不见一个护卫甲士，也没有任何弦歌之声，寂静得就像天上的洞府。

走进城门，田文又被“交接”给一个红纱长裙的女官。穿过曲曲折折的回廊，田文也始终没有看见一个卫士。大约一顿饭的辰光，田文随女官来到一片竹林前，穿过竹林，一座很是普通的青砖大屋矗立在面前。趁着女官又在“交接”的时刻，田文稍稍打量了一番，这座青砖大屋的墙体完全是一丈见方的巨大石板拼砌而成，房高三丈有余，很可能是两层石楼。一丈之下，看不见一个窗户，只有接近屋顶的部分有三个方洞。

进得大屋门厅，迎面一阵暖气烘烘扑来，与外面的萧瑟寒凉顿然两重天地。过得门厅，是一座巨大的影壁，影壁后有一片不大不小的天井庭院。庭院中花木葱茏，飘出的香气直如春日郊野般清新。穿过天井庭院，进入了一间明亮宽敞的大厅，大红地毡，帐幔四垂，静悄悄的一个人也没有。

“敢请公子入座，稍候片刻。”紫衣女官飘然捧来一盏热茶，又飘然去了。

一盏热茶堪堪饮完，田文额头已经渗出了细细的汗珠。他喜欢粗豪的生活，一旦进入这细巧豪华的深宫重地，一时竟有些手足无措。突然，他听见帐幔上方有一种奇特的轧轧之声，仿佛城堡在放吊桥一般。田文目力耳力都很敏锐，立即判断出这是楼上放下的一种天车，随着轧轧声止息，天车显然已经落地了。田文心中清楚，却只是肃然端坐，目不四顾地品茶。

“禀报我王，公子文奉命来到。”紫衣女官不知何时飘了出来，站在田文身旁。

田文连忙站起，对着帐幔后深深一躬道："田文参见大父王——"

"田文么？入座便了。"帐幔后传来那个熟悉的苍老沙哑的声音，"苏秦将至，樗里疾未去，你当进入直面周旋也，可有难处？"

听到这威严中不失关切的天音，田文心中一动，几乎就要说出自己的难处，但还是生生忍住，高声答道："为国效力，田文自当冒死犯难。"

"赤心报国，孺子可教，田氏有后也。"苍老沙哑的声音喟然赞叹，片刻喘息后缓缓道，"本王特命：田文立为田婴世子，以本王特使之身与苏秦等斡旋，建功后另行封赏爵位。"

"田文谢过我王！"

"田文，记住八个字：不卑不亢，不罪强梁。非如此，不保齐国。"

"田文谨记我王教诲。"

"一个月内，你可随时晋见。好了，去吧。"

田文还没有来得及拜辞，那轧轧声就升上了高处。田文尚在愣怔，帐幔后飘然出来一个紫衣玉冠的中年女官，双手捧着一个小小玉匣："公子，这是齐王的令箭、虎符，一月后缴回。敢请收好了。"田文对着玉匣深深一拜，接过来抱在怀中。

出得宫门，一辆轺车已经候在白玉大道，一名女官请田文上车。片刻之间，轺车已辚辚驶出王宫。田文下车，换乘自己的轺车飞驰而去了。

回到府中，田文还是在梦中一般，几乎不能相信这梦寐以求的尊贵就如此这般地如愿以偿了？苏秦将到，田文最感尴尬的就是自己的身份。魏无忌、赵胜、黄歇三人，都是名副其实的王室公子，另加特使衔，代表三国自然是名正言顺。就连燕国荆燕，也是副使头衔。可是自己却只是一个白身公子，而且还不是正宗世子，徒有一个公子名义罢了。如此身份，如何与燕国武安君、五国上卿苏秦与三国公子特使会谈大事？邦国交往，自古以来便是身份对等者的周旋，自己矮了一大截，岂不尴尬难堪？田文没有更大的奢求，只想有个王室特使职分，事情便顺理成章了。他也想过，若老国王始终"忘记"此事，那便意味着马上要换人与苏秦周旋了。迫在眉睫了还是没换，便当不会忽略这个关键环节。突然召见，他也曾想过可能会解决这个难题，但他还是没有料到自己的祖父老国王出手竟是如此大器——世子、特使、令箭、虎符，一举便将田文变成了齐国的实力贵胄。

世子是根基地位，是最根本的身份。在春秋之前，天子与诸侯国君的嫡长子才称为“世子”。有世子身份，才有继承王位、君位与财产的权力。入得战国，天子与诸侯国君的“世子”都升了格，称为“太子”。于是，“世子”便成了贵胄继承人的称谓。田婴家族是王室支脉，爵位是靖郭君，又是开府丞相，其继承者自然便是“世子”。贵胄权臣确立世子如同国君确立太子一样，历来有“立嫡立长”与“立贤立能”两种章法。在凝滞平静的年月，立嫡立长自然是难以动摇的法统。但在战国大争之世，立贤立能却成为主流呼声。虽则如此，立嫡立长还是优先，除非嫡长不贤不肖，立贤立能还是不能理所当然。能否立贤立能，一则靠家族首领的遴选确认，二则便是国君的指定。寻常时日，国君是不干预的，但在要害权臣的继承人确定上，国君一旦指定，那便是不可改变的王命。齐威王君命田文为田婴世子，那便是将田文确立为田婴家族的嫡系继承人，田婴家族的全部权力、荣耀、财富，都理所当然地由田文继承。对于田文这样一个庶出子弟，这是最重要的命运改变。有此身份，特使与否便立即显得无足轻重了。

令箭，是他在一个月内随时晋见国王的特殊权力。虎符，则是他一个月内可任意调动齐国兵马的特殊权力。在老国王的晚年，将如此权力赐予一个新锐后进，是临淄权臣们无论如何也难以想象的。

田文在后园里转悠了半个时辰，方才慢慢平静下来。他决定立即去见父亲，毕竟，在此等大事上装聋作哑，是会令父亲难堪的。不想匆匆回到丞相府，在门厅便恰恰遇上父亲派去接他的书吏。原来父亲也同时接到了老国王的君书，要田婴立即为田文举行世子加冠的大典。田婴已经将大典确定在次日清晨，要将田文召来叮嘱细节，并在家族聚会中一并公布。此时，田文无可推脱，一切听任父亲做主了。

次日清晨，田氏宗庙举行了盛大的“王命世子加冠”大典。一个时辰中，田文便从一个庶出子变成了靖郭君世子，名正言顺的王族公子，田文的府邸也变成了世子府。

隆重的典礼刚刚结束，门客斥候飞骑回报：苏秦一行冒死泅渡潍水，冯驩已经妥为接应，晚间当抵达临淄。田文听罢，立即命令国宾驿馆作速布置准备接待。传令骑士刚走，田文蓦然想起一事，随后飞车来到驿馆。

樗里疾正在悠悠漫步，不防田文匆匆而来，嘿嘿笑道："你这小子，又要来糊弄老夫了？明告你，那个鸟地方，老夫再也不去了。"

田文哈哈大笑道："天下之大，上大夫见识见识何妨？"

"嘿嘿嘿，留下你去见识吧，老夫可要多活几年。"说着黧黑的脸膛红了。

田文笑不可遏："也就是上大夫可人，别人啊，田文还不费这番心思。"

樗里疾笑骂："鸟！也就是老夫孤陋寡闻，才上你这恶当！"

两人笑得一阵，田文拱手道："上大夫，这驿馆住得长了也憋闷，换个地方如何？"

"噢？换到何处？"

"王宫之南，稷下学宫大师堂，如何？"

"也好。齐国也就稷下学宫是个正经地方，老夫还真想见识见识。"

"拣不如撞，现下就搬过去如何？"

"你这小子，总是风风火火。好，恭敬不如从命，寄人篱下，也只有任人欺侮了。"

"上大夫竟日骂我，田文才是受气包。"

"哪里哪里？"樗里疾大笑间，却突然压低声音颇为神秘地低声道，"哎，老实说，你小子敢不敢到秦国去？"

"到秦国？"田文惊讶笑道，"做盐商还是马商？"

"出息？做丞相。"樗里疾一字一顿，神色郑重。

田文惊讶得张开口却不知道要说什么，蒙了片刻，不禁哈哈大笑道："上大夫啊上大夫，一次绿街，你个老哥哥当真恨我了？捉弄人好狠也。"

"胡说甚来？"樗里疾正色道，"樗里疾乃秦国特使，如何能拿此等事儿戏？"

"兹事体大，我还回不过神来，容我想想再说。"田文笑道，"来，我帮你收拾。"

“没的啥收拾，你坐在这儿等便了，片时就好。”樗里疾说着摆着鸭步摇进了大厅，只听一阵呼喝，不消两盏茶工夫，便与三个随从护卫走了出来。随从抬着一口木箱，樗里疾自己背着一个包袱，若非衣饰差别，还真是难分主仆。田文不禁暗自感叹：秦人如此实在，秦风如此简朴，秦国安得不强？若是中原六国特使，连送的带买的，任谁也得几车行囊了。

护送樗里疾到稷下学宫安置好，田文又与这位黑胖子特使盘桓了半日，觉得樗里疾快人快语，爽朗诙谐，当真投机。老国王叮嘱他“不罪强梁”，就是指不能无端得罪秦国特使。目下看来，想得罪这位黑胖子还真是不容易。他是软硬不吃，又从来没有恃强凌弱的大国强横脾性，硬是与你磨叨，你是弱国臣子，又能拿他如何？看看到了午后，田文还是硬着心肠告辞了，惹得樗里疾啧啧啧地感叹了好一阵子。

这时，苏秦一行已经到了淄水西岸，临淄城楼已经遥遥在望了。

“公子郊迎先生了！”冯驩指着远处的烟尘旗帜，兴奋地喊了起来。众人望去，但见宽阔的临淄官道上一面大旗当先，马队轺车锐急而来，直如离弦之箭，将滚滚烟尘远远地抛在了身后。

“好快！绝非寻常车马。”赵胜不禁高声赞叹。

冯驩道：“诸位有所不知，公子门客中有一班驯马奇才，是以多有良马飞车。接无忌公子的那辆车，才是真正的日行千里，人称‘追造父’！”

“噢呀，追造父？那无忌公子明日就该到了！”黄歇大笑起来。

苏秦凝望着对面渐渐逼近的车马旗帜，已经朦胧看见了那个斗大的“田”字，想到这是合纵成败的最后关头，不禁一阵感奋，打马一鞭迎了上去，黄歇赵胜荆燕等立即飞骑随后，迎向了田文车马。

田文已经远远看见了冯驩，心知对面是苏秦一行，便将轺车放缓了速度徐徐打量而来。面前这队人马不过二百余人，没有旌旗，没有轺车仪仗，普通得如同一支民间商旅。将近半箭之地，田文清晰地看见了须发灰白衣衫仍然沾满泥巴的苏秦，心中不禁肃然起敬：一个布衣之士，历经磨难而胸怀远大抱负，面临急难，不惜舍身泅渡，此等气概天下能有几人？感慨之间，田文已经跳下轺车遥遥拱手：“齐国田文，奉王命恭迎武安君并诸位公子。”

苏秦也下马迎来：“苏秦多谢齐王，多谢公子。来，这位是楚国公子黄歇，这位是赵国公子胜，这位是燕国副使荆燕将军。还有一位是魏国公子无忌，可惜留在了潍水营地。”

田文与几人一一见礼，末了慨然笑道：“武安君毋忧。我已得飞鸽信报：苍铁已经在潍水接到了公子无忌，今夜定然可到临淄聚齐。”

苏秦惊讶：“苍铁何许人也？如此之快？”

“噢呀，就是那个‘追造父’了。”

田文笑道：“此人与田文也是一段奇遇，日后说与武安君消闲。诸位一路鞍马劳顿，请登车入临淄，田文为诸位洗尘接风！”说罢一挥手，马队中便驶出了四辆青铜伞盖轺车。田文请苏秦四人登车，一声令下，冯驩率马队开路，田文自己殿后，护卫着苏秦车队辚辚西去。

到得临淄，驿馆已经是灯火通明，护卫森严。驿丞向田文禀报：诸位大人的住所、骑士营地与接风酒宴已经准备妥当，请令定夺。田文与苏秦略一商议，先行安顿骑士在驿馆外树林中扎营，苏秦几人先到住所梳洗更衣，半个时辰后开宴。

接风宴席排在了驿馆正厅，倒也是富丽堂皇。按照田文目下的地位与权力，本当在自己府邸举行这场接风宴席。但田文的原有府邸太小，只有五开间六进，偏院还住满了门客，多有不便。最主要的是田文想到了老国王的叮嘱“不卑不亢”，接风宴席设在驿馆，便是国事，进退皆可斡旋，又避免了“私结外使”的嫌疑，倒也不失为两全之地。

田文正在大厅门口等候，突然听得驿馆门外响遏行云般的萧萧马鸣。心中一动，快步走出大门，便见一辆奇特的无盖黑篷车堪堪停在门口，四匹雄骏的胡马正在喷鼻嘶鸣。一个黑衣劲装的精瘦汉子拱手高声禀报：“苍铁奉命赶回，贵客安然接到！”田文大喜，正要上前迎接客人，却见一人已经从篷车中跳下，内穿铁色软甲，外罩大红斗篷，一顶六寸玉冠，分外的凝重挺拔。田文肃然行礼：“得见公子无忌，荣幸之至。”魏无忌从容作礼笑道：“公子侠义雄奇，魏无忌三生有幸也。”对答两句，两人大笑执手，联袂进了驿馆。

苏秦刚到厅中，惊讶得揉了揉眼睛：“啊，真是公子无忌么？”

田文大笑道："大活人一个，如假包换！"

"噢呀！神奇神奇，我以为齐国人虚应故事了。"黄歇兴冲冲走了进来，连声惊叹。

"大兄！"赵胜在门外便喊了起来，冲进来拉住魏无忌笑叫，"真是神！早知道有这般神车，也不用泅渡了。"

田文笑道："车再神，最多也只能坐两人，你还是得泅渡。"

众人不由得一阵大笑，田文道："来来来，入席！无忌公子不用梳洗，正好！"

六张长案早已排好，苏秦东面居中，田文对面相陪，魏无忌、黄歇、赵胜、荆燕两侧就座。田文举爵高声道："武安君并诸位今日赶到，恰遇时日。来，先干一爵，为诸位洗尘！"

"干！"铜爵相向，众人都一饮而尽。

"噢呀，这齐酒如此厉害了？"饮惯了柔顺兰陵酒的黄歇，咂着嘴满脸通红地嚷起来。

"也是，没想到齐酒如此凛冽。"苏秦也是额头冒汗，啧啧连声。

赵胜却大是精神："好酒好酒！与我赵酒堪称伯仲之间。"

魏无忌只是淡淡微笑，浑无觉察，举爵笑道："我要敬公子文一爵，多谢你的骏马神车。否则，魏无忌无今日口福也。"大饮而尽。

"好酒量！"田文高声赞叹，"齐酒取海滨山泉酿就，后劲忒长，寻常人须间歇饮之。无忌公子颠簸千里，空腹连饮两大爵，佩服！"

"诸位兄长不知道么？我这大兄是有名的海量君子，从来只饮不说。"

魏无忌笑道："休听赵胜之言，无忌只是憨饮而已，与诸位善品善饮差之远矣。"

席间一阵笑声，苏秦举爵向田文道："齐国有此好酒，公子有此大才，合纵便是吉兆。来，我等与公子再干一爵！"说罢也是一饮而尽。

田文爽朗大笑："闻武安君绵长柔韧，竟能连饮齐酒，田文夫复何言？干！"饮罢一爵，心知苏秦要将话头引入正题，不禁置爵慨然道，"武安君，诸位兄台，齐国之事，田文自是一力为之。只是齐国近年与中原列国来往稀疏，国政多有微妙，田文尚不知我王如何决断。"

“噢呀，那个秦国樗里疾，是否也在临淄了？”

田文点头道：“实不相瞒，樗里疾来临淄一月，尚未见到齐王。”

“咄咄怪事！那他如何不走？”赵胜少年心性，急不可耐地插了进来。

苏秦道：“此人韧性极好，齐王不作最后决断，他是不会离开临淄的。”

“噢呀，齐王狐疑不决，难处究竟何在了？”

苏秦向魏无忌微微一笑：“公子以为如何？”

“齐王之疑，根在魏国。”魏无忌不假思索地回答，“魏国衰败，直接事端便在与齐国两次大战：围魏救赵之桂陵大战，围魏救韩之马陵大战。两战之后，魏国三十万精锐大军连同名将庞涓，悉数覆灭。此后，秦国商鞅借此百年不遇之良机，一举歼灭魏国仅存的五万铁骑、八万河西守军，非但收回河西，而且占据了河东要塞离石。魏国被迫迁都大梁，从此一落千丈。齐魏两战，乃魏国衰败之枢纽。”魏无忌沉重地叹息了一声，“齐王之虑，在于魏国能否丢开这个大仇，真正与齐国和解。”

赵胜急迫道：“就是说，魏齐能和解，则齐国加盟合纵；不能，则与秦国结盟？”

苏秦点点头：“诚如是也，魏公子大有眼力。”

“噢呀，这魏王齐王，都是老王。人老记仇。一辈子酿的陈酒，还真难变淡。”

田文一直没有说话，内心却大是惊讶。自己一直以为，老国王不作决断，是年老难以理事，甚或是昏聩不明雄风不再丧失了判断能力，却如何就没有想到这一层？魏无忌一说，田文立即恍然，老国王对他的所有模糊叮嘱都变得清晰起来，拖住樗里疾的意图也顿时清楚。田文自感惭愧，不禁慨然拍案道：“诸公所言，田文顿开茅塞。然则，不知武安君可有解开我王心结之良方？”

苏秦正待说话，突闻大厅门外一阵急骤的马蹄声。众人不禁一怔，这驿馆虽非官署，可也是国宾重地，等闲斥候是不能驰马直入的。田文是东道主，立即站起疾步而出，旋即又大步进来向苏秦拱手道：“我王书令，即刻召见武安君与公子无忌。”

厅中一片肃然。作为使节，晋见国君自然是越早越好，这是值得高兴的。但是，这无疑立即印证了苏秦与魏无忌的判断，六国合纵的最后一个关口便赫然矗立在面前。攻克此关，合纵大功告成，否则便是功亏一篑。座中各人都是六国合纵的直接主事者，顿时都感到了一种沉重的压力。苏秦肃然站起，向座中拱手环礼一周，看看魏无忌，便欲举步。

“且慢！”黄歇破天荒地忘记了“噢呀”话头，离座起身，高举铜爵，“来，我等为武安君，为魏公子壮行，一干此爵！”

六只大铜爵锵然碰撞，尽都一饮而尽。苏秦已经缓过神来，朗声笑道：“诸位继续痛饮，静候佳音。二位公子，走。”

三辆轺车辚辚驶过临淄市街，驶入王宫，驶入碧玉池畔，又换马穿过草地、竹林与树林，才被女官领引到一座大殿等候。田文心中忐忑，不知老国王要在哪里召见他们，面对苏秦与魏无忌又不好启齿，只有沉默。幸亏只等得片刻，便有一名紫衣女官前来宣令：“敢请武安君、魏公子无忌、公子文，到二陵殿晋见。”田文一听，更是困惑莫名，齐王宫中几曾有过一个二陵殿？这会是何等地方？思忖之间，女官已经领引着三人穿过几道回廊，来到了一座灯火通明的青砖大屋前。田文恍然笑了，这不就是往昔老国王常常议事的大政殿么，何时改名叫了二陵殿？不过能在这里接见苏秦魏无忌，田文总算松了一口气，他最怕祖父老国王一时糊涂，将赫赫苏秦弄到帐幔四垂的密室，自己再从天而降，岂不贻笑天下？

进得大殿，苏秦不禁惊讶了。从门厅到正厅，几十盏白纱风灯照得通明一片，晶莹光润的白玉地面中央是一片巨大的红色地毡，地毡中央是三张长大书案。最引人注目的，是两边墙壁上的巨大壁画。一边大书“桂陵之战”，一边大书“马陵之战”，画的正是两场伏击战的激烈场面。《马陵之战》将庞涓惨死的场面画得尤为真切。虽然惊讶，苏秦对齐威王的用意却是一目了然，反倒是微笑着欣赏了两边壁画。再看魏无忌，却是两眼一瞄再也不看，脸上浑然无觉一般。

正在此时，紫衣女官高宣一声：“齐王驾到——”

随着尖锐清亮的声音，中央巨大的木屏后走出一位年迈的老人：一身宽大松软的布衣，一头白如霜雪的须发，一脸清晰可见的黑色老人斑；没有高高的天平冠，没有华贵威严的王服，也没有象征权力的三尺王剑。任谁看见，也不会想到这便是叱咤风云威震中原一举将齐国变成一流强国的齐威王。

苏秦略微一怔，躬身拜下道：“五国特使苏秦，魏国公子无忌，参见齐王。”

老人站在六级王阶上，静静地注视着两人，目光犀利得如同两柄长剑，苍老沙哑的声音回荡在大殿：“苏秦？好！是个人才：跋涉于坎坷，崛起于沉沦，终成大器也。”

“齐王奖掖，催臣惕厉自省。苏秦谢过齐王。”

“公子文，请两位入座。”老人的布衣大袖摆了摆，两位女官飘了过来，轻柔地将老人扶进王案后的坐榻之上，还给老人脚下垫上了一个厚厚的丝绵枕。这样一来，高坐的老人好像一个居高临下的仙翁一般。老人坐定，微微平息了喘息，悠然问道：“先生此来，何以教我？”

“苏秦为六国合纵而来齐国。天下大势，齐王洞察深彻，不用苏秦赘述，但凭齐王决断。”苏秦破天荒的简洁利落，全无条分缕析雄辩滔滔的说辞。

老人无声地笑了：“田因齐老矣，听不得长篇大论了。先生简约如此，老夫也就直言了。先生可曾想到，此殿何名？”

“二陵殿。”

“何谓二陵？”

“桂陵、马陵，两次大战。”

“两次大战，何国受益？何国受害？”

“齐秦大益，魏国大害。”

老人喟然一叹：“先生明白人也。齐国有恩于秦，齐秦结盟，当是水到渠成。若加盟合纵，齐国却是有大仇于魏，齐魏接壤，岂非弄巧成拙？既丢了秦国，又与强邻为敌？此中利害，先生如何权衡？”

苏秦思忖，齐王果然老辣，三言两语便将利害摊开，向合纵开价，逼魏国作出明确承诺，而且将秦齐结盟郑重端出，用了“水到渠成”来说，显然是想教苏秦与魏无忌知道，他的本意是想与秦国结盟的。事实上，樗里疾还没有见到齐威王，齐国在两方之间还是保持着一种不偏不倚的中立。老齐王如此说法，显然是想表示一个明确强硬的姿态：不满足齐国的要求，他就会“水到渠成”地与秦国结盟。对于齐威王这样曾经沧海的君主，任何避实就虚的说辞，他都会不屑一顾，要使他转变，只有一个办法：必须明确回答他的要求，行还是不行。

苏秦看了看镇静自若的魏无忌，向齐威王高声道：“六国合纵，要害便是同心协力。齐王所虑，大在情理之中。苏秦素无虚词，不想徒然担保。公子无忌乃魏王嫡孙特使，魏齐怨恨，公子无忌可向齐王申明。”

“先生真睿智之士也。”齐威王喟然一叹，突然沉声问，“无忌公子，魏王之意，究竟如何？”瞬息之间，这位老人眼中又闪出凌厉的光芒。

魏无忌生性持重，虽然心中已经全然明白齐王的意图，却依然不想急于说话，就要等老齐王发问。如此姿态，也是要给老齐王一个印象：魏国也不是急于要和齐国修好，魏国完全是从天下大局出发而“被迫”作出痛苦抉择的。若急于表明心迹，反倒容易使年老多疑的齐王误以为魏国另有所图。

见齐王发问，魏无忌郑重作礼道：“启禀齐王：魏王与国中大臣，原是对齐国有深仇大恨。然则强秦东出，屠戮中原，大势所迫，兼武安君运筹策划之功，我王方才决意加盟合纵，并决意与齐国泯灭恩仇，永久修好。强秦虎狼，目下唯独对齐国没有直接侵掠，齐国若能加盟合纵，实为大义之举，列国自当以齐国为楷模，铭记齐国大恩。若与齐国计较旧恨，实为泯灭良知之举。我王虽则多有缺失，然则大敌当前，还是决意从大局出发，向齐王申明两则：其一，魏国推齐国为合纵盟主，以盟主号令是从；其二，愿与齐国单独订立盟约，各守疆土，永久修好。”

“噢？”齐威王悠长的一声感叹，惊讶、欣赏、疑问尽在其中，“魏王比老夫大是年长，果真有如此明锐？无忌公子，魏王最多是点点头而已，这般分量之言辞，恕老夫无礼，老魏王说不出来。”片刻停顿喘息，老人又是赞赏感慨，“魏罃后辈若此，老夫眼红得紧也！”语气突然又是一转，“公子明言：你既非太子，又无实职，做得老魏王之主么？”

“有关合纵，魏无忌做得主。”

“好。然则，老夫如何才能踏实？”

这一问大有深意，魏无忌此前已经说过，魏国要与齐国单独结盟修好，只因两国有根深蒂固的老仇恨。可齐威王仍然有此一问，显然是不相信一简盟约。思忖之间，魏无忌已经明白，断然答道：“齐王若有疑虑，魏无忌愿留齐国，以做人质。”

“好！有胆识。”齐威王拍案激赏，“有得先生、公子，本王决断：齐国加盟合纵。”

“齐王明断！”苏秦与魏无忌想不到齐威王如此明快，不禁同声赞叹。

“呵呵呵。”齐威王也高兴地笑了，“至于盟主，齐国是不做的了。盟主之国，须得与秦国有大仇者担当，请先生另行谋划了。从今日起，合纵涉齐之事，由公子文全权处置。”

田文惊讶得愣怔了片刻，方才拜下高声道：“臣田文领命！”

齐威王疲倦地挥了挥手，紫衣女官高声宣道：“召见礼成——”话音落点，年迈的国王已经靠在大枕上睡着了，一阵苍老的鼾声粗重地回荡在大殿。

回到驿馆，苏秦对焦急等候的黄歇三人备细说了情由，几个人都是感慨万分。黄歇兴奋地提出重开夜宴，田文哈哈大笑，连声吩咐摆酒庆功。这一场酒直喝到东方发白，除了不再饮齐酒的苏秦与东道主田文，人人都醉倒了。

就在朦胧的秋霜晨雾中，王宫女官快马驰入驿馆，宣布了齐威王的紧急书命：赐封公子田文为孟尝君。

苏秦心中一动：“不好！公子即速进宫，否则只怕是来不及了。”

田文大惊，飞马进宫，大约一个时辰，王宫中传来消息：老国王薨了[1]！

及至午后几人酒醒，苏秦将情由一说，几人不禁愕然。良久，黄歇长叹一声道：“噢呀，老齐王一世英雄，去得也太快了，只可惜呀……”赵胜红着脸急道：“你究竟想说甚？吞吞吐吐好不急人。”黄歇吭哧片刻

[1] 《礼记》载：天子之死为“崩”，诸侯国君之死为“薨”，战国相同。

道："噢呀，我是担心，老齐王突然一去，往前会不会有绊马坑了？"苏秦摇头道："该当不会。合纵是老齐王最后的决断，依他在最后时刻突然封田文以孟尝君看，对身后的合纵大事，他定有妥善部署。我等只是要计议一番，如何参加老齐王的葬礼？无忌公子，你以为我等当如何行止？"魏无忌一直在沉默深思，似有恍惚，竟没有听见苏秦的话。黄歇笑了，上前拍了一下魏无忌肩膀："噢呀魏公子，老王去了，齐国新君自然不会留你做人质，该当高兴的了。"魏无忌已经清醒，却只是摇摇头不说话。赵胜不耐道："呀，又是一个温吞水！公子说得对，老哥哥摇个甚头？"苏秦摆了摆手，制止了黄歇赵胜的搅扰道："黄兄见事不透。老齐王若在，绝不会将无忌公子做人质。新王即位，却恰恰有可能将公子扣下做人质。"

话音落点，便听"噢呀"两声，黄歇赵胜一齐惊讶问道："却是为何？"

苏秦悠然道："举凡征战沙场的英雄君主，邦国仇恨都铭刻不忘，睡觉都对仇敌睁着一只眼，老而弥辣。寻常人便以为，他们对敌国锱铢必较。实则不然，英雄君主都喜欢实力较量，都有一个明确信条：实力雄厚，邦国自安；没有实力，在在皆空。两位想想，战国以来，哪个明君雄主看重过人质？老齐王若在，断然不会扣留无忌公子做人质。他要的只是魏国一种承诺，但绝不会把邦国安危最终押在这种承诺之上。新君不然，未经锤炼，总喜欢将邦国安危系于某种形式，以为有了人质，便会有邦国安全。无忌之忧，正在此也。"

"噢呀，惭愧惭愧！"黄歇红着脸道，"难怪屈原老说我不深。看来要多读书才是了。"

赵胜深深一躬："先生教诲，赵胜茅塞顿开。"

魏无忌笑了："我这些许心思，教武安君一说倒是有板有眼。实则我也没有想透，只是觉得些许不妙而已。"

四人笑了一番，正在计议如何得见孟尝君，以确定如何应对齐国国丧，却闻驿馆外马蹄如雨，孟尝君田文身穿白衣重孝，带着两名宫中女官飞马到来。进得正厅，孟尝君对众人深深一拜道："老王薨去，田文一来报丧，二来宣告老王遗命。”说罢起身，对两名女官一招手，紫衣女官打开一卷竹简高声宣读：“齐王特书：本王朝夕薨去，合纵特使苏秦等无须为本王葬礼耽延于临淄，宜作速运筹合纵会盟大典。齐王田因齐三十七年秋月。”

另一名绿衣女官接着打开一卷竹简高声宣读：“齐王特书：魏公子无忌者，大贤大才，当随同苏秦等筹划合纵，齐国不得将其扣为人质。孟尝君田文，不得受本王葬礼约束，当随同苏秦等奔波合纵。齐王田因齐三十七年秋月。”

两书读罢，厅中一片肃然沉默，人们都被老国王感动了。

良久，苏秦带头向案头王书伏地大拜，哽咽长呼：“齐王明锐，大义垂范，苏秦等谨遵遗命！”魏无忌泪如泉涌，一句话也说不出来。

当晚，苏秦的六国人马离开了临淄。行前，苏秦率领四公子特意到齐威王灵柩前肃穆祭奠，并向守灵的太子田辟疆哀悼作别。既不能参加国丧葬礼，早早离开临淄自然是上策。为了向这位英雄一世的老国王表示敬意，统率行止的魏无忌下令：三日以内，六国人马白衣白甲，禁酒禁乐，直到河内营地方可开禁。

五　苏秦佩起了六国相印

大河从洛阳头顶汹涌东去，南岸便成了广阔的平原。

说平也不尽平，在这敖仓以西二百里处，有两座山头平地拔起，时人叫大伾山。伾者，两山重叠之象也。其所以叫大伾山，原是这两座山连体崛起，高大重叠而又显赫孤立。若在群山丛中，这两座山本也是微不足道的小丘。可它偏偏生在紧靠大河的南岸平原，便显得不同凡响了。春秋战国时人，但凡以“大”字为某事命名，极赞其崇高伟岸。人如“大禹”，水如“大河”。此山冠以“大”字，足见其在时人眼中的显赫不凡。但是，这个“大”字也绝不仅仅是山有险峻雄奇便能得到的，更重要的是，这座山有着久远的神性，有着极为重要的要塞地位。

西周时期，大伾山本来是郑国北部的界山。山上山下林木苍莽，郑国就势圈为“郑圃”，将大伾山做了郑国公室的专有狩猎区域。周穆王喜好出游狩猎，闻得郑圃多有鸟兽，便率王师三千，东来射鸟猎兽。来到山下，周穆王弃车换马全副戎装，立即登山围猎。掌管天下山泽的虞人[1]连忙带领三百军士在前面掠林搜山，驱赶出隐藏的走兽大鸟以供天子射杀。不想掠至山腰，骤然发现一只斑斓猛虎伏在芦苇丛中。眼看天子就在后面，虞人惊慌大呼：“虎伏葭中！我王退后！”周穆王的马前猛士奔戎一声大喝，势如奔雷，飞步赶来，扑入芦苇丛中与猛虎徒手相搏。未及一刻，奔戎手执猛虎双耳，骑着猛虎来到周穆王马前。奔戎一声大吼，猛虎长啸一声，匍匐在天子面前。群臣军士高呼：“猛虎臣服！天子万岁！”周穆王大喜过望，高声下令：“虎为兽王，将其永久关押此山，毋加伤害。”奔戎便将猛虎关进一只山洞，洞口用大石堆砌，大书了“虎牢”二字。

从此之后，人们一提起大伾山，便都呼为“虎牢”。

春秋时期，郑国一度称霸中原。当时的大诸侯晋国是晋成公在位，他联络中小诸侯三十余国，会盟于黄河北岸，决心遏制郑国。经过三日秘密商议，会盟诸国在大伾山修建了一座可以驻屯十万大军的城堡，这座城便命名为虎牢关。虎牢关筑成，诸侯盟军堵在了郑国大门口，逼得郑国不得不与盟国议和罢兵。从此，郑国小霸一蹶不振了。

进入战国，郑国被韩国吞灭，但虎牢关却被吴起率军夺归了魏国，成为魏国向崤山与函谷关推进的要塞基地。秦国强大后夺回了函谷关与崤山，趁势推进到函谷关以东，虎牢关的位置骤然显得更为重要，成了整个中原的西大门。这时的虎牢山与虎牢关，历经百余年修葺扩建，已经成为雄奇险峻的赫赫关城。后世《水经注》如此描述虎牢关：“萦带伾阜，绝岸峻周，高四十丈许，城张翕险，崎而不平。”就是说，虎牢关[2]南

---

[1] 虞人，西周时掌管天下山林水面的官员，本称“虞”，春秋战国称“虞人”。

[2] 虎牢关，在秦末置县，即城皋县，遗址在今河南荥阳汜水镇西。

有汜水北有济水萦绕，建在大伾山的中央山腰，居高临下地控制着东西两面的要道，城高四十多丈，依山势开合，险峻异常。

苏秦选中了虎牢关，要在这里举行六国合纵的会盟大典。

会盟地点的确定并不是轻而易举的。出得临淄的第一夜，他们整整商讨了两个时辰。寻常时期，会盟地点是由盟主国确定的。今盟主未定(实际上要在会盟时方能确定)，与盟各国都想会盟在自己的国土内举行，以显示本国的实力地位。六国合纵，未定盟主，地点的选择自然会有一番微妙的纠葛。黄歇最先提出：会盟当在楚国的淮北。韩国派使委婉提醒苏秦：最好在新郑会盟，以壮弱韩声威。赵胜提出在上党，理由是使秦国不敢觊觎河东。燕国自知偏远，没有提出动议。唯独齐国孟尝君提出在别国举行，齐国目前不宜做东。魏无忌始终没有说话，只说此事非大节，当由苏秦决断。一番思忖，众人都不再说话，只是望着苏秦。

“虎牢关。”苏秦似乎早已经想好，悠然微笑着讲说了虎牢关的历史变迁，最后笑道，“虎牢会盟，恰似当年晋国会盟诸侯，遏制郑国霸权。且虎牢关直面函谷关，抗秦壮志昭昭大白，岂不大长六国志气？”

“好！虎牢关。”众人大是振奋，异口同声地拍掌赞同。

会盟地点一确定，众人一致公推将韩国新郑作为会盟后援基地，以示对唯一没有派特使参与商议的韩国的抚慰。大计定下，各特使便回国禀报并商定会盟日期。荆燕回燕国，赵胜回赵国，黄歇回楚国，魏无忌回魏国。苏秦顾忌孟尝君回去后可能被国丧羁绊，极力主张孟尝君留下，与自己一起到新郑筹划会盟事务。众人一致劝说，孟尝君也就认可了。次日一早，众人在大河岸边约定了回报日期，便分道扬镳了。

却说苏秦与孟尝君带领六国护卫三千余人，先行赶到虎牢关外扎好大营，立即派一员魏国将军持魏王令箭与苏秦书简进关联络。这时的虎牢关，已变成了魏国的抗秦西大门，由青年将军晋鄙率领五万精锐镇守。晋鄙验看了令箭书简，亲率一千军马与十辆牛车，拉着几十头猪羊与几十坛大梁酒前来犒劳。苏秦见晋鄙稳健厚重不苟言笑，言谈间也是甚为相投，便在饮酒间委托晋鄙辅助孟尝君进行前期劳作，晋鄙豪爽地答应了。苏秦见大事已定，次日清晨带着一百铁骑南下新郑了。

这时，韩国正面临一场大战，朝野间充满了紧张气氛。

原来，苏秦在几个月前离开韩国后，韩国加盟合纵的消息便传到了宋国。狂妄的宋王偃，立即感到这是大捞韩国一把的最后机会，立即秘密准备，撤回了驻守在边境的全部兵马，并派出密使与秦国联络，要两路大举进攻韩国，图谋一举破韩。不想在宋国的韩国商人将消息秘密传回了韩国，韩国顿时紧张起来。一个宋国已经令韩国大为头疼，再加上秦国泰山压顶，韩国岂能保全？于是韩国一边紧急备战，一边派出飞骑斥候打探合纵消息，一边派出紧急特使向三晋老根——魏赵两国求救。

正当风声鹤唳之际，苏秦到来了。韩宣惠王一听大喜过望，立即亲自出城郊迎。及至苏秦将合纵经过情形备细说明，宣惠王感奋不已，虔诚地向苏秦一躬到底："先生天下大器，救韩国于水火之际，自今日伊始，先生便是我韩国丞相！"苏秦连忙谦让，韩宣惠王却生怕跑了这个目下能调动六国兵马的救星，更是力劝不止，且立即命内侍捧来丞相大印，亲自佩在苏秦腰间方才作罢。

苏秦喟然一叹道："韩王听臣一言：苏秦断定，宋国秦国必在三几日内销声匿迹，宋国很可能还要派使与韩国结盟修好。此非苏秦之力，而是合纵之力也。"

"是么？"韩宣惠王迷惘地睁大了眼睛，突然高声道，"先生莫忙，看个水落石出再走。"情急之相，显是生怕苏秦走了。

苏秦哈哈大笑："大事未了，苏秦如何走得？"

三日之后，斥候传来密报：秦国没有出兵；宋国特使上路，前来议和修好。消息传开，新郑顿时沸腾，比打了一场大胜仗还热闹。韩宣惠王大宴苏秦，感慨之情溢于言表："合纵未动，不战而屈人之兵。丞相奇才矣！大哉合纵也！"

就这样，苏秦佩着韩国相印、带着六百名韩国的铁骑护卫与韩国的太子特使，一起回到了虎牢关。几天之中，孟尝君已经指挥军士将会盟场地的各国行辕驻地大体划好，唯等苏秦定下次序式样，便可动工搭建。苏秦将韩国的情由说了一遍，感慨良多。孟尝君大笑不止道："世事忒煞作怪！背晦之时，要官都没有，气运来时，不当官都不行。我看呀，先生这相印不止一个也。”苏秦揶揄笑道：“孟尝君是说自己？”“对对对，我也是。”孟尝君连连点头，“一个庶出子，正在提心吊胆的当口，爵位高冠就雨点般地来了，打得你缓不过气来。”苏秦破天荒开怀大笑：“孟尝君啊，当真可人！莫怪鸡鸣狗盗之徒也追随。”两人同声大笑，引得另一座帐篷的韩国太子连忙派人来问有何好事，两人更是乐不可支。

正在苏秦准备盟约文本，孟尝君搭建会盟祭坛的忙碌时刻，荆燕飞马赶回，带来了一个惊人的噩耗：老燕公溘然病逝了。

苏秦想起燕公对合纵的发轫之功，对自己的知遇大恩，不禁悲从中来，跌足大哭，在虎牢山北麓专门设置了一个祭坛，向北遥遥拜祭。直到入夜，荆燕才独自走进苏秦大帐，将一个密封的铜管交给了他。苏秦默默打开，赫然一幅白纱，娟秀两行大字：

> 苏子无恙乎？别来甚念。燕公骤薨，大志东流。新君称王，我心惴惴。唯有大隐，可得全节。思君归来，点我迷津。君业巍巍，远人慰矣。

苏秦读罢，百感交集，痴痴愣怔了半日。

大半年来六国奔波，虽说是风云变幻惊险坎坷，却也是淋漓尽致挥洒才华的快意岁月。在环环相扣的紧张斡旋中，燕姬已经深深地沉到了他的心底。骤然之间，燕文公病逝，燕姬成了孤悬老树的一片绿叶，酷烈的权力风雨，是随时都有可能将这片绿叶撕碎的。“新君称王，我心惴惴”，可见燕国宫廷绝不平静，燕姬已经觉察到了暗藏的危险。“唯有大隐，可得全节”，燕姬是个奇女子，在燕文公晚年多病的几年中，她一直是燕国举足轻重的人物，与太子也一直相处得颇好。然则一国新君即位，就是一场权力重新分配的冲突，传统的权力绝不允许一个女子夹在其中，除非她本身具有极大的实力。燕姬虽有斡旋之才，却决然不是强力女主之气象。在此危机四伏的关头，她置身权力场之外而“大隐”，的确不失为保全自己的明智选择。至于如何大隐？苏秦相信燕姬能找到最合适的方式。想到燕姬一时尚无性命之忧，苏秦心中略感宽慰，不禁长长出了一口粗气。合纵正在最后的要紧关头，自己如何能北上燕国？也只有等合纵告成之日，再回燕国与她相见了。

这一夜，苏秦生平第一次难以入眠，大帐踱步，直到东方发白。

日上三竿，孟尝君来邀苏秦去视察盟主祭天台，将及大帐，突闻马蹄声疾。孟尝君手搭凉棚一望，便见一骑火红色骏马风驰电掣般冲下官道，冲进了军营，瞬息之间飞到了中央大帐前。见孟尝君仗剑而立，骑士滚鞍下马道："公子无忌紧急书简！"孟尝君连忙打开，一行大字触目惊心——魏王病逝，举国哀痛，国丧在即，会盟似可稍缓。

"岂有此理！"孟尝君愤愤地嘟哝了一句，快步直入大帐。

苏秦还和衣伏在长案上，听得高声疾步，猛然睁开眼睛，见孟尝君神色有异，心中不禁一沉，人已霍然站起。孟尝君面色阴沉地将竹简递给苏秦，却是一句话不说。苏秦凑近一看，惊讶得愣怔了片刻。孟尝君冷笑道："魏王做了五十一年国王，比我王还年长十多岁，凭甚说也是老喜丧了。如今却要借国丧之机延缓会盟，真真岂有此理！果真延迟，我对齐国朝野如何开释？莫非齐王国丧就比不得魏王么？"苏秦尚在嗟叹惋惜之中，孟尝君的愤愤之情，却使苏秦顿时醒悟——此事不能等闲视之，如果会盟因此而更改，第一件大事违了诚信，六国合纵便可能就此效尤。苏秦思忖片刻冷静了下来道："孟尝君少安毋躁，我等得好生揣摩此事。"

"揣摩？"孟尝君揶揄笑道，"先生真乃鬼谷子高足也，明是魏国做大，能揣摩出小来？"

苏秦心知齐魏结怨极深，孟尝君的刻薄也在情理之中，只是他身为合纵总使，却一定要熄灭了这点火星："孟尝君，你以为魏无忌此人如何？"

"无忌公子没说的，大器局。"

"如此说来，无忌公子不会提出延缓之说了？"

"那是自然。定是新君昏聩，要彰显自己的大孝之名。"

"果然如此，无忌公子难道就不能劝谏？"

孟尝君困惑地笑了："对也，这无忌公子如何就不据理力争？报来国君之意，将火炭团撂给先生，岂不惹天下英雄一笑么？”

“无忌公子颇有机谋，绝非不能力争，而是想借你我之力。”苏秦颇有神秘意味地笑了笑，“以我揣摩，无忌公子乃新君之子，父王主张延缓会盟而全力守丧，无忌公然反对似有不妥。于是，公子将此意在报丧书简中一并提及，教你我反对，他来助力，如此似乎顺当一些。孟尝君以为然否？”

孟尝君恍然大笑：“有道理！先生果然揣摩有术，田文大长见识。谁去大梁？”

“我去。最迟两日便回。”

“好！田文守营，等候楚赵消息。”

两人议定，苏秦立即忙了起来。先向新燕王修书陈明利害，力主按期赴盟。书简写成，荆燕立即带着书简飞马北上。为防楚国有变，苏秦又向黄歇与屈原各自修书一卷，派两名楚国军吏兼程南下。“赵国近便，有事我一并融通，祭台工期不能拖延。”苏秦匆匆叮嘱了孟尝君一句，便带着十名燕国骑士奔赴大梁去了。

说也费解，恰恰在这最要紧的关头，几个大国都出了事。齐威王、魏惠王、燕文公三个老国君一个接一个病逝。赵肃侯、楚威王两个正在盛年的国君，又同时卧病不起。只剩下一个韩宣惠王，一日三探，急得团团转。当此时刻，苏秦没有慌乱。冷静揣摩之后，他认为这正是合纵的生死关口，也是自己终生功业的生死关口，能够挽狂澜于既倒，合纵可成，功业可建；否则合纵效尤，功业流水，自己将永远成为天下嘲笑的人物。苏秦的秉性特长，正在于他的柔韧强毅。他在奔赴大梁的途中，已经接到了楚国赵国的紧急书简，但仍然风风火火地赶赴大梁。

魏无忌正在忙碌国丧，听得苏秦到来，立即赶回府中。两人秘密商议了一个时辰，苏秦连夜赴魏王灵堂祭奠。遵照传统丧礼，太子魏嗣只得在灵堂旁的偏殿会见了苏秦，对推迟会盟表示了深深的歉意，反复申明了自己的大孝之心。

“敢问太子，何谓大孝？”

“恪守古礼：麻衣重孝，守陵三载，是为大孝。”

“敢问太子，古往今来，可有一位国君做到了麻衣重孝守陵三载？”

魏嗣愣怔半日道：“以先生之见，何谓大孝？”这位太子本是个心无定见之人，被一些心腹谋士说动，决意以大孝彰显名节而在天下立格，使朝野景仰，不想苏秦一问，立即没了主意。

苏秦从容道：“大孝者：明大义，守君道，彰社稷，强国家也。”见魏嗣依然愣怔懵懂，苏秦坦率庄重道，“目下天下动荡，强秦虎视在侧，大义之所在于邦国安危，社稷存亡；君道之要，在于外却强敌，内安朝野。唯其如此，可使泉下之先人瞑目，可使新君之功业大显。否则，国家破，庶民散，纵有麻衣守陵，何以为孝？”

魏嗣沉默片刻，起身一躬到底：“先生之言，当头棒喝也！魏嗣决意跟从先生，如期会盟，建功立业，以慰父王泉下之灵。”

苏秦大拜还礼道：“国无主则乱，太子当立即除服即位，称王建制。一月半之后，虎牢关再会。”

魏嗣大是振作，提出教无忌随同苏秦前往筹划。苏秦却执意要魏无忌留下，辅佐新君安定朝局。魏嗣感动得涕泪唏嘘，直将苏秦送出王宫之外，又叮嘱魏无忌郊送十里方罢。苏秦本来很想有魏无忌这样一个帮手，但又怕魏嗣中途再变，只有教魏无忌留下督促魏嗣。魏无忌也明白苏秦心意，依依不舍地将苏秦送到十里亭下，对苏秦说了赵国的许多宫廷内情，方才看着苏秦上马去了。

及至苏秦马不停蹄地赶到邯郸，赵胜早在等候了。稍作计议，赵胜立即带领苏秦去见主政的太子赵雍。赵肃侯操劳成疾，近日突发腿疾，竟然卧榻不起，事属突然。赵雍与赵胜拿不定主意，不知如何对君父说起合纵的紧急。苏秦见赵雍赵胜叔侄依然如故，便知赵国并无国策变化之忧，也就放下心来。三人通气之后，苏秦入宫求见赵侯。

肃侯赵语虽然在位已经二十四年，五十岁刚刚出头，正在盛年之期。但这赵语少年时多有坎坷，三次受伤，患了莫名暗疾，加之即位后昼夜操劳，腿疾发作后便只有常年卧榻了。苏秦见到赵肃侯时，他正在卧榻上听人读简，小小寝宫中弥漫着浓浓的草药气息。从帷幕外望去，卧榻上的赵肃侯满头白发枯瘦如柴，一副英雄暮年的悲凉气象。蓦然之间，苏秦想起了白发苍苍的齐威王的最后时刻，不禁感慨万端，双眼模糊了起来。

“帐外，可是苏秦先生？”赵肃侯声音虽弱，却是耳聪目明，神志清醒。

“苏秦参见赵侯。”

“先生远来，莫非合纵有变么？”

“君上明鉴：齐魏燕三王薨去，楚王与赵侯又骤然患病，苏秦恐合纵有流沙之危，特来禀报，以求良策。”苏秦语气很是沉重。

赵肃侯霍然坐起，目光炯炯有神道：“先生毋忧，赵语坐着轮椅车，也当撑持合纵！”

一语掷地，字字金石，大是英雄本色。在这位国君心目中，合纵虽然名义上从燕国发起，然而只是在真正有实力的赵国加盟之后，合纵才成为真正可行的天下大计。赵语始终认为，赵国才是合纵大业的真正根基。赵人自来多英雄豪情，视支撑危局为最大荣耀。当此六国合纵面临夭折之际，赵语想起与父亲赵种周旋终生的几个老国王都撒手去了，中原战国唯有他一棵老树参天了，支撑合纵，舍我其谁？

苏秦肃然一躬：“但有赵侯，天下何忧。”

赵肃侯哈哈大笑：“老夫也是来日无多，权当最后风光也！”

赵胜在旁高声道：“孙儿欲与先生同去，敢请大父允准！”

“男儿本色在功业，守在邯郸老死么？去！跟先生长长见识。”赵肃侯笑着答应了。

邯郸事定，苏秦心中稍安，次日清晨便与赵胜兼程南下。两天后赶到虎牢关，楚国方面还是没有消息。苏秦反复思忖，终是心有不安，请孟尝君与赵胜在虎牢关留守，自己又马不停蹄地南下了。虽说是一色的快马轻骑，但楚国山重水复，不似中原大道可放马驰骋，想快也快不到哪里去。苏秦断然下令：减人不减马，每人两马，轮换骑乘，昼夜兼程。如此一来，原先的护卫骑士由十人变成了五人，连带苏秦六人十二马，昼夜不停地赶路。

整整四个昼夜，除了就餐喂马，没有片刻歇息。到达郢都城下时，十二匹战马齐齐颓然卧倒，五名骑士也滚落马下，横七竖八地倒卧在泥水之中。只有苏秦摇摇晃晃地走到守门军吏面前，堪堪亮出了楚王的白玉令箭，便软软地倒在了城门之下……

黄歇闻讯，一面派人飞马通报屈原，一面带着太医驾着轺车飞赴郢都北门。来到城门，只见一人倒卧在雨后泥水中，面色苍白瘦削，须发灰白杂乱，两股之间的布衣已经渗出了殷红的一片。骤然之间，黄歇大是惊慌，手忙脚乱地将苏秦抱起登车，马不停蹄地回府急救。片刻之后，屈原也匆匆赶到了。太医堪堪将苏秦的衣服艰难地剥下，只见两条大腿间被马鞍磨破的血肉犹自涔涔渗着血珠，血渍汗污已经使衣裤结成了硬板，一片浓烈的汗臭和血腥味立即弥漫开来。黄歇惊讶得"噢呀"连声，紧张地前后张罗。屈原却是泪眼蒙眬，久久地沉默着。及至将昏迷的苏秦安置到卧榻，太医说了声"无得大碍"，屈原便大踏步转身去了。

"噢呀屈兄，待先生醒来计较一番再说了。"黄歇见屈原神色激奋，连忙劝阻。

"何须等待？我去禀报楚王！"屈原大袖一甩，径自去了。

一个时辰后，屈原与一队军马护卫着一辆黄色篷车来到了黄歇府邸前。车篷张开，四名内侍从车厢抬下了一张卧榻，卧榻上躺着枯瘦苍白的楚王。卧榻抬到正厅，黄歇方才匆匆迎出，一个大礼参拜，却是默然无语。

"先生情势如何？"卧榻上的楚威王喘息着问。

"噢呀，臣启我王：先生昏迷，尚未醒来。"

"进去。我要，亲守先生醒来。"

卧榻抬进两面竹林通风极好的大寝室，安置在苏秦榻前三尺处。两名侍女将楚威王扶起，靠在一个厚厚软软的大枕上。楚威王静静看着昏迷的苏秦，觉得他比半年前消瘦苍老了许多，那灰白的鬓发，那细密深刻的鱼尾纹，活生生一个久经沧桑的老人。一个刚及而立之年的英雄名士，如此百折不挠，如此不畏艰险，在六国合纵的奔波中折磨得如此疲惫苍老，当真令六国君臣汗颜。

"噢呀，先生醒来了！"黄歇兴奋地叫了起来。

“低声些个。”屈原走到榻前端详，轻声道，“先生醒了？我王来探视先生了。”

苏秦悠悠睁开了眼睛，觉得那股沉沉绵绵的睡意实在难以挣脱，但魂魄深处却总是轰轰响着一个声音，使他不能安寝。那个声音熟悉极了，河西夜行随时都有可能倒下时，那个声音使他挺了过来；草庐苦读，昏昏欲睡时，那个声音又使他挺了过来。如今，这个轰轰作响的声音又在心底回荡着，将他从无边的朦胧中硬生生拖了出来……他看到了屈原的盈眶泪水，看到了黄歇的惊喜交加，看到了坐在卧榻上的那个苍白枯瘦的黄衣人——楚王？正是楚王！苏秦心中一震，竟霍然坐了起来要行礼参见，却又眼前发黑，颓然跌坐在榻上被屈原黄歇两边扶住。

“先生有伤，躺卧便了。”楚威王连忙叮嘱。

苏秦闭目片刻，大是振作，坚持拜见了楚威王，又冒着满头虚汗简略叙说了各国决断，最后目光炯炯地看着楚威王：“楚王乃合纵轴心，不知病体能支否？”

楚威王微微一叹笑道：“芈商病体支离，本想延缓会盟之期。奈何先生奋身南来，令我等君臣汗颜。先生若此，我等何堪麻木？”喘息一阵，楚威王正色道，“楚秦势不两立，本王决意如期会盟，但听先生号令。”

“楚王壮心，令人感佩之至。”苏秦肃然一躬到底，“苏秦尚有一请，敢请楚王做合纵盟主，担纵约长重担！”

楚威王道：“先生可与列国君主计议过？”

“计议妥当，各国都赞同楚国担纲，苏秦亦认为楚王最为适当。”

屈原很是振奋：“先生之意，大有利于楚国变法振兴，我王当义不容辞！”

“噢呀，我王担当纵约长，可大增六国同仇敌忾之气，大好事！”

楚威王苍白的脸上泛出了一片红晕，微微笑道：“既然先生信得芈商，楚国就勉为其难了。只是六国抗秦，联军事大，不可落空，尚请先生与屈卿仔细斟酌一个可行谋划，会盟时当全力落实。”

苏秦见楚威王胸有成算，显然也是有此准备，顿觉宽慰道：“楚王所说极是，苏秦已有大致谋划，晚间当与屈原大司马、黄歇公子细加磋商。”

大计商定，楚威王回宫去了。苏秦心头一松，酣然睡去，第二天傍晚方才醒转，梳洗之后顿觉神清气爽饥肠辘辘。黄歇打开一坛陈年兰陵酒，陪着苏秦大大饕餮了一顿。饭罢苏秦笑道："正好！没耽搁晚间议事，走，到屈原兄府上去。"黄歇哈哈大笑："噢呀，都过去十二个时辰了，这是第二个晚上也。"苏秦愣怔片刻，不禁大笑起来："糊涂糊涂，快去找屈原兄！"

"不用找，我自己来也。"但听厅中一阵笑声，屈原已经甩着大袖飘了进来。

三人一阵笑谈，开始商议苏秦的《六国联军案》，直到五更鸡鸣。

此日午后，苏秦与黄歇带着二十名护卫骑士匆匆北上了。

回到虎牢关，荆燕也已经返回，带来了燕国新君的书简，申明了燕国发轫合纵当如期赴约的意愿。至此，六国皆在国内生变的关头扭转了过来，重新坚定了合纵意向，可说是大势已经明朗了。除了魏无忌尚在大梁，苏秦合纵的原班人马悉数聚齐。苏秦设宴与众人痛饮了一番，而后分派各人职责：黄歇辅助苏秦准备一应文告；赵胜人马负责扩整各国的行辕场地并中央会盟行辕；荆燕职司营地护卫；孟尝君爵位最高，筹划仪仗并职司迎宾特使。分派一定，虎牢关外顿时紧张忙碌起来，昼夜灯火，人喊马嘶，整整热闹了一个月。

公元前333年深秋，中原六大战国的国君齐聚虎牢关，举行了隆重的合纵会盟大典。这时候，除了赵国没有称王，其余五国都已经成了王国：楚威王、齐宣王、魏襄王、燕易王、韩宣惠王。其中齐魏燕韩四王都是三十岁左右的青壮国君，器宇轩昂，仪仗宏大，一片勃勃生机。楚威王与赵肃侯是会盟大典的轴心，偏偏两人都身患痼疾，一个坐着竹榻被抬进行辕，一个坐着轮椅被推进行辕，给会盟大典平添了几分悲壮。

苏秦主持了六王初会，公推楚威王为纵约长，会盟大典有声有色地铺排开来。

第一日，举行了极为隆重的祭天大典。祭天台设在大伾山的顶峰，台高十丈，从山麓下的军营望去，几乎是直入云霄。纵约长楚威王被三十六名楚国壮士轮流抬上祭天台。到得台顶，山风呼啸，众人无不担心祈祷。可楚威王竟神奇地站了起来，天平冠粲然生光，黄丝大袖飘飘飞舞，云中天神一般。那高亢沙哑的声音从天上飞来，在大河平原上悠悠飘荡：“伏唯天帝兮芈商拜祭：六国多难，强秦肆虐，生灵涂炭，国将不国。今六国结盟，合纵抗秦。祈望天帝佑我社稷，保我苍生，使我六国，永世康宁……”

山下六国的万千人马一片欢呼。

次日是盟约大典。赵肃侯宣读了《六国合纵盟约》。这个盟约简洁凝练，只有六条：

六国君主，会盟虎牢，同心盟誓，约法六章：

其一，六国互为盟邦，泯灭恩怨，共视虎狼秦国为唯一公敌。

其二，秦攻一国，即六国受攻，同心反击。

其三，六国各出大军，组得合纵盟军，纵约长得赐封大将。

其四，自盟约伊始，六国与秦断绝邦交，杜绝商旅，同心锁秦。

其五，六国各派特使周旋合纵事宜，但有所请，无得拒绝。

其六，六国共视苏秦为本国丞相，赐相印，授权力，总揽合纵大局。

盟约宣罢，全场雷鸣般雀跃欢呼。“万岁合纵！”“同心抗秦！”欢呼声席卷了大河平原。趁热打铁，六国君主在行辕大帐立即歃血盟誓，在羊皮盟约上庄严地盖上了六国君主的鲜红大印，国各一份，盟约正式告成。之后，各国君主立即指派了本国的合纵特使，其中四个大国特使当场被君主封为高爵特使：魏国魏无忌，立封信陵君；齐国田文，已封孟尝君；赵国赵胜，立封平原君；楚国黄歇，立封春申君。

第三日为最后盟会，在楚威王主持下六国议定了各自当出的盟军兵马：楚国十五万，齐国八万，魏国八万，赵国十万，燕国五万，韩国五万，共计五十一万大军。兵马议定后，举行了盛大的六王大宴，席间最为隆重的仪式，便是六国君主一一向苏秦授本国相印。

那时候，各国丞相的权力不尽相同，名称也各有差异，但却都是总揽国政的开府丞相。苏秦兼领各国相职，自然不会是实实在在的开府理事丞相，而是一种总揽邦交大事的“外相”。战国为大争之世，邦交斡旋常常胜过雄兵十万，干系邦国安危，所以丞相权力的一大半便是外事。如今六国将外事大权一体交于苏秦，当真是旷古未有的同心壮举。当六颗金印光灿灿地用铜匣、玉匣各自捧出，又一颗一颗佩上苏秦腰间皮带时，乐师席奏响了庄严肃穆的《大雅》乐曲，行辕大帐觥筹交错，一片赞颂欢呼……

一颗一颗地接受了沉甸甸的金印，苏秦的心情却出奇的平静。一个布衣之士，往往终生奔波而不能求一颗金印，朝夕之间，他却佩起了六颗相印。平静淡漠的笑容下，他有些恍惚了。蓦然之间，他想起了张仪，那伟岸的身躯，那洒脱的谈笑，骤然间清晰地浮现在眼前。张仪啊，好师弟，你在何方？是守在陵园还是去了秦国？

第八章　连横奇对

一　张仪的声音振聋发聩

六国合纵的消息传到咸阳，嬴驷君臣坐不住了。

苏秦游说之初，秦国君臣虽说也很重视并尽快地采取了应对行动，但随着各种消息纷至沓来，秦国君臣们渐渐懈怠了。山东六国累世恩仇，相互间拼杀得不共戴天，他们能同心结盟么？认真说起来，山东六国中也就魏国是秦国的老冤家，除魏国之外，秦国与任何一个国家的冲突都极为有限。近几年来，也就是夺取了山东六国以往进攻秦国的一些重要根基而已，细算起来，统共也就五六座城池、几百里土地。与魏国的攻赵攻韩、齐国两次痛击魏国、楚国夺取淮北等大战相比，都可说是战国之世的小争端。山东六国果真能泯灭他们之间的血海深仇，而共同对抗一个只不过收回了自己的河西故土、只不过夺取了他们几座关隘要塞的秦国？徇情推理，真是比登天还难。尤其是齐威王、魏惠王、燕文公突然在一个月内相继病逝，赵肃侯楚威王又都是病入膏肓的消息传来时，嬴驷君臣几乎已经认定，合纵只不过是苏秦与六国的一个梦幻而已。樗里疾争取齐国无功而返，嬴驷君臣本来还颇有压力，及至这时，却已经轻松了。司马错提出了一个大胆周密的谋划：发动突然袭击，一举攻占河东的野王、上党地区，斩断赵国燕国与中原的主要联结高地，而后相机蚕食山东。为此，嬴驷专门召集了一次秘密会商，君臣一致赞同。太傅嬴虔尤其慷慨激昂，坚持要打生平最后一仗，否则死不瞑目。嬴驷与司马错通融，只好教嬴虔做了前军主将，立即筹划奇袭河东——冬日用兵，打山东六国一个措手不及。

谁知就在这个节骨眼上，六国竟然合纵成功了。

嬴驷好容易耐住焦躁的心情，将合纵盟约并几份要件翻阅了一遍，翻完了，心中却更是烦乱，铁青着脸在书房愣怔，一时茫然无措。对于漂泊山野严酷磨炼近二十年的嬴驷来说，这种慌乱茫然只有过一次，那就是在郿县白里的那个夜晚，要不是公父恰好赶来接他回咸阳，嬴驷肯定是永远地崩溃了。可是，这次不是那次，公父不会死而复生，又有谁能给他一条明路？嬴驷啊嬴驷，六国合纵可是比当年的六国分秦要严峻十倍不止，你当何以处之？当年的中原六国盟主是志大才疏的魏惠王，公父以柔克刚韬晦缩防便渡过了险关，可今日纵约长是励精图治的楚王，实际筹划推行者更是当世奇才苏秦，仅从建立六国联军看，他们的盟约便远非昔日的任何盟约可比，你却如何应对？妥协退让么？若六国趁势压来，岂非亡国之危？硬抗么？六国军力远胜秦国数倍，分而击之可也，以一对六只能自取其辱……

“禀报君上，太傅、上大夫、国尉联袂求见。”内侍连说了两遍。

“噢——”嬴驷恍然醒悟：真是昏了，如何一个人发蒙？“快快快，请他们进来。”

嬴虔、司马错、樗里疾三人匆匆大步进来，都是神色严峻。连寻常总是悠然微笑的樗里疾也铁着黑脸，鼓着腮帮，显然是咬牙切齿的样子。

“公伯、上大夫、国尉，请入座。”嬴驷平静地笑着。

“此时不能示弱，照打不误！”嬴虔未曾落座便嚷了起来。虽然戴着面纱，但粗重的喘息与颤抖的白发却无法掩饰他的激愤，“直娘贼！秦国被欺负得还不够么？夺我河西多少年？杀我秦人多少万？丢几座城池就要掐死老秦么？鸟！给我一道金令箭，嬴虔立马到陇西，征召十万精骑，杀他个落花流水！灭了这些狗娘养的！”嬴虔本是一等一的猛将，一通发作如同狮子怒吼，震得殿中轰嗡不断。

说也奇怪，嬴虔的一通怒吼叫骂仿佛是宣泄了每个人共有的愤懑，嬴驷三人的心绪片刻间平静了许多。“公伯且请息怒，此事还当认真计较才是。”嬴驷声音很轻柔，充满了关切。

“君上，兵家相争，不得意气用事。”司马错神色肃然，一字一顿道，“臣以为，敌已有备，当立即停止奇袭河东之筹划。六国合纵既成，天下格局已是大变。如何应对，当一体计议，决然不能逞一时之快而误大计。”

嬴虔气得呼哧呼哧直喘，却只是不说话。他是个内明之人，素来欣赏铮铮硬汉，服有真见识的能才。司马错的耿耿直言他虽然大是不满，却也知道不能凭自己的一腔怒火行事，只有兀自气呼呼地大喘。

“上大夫以为如何？”司马错一番话已使嬴驷悚然憬悟，他想仔细听听各种说法。

“三百年以来，秦国便是中原异物。”樗里疾少有地满面寒霜，“山东六国相互征战惨杀，远胜于与秦国之冲突。然则，从无天下结盟共同对抗一国的怪事。而今六国合纵，表明中原战国自来便视秦国为蛮夷异类，必欲灭之而后快。秦国弱小，他们不放过。秦国强大，他们更不会放过。他们对秦国又蔑视，又憎恨，而今更是增加了恐惧。长远虑之，中原战国是秦国永远的死敌。无论秦国如何力图融入中原文明，中原都将视秦国为可怕鬼魅。”樗里疾喘息了片刻，转而平和道，“唯其如此，秦国已经面临立国三百年以来的最大危机，须对通盘大计一体权衡，与中原战国做长期周旋，万不能掉以轻心。一步踏错，秦国便有灭顶之灾。”殿中气氛骤然凝重，狂躁消失了，压力却更为沉重了。

嬴驷轻叩书案：“时也势也，计将安出？”

良久沉默，樗里疾终于笑了笑：“君上，臣荐举一人，可通盘斡旋。”

“噢？快说！”嬴驷急迫，嬴虔与司马错也猛然一齐盯住了樗里疾。

“张仪。君上还记得否？”

“张仪？在何处？”嬴驷说着霍然站起。

“君上莫急，张仪已经在咸阳了。”樗里疾悠悠然一语，嬴驷君臣三人都吃了一惊。嬴虔先急了：“你这个黑肥子，如此大事，真能闷住！”樗里疾嘿嘿笑道：“性急煮不得好胶，张仪对秦国疑虑未消，得有个缓头。”“疑虑？”嬴驷困惑道，“秦国与张仪毫无恩怨瓜葛，比不得苏秦。再说，我等君臣对张仪追慕已非一日，诚心求贤，他有何疑虑？上大夫又如何得知？”樗里疾徐徐道：“君上不知，张仪本是老魏人，对秦国最是偏执蔑视。当年苏秦选了入秦，张仪则宁可入魏入齐再入楚，也没有想到过来秦国，此其一。”“鸟！”嬴虔忍不住笑骂了一句，“山东士子老毛病，不足为奇。”樗里疾道：“张仪大挫，为母亲守陵三年。其间苏秦复出，发动合纵，方促张仪重新思谋出路。臣出使齐国时，苏秦曾对臣提及张仪，举荐张仪入秦。”

“如何？苏秦举荐过张仪？”这次是司马错惊讶了。

“不足为奇。”嬴驷微微一笑，“一个人天下无敌，也就快没有价值了。张仪如何？”

“张仪知道苏秦向秦国荐举了他，却没有立即动身入秦。然则，张仪又断然拒绝了不明势力的胁迫诱惑，拒绝前往别国。最后是白身入秦，住在咸阳静观。此间多有蹊跷。依臣之见，仍是张仪心存疑虑，要踏稳脚步，怕重蹈入楚覆辙。”

“直娘贼！”嬴虔粗重喘息着骂了一句，“老天磨才，也忒啰嗦。”

“既然如此，如何处置方为妥当？”嬴驷已经完全平静了下来。

“要解此扣，须得稳住了神才是。”

“上大夫有计？”嬴驷笑了。

“君上稍候，臣谋划便是。”樗里疾神秘地“嘿嘿”一笑。

暮色降临，咸阳尚商坊成了河汉璀璨的不夜城。

虽说是一国君主，嬴驷却从来没有到过这个特殊的商区。他只熟悉咸阳的国人区，熟悉那里的肃穆凝重，熟悉那里的井然有序，虽然尚商坊早已经是名声大噪，嬴驷却从来不屑于光顾。在他想来，无非就是十里长街一片店铺，还能有甚？商鞅变法后一反秦国传统，大重工商，在嬴驷心目中，这也只是商君增加国赋的一条渠道而已，如同管仲大办绿街，将卖色卖身也纳入国家商贾征税一样。他没有想到，即位后尚商坊的赋税收入逐年猛增，上年竟然占到了国库总赋税的四成，一举超过了魏国齐国的商市赋税。嬴驷当时还没有意识到这是一种什么样的变化，经过樗里疾的一番条分缕析，嬴驷才悚然醒悟：百工商贾，在秦国已经变成了与农耕比肩而立的民生根基，已经变成了富国强兵不可或缺的栋梁行业。在农战立国的老秦人眼中，这不啻是悄无声息的沧桑巨变。谁能想到，商鞅撒播的这片种子，竟能如此快速地成长为支撑秦国天空的茫茫林海？也就是从那一天起，嬴驷萌生了来尚商坊一睹风采的念头。想归想，终是忙得没有成行。

今日樗里疾神秘兮兮地将他领出宫来，一身布衣，一辆轺车，从一条僻背小巷曲曲折折地驶进了这汪洋恣肆的灯火大海。嬴驷实实在在地惊讶了——衣饰华贵的人流、豪华讲究的店面、辚辚穿梭的高车、鞍辔名贵的骏马、明眸皓齿的丽人、色色各异的望旗、天南海北的口音、浓郁醇馥的酒香……直使人目不暇接。嬴驷第一次在如此广博的人间财富面前目炫神摇，第一次在农耕之外看到了另一番博大的工商天地。骤然之间，嬴驷忘记了布衣出行的所图，只顾痴痴地打量着眼前流动着的每一件新鲜物事。

“公子，前面就到。”轺车驶入了一条通明幽静的大街，驾车的樗里疾第一次开口。

“闹市之中，这条街如此幽静！”嬴驷看见几家门厅黄澄澄的大铜柱下都站着几个须发如霜的老人，只是比宫中的老内侍多了胡须，华灯大明的门前却是少有行人，大是不解。

“这条街全是老字号酒肆客寓，车马场都在店后。为了方便，客人都从车马场偏门出入。这大门，只有贵客光临用一下了。”樗里疾笑着低声解释。

“哪？从何处走？”

“今日布衣，偏门妥当。”

樗里疾祖籍本陇西戎狄，驯马驾车倒还真有一手。只见他将两马轺车轻盈地拐进店旁的一条说是小巷其实却也很宽阔的车道，从车马穿梭如流中，轻松自如地拐进了灯火通明的车马场。嬴驷抬眼望去，只见足足有三四亩地大的敞开席棚下，满当当全是各种华贵车辆，嬴驷的青铜轺车一点儿也不显得出众。一个精干利索的年轻仆人抢步上来，满脸笑意地将樗里疾的轺车引领到恰当车位，热情地说了声："先生出来时派个小姐姐招呼一声，我便将车停在街口等候了。"便大步流星地忙着引领别的车辆去了。

嬴驷看得大为感慨："看来山东多有能人也，商道之上，山东比秦人高明。"樗里疾笑道："商道如兵道，全赖运筹调度。中原风采文华，生计谋划可是大有人才。"嬴驷却皱了皱眉头低声道："只是如此奢靡，坏了老秦人本色也是不得了。"樗里疾呵呵笑了："老秦有商君法制，奢靡掩不得本色，公子放心便是。"嬴驷道："今日罢了，回头还得再来尚商坊多看看，此地学问大也。"樗里疾低声笑道："公子但有此心，秦人之福。秦国之生计财货，原是不如中原。"

两人正在车马场门口说得投入，一个英挺俊秀的白衣公子匆匆走了过来："哎呀呀，好兴致，看稀奇来了么？"嬴驷恍然抬头道："是小妹啊，好洒脱。"樗里疾笑容顿消连忙道："如何出来了？先生不在么？"白衣公子颇有急色道："他说左右无事，到酒厅去了。"又压低声音道，"我先走，须得见机行事，千万莫鲁莽。"说完大袖飘飘地去了。嬴驷笑道："华妹还真出息了。"樗里疾拉了一下嬴驷衣袖道："走，跟着。"遥遥地看着那个潇洒的白衣身影，跟着进了店中。

张仪到咸阳已经三日了。

从安邑涑水河谷一出来，他很少说话，直至进了函谷关进了咸阳，他仍然是沉默寡言。绯云随张仪多有游历，素知张仪豪爽洒脱的个性，如今见他一路沉思，大是担心，但看见稍有新鲜的物事便有意无意地大呼小叫，存心要教张仪高兴。张仪不耐，破天荒地申斥了绯云两次，绯云再也不乱叫了。遥遥看见咸阳东门箭楼时，张仪下车步行登上了北阪，站在最高处怔怔地凝望咸阳，直到落日沉沉地隐没在西山之后。绯云遥遥跟在后面，见张仪愣怔，上前低声道："张兄不喜欢这地方，就回家，涑水河谷做个田舍翁也好。""你说甚来？"张仪回身恍然笑道，"田舍翁车载斗量，张仪天下只有一个。"说罢大步下山了。一路上，倒是那个白衣商人应华对张仪的沉默似乎丝毫不以为奇，张仪沉思他打瞌睡，张仪偶然有问，他立即笑语作答，说完又是无穷尽的瞌睡，只害得绯云又担心又憋闷。

可到了咸阳住过一个晚上，张仪又立即变成了海阔天空明明朗朗的张仪，问东问西，对甚事都要刨根究底。应华忙着去安顿生意，张仪便带着绯云在咸阳整整转悠了两日一夜，除了没进咸阳宫，跑遍了大街小巷。

绯云跑得脚软，噘着嘴儿嘟哝："在临淄郢都，转了一天就说够了，进了咸阳不要命了吔。"张仪非但没有生气，反是哈哈大笑道："绯云啊，你没觉得咸阳是个大世面么？""吔，大世面？"绯云顽皮地笑了，"谁说的？秦国荒蛮穷困，变也变不到哪儿去。"张仪拍了一下绯云的头笑道："小鬼头，等这儿揭我短。走，再到尚商坊看看去，跑不动我背你了。"说着便来拉绯云的手。绯云打掉张仪的手，红着脸笑道："吔，不凶人家就行了，谁背谁呀？"

在那片作坊聚集的尚商坊区，两人整整转悠了大半日，打问了每一件货品的用材、底本与价钱，连菜刀锅铲都没有放过，兵器农具看得问得就更细了。尚商坊小吏直以为他们是山东商人，非但不厌其烦地有问必答，而且亲自带他们看了兵器坊、农具坊与打车坊。午后回到渭风古寓，沐浴之后已是将近晚饭时刻，张仪显然很高兴，对绯云笑道："走，到酒厅去。这是老魏国洞香春的老店，有好酒。"绯云却眨着眼低声道："吔，我问了，这店贵得要命。手里没钱，如何还应华这个人情？人家是商人，图你个甚来？"张仪哈哈大笑道："走，只管饮酒便是，我的人情可是大得很。"

正在说话，白衣应华满面春风地匆匆来了："大哥啊，还没用饭吧。若是不累，我请酒了。"张仪对绯云笑道："如何？我正要去品尝一番秦酒，还是小弟可人，走。"应华见绯云有些犹豫，笑着一躬道："小妹，在下有请了。"绯云"噗"的一笑，也只有跟着走了。

进得酒厅，侍女领着三人到了一个极为雅致的屏风隔间。应华笑道："大哥点酒，我点菜。"张仪笑道："洞香春赵酒最有名声，今日我等却只饮秦酒，两坛。""好！"应华笑道，"逢泽鹿三鼎，炖肥羊半只，秦苦菜三份。秦菜配秦酒如何？"张仪慨然笑道："好啊！初次入秦，真没想到秦国酒肆有如此气派。就秦菜秦酒。"应华笑笑："秦国也就这尚商坊有些模样，其他街市也平常得紧。""吔，才不是。"绯云笑道，"张兄带我在咸阳转悠了两日一夜，好去处多了。连张兄都说咸阳是大世面，秦国的真正气象不在尚商坊，而在国人区。""是么？"应华明亮的眸子向张仪一闪，"倒是我这个商人见识短浅了。"张仪笑了笑："久居咸阳，司空见惯，自然又是不同。"应华笑道："大哥说笑了，我虽常来咸阳，也就在尚商坊走动，对咸阳么，也许真还没有你熟。"

说话之间，几名侍女鱼贯飘了进来，每人捧着一盘，瞬间将酒菜在各人案头摆置整齐，又鱼贯飘出，只留下一名绿衣侍女侍酒。应华摆摆手道："小姐姐去吧，我等自己来。"绿衣侍女笑着答应一声轻盈地飘了出去。应华举起了大铜爵道："大哥初到咸阳，小弟权且做个地主，为大哥接风。来，大哥小妹，干此一爵。"张仪揶揄笑道："地主就地主，权且个甚？好，干了。"说着一饮而尽，置爵品咂一番惊讶道："噫！这秦酒当真给劲，绵长凛冽，好！不输赵酒！"应华笑了："大哥可知秦酒来历？"张仪摇摇头："惭愧，我对秦国可是生得紧。""那是没上心。"应华道，"这秦酒也叫凤酒。周人尚是诸侯时，凤鸣岐山，周人以为大吉，酿的酒就叫凤酒了。秦人继承周人地盘，大体沿袭周人习俗，也叫凤酒，只是山东商贾叫做秦酒罢了。说起来已经千余年了，以大哥看，可算得天下第一老酒？"张仪拍案："大是算得。来，再干！"

"且慢。"应华笑道，"这秦酒配苦菜，最是有名。大哥试试了。"张仪夹了一筷野菜入口俄而惊讶道："噫！苦得够味儿。"说着汩汩一爵，回味片刻，恍然笑道，"这番搭配却是匪夷所思，酒中奇才也！"绯云也吃了一口苦菜，皱着眉头道："吔！又苦又辣，谁个受得？"张仪饶有兴致道："你等不善饮，不知酒中奥秘。这秦酒稍薄，而苦味儿正增其厚，单饮秦酒，不输赵酒，若配苦菜同饮，则胜过赵酒了。若非酒中奇才，断难发现如此绝配。”应华听得眸子闪亮，粲然笑道：“大哥不输于这个奇才。听说，当年商君入秦，这渭风古寓的店东就用苦菜秦酒接风。商君大是赞赏，从此便将苦菜秦酒做了自己的家常美味。秦人感念商君，这苦菜秦酒之配，也就风靡了秦国城乡。久而久之，连山东商贾也以苦菜秦酒为荣耀了。只是啊，没有一个人说得出口味上的奥秘。”一席话毕，张仪却默然良久，慨然叹息道：“大哉商君，清苦如斯！张仪敬你一爵了。”说着站起身来，将满满一爵秦酒缓缓地洒在了地上，又斟一爵，自己汩汩饮干。应华一双眸子亮晶晶地盯着张仪，也肃然站起，猛然大饮了一爵。

大约饮得半个时辰，那个侍女飘了进来对应华作礼道：“公子，你的家老有事请你示下。”应华笑道：“大哥，我片刻便来，准是虎骨有买主了。”说着出了隔间。张仪笑道：“绯云，来，吃了这鼎逢泽鹿，大补。”绯云顽皮笑道：“吔！一口便是一百老刀币。”张仪哈哈大笑：“那就吃一肚子刀币。”

正在谈笑饮酒，应华笑吟吟走了回来道：“原是两句话的事，妥了。”说着入座与张仪对饮起来。两爵方罢，却见那名绿衣侍女又飘了进来恭谨作礼柔声细语道：“启禀公子先生，临间两位客官欲与你等共饮，差小女子通禀，允准可否？敢请示下。”应华惊讶连声道：“有人要与我等共饮？哎呀，此等事体向来是名士做派，我这小商贾可是没经过，还得请大哥做主。”张仪拍案笑道：“秦国也有了此等文华气象？大好！请与我等并席。”绿衣女子一点头，笑着摁动大屏风上的一个圆木柄，厚重的实木屏风两扇小城门一样无声地滑开，赫然现出了两个布衣士人：相同的黑色大袍，相同的两张黑脸，除了高矮胖瘦略有不同，简直就是两根黑柱子。

张仪一瞄，便知这两人绝非山东士子，而可能是秦国本土名士，或戎狄胡人中的豪杰领袖之士。张仪虽然狂傲不羁，却素来敬重风尘英雄，起身拱手笑道：“在下安邑张仪，多蒙两位垂青，同席共饮海阔天空便了。”矮黑胖子还礼笑道：“嘿嘿，果是张仪，好气度！我俩在邻间听得多时，敬佩先生见识，便学中原名士，来个同席畅谈了。”张仪笑道：

“四海皆兄弟，好说！两位请入座。”这期间绿衣侍女已经唤来几名同伴，利落地将两位黑衣人的座案并了过来，又关闭屏风，顿时成了一个宽敞的五人大间。

应华笑道：“哎呀呀，都是英雄名士，左右我只是听，便由我来侍酒。你等都下去，我不叫莫得进来。”侍女们又鱼贯飘了出去。绯云笑道：“应哥哥只管坐了，这等事儿你不如我。”黑矮胖子笑道：“且慢，张兄饮的可是秦酒？”张仪点头道：“秦酒苦菜，天下难觅。”黑矮胖子像所有胡人那样耸着肩哈哈大笑：“不不不，张兄可愿品尝一番我等胡酒？”张仪慨然笑道：“好啊，一日两酒，都是罕见之物，在下何等口福也！”黑矮胖子耸耸肩道：“这位小哥，这是三坛胡酒，相烦小哥随饮随打了。”绯云笑道：“吔！不消说得。”说着跪行碎步为每座打酒，利落轻柔不输于店中侍女。

一直微笑沉默的黑瘦子举爵道：“我等兄弟，敬佩中原有先生这等学问见识之士，先敬英雄一爵！”张仪笑道：“只言片语，谈何学问英雄？天意相逢，共饮便了。”抱爵一拱汩汩饮尽。“痛快！”黑矮胖子耸耸肩颇为神秘地一笑，“张兄，我这胡酒，比秦酒如何啊？”张仪看了一眼爵中残酒道：“此酒白亮而略带黏稠，酸甜出头，苦辣涩诸味退后，爽则爽矣，失之太淡，远不如秦酒厚重凛冽，有一爵贯顶之力。以在下口味，还是秦酒为上。”置爵于案，似乎不想再饮这胡酒了。黑矮胖子摇头笑道：“不不不，我这胡酒乃青稞酒，中原人叫‘裸大麦’的酿成，酒成掺以马奶，后劲儿大了。我草原骑士痛饮，可是提神长劲，像一头大熊！”张仪大笑：“有此妙处，自当痛饮。来，再干！”

觥筹交错，饮得一阵，几人脸上都泛起了红光。张仪觉得通身燥热，额头细汗不止，竟脱去了长大布袍，只穿贴身短衣。黑矮胖子连呼痛快，也立即脱掉了布袍，现出一件皮短褂，赤裸着古铜色的双肩，倒确实一个胡人武士。只有那个黑瘦子沉静如常，只是微笑着慢饮慢品。张仪猜度他必是胡人邦国的王子或首领，心觉奇异，不觉笑问：“两位来到咸阳，莫非要做兵器买卖？”

“不不不，”黑矮胖子耸耸肩，“我等住得很远很远，在阴山草原。我们来，是要与秦国修好结盟的，谁不打谁。可到了咸阳，却听说中原六大战国合纵结盟，将秦国当做死敌。我们呀，松了一口气，就来猛吃猛喝了。”

“噢，二位是阴山匈奴国？我去那里买过马，秦国是你们的老冤家了。”应华笑得很开心，似乎特别高兴。

“不不不，”黑矮胖子连连摇手耸肩，“匈奴？那是中原骂我们的，我们是大熊之国，大熊知道么？雪白的！高大的！没有对手的！”

黑矮胖子认真的辩驳和匈奴人特异的说话方式，引得应华与绯云咯咯咯笑个不停。黑矮胖子急得满脸涨红道：“笑？雪山一样的大熊是没有对手的。几百年了，赵国、燕国、秦国，一直像高山一样挡着我们，大熊不能南下中原。如今赵国燕国不行了，退缩了。只有秦国这只黑鹰，飞过了大河，飞过了阴山，飞进了我们的草原。如今，黑鹰的翅膀就要折了！啊哈哈哈哈，我们可以放开马跑了。来，朋友，为我大熊欢呼痛饮了！”举起案头大爵咕咚咚饮干，嘿嘿笑着亮了亮爵底。

张仪没有举爵，淡淡笑道：“如此说来，大熊要放马南下？”

“不不不，”黑瘦子摇手笑道，“熊弟素来口如大河，英雄见谅。我族只想先撂下与秦国修好，看看再说，说到底，中原时势是大变了。”

“啊哈哈哈，小单于兄太客套了。”

黑矮胖子耸耸肩站起来，肥鸭子一般摇晃到张仪案前道：“英雄是魏国人，魏国是地上长虫，秦国是天上老鹰，老鹰折了翅膀，长虫就威风抬头！英雄一定比我黑熊还高兴，啊哈哈哈哈！”

“啪”的一声，张仪拍案而起：“两位既是匈奴太子将军，我也无须客套。张仪今日正告两位：秦国依旧是秦国，黑鹰永远不会折翅，大熊永远不可能南下！秦国乃华夏屏障，中原大国，痛击匈奴更不会手软。三百年前，你等祖先八万骑兵入镐京，秦人五万骑兵杀得你等祖先丢下了几万具尸体，灰头土脸逃回了大漠草原，难道已经忘记了么？是的，我张仪确是魏人，然则，张仪首先是华夏子孙。你大熊胆敢南犯，也许我张仪就会成为秦国人，亲率兵马，剥下十万张熊皮！”

骤然之间，举座肃然无声，两位黑子的眼睛都瞪直了。张仪的急变之才本是出类拔萃，又兼一张利口一腔热血一副桀骜不驯洒脱不羁的心性，声色俱厉之下当真莫之能当。

黑矮胖子耸耸肩嘿嘿笑了：“不——中原人说：英雄斗智不斗气。先生若能说得出黑鹰永远不会折翅的理由，黑熊便服。不然，嘿嘿嘿，熊皮可不是好剥的。”

张仪哈哈大笑道：“看来大熊还不笨，知道斗智。天机不可预泄，只对你等说明大势便了。”见黑矮胖子光膀子喘着粗气入座，张仪端着大爵在厅中踱步，边走边饮边说：“秦国崛起，已是鲲鹏展翅。六国虽然合纵，却是蓬间雀之聚。你等鼠目寸光，但知六国相加，土地财货民众兵力比一国众多，而不知‘散六不敌混一’之奥妙，窃窃欣喜，竟自以为有机可乘也。”

“不不不。”黑矮胖子连连耸肩，“明明是合纵同盟，还有联军，如何能叫‘散六’？”

张仪现出高傲的微笑道：“大熊国名副其实，以为秦国就束手无策了？张仪明告：秦国只要镇静应对，不急于反击，以柔韧克之，合纵必乱！大凡团体结盟之初，必显同心。外部压力愈大，该盟约就愈巩固。若急于反击，犹如为渊驱鱼，为丛驱雀，耗尽秦国之力，而敌方不能瓦解。反之，秦国若采取弹性极大之策略，表面退让，先守定自己，整肃民治，扩充大军，以静制动。如此，则六国戒备之心必日渐松弛，旧有仇恨重新发作，六国合纵必然瓦解矣！”

两个黑子听得大是兴奋，黑矮胖子连连耸肩笑道：“不不不，英雄还当有一拳一脚的对策，光柔韧两个字，合纵还是像阴山一样坚实。”

张仪揶揄笑道：“一拳一脚？那是你等能听的么？那是只能对秦王说的。”

黑矮胖子仍是连连耸肩：“不——六国合纵有个大英雄，苏秦！张兄说的这些，他想不到么？没有苏秦敌手，合纵还是阴山一样，高耸入云的。”

张仪一阵放声大笑：“天下之大，岂能没有苏秦敌手？六国病入膏肓，苏秦纵然奇才，也只能救六国于一时，不能救六国于永远！此乃时也势也，尔等大熊国岂能尽知？”

“先生如何对秦国有此等信心？”黑瘦子目光炯炯地看着张仪。

张仪从容笑道：“张仪走遍天下，唯独没来过秦国。若在一个月前，也许我会赞同你等说法。然则入秦一路半月，又在咸阳三日踏勘，以张仪目光：秦国已成天下真正的法治大国，耕战精神已经成为国人根基；朝野整肃，国人奋发，财货充盈，民心思战。反观中原，六国个个旧根未除，奢靡颓废之风弥漫山东；官吏嫉贤妒能，民心散乱低迷；哪一国能再争得二十年时间彻底变法，而做第二个秦国？决然不可能。当此之时，秦国就是天下楷模。对秦国没有信心，对天下就没有指望！”

黑瘦子站起深深一躬，肃然道：“先生之言，振聋发聩，我等必改弦更张，另谋国策。”张仪却自嘲笑道：“在下无能，入秦未说秦王，倒对你等大熊费了一番口舌。来，干了！”应华咯咯笑道：“大哥英雄，秦王要是知道了，该封大哥丞相做才对也。”张仪哈哈大笑：“果真如此，苏秦有六国相印，张仪只拿一颗对他，稳赢不输！”

黑矮胖子肩膀又是一阵大耸：“对对对！英雄志气像高高的阴山，我等敬英雄一爵！”张仪已有几分酒意，忍俊不禁，扶着黑矮胖子的肩膀笑道：“别老是高高的阴山，当心有一日，秦国的长城修到阴山顶上，你等也是秦国臣民了。”黑矮胖子却高兴得哈哈大笑：“英雄把长城修到阴山，大熊便服了。”

应华学着黑矮胖子口吻，耸耸肩笑道：“不——该当这样。”

“噢——”黑矮胖子长长地惊呼一声，耸耸肩，“我没有这样么？那是身上不痒了，虱子教英雄吓跑了。”

“哄”的一声，几个人齐声大笑，应华笑得直打跌。绯云上气不接下气道：“吔！原来是虱子痒的呀，我以为是脖子抽风吔！”这下连不苟言笑的黑瘦子也哈哈大笑起来：“小哥说得是，胡人耸肩，原本就是虱子痒了。噫！先生……”

张仪歪倒在酒案上呼呼大睡了。绯云笑道：“吔，没事。张兄没有饮过胡酒与秦酒，更没有一起饮过这么多，大睡一觉便好。”黑矮胖子笑道：“嘿嘿，英雄海量！要是我来两种酒呀，早撂倒了。”黑瘦子道：“我等告辞，二位好生照料先生，我等明日午后便走了。”应华点头笑道：“知道了，明日午后走好。”

初冬的正午，柔柔的日光照在了窗棂上。

张仪一觉醒来，觉得身上汗津津的，睁眼一看，身上一床大被，榻前一个木炭燃得红彤彤的燎炉，静悄悄的寝室明亮而又暖和。掀开被子站起，张仪打了一个长长的哈欠，顿时觉得神清气爽，正要喊绯云，寝室门“吱呀”开了。绯云托着一个大盘走了进来道：“吔，果真起来了，头疼么？”“不不不，”张仪笑着耸耸肩，“清爽极了。”绯云咯咯笑道：“吔！胡人虱子也跑到你身上了？”张仪不禁大笑道：“别看两个胡人长虱子，都是英雄豪杰。”绯云过来拉着张仪胳膊笑道：“吔，甭管胡人了，快来沐浴。”张仪进了沐浴房，见硕大的木桶中已是热气腾腾，旁边木台上摆放着一摞整洁的衣服，便笑道：“好了，你去，我自己来。”绯云笑着拉上厚厚的木门出去了。

片刻间张仪出来，散发大袖红光满面，显得分外精神。绯云笑道：“快来用饭了，秦地肥羊炖，鲜美得紧吔。”张仪走过来一看，一只大陶盆架在一只小巧精致的铜燎炉上，陶盆中炖着一只羊腿，雪白的汤汁翻翻滚滚弥漫出特有的羊膻香味儿，旁边还配有一大盘干黄松软的面饼。张仪啧啧感叹：“也是怪，老秦人硬是踏实简单，连这名吃都是一肉一饼。大洒脱！大洒脱！”绯云正跪坐在案头盛汤，笑道：“吔，快吃吧，别唠叨了。”张仪道：“秦人叫‘咥’！不叫吃。你看，大盘腿一坐，捞起一大块肉骨头大啃，这劲头儿啊，唯一个‘咥’字了得！”绯云咯咯笑道：“吔！就算叫‘咥’了，迷上秦国了，秦国没有不好的吔。”张仪笑笑，只顾大啃大嚼，咥得满头细汗，痛快之极。

一时风卷残云，一盘面饼一盆炖羊已被张仪悉数扫尽。看看绯云亮晶晶的目光痴痴地盯着自己，张仪拍拍肚皮笑了：“进了咸阳，连肚腹也变大了，忒煞作怪也。”绯云低声道：“吔，看看甚时候了？一天一夜没吃，能不饿么？三年苦熬，都瘦得光剩下大骨头架儿了……”张仪拍拍绯云肩头，关切疼爱地笑道：“小妹，只要有这副骨架，大哥就撑得一片天地，来，笑笑了。”“我信吔。”绯云点点头，仰起带泪的脸庞，粲然笑了。

突然，一阵整齐沉重的脚步声从庭院中传来。

绯云猛然跳起，一柄雪亮的短剑已经从皮靴中拔出。张仪却安然端坐，只是凝神倾听。随即庭院中传来苍老的长声：“秦公特使，太子荡、太傅公子虔到——”张仪一怔，秦国太子他虽然没有听说过，但公子虔的大名及其在秦国的地位他却是很清楚的。这两人之中任何一位作为特使，都是最高礼仪了，如今两位同来，在秦国简直就等于国君亲自出马了。心念闪动，张仪还是没有移步，只是向绯云摇了摇手，示意她收剑。绯云也已经大体明白，便去收拾案头食具。正在此时，门外传来浑厚苍老的声音：“秦国太傅嬴虔，拜见先生。”

张仪听得清楚，大步走了出来。

这座房子，是渭风古寓最为幽静宽敞的一个院落，庭院中两株老松一片竹林，中间夹着一片流动的大池，纵是冬日也是满眼苍翠碧绿。门前青砖小径直通池边车马场，行动方便极了。张仪走到正厅廊下，看见车马场排列着整齐的斧钺仪仗和几辆青铜轺车，青砖小径的顶头站着两个极不寻常的黑衣人：一人须发如霜头戴布笠面垂黑纱，站在风中纹丝不动；一人黑衫无冠，高鼻深目黄发披散高大威猛，活生生一个胡人猛将。张仪心中暗暗诧异：这两位人物并肩而来，当真是天下罕见。嬴虔面垂黑纱虽然颇显神秘，毕竟也是数十年老事天下皆知，也就不足为奇了。可这太子生得胡人模样，天下可是从无传闻，当真教人匪夷所思。惊奇归惊奇，张仪丝毫没有愣怔停顿，行进间遥遥拱手作礼：“安邑张仪，见过两位特使。”

嬴虔肃然一躬道：“嬴虔见过先生。此乃太子荡，少年尚未加冠，与我同为特使。”

“嬴荡拜见先生。”威猛少年虽然相貌稚嫩，说话却是声如洪钟。

“谢过太子。”张仪还了一礼，微笑着不再说话。

嬴虔庄重拱手道：“太子与嬴虔奉君命而来，恭请先生入宫。”

张仪拱手答道：“本该即刻奉书，奈何一个友人此刻不在，可否容张仪等得片时，与友人辞别？”嬴虔道：“但凭先生，我等在此恭候。”张仪道：“如此多谢二位特使。”拱手一礼，飘然进去了。

绯云惊讶道：“吔！也不请人家进来就座饮茶？”

张仪微微一笑：“观此爷孙都是火暴如雷，我倒要试试。”

“吔，魏齐楚都是立即晋见，见了就说，到秦国变了？”

张仪意味深长地笑了：“孜孜求见，滔滔便说，结局如何？天下事，未必全凭本心。”

绯云粲然一笑：“吔，那我也慢慢收拾了，应华公子还不定甚时回来，省得人家耐不住发作，你又不去了。”说是说，说完却开始利落地收拾行装书简，片刻后又拿来一件绣有云纹的丝袍要给张仪穿上。张仪也没理会，只将丝袍撂在书案上，又径自踱步思忖。绯云又要给张仪梳发戴冠，张仪不耐道：“你烦不烦？恁多张致？”绯云咯咯笑道：“吔！名士气度不要了？你看人家苏秦，甚时不是鲜衣怒马？”张仪不禁笑了：“还知道鲜衣怒马？苏秦是苏秦，张仪是张仪，苏秦不是张仪，张仪不是苏秦，明白？张仪不拘常形，受不得拘谨，顺着宫廷礼仪爬，张仪准跌大跤。秦国若是容不得如此这般的张仪，也就无所谓了。”说到最后，轻轻地一声喟叹。绯云笑道：“吔，原本你已经想好了的，我瞎忙个甚？好，我去煮茶，消闲等着应华公子了。”

冬日苦短，午后一个多时辰说话间过去了。眼看红日西沉暮色已至，西北风带着哨音开始刮了起来，应华还是没有来。张仪只顾品茶，悠然自得。绯云有些着急了，不知该不该点灯。想了想，还是轻手轻脚地走到门厅下向外瞭望了一番，又轻轻回来顽皮地一伸舌头：“吔！两根木桩似的，人家可是没吃没喝，一老一小吔。”张仪笑道：“我猜，应华也该来了。”

话音落点，门厅外一阵匆匆脚步脆亮话音：“哎呀，如此多人！小妹如何不掌灯？天都黑了，大哥睡觉了么？”随着话音，白衣应华风一般飘了进来，绯云也恰恰将几盏纱灯点亮，屋中顿时一片通明。张仪笑道：“小弟早出晚归，生意真忙了。”应华一边用雪白的汗巾沾着额头汗水一边笑道：“大哥见笑了。商旅老话：由事不由人。大哥酒醒了么？

走！再去痛饮一番，也许还能见到那两个大黑熊。”绯云向门外努努嘴：“吔，能去么？”应华恍然笑道：“噢，门外那么多人做甚？好像是官家人。”张仪笑道：“秦公派特使召我，我等你辞行。”“呀，太好了！”应华高兴地叫起来，“我还正为大哥设法，这秦公就自己找上门来了，天意天意！走，大哥，我送你。”张仪笑道：“谁也不用送，我自去便了。”说着站了起来举步出厅，应华绯云也连忙跟了出来。

晚来风疾，屋中隐隐灯光照出嬴虔身影，黑袍白发渊渟岳峙般屹立风中纹丝不动。少年太子似乎不耐，在周围踱步消遣。张仪遥遥一躬：“友人迟归，张仪多有怠慢，尚请特使恕罪。”嬴虔还礼道：“先生待友赤诚，原是高义，何有怠慢。敢请先生登车。”

此时，太子已经亲自驾着一辆轺车辚辚驶到面前：“先生请了。”

张仪未及推辞，被嬴虔恭敬地扶上了轺车。太子嬴荡轻轻一抖马缰，轺车辚辚隆隆地启动了。绯云在灯影里高声喊道：“张兄，我等你回来！”应华笑道：“大哥大喜，你倒惨兮兮地抹泪，真是女孩子家。”“我怕吔。”绯云揉着眼睛道，“在楚国，在临淄，也都是风光去的，谁能想到有那么大的灾祸？他这人命硬多难，但愿秦国没有凶险吔。”

应华笑着拍拍绯云肩头道：“放心，我看这回没事，你只收拾好行装，准备搬进大府邸便是。”

“吔，那公子呢？”绯云笑了。

“我？大哥一得志，我自云游商旅去了，还能如何？”

“吔，张兄会想你的。看得出，他可是喜欢你了。”

应华眼睛大亮，沉默良久，点头喟然一叹：“我信小妹的话，我也欣慕他。名士英雄，如张仪这般本色烈火者，天下能有几人也？”

“吔，公子大哥，我也会想你。若不是你，张兄如何能顺畅出得安邑河谷？”

应华清亮地笑了：“哟，好个忠义女仆！句句不离你的张兄。其实，谁看不出，大哥从来没有将你做仆人看待。”

“吔！我能与公子大哥比？整天大哥大哥的，我又做不了小弟。”

“你做小妹也。更亲更近，不是么？”

“公子大哥胡说……”绯云的脸庞顿时涨红了。

“好了好了。”应华拍拍绯云，“日后，我等也许还会在一起。”

“吔，你不做商旅了？”

“你这小妹好实在。”应华笑道，“有如此一个好大哥，我就不能向他讨个一官半职，弃商入仕，与你一样为大哥做事？”

“吔！才好。”绯云拍着手笑，“一家人，我有两个大哥了。”

“要说呀，还是我得光，一个大哥，一个小妹，齐全！”

寒凉的北风中，两人说得甚是相得，咯咯笑个不停。

二　第一国王与第一丞相

当特使车队驶进咸阳宫时，已经是初更时分了。

张仪虽然对咸阳城有了大体了解，但对咸阳宫却是一无所知。在他高傲的心目中，天下宫殿当首推洛阳的天子王宫。洛阳虽然破旧了，但那种承天命而鸟瞰天下的恢弘器局却是万世不朽的。其次是大梁王宫，华贵博大，层层叠叠六百亩，融山水风光于奇巧构思之中，那种实实在在的富丽舒适是天下绝无仅有的。老秦人朴实无华，起造咸阳城时还正在元气刚刚养成之时，能与临淄王宫媲美已经不错了，还能如何？但是，当轺车驶进咸阳宫正门时，他立即被一种强烈的气势震撼了。

刚从少有灯火的国人区驶出，面前这片汪洋灯海简直与尚商坊可一争高下。这片灯海弥漫出的不是尚商坊那种令人沉醉的酒色财气，而是一种令人凛然振作的新锐正气。那简洁得只有两道黑色石柱夹一座青石坊的宫门，那挤满车马的白玉广场，那耸立在夜空中的小屋顶宫殿，那弥漫出隐隐涛声的松柏林海，那灯火通明的东西两片官署，那斧钺生光甲胄整肃的仪仗，那偏门不断进出的急骤马蹄声，那脚步匆匆而又毫无喧哗的来往官员……这里与张仪熟悉的六国宫殿截然不同，然而又绝不仅仅是宫殿的感觉。张仪也曾经听人说起过秦宫高耸的小屋顶的奇特，但也只是一笑了之。今日亲临，张仪实实在在地感到了一种新鲜强烈的冲击。与其说是宫殿的冲击，毋宁说是精气神的冲击。走进这卓尔不群的宫殿区，立即能感到这里绝不是奢华享乐的靡靡之地，而是如同农夫耕耘工匠劳作一样的昼夜忙碌之地，一股新锐的气息在这里流动弥漫，连冬夜的寒风也无法使这里变得冷清。

一路看来，张仪不禁暗暗感慨："上苍有眼，这正是我心中的秦国气象也！"

"先生请看，国君亲自在阶下迎候。"嬴虔的声音从车下飘了上来。张仪恍然醒悟，却见轺车已经在正殿阶下停稳，几名高冠大袖的黑衣人正快步走来。及至张仪被嬴虔扶住下车，为首黑衣人已到面前深深一躬："先生安好，嬴驷等候多时了。"

嬴驷？那不是当今秦公的名号么？张仪惊讶地睁大眼睛："你？不是胡人王子么？"

后边的黑矮胖子哈哈大笑："我等冒昧，尚请先生见谅。"

张仪心思机敏，恍然大笑一躬道："我竟当真了，张仪多有不敬，秦公恕罪。"

嬴驷双手扶住张仪笑道："不入风尘，焉知英雄本色？先生使嬴驷大开眼界。原是我等君臣敬贤不周了。来，先生请。"说着亲自来扶张仪。

张仪拱手笑道："秦公若再多礼，张仪不自在了。秦公请。"

"敬贤本是君道之首则，也是嬴驷本心敬佩先生。老秦人不讲虚礼，先生尽管自在便是。来，你我同步了。"嬴驷自来稳健厚重不苟言笑，今日却是豁达爽朗，拉起张仪的手便上了红毡铺地的台阶。张仪也不再谦让，与秦公执手而上。到得灯火通明的大殿，嬴驷请张仪坐了上位，自己与几位大臣拱着张仪坐成了个小方框。张仪见秦公连国君面南的礼制座次都变成了师生宾主的座次，知道嬴驷为的是让自己洒脱说话，不禁心下一热，觉得自己今日教秦国君臣等候了半日有些过分，拱手笑道："张仪狂放不羁，为等朋友辞行，竟让秦公并诸位大人空等半日，多有唐突。太傅年高，太子年少，均未进食，张仪委实不安。"

嬴虔大笑："这算甚来？打起仗来三天不咥都是有的，他们一样，也没咥。”

“听完先生高论一起咥！如何？”樗里疾嘿嘿笑着。

嬴驷笑道：“我等先说，厨下便做，做好了就上，要甚讲究？”转身一摆手，一个老内侍匆匆去了。嬴驷回头道：“先生认识一番了：这位是上大夫樗里疾，祖籍西戎大驼。这位是国尉司马错，兵家之后。”两人一齐拱手道：“见过先生。”张仪笑道：“上大夫智计过人，张仪佩服。”樗里疾嘿嘿笑道：“雕虫小技，何足道哉。”张仪看着顶盔贯甲的司马错，却站了起来深深一躬道：“张仪生平第一次谈兵，便被将军断了一条腿，张仪敬佩将军。”司马错连忙站起还礼道：“原是先生疏忽而已，司马错何敢当先生敬佩。”张仪慨然笑道：“张仪原本狂傲，自司马错出，而知天外有天，岂能不敬佩将军。”

“好！”嬴虔拍案，“老夫就喜欢此等磊落汉子！莫怪……”突然打住了。

“手有十指，各有短长。先生大智大勇，见事透彻，昨夜可是大显威风也。”樗里疾知道嬴虔心事，嘿嘿笑着适时插上，为嬴虔遮过了尴尬。

嬴驷笑道：“先生昨夜所言，大开我等胸襟。今日请为秦国谋划，望先生不吝赐教。”

张仪成算在胸，微微笑道：“昨日略言大势，今日当谋对策。目下之秦国，直接压力自是合纵。然则长远看去，合纵之势乃是山东六国与秦国真正抗衡的开始。以秦国论，既要破除合纵挤压，更要立足长远抗衡，绝不能头疼医头脚疼医脚，跟在六国之后疲于奔命。从此开始，秦国之每一对策，都要立足主动，变后发为先发。”寥寥数语，嬴驷君臣眼睛大亮无不点头。

嬴虔不禁拍案赞叹：“先生刀劈斧剁，料理得清楚！愿闻应对之策。”

“秦国应对之策有四：其一曰连横，其二曰扩军，其三曰吏治，其四曰称王。”

“愿闻其详。”嬴驷悚然动容，禁不住向张仪座案移动，生怕听不清楚。

“先说其一。六国为南北，是为合纵。秦与六国为东西，是为连横。

连横之意，便是秦国东出函谷关，与中原六国展开邦交斡旋，分化合纵，而后各个击破。连横之要：在于秦将六国看成一个可变同盟，不断选择其中之薄弱环节渗透，瓦解其盟约链条，与一国或两三国结成哪怕暂时之盟友，孤立攻击最仇视秦国之死敌。以整体言之，秦乃新兴之国，山东六国乃旧式邦国。新旧之间，水火不容，势不两立，任何一国都是秦国之敌人。唯其有此根本之别，六国才能闻所未闻地迅速结成盟约。其间根本并不在于六国卑秦，而在新制旧制之抗争！正因如此，秦国不能对六国抱任何幻想，实施连横必须无所不用其极，以求最大限度之分化敌国。力行连横，合纵必破！此其一也。”

座中君臣听得大是兴奋。黑矮胖子樗里疾搓着双手嘿嘿嘿直笑：“妙哉连横！先生与苏秦真乃棋逢对手，天下做棋盘，列国做棋子，旷古奇闻也！”

嬴驷摆摆手：“且听先生下文。”

张仪侃侃道：“其二，合纵既立，秦国必有大战恶战。说到根本，战场乃连横之后盾，非战场胜利不足以大破合纵，不足以使连横立威。闻得秦国只有不到十万新军，远不足以与六国联军做长期抗衡。当此之时，秦国扩军时机已到。连横之力，大约可保秦国一年之内无战事。这一年之内，秦国若能成新军二十万，打得一场大胜仗，连横威力自当大显。”

“大是！”嬴虔对军事的直感极为敏锐，拍案高声道，“老夫招募兵员，国尉只管练兵便是。”一向沉稳的司马错也慨然拱手道：“君上，先生之策深谙兵国之道。有太傅鼎力扶持，臣若一年不成军二十万，甘当军法！”

嬴驷冷静道：“听先生下文，完后一体部署便是。”

张仪道：“其三是吏治。国政清明，方能使民以国为家，愿效死力保家卫国。此乃千古常理，断无二致。目下秦国变法已经近三十年，秦公即位忙于外忧，未及整肃内政，朝野已有积弊之患。官员执法有所懈怠，庶民守法已不甚严谨，官场中已隐隐然有怠惰荒疏阿谀逢迎之风。奋发惕厉、法制严明之气象已经有所侵蚀。张仪在六国官场多次遭遇不测之祸，深知吏治积弊乃国家大危祸根。一国为治，绝无一劳永逸之先例，须得代有清明，勤修法政，方可累积强大国力，完成一统大业。六国合纵，秦国暂取守势，若能借此良机大力扫除积弊，刷新吏治，振奋民心，犹如秦孝公借守势退让而变法，使秦国实力更上层楼，则秦国大有可为也！”

一席话毕，座中尽皆肃然。准确地说，是由惊讶而沉默。

战国时代，吏治本是天下为政革新的主题之一。所谓变法，一大半国家实际上就是在整肃吏治。韩国的申不害变法，齐国的齐威王变法，楚国的吴起变法，都是在吏治上下工夫。就连魏文侯的李悝变法，除了部分废除耕地贵族化、推行土地平民私有、土地可自由买卖的“尽地力之教”外，也是将整肃吏治作为变法最主要的大事。其所以如此，一则是彻底变法太难，阻力太大，所需要的内外条件未必每个国家都能遇到；二则是整肃吏治是亘古不朽的为政大道，只要君主振作，辅助得力，推行起来阻力小、见效快、最容易直接争取民心。正因为这种“吏治变法”成为一种时尚，法家名士申不害还创立了“申术”，将“法”与“术”并列，使这种以督察臣下、防止奸佞的权术学说成为法家的一部分。到了后来，韩非将权术论更加系统，将法家学说变成了“法、术、势”的三位一体，与商鞅坚持力行的以法为本、唯法是从、法制至上的正宗法家产生了极大的变异。这是后话。在这种“术变”潮流中，商君在秦国的变法最彻底，开创了真正的变法时代，被战国之世称为“千古大变”。商鞅变法与同时代其他变法的根本不同，在于他将根本放在“立法立制”与“执法守法”两个立足点上，从权力体制到土地分配乃至庶民生活，都颁发了系统的法令。

这种变法之下，秦国真正翻新成为一个全新型的国家，吏治在大变法中只是一个环节，只是大法推行的一种必然结果。所以，在秦国君臣心目中，只要坚持商君法统，国家便会自然清明，从来没有想过将吏治作为一个专门大项来对待。

今日，张仪鲜明地将吏治作为治内大策提了出来，座中君臣确实一时愕然。秦国的吏治有那么令人忧虑么？若像山东六国那样轰轰烈烈地当做变法来推行，秦国还能全力对付合纵么？另一层更深的疑虑是：整顿吏治会不会改变秦国法制？秦法威力昭彰，已经成为秦人立足天下的基石，秦国朝野对任何涉及商君法制的言行，都是极为敏感的。

事关政事，主持国政的上大夫樗里疾特别上心，嘿嘿笑道："果如先生所言，整顿吏治当如何着手？"言外之意，你得先说清办法，从你的办法便可以看出是否可行。

张仪何等机敏，见举座愣怔，哈哈大笑道："张仪志在维护商君法制，岂有他哉！办法么，十六个字：惩治法蛊，震慑荒疏，查究违法，清正流俗！"

"好！"樗里疾拍案赞叹，"先生十六字可谓治内大纲也。改日当登门求教。"

座中顿时轻松起来。嬴虔高声道："先生第四策如何？"

嬴驷沉吟道："此时称王，是否操之过急？"

"不迟不早，正当其时。"张仪轻轻叩着书案道，"秦国早当是名副其实的王国了。孝公未称王，有韬光养晦之意。犀首、苏秦主张称王，而秦公未称王者，是不想因一名号而招致东方敌意。时也势也，皆非本意也。今日时势大变，称王有三重必要：其一，六国合纵以秦为死敌，秦国已无示弱之必要；其二，秦国既立抗衡六国之雄心，称王正可彰显秦国决然不向旧制六国退让的心志与勇气；其三，大敌当前，称王可大大激励秦国朝野士气，使秦人之耕战精神得以弘扬。国君名号，原本便不是国君一己之事，诸位以为然否？"

"大是！"除了嬴驷，其余人拍案同声，连少年太子也分外兴奋。嬴虔激昂骂道："直娘贼！山东列国欺压老秦多少年了？老是让让让，鸟！该出这口恶气了，称王！先生说到老秦人心坎里了！"

"臣亦赞同君上称王！"樗里疾与司马错异口同声，而这两人在犀首、苏秦提出称王时是一致反对的。

嬴驷很兴奋，拍案道："好，先咥饭痛饮，为先生庆功！边咥边说。"

"咥——"异口同声的呼喝中，一长串侍女层层叠叠摆上了大鼎大盆大爵，觥筹交错，高谈阔论，一通酒直饮到雄鸡长鸣。

回到渭风古寓，张仪已经醉了，跌倒榻上呼呼大睡。

午后时分，绯云突然发现这座幽静庭院的几个出口有了游动的黑色身影，顿时起了疑心。这个地方除了衣饰华贵的客商，连游学士子都很少有，如何有如此三三两两的布衣走动？看这些人的走路架势，显然都是习武之人，他们卡住这些出口门户用意何在？张仪没醒来，绯云心中着急，匆匆到另一座院子找应华商议，一问才知，应华已经辞房走了。绯云大急，这里房金贵得吓人，应华一走如何了得？看应华的做派也不像个等闲人物，如何突然不辞而别？绯云多年来跟着张仪历经磨难，也算长了许多见识，怔怔思忖一阵，觉得一定是张仪又得罪了秦国国君或哪个权臣，这个人物又要陷害张仪。对，除了权力这个只讲势力不讲道理的东西，又有甚样危险，能教应华这样的富贵公子逃之夭夭？看来，得赶快设法逃出咸阳。

可是，当绯云匆匆回到庭院时，却惊呆了。一队顶盔贯甲手执长矛的武士已经封住了庭院的正门口，三个小门也是警戒森严。进得院中，只见一队车马仪仗已经在庭院摆开成一片，一个白发苍苍的老内侍正站在昨日特使站的那个地方，一动不动。绯云又大起疑窦，害人抓人有如此恭敬的么？莫非张兄有好事了？心念一闪，绯云狠狠骂了自己一句："吔，村傻！有好事人家不嚷嚷报喜？有此等安宁？一定又是个忒阴毒的人物要消遣张兄！"绯云想到这里，倒是坦然了起来，既然逃不了，只有与他们周旋，怕甚来？绯云但随张仪出游，都是男装，咳嗽一声，大摇大摆地向屋前走来。

"敢问小哥，可是张仪童仆？"白发苍苍的老内侍恭谨地作礼询问。

"正是吔。前辈何事啊？"绯云拉长了声调。

"秦公有命，敢请张仪接君书。"

怪道如此排场，原来是国君害人。绯云冷笑道："我家主人酒醉未醒，国君敬贤，总不能教我家主人饭也不吃吧？"

"小哥说得是，我等在此恭候便是。"

绯云冷冷一笑，昂首挺胸走进了门厅。进得屋中，绯云快步来到张仪寝室，摇晃着沉睡的张仪压低声音急急道："张兄快起来！出大事了吔！"张仪懵懵懂懂坐起来打了个长长的哈欠："呀，好睡！哎，你说出事了？”绯云急急道：“张兄，你有没得罪秦国权势？”张仪揉揉眼睛道：“此等事谁能说得准？”绯云立即涨红了脸道：“吔，外边又是一大队人马！应华也走了！快起来，走！”张仪看着绯云的急迫样儿，不禁哈哈大笑道：“你呀，就不作兴我来一次好事？是秦公请我去议事，别担心，啊。”绯云见张仪坦然自若，笑道：“吔，人家倒也恭敬，是我不放心，你回来又没说。那就快梳洗，教人家老是等不好吔。”张仪笑着站了起来：“好好好，梳洗。”

绯云利落之极，片刻间便帮张仪收拾妥当。张仪走出门厅遥遥拱手道：“昨夜酒醉，多劳特使等候，我这便随你进宫。”

“张仪接书——”老内侍苍老尖锐的声音，像在宫中宣呼一般响彻了庭院。

张仪愣怔片刻，国君对一个布衣之士下书，实在突兀。略一思忖，张仪躬身一礼道：“布衣张仪，愿闻君命。”言外之意，我还不是秦国臣工，无须大礼接书，先听听再说。

老内侍展开一卷竹简高声宣读：“张仪我卿，谋划深远，才兼军政，今特命张仪为秦国丞相，封爵大良造。君书到日，着即入主丞相府领政。秦公嬴驷冬月书。”

张仪真正地惊讶了。他如何能想到秦国君臣有如此宏阔的气魄，一旦认准人才，毫不吝惜高官重爵，一举将他推到人臣最高位？更重要的是，秦国从来也没有设置过丞相职位，就是商鞅，也是以大良造摄政的。如今对他张仪，竟能破天荒地设置了丞相，爵位竟是大良造！刹那之间，张仪感动了，深深一躬道：“臣，张仪接君书。”双手恭敬地接过了那卷毫无华贵装饰的竹简。

“车马仪仗已经齐备，恭请丞相登车入府。”老内侍恭敬地施了一礼。

张仪慨然笑道：“特使啊，许我半个时辰准备了。”

“但凭丞相吩咐。”

突然，庭院入口处传来一阵嘿嘿笑声：“丞相大人，黑胖子接你来了。”随着笑声，樗里疾摇晃着鸭步悠然摆了过来。

张仪笑道：“上大夫，张仪还没醒来也。”

樗里疾嘿嘿笑着：“君上可是一直还没睡觉也。你走了，君上与我等一直商议到天亮，又下君书，又选府邸，方才刚刚回宫。剩下的大雅之曲啊，就要你丞相来唱了。”

张仪听得感慨万端，喟然一叹道：“秦公如此重托，张仪何以为报也！”

樗里疾笑道：“老秦人做事实在，丞相无须多虑，更无须以官场权术费力周旋，但以谋国做事为上便了。事做不好，老秦人也翻脸不认人也。嘿嘿嘿，樗里疾爱说丑话，丞相毋怪。”

张仪哈哈大笑道：“上大夫此话，张仪却听着对劲儿踏实。一国君臣但能以做事为上，天下何事不成？”又突然压低声音笑道，“樗里兄，日后私下场合你我互称兄长如何？丞相上大夫的，不上口。”樗里疾笑不可遏道：“嘿嘿嘿，好好好，对我老黑子脾胃！走，张兄，老黑子帮你收拾，看看你的家底了。”

两人进入屋中，绯云高兴得抹着眼泪作礼道：“吔，胡大哥也来了？快快请坐。”樗里疾耸耸肩笑道：“不不不，从今日起不是胡大哥了。”绯云惊讶道：“吔！你要在咸阳做商人了？”樗里疾又是连连耸肩：“不不不，胡大哥要跟张大哥讨个官做。”绯云急道：“吔！那可不行，人家秦国任人唯贤，胡大哥就会‘不不不’，能做甚？”樗里疾乐得大笑不止。张仪道：“绯云啊，胡大哥不是胡大哥，是秦国上大夫樗里疾大人。”绯云顿时脸红道：“上大夫？哪？那一位小单于呢？”张仪笑道：“那便是秦国国君了。”绯云当真是惊讶了，愣怔着笑道：“吔！我也见到国君了么？这秦国就是不一样，连国君都跟平头百姓一样吔。”樗里疾嘿嘿笑着耸耸肩：“不不不，你日后还会见到的，平常得紧，有甚稀奇？”

一番笑谈，绯云只让两人在厅中饮茶，一个人不消片刻便将所有行装物事收拾齐整。张仪道：“樗里兄，我与一个朋友一起来咸阳，昨夜他却不辞而别，这却该如何处置？”樗里疾道：“张兄啊，我已经到前堂问过，那位小哥倒是利落，已经将账目结清了。山不转水转，也许还能见到也，总不成在这里老等他？”张仪笑道：“也只好如此了，我倒真是想再见到他。”绯云笑道：“吔，好办，我留心他便了。”

张仪被高车骏马接出渭风古寓的时候，整个尚商坊都被惊动了。

游学士子与富商大贾们争相拥上街头，都要亲眼一睹这位秦国第一丞相的风采气度。眼见张仪布衣散发站在六尺车盖下只是平静地微笑，毫无神奇，人们欢呼着感慨着叹息着，尚商坊万人空巷了。人们为天下又出了一个布衣英雄喝彩，为秦国在商鞅之后再次大胆重用山东名士叫好。感慨者说：此人命好，犀首、苏秦都在秦国碰壁，唯独此人入秦即起，竟做了这天下第一强国的第一位丞相，时也命也。叹息者说：可惜这个英雄名士坐上了燎炉，非得烤焦烤糊了不可！商君旷古奇才都栽在了秦国，这个张仪能有好结果么？

说也奇怪，一出尚商坊进入国人街区，却是平静如常，店铺照常经营，行人照常匆匆，似乎从身边辚辚驶过的车马仪仗与他们毫无瓜葛。车行顺利，片刻之间便到了宫城外一条幽静的大街。车马停稳，樗里疾晃着鸭步走过来道："请张兄下车，这便是丞相府了。"

进入街口，张仪开始留意打量。这条街颇为奇特，很宽很短，苍松夹道，只有一座显赫孤立的府邸；隔街的高墙之内，是绿色小屋顶高耸的咸阳宫，隐隐可见斜对府门的宫墙还开有一道拱门。一座府邸能建在如此位置，竟然还有直通宫中的门径，定然是一座极不寻常的府邸，也绝非仓促间专门修建的。

"樗里兄，鸠占鹊巢，可是不能做。"张仪下车笑道。

"张兄不知，君上为这丞相府邸费神了，进宗庙祷告占卜，才定在这里。"

张仪不禁又惊讶了——国君赴宗庙祷告占卜那可是非同小可的大事，不是事关国家兴亡，是绝不会祷告祖先祈求上天的。如此说来，这座府邸的启动在秦国是极不寻常的事了？猛然，张仪心中剧烈地一跳："樗里兄，这是何人府邸？"

"商君府。一直封存未启。"惯常诙谐的樗里疾一脸肃穆。

骤然之间，张仪感慨万端，对着府门深深一躬道："商君之灵在上：张仪入主秦国丞相，定然效法商君，极心无二虑，尽公不顾私，若有欺心，甘受商君法治！"

樗里疾也是深深一躬，兀自嘟哝着："商君啊商君，商於郡守樗里疾来了……"

暮色之中一阵清风掠过，仪仗幡旗"啪啪啪"大响，原本关闭着的厚重的铜钉大木门竟隆隆大开。全体护卫甲士无不惊讶肃然，拜倒高呼："商君法圣，佑护大秦——"

樗里疾高兴道："张兄，商君请你了！进府。"

张仪又是深深一躬："多谢商君。"拉着樗里疾大步进入府中。

庭院中已经是灯火通明，先行派来的侍女仆人正在院中列队等候，见张仪到来作礼齐声："恭迎丞相入府！丞相万岁！"樗里疾嘿嘿笑道："这是我从官署仆役中挑选的，都是商君府原来的老人。若不中意，张兄可随时替换。"张仪笑道："好说好说，粗疏布衣，何有忒多讲究。但按商君旧例便了，各司其职。""是。"侍女仆役们井然有序地散开了。

樗里疾带着张仪与绯云巡视了一周，熟悉了国事堂、出令室、大书房、官署厅等要害处所。最后来到跨院，樗里疾道："张兄啊，唯独这寝室是原先的琴房棋室刷新改的，若不中意，日后便新建了。"绯云指着灯光下熠熠生辉的华贵家什与低垂的纱帐笑道："吔！和大梁贵公子一般了，教人发晕。"张仪皱皱眉笑道："另建自是不必了。这，太得奢靡，绯云另行收拾一番。"樗里疾嘿嘿笑道："这也是君上主张，说先生是魏国人，要教先生过自己习惯的日子。"张仪不禁大笑道："君上好心。魏国人如何都能如此过日子？张仪倒要看看商君与公主的寝室，是否也这般华贵？"樗里疾笑道："张兄要看，这便去看了。"

一个已经生出白发的老侍女，领着他们来到了与大书房相连的寝室。一路走来，张仪笑道："樗里兄不觉怪异么？这里毫无尘封多年的迹象，倒像是天天都有人居住一般。"樗里疾笑道："嘿嘿，我也觉得忒煞作怪。"掌灯领路的老侍女低声道："丞相恕罪，这是我等老仆天天夜里进来打扫，多年没有断过。"樗里疾倒是惊讶了："我如何不知道？你等如何进来？"老侍女笑道："驻守军士与管辖我等的吏员，都知道我等是商君府老仆，没有不给方便的，上大夫且勿怪罪他等才是。"张仪听得大为感慨："民心悠悠，可比苍天。人死如商君者，死亦无憾也！"樗里疾久久默然，长长地叹息了一声。

进得商君寝室，几个人都愣怔了。里外两进：宽大的外间只有六张长案而已，里间是真正的寝室，也是青砖铺地、四面白墙、一张卧榻两床布被、一面铜镜、一座燎炉、一张长案而已。没有厚厚的红毡铺地，没有艳丽的轻纱帐幔，甚至寝室连带必有的坐榻、绣墩都没有，简单粗朴得令人惊讶。这是任何一个寻常布衣士子都可以拥有的寝室，然而，它却恰恰是爵封商君权倾朝野一妻富甲天下一妻贵为公主的商鞅的寝室。

绯云鼻头发酸，抽抽搭搭地哭了。

张仪眼中闪烁着晶晶泪光，喟然长叹道："苏秦啊苏秦，你我吃得数年之苦，比起商君终生清苦，却是两重天地了。极心无二虑，唯商君之谓也！"

这天夜里，张仪久久不能入睡，索性披衣而起在园中漫步。听得咸阳城楼上刁斗打响了五更，张仪驾车进宫了。

嬴驷也没有入睡。

张仪的长策谋划，拨开了久久笼罩在心头的阴霾，彷徨心绪一扫而去，看清了秦国的位置，明白了该做的事情，也强烈地意识到：秦国将在自己手里开始大大地转折，对山东六国即将展开长期的正面抗衡。当初，公父秦孝公与商鞅肝胆相照，才创下了秦国无与伦比的根基。今日，秦国战车要碾碎山东六国的合纵大梦，就要与张仪同心携手。是的，秦国不能没有张仪。

长夜应对之后，一个大胆的决断在嬴驷心中形成了。张仪走后，他留下嬴虔、樗里疾与司马错共议，征询他们对张仪的官职任命。嬴虔说了客卿，要先看一段再说实职。司马错说了上卿，以为客卿太虚。樗里疾则说了左庶长，说张仪大才，当按商君入秦同等对待。当嬴驷断然说出"丞相"两个字时，三位大臣都惊讶得良久沉默。

嬴驷拍案慷慨道："苏秦合纵于六国艰危，一身佩六国相印！张仪受命于秦国危难之际，我老秦人如何能惜官惜爵，竟不如山东六国？"一语落点，三人恍然大悟，异口同声地赞同拜张仪为秦国丞相。嬴驷在用人上极有器量，立即想到要将封闭多年的商君府赐予张仪，但又担心宗族大臣生出纷纷议论，天亮后便到宗庙祷告占卜，得出的竟是“龙战于野”的振兴卦象。嬴驷立即将卦象书告朝野，并同时下书将商君府赐予张仪做丞相府，由樗里疾立即操持开府事宜。上应天命，元老大臣们也无话可说，朝局竟是出奇地稳定。

嬴驷舒了一口气，午间小憩片刻，令内侍急召嬴华进宫。与嬴华密谈了整整一个时辰，已是暮色时分，嬴驷草草用过晚餐，恰恰樗里疾来禀报日间进展。嬴驷静静听完，大是舒心，便与樗里疾继续商议给张仪配备辅佐官吏，又是整整一个时辰。樗里疾走后，嬴驷倒头大睡。直到五更刁斗，他才习惯性地警觉起身，梳洗一罢，来到庭院在寒风中练剑。

“禀报君上，丞相晋见。”

“噢？快请进来。”嬴驷说着连忙收剑整衣。张仪黎明进宫，嬴驷还真有些没有想到。对待张仪，嬴驷是做好了准备的，决然不会拿张仪做寻常朝臣对待，一心要充分接纳这个东方名士的洒脱不羁。一个人真有本事，不拘小节又有何妨？更何况老秦部族本来就是粗犷豪放的，除了行军打仗，谁也不习惯在细节上抠掐别人。昨日张仪醉倒在君臣小宴，众人非但没有责怪他，反而觉得这位名士本色可人，一迭连声地争着送张仪回去。依嬴驷想法，张仪今日就是大睡一天一夜，他也丝毫不以为怪。想不到张仪如此敬事，竟然五更进宫，嬴驷当真是怦然心动了，隐隐约约地，嬴驷觉得张仪已经与秦国融成了一体，真是天意。

“君上勤政奋发，臣敬佩在心。”张仪深深一躬，全无寻常挂在脸上的调侃笑意。

“一旦大任在肩，立见英雄本色。丞相弃独居之风，毅然树执政典范，才当真令嬴驷敬佩也。请入座。本想明日才能见到丞相。”爽朗的笑容罕见地溢满嬴驷黝黑的脸膛。

“君上，臣想立即筹划君上称王大事。王号一立，臣当立即以秦王特使东出。”

“对朝局，丞相有何想法？”国君称王，官员权力结构必然地要有所变化。嬴驷之意，是要听张仪的整体谋划。

张仪思忖道：“朝局官制，秦国与楚国一样，历来有不同于中原的旧制法统。其弱点在于职爵混淆、事权不明。孝公商君未能破之，不是不破，而是虑及世族难以接受。臣以为，目下秦国已成天下第一大国，不能以僻处西陲之习俗，自外于天下文明潮流，不能以当年军民一体之旧制为设官根基。当破除旧制法统，仿效中原官制。”

“大是！嬴驷也有此想法，丞相一并筹划之。”

“既如此，臣不日当上书详陈。”

“丞相啊，商君当年执政变法，有文武两大辅佐。我想将樗里疾派为丞相政事辅佐，你意如何？”

“上大夫辅佐？未免太得屈才了。”张仪有些意外，然仔细一想，自己要着力连横斡旋，内政的确不能尽全力；樗里疾本来就是上大夫主持内政，说是辅佐，实际上是给自己派一个分管内政的大臣，以免内政与邦交脱节；可是樗里疾乃秦国资深老臣，名义确实不顺当，思忖至此，张仪道：“臣以为，当以樗里疾为右丞相，与臣共执国政为好。”

“有胸襟！”嬴驷赞叹一声，“不过事先言明：不是共执国政，而是右丞相辅佐丞相，以便丞相出使，政事不致紊乱可也。”

张仪笑道：“如此安排，臣心中大是实在。”

一经说定，张仪告辞出宫。一路之上，越想越是佩服这位秦公的权力调度之能。樗里疾与自己携手共事，可谓相得益彰，既大大增强了丞相权力的一统，又使樗里疾原先的“上大夫主持国政”在设置丞相后有了一个最好的归宿，非但不显尴尬，而且还有所晋升。更重要的是，一举消弭了老秦权臣与山东名士之间无形的鸿沟。剩下的便是将司马错安置妥当，秦国便是文武协力的大好局面。张仪已经想好了司马错的位置，他相信秦公也一定是这样想的，只是要由自己这个丞相提出来而已。

用过早膳，张仪走进了书房。

这个书房，正是当年商鞅处置政务的主要场所。说是书房，实际上由四个隔开的政令典籍室与一间宽大敞亮的批阅公文厅组成。与寝室相比，商君这书房可是罕见的大气派，既实用又讲究。在樗里疾督促下，又增加了秦国近年来所有的公文副本，足不出户便可了解秦国政令。书房老仆前来请示："丞相若觉何处不当，我等重行摆置便了。"张仪爽朗笑道："甚好甚好！若需更改，我自会随时吩咐。"说完，便走进典籍室开始浏览起来。

张仪天赋极强，读书奇快，又几乎是过目不忘，浏览这公文典籍更是一目十行。老仆人在门外只听得竹简一卷一卷哗哗响，以为张仪在搬动竹简，几次三番匆匆进来道："丞相，但有搬简粗活，小老儿来做便了。"张仪头也不抬地接连打开三卷竹简："我在读简，没有搬，你去吧。"老仆人怔怔地看了一会儿，终于忍不住惊叹："丞相如此读书，当真是旷古未闻！还是小老儿来给你展卷，我熟悉，丞相只说要哪卷便是。"张仪笑道："也好，顺着次序拿，一次展开十卷，我走过你便收起上架。"老仆人惊讶咋舌，便从书架上一次抱下十卷，在厅中头尾相接全部展开。张仪从边上慢步走过，便是一轮读完。不到一个时辰，老仆人搬上搬下展开合起，累得满头大汗，气喘吁吁。张仪关切笑道："老伯啊，歇息片刻吧，日后找个年轻帮手了。"老仆人擦着汗连连感慨："小老儿一辈子照料书房，当真是头一遭儿，搬书的竟没有读书的快！"张仪不禁哈哈大笑道："都是公文，好看好懂，不用揣摩的。"老人连连摇头："那也得一个字一个字过不是？丞相天神！若能记得住，就更神了。"张仪又是一番大笑。

"何等美事，张兄如此开怀？"随着声音，樗里疾从书房外摆了进来。

"樗里兄啊，来得正好。"张仪走出典籍室来到书房正厅，"我正在浏览典籍，樗里兄请坐。"待樗里疾坐定，张仪便将与国君商定的事说了一遍，末了道："就实而论，我这丞相与商君不同。商君治内为主，大良造便是总摄国政。今日却是外事为主，张仪担连横之任，大体无暇内政。你我合力，便是内外不误。只是樗里兄屈居张仪名下，却要担待一二了。"

"张兄见外。樗里疾吉星高照，做了右丞相还敢不满么？"樗里疾嘿嘿嘿笑着，"君上原本与黑肥子说好的，依当年景监、车英例：我左迁一级，做丞相府丞辅佐张兄。偏是张兄抬举，君上临时一昏，竟教黑肥子捡了个肥羊腿，你说我还能抱怨谁去？"

"樗里兄当真可人也！"张仪不禁大笑，"秦国内事，张仪拜托了。"

樗里疾肃然拱手道："丞相勿忧，樗里疾定按丞相方略行事，一力承担！"

两人又商讨了秦公称王的诸般细节与秦国新官制的构想，便到了正午时分。一顿粗简便饭过后，樗里疾匆匆走了。张仪依旧走进了书房，他给自己的期限是：三日之内，通读所有的典籍政令；秦公称王之日，熟悉秦国所有的政事官署。这天晚上，他整整在书房待到五更，前半夜阅读，后半夜草拟了《王国新官制书》，直到天色放亮才回到寝室。

经过近一个月的紧张筹划，秦国终于在这年初冬举行了称王大典。

大典简朴而又隆重。嬴驷在咸阳北阪举行了祭天大礼，向上天禀报了"称王靖乱，解民倒悬"的宏愿，又隆重拜祭了太庙，祈求列祖列宗佑护秦国。正午时分，嬴驷在咸阳宫正殿即位称王，史称秦惠文王。称王大朝会的第一件事，是由张仪宣布推行新官制。这种新官制不涉及爵位，而只框定了政务大格局：

丞相	开府总摄军国政务，设行人、属邦等专门官署
右丞相	辅佐丞相处置政务，主内政民治
上将军	秦国军旅最高统帅，战时开府
国尉	掌军事行政，于丞相府设置官署
长史	掌王室机要并日常事务
大田	掌秦国农耕土地，设太仓、大内、少内等粮食物资属官
司空	掌秦国工程、商市并作坊制造，设工师、关市、工曹等属官
司寇	掌国中治安、行刑、牢狱并各种形式的罪犯
廷尉	掌国中司法审讯
国正	监掌官员监察（后来的御史台）
太史	掌文事并编撰国史等，设太庙、太祝、卜、史等属官
内史	掌都城军政，设中尉（都城卫戍）等属官

新官制事权明确，归属顺当，比较于老秦国的重叠掣肘确是面目一

新。但更令朝臣们兴奋的是，秦以大国规模设官，官署机构与吏员数目都有相应扩大，几乎是人人升官。张仪宣读完毕，大殿中一片“秦王万岁”的欢呼声。新国王嬴驷亲自宣读了任张仪为丞相、樗里疾为右丞相、司马错为上将军的王书，大殿中又是一阵欢呼。

当天夜里，咸阳城彻夜欢腾，连尚商坊这个六国商贾区域也是彻夜聚酒，一片慷慨。老秦人有了王国子民的骄傲，顿时扬眉吐气。六国商贾与游学士子们，慷慨中大有迷惘：十多年以来，列国称王者多了，可没有一次像秦国称王这样的冲击。秦为王国，将给天下带来如何变化？人们说不清道不明，但却实实在在地相信，这是战国以来最值得记住的日子之一。

三　匕首金窟黑冰台

天色已晚，张仪用完饭正要再进书房，门吏来禀报：有一个叫做应华的商人求见。

“吔！我去接。”绯云一阵风跑了出去。

白衣应华翩翩进得庭院时，张仪已经站在廊下含笑拱手：“小弟别来无恙啊？”

“士别三日，真当刮目相看。今日大哥，可是威风了得也。”应华笑吟吟走到张仪面前，“不想我么？”张仪大笑：“想你又能如何？神龙见首不见尾。”应华一笑道：“你当了恁大官，小弟在那里碍眼，是以不辞而别，大哥不怪小弟么？”张仪揶揄道：“碍眼？只怕是又到哪座山猎虎去了。”应华咯咯笑道：“虎为兽王，猎一只行，哪能天天猎得？”绯云笑道：“吔，公子大哥好容易来了，站在风地里说甚，快进去暖和着。”说着拉着应华胳膊进了正厅。

张仪对书房文吏吩咐了几件事情，便来到正厅。绯云已经将燎炉木炭火烧得通红，茶也煮好了，厅中暖烘烘的一片春意。应华笑道：“大哥有绯云姑娘侍奉，真个好运。”绯云粲然一笑：“吔，公子大哥才是好运。”又打住了不说。张仪入座笑道：“小弟生意如何？要否我这个大哥帮衬？”“真是。”应华板着脸道，“就会谈生意，比我还商人似的。”张仪大笑道：“我倒是想说别的，你可应么？”

应华明亮的眼睛盯住张仪，点头道：“说，迟早之事。”

张仪一拱手道：“能否见告，阁下究竟何人？”

“大哥怀疑我不是宋国商人？”应华依旧笑吟吟。

张仪笑着呷了一口热茶：“宋国有应氏，却没有你这个公子。依我看，你是那个‘嬴’，而不是这个‘应’，如何？”

“大哥何时有此想法？”

“就在你报出‘应华’名号时。”

“为何不说？”

“为何要说？”

两人对视片刻，同声大笑。绯云却惊讶得不敢做声了。虽然张仪也对她说过应华不一定是商人，但在她想来，“应华”最大可能是个官场公子而已。如今“应华”变成了“嬴华”，竟是个真正的王室公子，她如何能再像从前那样做“大哥”对待？

嬴华却对门外老仆人道：“你下去，没有传唤，不要教人到这里。”回身爽朗点头道：“大哥没错，我是嬴华。”又看着绯云笑了笑，“我也不是公子，我是一个女子。”说着摘掉束发锦带，一头瀑布般的长发便黑亮亮地垂在肩头，又脱去外边白袍，一件红色长裙便衬出了一个亭亭玉立婀娜多姿的美丽女子，粲然一笑，顾盼生辉。

“吔——好美！”绯云惊讶地赞叹着。

张仪也惊讶了。他虽然想到了嬴华是个王室公子，却无论如何没有想到他会是一个公主。一个年轻女子竟有如此才干，当真令人难以想象。嬴华红着脸笑道：“没有人知道我是女儿身，也请大哥小妹勿得外泄。”说着一个原地大转身，回过头来，又神奇地变成了一个白色长衫的英俊士子。她对着张仪绯云笑道：“大哥小妹，谁也不许将我做外人对待，小妹还得叫我大哥哥。”绯云顽皮地伸着舌头：“吔，好个美人哥哥。”张仪不禁笑道："小弟日常间做何营生？"嬴华道："一事一做，说不准。这次我是要向丞相讨个官做做了。"绯云先笑了："吔，走遍天下，可有公主讨小官做的？"嬴华笑道："秦国不同，任你王孙公子，不做事没有俸禄，国人也瞧不顺眼。"

张仪："真的想做事？"

嬴华："我还要上书丞相，采纳我的谋划，这叫无功不受禄，对么？"

"倒是不错，颇有名士气度。说来听听，有何谋划？"

嬴华咳嗽了一声，清清嗓子挺挺胸："启禀丞相：以在下之见，要分化六国，便要在六国权臣中寻觅亲秦代言者。如此之人，唯有黄金收买、利刃胁迫两法。不受金帛，匕首随之，非如此不足以收分化奇效。闻得丞相有言：分化六国，须得无所不用其极。在下便斗胆前来，呈上一策：建立黑冰台，专事秘密作为。在下自荐做黑冰台总事，丞相以为如何？"嬴华语气神态虽然不乏调侃，但也将事情说得清清楚楚，全然不是谈笑之语。

张仪皱起了眉头："黑冰台？事实上已经有了？"

"这名号，是在下来路上才想出的。要说事实，只有寥寥百余人，还大都散在山东六国。也是当初君上刚刚即位时，觉得六国内情刺探不力，将秦国原在六国的秘密斥候从国尉府剥离，归总交我掌管。大哥，不对，丞相。丞相的事，也是借了这个方便，我也是借此做了一回商人。"

"你这黑冰台，可曾在咸阳动过手脚？"

"那可不敢。"嬴华笑道，"秦国唯法是从，纵有权臣不轨，都是依法惩治，如何用得此等手段？丞相怕黑冰台乱政么？"

张仪脸色缓和了一些道："一个国家走上正道，是千难万难的一件事，些微缝隙，都有可能毁坏根基。所谓千里之堤，溃于蚁穴，便是这个道理。以文乱法，以武犯禁，正是法家治国最反对的两宗大害。商君焚书禁侠，正是为了杜绝这两大祸端。小弟若到六国官场走上一遭，便会看到上层倾轧的黑幕：不讲法制，唯讲势力，结党营私，豢养死士，为自己清除政敌。专诸刺王僚、聂政刺韩傀、要离刺庆忌，天下赫赫有名的刺客，最后都成了搅乱国政的利器。这次，因苏秦合纵而被封君的四大公子信陵君、孟尝君、平原君、春申君，都算得天下英雄了，却也都是各自养士成百数千。所为何来？还不是显示私家强力？六国朝局无定形，一半原因在崇尚阴谋、刺客与暴力。秦国所以清明，正在于法制担纲，官场多公心而少私祸。黑冰台一出，我只恐它会变成一头难以驾驭的怪兽，到头来伤了秦国根基也。”

嬴华听得良久沉默，半晌道：“丞相大哥说得大是，原是我思虑浅薄。只不过，黑冰台只对外不对内，不用太可惜。”

张仪被嬴华一个“丞相大哥”叫得不禁一笑，气氛缓和了许多。

“丞相大哥，在下小弟有一法，可防此患。”

张仪终于禁不住笑道：“丞相大哥？在下小弟？亏你想得出。说，甚方法？”

“且先不说，保管丞相大哥满意便是。”

“好，事关重大，且容我与右相、上将军、太傅商议，再禀报秦王允准。”

嬴华惊讶道：“哟！这可是丞相的分内权力，如此无担待，黑冰台还是秘密么？”

张仪锐利的目光骤然盯住嬴华，却又释然笑道：“你公子哥懂甚？此等团体一旦成立，威力必是奇大。若不事先通报国中大臣并经我王允准，就会成为你我手中的私家利器，害人害己害国家，后患无穷。张仪纵有担待，岂能拿国命做儿戏？”嬴华终于明白了其中干系，却又故作生气道：“芝麻大个事，丞相大哥一说也成了胡瓜。好，听你的，谁教我要讨官做。”

嬴华走后，张仪思忖一番，立即将黑冰台一事起草了一份专门密件，连夜上书秦王。惠文王接到密件，次日便召丞相张仪、太傅嬴虔、上将军司马错、右丞相樗里疾进宫商议。君臣议决：秦国成立黑冰台，隶属丞相府行人寺[1]管辖，直接听命于丞相张仪；其所需经费与属员俸禄单列，由右丞相樗里疾掌管发放；其属员遴选由太傅嬴虔与上将军司马错

[1] 行人寺，战国时秦国职掌外事的官署，长官称“行人”，隶属丞相府。

确认，并发放“铁鹰牌”方为有效；其属员之爵位封赏，则须经秦王下书；黑冰台所有事宜，只限君臣五人知晓。

如此一来，黑冰台自然成了只对外事邦交，而不会对朝局国政造成无端威胁的秘密利器。

张仪回到府中，正要差人去召嬴华，她就恰到好处地翩翩来了。嬴华进门就问：“丞相大哥，如何？”张仪笑道：“你有耳报神么？如何总是来在节骨眼上？”嬴华道：“我呀，心思一动，就知道哪里有事。”张仪揶揄道：“噢，巫师一个。”嬴华咯咯笑着：“就做巫师，缠着你不放。”张仪没听见一般正色道：“公子大策已经我王决断，立即着手。自今日起，公子便是丞相府属官，职任行人，专司外事。”

“是！属下参见丞相。”嬴华精神抖擞地深深一躬。

张仪又将朝会商定的有关黑冰台的诸般职掌说了一遍，末了道：“黑冰台的所有事宜：总署地点、剑士数额、所需金钱等，要尽快开列施行，若能在冬日之内完成，便能在来春出使六国时派上用场。”

嬴华道：“属下请丞相即刻视察黑冰台旧署，丞相或可另有决断。”

“另有决断？”张仪笑道，“如此说来，公子早有准备？”

“敢请丞相大哥只带绯云一人，莫带护卫才是。”

张仪点点头，绯云便飞步入内取了那口越王剑出来，跟在两人身后出了门。门外已经有三匹骏马在空鞍等候，张仪便知嬴华是着意请自己来的，也不说话，翻身上马跟着嬴华出了咸阳北门。片刻之间，三骑快马飞上了北阪，穿过松林进入了一道峡谷。北阪虽是林木葱茏，大势却并不险峻，也没有石山，偏这道峡谷大是奇特，两边大石嵯峨，谷底流水潺潺，山腰山头被苍松翠柏封得严严实实，连寻常峡谷的一线天也没有。进入谷中，就像进入了一个漆黑的山洞，除了流水松涛之声，一切都被淹没了。

到了一个避风处，嬴华回身道：“大哥，马拴在这里。”说着跳下马来，也没看见如何动作，手中便骤然亮起了一支火把。光明之下，但见一个小小的山洞，又干燥又避风，靠壁处还有一个长长的青石马槽。“吔！山洞马厩。”绯云低声惊叹着下马，又将张仪的马牵了过来一并拴好，笑问，“公子大哥，可有草料？”嬴华走过来道：“看看，记住了。”说着右手抓住马槽顶端的一个不起眼的石疙瘩一旋，喀哒一声，正对马槽的山洞顶部竟裂开了一道大约四指宽的缝隙，碎干草混合着碎豆瓣儿便哗哗地流淌下来。看看马槽将满，嬴华一旋石疙瘩，洞顶缝隙又喀哒关闭。“这边有水瓮。”嬴华说着又向洞底石墙上一拍，一道石板门“吱”的一声开了，一个硕大的陶瓮赫然便在眼前。绯云眼尖，一眼看见瓮上漂着一只小木桶，便抢上去打了一桶水均匀地泼在马槽，又回身将木桶丢进大水缸，再一拍石墙那个掌印，石门“咣”地合拢。“吔，这样啊，记住了。”绯云好奇而又兴奋地笑叫着。

嬴华又递给绯云一支火把：“我领路，你断后，大哥中间，走。”说着出了山洞。

出得山洞马厩，嬴华领着张仪绯云趟进了一道哗哗溪流。说也奇怪，虽是冬天，这山溪水流却是暖暖的丝毫不见冰凉。顺着山溪向前，溪流中光滑嵯峨的巨石几若一道天然的山梯，攀缘而上，越走越高，水声也如沉雷般轰鸣起来。绯云的火把早已经被飞溅的水珠打灭，嬴华的火把却始终在高处闪动。借着光亮，张仪看见山溪已经变成了一道瀑布，他们竟攀缘在水帘之中；又攀了两级“山梯”，居然进到了水帘之内，呼啸的山风顿时消失，面前一片温暖干燥的乱石山体。

嬴华叮嘱道：“跟我来，小心，脚不要插进石缝。”说着举着火把从两块巨大山石的缝隙中侧身走了进去。张仪虽然瘦削，身材却是高大，长长吸了一口气，才扁着身子挤了过去，里边是个天然石洞，却是空荡荡的。嬴华将火把向右一摆：“这里了。”脚下猛然一跺，右首山石轧轧开裂，一道石门赫然出现在眼前。

“进来。”嬴华举着火把先走了进去。张仪跟进，眼前一间两三丈见方的山洞，也是空荡荡的。嬴华用火把点亮了两边壁洞里的四盏纱灯，洞中顿时大亮。张仪看到了右首墙上的一道小小铁门笑道：“机密在这里？”嬴华嫣然一笑，上前抓住铁门把手左右各拧了三转，一阵隆隆声，铁门缓缓洞开。“丞相大哥，跟我来。”嬴华率先进洞，又点亮了两盏大纱灯。灯光之下，一个摆设如书房一般的山洞赫然呈现在眼前——几个书架、几个铜柜、一张石案、一个插着各式长短剑的兵器架。

“噢——这是中军幕府了。”张仪颇带揶揄地笑了。

“难道不是么？”嬴华笑着打开了一只铜柜，捧出一只小小铜箱，一摁机关，箱盖“当”地弹开。嬴华拿起一个形状怪异的青铜物件道：“这是君上特赐的兵符，不是大将虎符，而是秦国公室调动禁军的‘凤符’。持此兵符，可到宫廷护卫中任意挑选铁鹰剑士。”又拿起一支大约四五寸长的金制令箭，“这是秘密金令箭，可到公室府库直接支取钱财，多少不限量。”

张仪笑道：“权是大也。”

嬴华没有丝毫笑意：“这些，都是君上在特殊时日的特殊调遣。今日回归正道，交于丞相，黑冰台日后纳入外事调遣，不再由我一人秘密掌控。”

张仪正色道：“秦王已经朝会决策，黑冰台便是国家利器。本丞相命：公子以行人之职，兼掌黑冰台，凤符与金令箭由行人掌管，只是每次使用，须得本丞相准行方可。”

“是！属下明白。”嬴华将军一般赳赳挺身，拱手领命。

张仪笑道：“如此大费周折，就为了藏这几样物事么？”

“那岂非暴殄天物？”嬴华笑了，“丞相大哥跟我来。”出了“中军幕府”，打开了另一道石门，洞中码满了两排大铁箱。嬴华笑道：“猜猜，这里面都是何物？”张仪道：“黄金珠宝罢了。”嬴华道：“秦国王室的祖传宝物，十有八九都在这里了。君上说，有用于国，方为宝物，留在宫中做摆设糟蹋了，都教我给搬出来了。”

张仪不禁慨然一叹，想起天下以收藏珠宝为乐事的魏惠王，想起六国贵族对财货珠宝的贪婪，想起楚国权臣争夺金玉财宝用尽机谋，那个昭雎竟然诬陷自己偷了他一对玉璧而置自己于死地。“天下熙熙，皆为利来；天下攘攘，皆为利往”，财货珠宝为天下利市之精华，视之如粪土者能有几人，秦王若此，秦国安得不强？

“这是兵器库。”嬴华的声音惊醒了张仪，抬头一看，这个山洞里环绕着一架又一架长剑短剑。“这些兵器都涂着一层厚厚的牛油，所以光芒收敛了。”嬴华笑道，“这些短剑都是一等一锋利的匕首，黑冰台勇士人各一把。长剑只给单独行动者配备。”嬴华说着从架上拿下一把短剑，用石桌上的细纱擦去牛油，短剑顿时青光闪烁森森逼人。嬴华将短剑插入配套的牛皮剑鞘，双手捧起道：“绯云小妹，如今你是丞相护卫了，本行人将这把短剑配给你。这是楚国风胡子匕首，削铁如泥。”绯云笑道：“吔，谢过行人大哥。”张仪大笑道：“甚个叫法？全无法度了。”嬴华却高兴得咯咯直笑：“好！就这样好。丞相大哥，行人大哥，还有……家老小妹。”这“家老”本是中原人对大管家的称谓，用到绯云身上倒也颇有趣味。一语落点，三人一齐大笑。

嬴华又点起火把，领着二人穿出山洞，洞外却是莽莽苍苍的林木，隐隐可见草木丛中的小道直通山外。张仪笑道：“你去安邑，也是从这里出发？”嬴华笑道：“那是自然，黑冰台的秘密使者，都是在这里训练准备，而后从这里出发。”绯云惊讶道：“行人大哥好心思，选了这么个鬼都找不到的地方吔。”嬴华咯咯笑道：“君上原是要在咸阳给我一幢隐秘府邸，我没有要。这里多好，略微修葺一番，胜过金城汤池。”张仪道：“你自己找的么？”嬴华点点头又摇摇头：“是我小时候采药发现的。”张仪惊讶了：“你采药？宫中太医……”嬴华叹息了一声，沉默地咬着嘴唇，眼睛却暗淡了。

张仪笑道：“时间也长了，回去。”

下得山来进入北阪，灰蒙蒙的夜空开始飘下飞扬的雪花，冬天的第一场大雪就这样悄悄来临了。回到府中，张仪接到了一个惊人的消息：苏秦北上燕国，正与四公子分头组建六国盟军，准备来春夺回函谷关外的六国失地！

四　衣锦荣归动洛阳

苏秦要回故乡的消息传遍了洛阳王畿，惊动了大梦沉沉的周天子。

周显王虽说无所事事，日夜浸泡在乐舞之中，但对天下动静倒也清楚。只要是稍大一些的国家有喜事，或打了胜仗，或新主即位，便派王使去嘉勉赏赐；只要有邦国盟约，也派出王使去祝贺；残余的三十多个小诸侯有了纠纷争夺，排解者中也永远少不了天子特使。虽然已经是徒有其名，但天下任何大事却都少不了这个周天子的点缀。周显王心中明白极了，也无奈极了。天子要存在，洛阳王畿要存在，就必须扮演这个锦上添花的闲适角色，否则只有被挤压得粉碎。于是，周天子的全部政务，就变成了应酬天下的各种喜庆，排解天下的各种纠葛，对天下大事不想知道也必须知道。无可奈何也好，哭笑不得也好，都必须事事露个脸。四十年来，这位周天子从英俊少年变成了白发老翁，应酬得心头都起了老茧，可还得撑持着应酬下去，眼看着强变弱弱变强大变小小变大生生灭灭，这位天子确实是应酬得累了。

老太师颜率向天子禀报苏秦要回洛阳省亲时，周显王睡眼惺忪地问："苏秦？好耳熟，何许人也？"颜率高声道："苏秦，六国丞相也，创立合纵，声威赫赫！当初，我王曾赐此人天子王车也。"周显王长长地打了个哈欠道："噢——那个秦国使者么，不是给了些许盐铁么？"颜率也是白发皓首了，精力本来不济，高声半日好容易使天子明白了苏秦来历，已经是气喘吁吁了。周显王却倚在榻边侍女肩上，慵懒地笑了笑："老太师权衡操持吧，不开罪于人便是了。"

自觉此事重大，颜率召来了王族的另外两个"诸侯"商议：一个是东周公，一个是西周公。这两公是一对好事的冤家，争水源，争人口，争王产，十多年来闹得不亦乐乎，对天子的事历来不愿应承。今日黑着脸听老太师颜率说罢，是无一人开口响应。老太师多方陈说利害，反复申明结好苏秦对王室王族的诸般好处，两位诸侯才答应共摊一半财货。老太师当场做了分派：东周公为苏庄修一座六国丞相府，西周公整修洛阳城外的三十里官道，同时修一条王城通往苏庄六国丞相府的大道；迎接苏秦的仪仗与赏赐等由天子府库支出。见是三家均摊，两个诸侯才老大不情愿地答应了下来。

依照周室法统，太师之职本来是三公（太师、太宰、太傅）之首，职责是“辅助天子，协理阴阳，经略大政”，不涉具体事务。然则时至今日，太师的光环早已经销蚀净尽，只落得一个首席大臣的名位，实际上已经沦落为处置各种琐碎杂务的大夫了。老颜率也是如此，陪着天子做了四十年太师，实则忙忙碌碌地做了四十年勤杂。说起来也是无可奈何，王族贵胄忙着谋诸侯大位，稍有见识才能的大夫，都纷纷投奔强国去了，偌大王城，凋敝得只剩下一班遗老遗少与几百名侍女内侍。上大夫樊余已经走了，老颜率如若再走，周室立时便没了撑持。无奈之下，颜率只有苦撑，好在也都是些应酬事宜，只要细致些许，也出不了大错。可这次却是要实实在在地奔波驰驱，要督察六国丞相府的修造，要督察官道郊亭的修葺，还要演练久已尘封了的王室仪仗，当真是要劳碌一番了。

大事安顿妥当，老太师亲自出城到乘轩里苏庄来了。

一片树林包围着一片庄园，远远望去，洛阳城外的苏庄依旧是那样的宁静。轺车驶近，却发现林木荒疏野草丛生，砖石破损黄叶飘零，周围井田一片荒芜，没有一方绿苗。老太师清晰地嗅到了他所熟悉的那种衰颓破败的气息，不禁暗暗惊讶：传闻苏庄富甲洛阳，如何这般荒凉气象？轺车停在道边，老颜率带着四名抬着礼盒的老内侍，走过了林间破损不堪的砖石小道，命一名老军上前通禀。

“啪啪啪！”门环三响，老军拱手高声道：“请苏家主人答话。”

但闻“汪汪汪”三声狗吠，厚重的大门“吱呀”开了，一条精瘦的大黄狗先蹿了出来，昂首蹲在门厅警觉地注视着门外来人。紧跟着一个须发灰白腰身佝偻的布衣汉子走了出来道：“苏家不欠债了，谁呀？你等……”看见门外官人聚集，汉子顿时愣怔了。

老军高声道：“前辈可是苏府仆人？相烦通禀：周室太师造访苏府。”

须发灰白的汉子使劲地揉揉眼睛：“我？我是苏家老大……太师？苏家犯官了么？”

老颜率与颟顸的老天子整日周旋，知道如何对这种人说话，见状径自上前高声道：“大公子，老夫乃周室太师颜率。贵府苏秦公子功业彪炳，已经做了六国丞相。老夫奉天子之命，特来抚慰犒赏！”

“你说甚？苏秦做了六国丞相？”汉子激动得声音都沙哑了。

“正是。苏秦做了六国丞相。”

“嘿嘿，嘿嘿，嘿嘿嘿！”须发灰白的汉子咧着嘴断断续续地笑了几声，突然之间哈哈大笑，手舞足蹈地踉跄着反身跑进大门，“二弟成了！成了！六国丞相了！六国丞相了！啊哈哈哈哈！”

只听一阵杂乱的脚步声，一个女人尖声嚷着：“做好梦都疯了你！还六国丞相呢，六国天子倒好！苏代，扶他进去，别再出来丢人现眼。”

“不！不进去！二弟做了丞相了！六国！哈哈哈，六国！”汉子的挣扎声与一个年轻人的劝慰声、女人的呵斥声、大黄狗激动的汪汪声夹杂在一起，院子里乱纷纷一团。

老颜率听得分明，大步踏进门槛高声道：“敢问：苏亢老前辈可在？”

院子里的吵闹声立即静止下来，尖声嚷嚷的黑瘦女人惊讶地回过头来盯着这个须发雪白气度不凡的老人，突然间脸上绽开了一片笑容道：“哟！老大人一看就是贵人，家父如何当得起前辈两个字？敢问大人，何事光临寒庄茅舍？”不多几句话，一副惯于应酬的掌家模样。

正在劝慰中年汉子的布衣年轻人走过来肃然一躬道：“启禀老大人：家父久病在榻，这位是我家掌家大嫂，大人有事，但说便了。”

“掌家大嫂接王书——”老太师苍老的声音分外响亮。

“哟！王书啊！”女人叫了一声，两手在衣襟上直搓，脚下团团乱转，慌乱得无所措手足。布衣青年过来扶住她道：“大嫂莫慌，大礼接书便了。”说着往边上跪倒：“洛阳子民苏代接王书。”大嫂一见，连忙学样儿跪倒，颤抖着尖声道：“苏大娘子，接王书！”

颜率接过老内侍递过的王书打开，悠然高声念诵道：“兹尔苏氏，秉承王道，教子有成。苏秦合纵，大功告成。消弭刀兵，弘扬德政，六国丞相，光耀门庭。特赐苏亢伯爵官身，苏门其余人等子爵官身；着王室尚坊立功臣坊，造六国丞相府邸。大周王四十年秋月。”

黑瘦女人惊愕得张大了嘴巴，说不出话来了。

苏代低声道：“大嫂快谢恩。”

女人如大梦初醒：“啊啊啊，谢恩！对对对，谢恩！苏大娘子，谢过天子恩典——”尖锐颤抖的声音中夹着咚咚咚的叩头声，满头流汗。

“抬过礼盒。”颜率一声吩咐，四名老内侍抬过两口大铜箱，颜率上前打开道，“此乃天子赏赐苏府的黄金百镒、绢帛二十四。三日之后，六国丞相府着手建造，望掌家早做铺排，定妥宅基。老夫告辞。”

“哟！老大人如何走得？总要尝一口草民的热酒了。”大嫂已经缓过神来，兴奋得满面红光，一叠声地边施礼边拦挡。

“无须叨扰了，掌家谨记：但有所请，可到太师府见老夫便了。告辞。”老颜率说完出门登车走了，身后传来一片连绵哭声。

次日清晨，一辆破旧的牛车咣当咣当地驶进了洛阳。苏代与大嫂带着老苏亢的信求见太师，再三申明：唯愿官府修复被流民洗劫毁坏的苏庄足矣，不敢劳动天子建造六国丞相府邸。颜率不敢怠慢，立即驱车到苏庄与奄奄一息的老苏亢商议，老人竟坚执不受府邸。老太师只好禀明天子，除了原样修复苏庄外，只新建门庭与功臣坊便了。东周公大是高兴：苏庄虽大，房屋却很少，也没有多少礼仪讲究，比建造豪华气魄的六国丞相府邸省事多了。

将要入冬时，苏庄修复好了。高大的功臣坊与金碧辉煌的六国丞相府门庭，又一次惊动了洛阳国人。人们啧啧称奇：眼看穷得狗都快要饿死了的苏庄，如何一夜之间变成了六国丞相府？六国丞相谁听说过？那个黑瘦的女人又活泛起来了，整日欢声笑语地张罗着迎接叔叔归来。像霜打了一般的两个蔫后生也顿时精神了，鲜衣怒马，腰悬长剑，竟日在功臣坊前迎送川流不息的锦衣贵客。惊叹咋舌之中，人们却再也看不见那个拄着一根铁手杖领着一头大黄狗的老人，在最值得他风光的时日，为何老人就偏偏不露脸了？

秋风萧瑟黄叶铺地时，快马斥候传来消息：苏秦车驾进入了洛阳地界。

虎牢关六国会盟圆满告成，六国君臣皆大欢喜，一时间豪情张扬弥漫，对秦国前所未有地蔑视。苏秦也正沉浸在喜悦兴奋之中，禀明纵约盟主楚威王，要回洛阳看望年迈的老父。楚威王与五国君主赞叹苏秦的大孝之心，各自赏赐了许多的金玉珠宝，许苏秦在省亲之后着手组建六国联军。行程既定，苏秦与四大公子议定：一个月内分头确定各国军马数目，一月后在大梁会商联军事宜。一应安排妥当，苏秦便于大典次日启程向洛阳而来。

这是一支浩浩荡荡的军马车队。荆燕统率的六国铁骑护卫共是三千六百名，分做六个不同的方阵色块，燕赵韩在前，魏齐楚殿后。中央是壮观的六国丞相仪仗与苏秦的华贵轺车。最后则是一千铁骑护卫下的一百多辆满载各种礼物的牛车。远远望去，旌旗招展，号角呼应，烟尘连绵二十余里。

在洛阳东门外山头观望的老太师大是惊叹："纵是天子出巡，何有此等声威？壮哉苏秦！夺尽天下风光矣！"

正在辚辚推进，荆燕飞骑来报："周室太师颜率，正在天子官亭郊迎丞相！"

苏秦下令："铁骑仪仗分列两厢，单车拜会老太师。"

荆燕一声令下，仪仗骑士哗然分开，苏秦轺车辚辚驶出。

太师颜率正在修葺好的郊迎石亭前恭候，见仪仗旗帜分列，便知苏秦将出，连忙带领几名白发苍苍的老臣与几名少年王子肃立道中。及至轺车驶到面前数丈许，颜率虽然老眼昏花，却也看得清楚：粲然生光的青铜轺车由四马驾拉，六尺车盖下站着一人，一领大红绣金斗篷随风舞动，几近九寸的玉冠在秋日的阳光下闪烁着晶莹的绿色光泽，腰悬极为罕见的古铜长剑，灰白的须发飘洒在胸前，凝重敦厚的微笑镌刻在黝黑丰润的脸膛。老颜率久经沧海，见过的国君权臣不计其数，内心却也暗暗惊叹："苏秦气度，胜似王侯！不想王畿衰败，洛阳却出了此等人物，当真异数也！"思忖间拱手高声道，"周室太师颜率，率诸王子与贵胄重臣，恭迎六国丞相——"

按周室礼制，天子太师位同大国诸侯，苏秦这六国丞相是要低几个等级的。然则天子名存实亡，天下战国多已称王，这旧礼制也就无法维持了。于是，在邦交周旋中各方心照不宣地将礼遇对等起来，君对君等礼，臣对臣等礼。苏秦自然熟谙其中奥秘，见周室太师在前，从容下车拱手道："在下苏秦，见过老太师。"他不称官身名号，将自己降低一格，为的是要在天子的洛阳王畿、自己的故土之上显示出尊王姿态，否则，洛阳国人会很不高兴的。

老太师对此等周旋也是心中雪亮，知道眼前这个炙手可热的显赫人物的谦逊无论如何也不能当真，肃然还了一礼，高声道：“郊迎三酒——”

一个老内侍躬身捧来一个红锦铺底的青铜托盘，颜率亲自捧起一只诸侯等级的青铜大爵：“此乃天子特赐之郊迎王酒，为丞相洗尘接风！”苏秦知道郊迎王酒都是醇厚的米酒，双手接过道：“苏秦谢过天子恩典！”便举爵饮尽。连续三爵，郊迎礼节便告结束。按照已经大大简化了的时下礼仪，苏秦的仪仗护卫缓缓跟进三五里停了下来，由周室仪仗护卫着苏秦到洛阳东门觐见天子。

周显王破例地摆出了近百年不曾使用的天子仪仗，虽然事先已经修补了一番，也仍然是破旧不堪：旗帜暗污了，斧钺锈蚀了，盔甲破损了，仪仗所需要的雄壮猛士更是没有了。虽则如此，毕竟是旌旗招展，斧钺成列，背后衬着沉沉壮丽的洛阳王宫，远远看去也是前所未有的隆重壮阔。见苏秦轺车仪仗到来，司礼大臣连声高宣，乐师们奏起了《天子韶乐》，舞女们在大红地毡上展开了优雅的《八佾之舞》，三十六名王室老歌手唱起了《周颂》中封赏功臣的《赉乐》，悠扬庄重的歌声随风飘得很远很远：

天作高山　地作四极
济济多士　唯周之命
封于太庙　大哉之恒
刻于青史　日月之名

周显王坐在四面垂帘、侍女簇拥的王车之中接受了苏秦的大礼。他早已经忘记了苏秦的年龄相貌，看见一个须发灰白的红衣人躬行大礼，一时感慨中来：“卿白发建功，若我朝开国大贤太公望，堪称暮年佳话矣！”站在王车边上的颜率大是着急，隔帘提醒道：“英年，不是暮年。”偏在此时周显王来了精神，悠然一叹道：“大器老成，何愧之有？强如英年多矣！”颜率正在难堪无计，苏秦却高声道：“天子圣明洞察，臣心已是垂暮之年，不敢当英年之名。”周显王高兴地笑了：“老成大才，老成大才也。”

“宣天子王书——”老太师担心天子再犯糊涂，连忙宣读了天子的嘉勉王书，宣布了对苏秦的诸多赏赐，这场隆重的礼仪，便在天子王车回城的车轮声中结束了。

带着自己的仪仗铁骑驶上新修的大道时，苏秦不禁感慨万端。

洛阳东门通往苏庄的路，本来只是一条几尺宽的小道，两边是纵横交错的井田沟洫。春耕之时，田野上炊烟袅袅，秋收之后，满目苍黄。但在苏秦心中刻下最深印记的，却是田野里的冬日。他在那座小小茅屋里度过了三个冬天，那呼啸的北风，那掩埋了一切崎岖坎坷的漫天大雪，那滴水成冰的桔槔井台，那无法入眠的漫漫长夜，那一盏豆大的昏黄灯光，那忠诚守时的大黄，那神秘的红衣巫师的鼎卦……在苏秦的记忆中，许许多多的东西都简化了，模糊了，只有修业的大山与洛阳郊野的寒冬永远凝固在他的心中，永远不能消失。遥遥望去，那座茅屋已经不见了，庄外那片熟悉的树林也不见了，映入眼帘的，是平整枯黄的田野与一座隐隐可见的壮丽石坊。熟悉的三尺小道，变成了三丈宽的平坦大道，两排松柏夹道，比许多中小诸侯的园林大道还要壮阔。

苏秦皱起了眉头，心头空落落的。归乡省亲，不能说没有衣锦荣归的想头，但更重要的是，苏秦要最后一次探望落寞寡言的老父，重温一番那熟悉的痛苦与萧瑟孤愤的苦修，在他将投身宦海权力而不再回头的时日，他需要清醒地重温这种痛苦。在洛阳故乡，只有老父与茅屋，是他恒久的精神支柱。而今，这一切却都变了模样，权力竟那样迅速那样不由分说地抹去了坎坷苦难的印迹，他只能毫无选择地接受荣耀财富与膜拜赞颂。六国君主赐给他那么多财宝，能拒绝么？府库空虚的周天子将苏庄全部翻新，能拒绝么？不能。既然将自己镶嵌进了权力的框架，就必须接受权力框架的规则——享受权力带来的财富荣耀，而远离旷达洒脱的无羁境界。

“草民拜见丞相！”“六国丞相万岁！”

突然，苏秦被一片喧闹欢呼惊醒。原来，在新修的大道尽头，也就是在那座高大的功臣石坊前的空阔场地上，跪满了黑压压的庶民百姓。

他们叩头欢呼，一片兴高采烈，完全陶醉在一种荣耀之中。按照井田制，他们都是苏家的乡邻。秋收过后农人们都搬进了城池，如今竟拥出王城聚集到这里，要一睹故乡大人物的风采，每个人都是由衷地兴奋，如同自己的家人建功立业一般。拳拳之心，苏秦不禁悚然动容。

“父老兄弟乡邻们，苏秦如何当得如此大礼？快请起来——”

苏秦在轺车上团团打拱，声音却淹没在成千上万人的礼拜欢呼中。苏秦只得跳下车来，一个一个地扶起前排的老人，看着老人们惶恐不安无所措手足的样子，苏秦当真不知说什么好了。突然，苏秦对身后的荆燕高声道：“荆燕兄，每个乡邻一个金币！快！”荆燕疾步唤来总管交代，片刻之间，便有几百名军士仆人开始向国人乡邻赏发金币了。

捧着刻有各国王室徽记的极为罕见的金币，人们更是欢呼潮涌，万岁之声震动原野。然则，老周国人却在这时显示了天子部族深厚的礼法教养，领得赏金者有了永远的念想，达到了“观瞻大人”的最大企望，立刻知足地退到了后边。没有人维持督察，欢呼雀跃的人流井然有序地走过赏金台，没有一个人企图多领赏金。川流不息的人群从苏秦面前整整过了一个多时辰。仅仅是不断点头拱手，偶尔与熟悉的乡邻寒暄几句的苏秦，嗓子也沙哑了，胳膊也酸麻了。

将及暮色，人潮方才退去，萧瑟清冷的秋风掠过，高大的功臣石坊前空荡荡了。

牌坊脚下，依然有几个人匍匐在地，衣饰鲜亮华贵，却一点儿声息也没有。苏秦大是奇怪，紧走几步拱手问道：“诸位乡邻，可是没有领得赏金？”一个青年猛然抬起头来：“二哥！我是苏厉，大嫂硬是教我等跪接丞相。”苏秦听见小弟弟尚带少年气息的熟悉声音，惊喜笑道：“苏厉？快起来！你是苏代了，起来起来。纵是丞相，当得兄弟如此大礼么？”苏厉苏代一边笑着爬起，一边向依然匍匐在地的两个妇人做着鬼脸。苏秦仔细一看，不禁“噗”地笑了出来——两个女人都穿着大红吉服，珠玉满头灿灿生辉，却早被万千人群荡起的尘土弄得一片脏污，直是贵夫人在田野里翻滚之后的光景。

苏秦不禁笑道：“大嫂，何故前倨而后恭也？”

为首妇人将头在地上撞得咚咚响，高声答道：“叔叔位高多金，小女子岂敢不敬！”

一声“小女子”，苏秦不禁哈哈大笑道：“大嫂公然景仰权位金钱，倒是坦率得可人，快快请起。”

大嫂抬头，黝黑的一张胖脸，鬓发沾着汗水也掩盖不住细密的皱纹，分明大经了一番风尘沧桑的模样。苏秦不禁惊讶了，大嫂原本是丰腴白嫩风风火火的一个女掌家，操持之利落，好恶之分明，都在那不断变换的热辣辣与冷冰冰中淋漓尽致地显示出来。从心底里说，苏秦对这个大嫂的心境是复杂的，甚至是哭笑不得的。她只懂得锦上添花，从不做雪中送炭的善举，然则一旦你翻身过来，她却又是明明朗朗地对你恭敬，绝没有那种痛苦的揪心的嫉妒与愤怒。曾几何时，大嫂变成了一个辛苦劳作的妇人相，苏家发生过重大变故？

“叔叔真粗心，还有一个人呢。”大嫂笑着扯扯苏秦衣襟，嘴向旁边一努。

苏秦恍然，还有个女人匍匐在地，一定是妻子了。他上前两步想扶起妻子，却怎么也伸不出手去，只好低声道：“起来，成何体统？”大嫂立即上去扶起妻子：“哟！叔叔心疼妹妹，快起来吧。”妻子站起低声嘟哝了一句：“是大嫂强拉我来。”低着头不再说话。大嫂乐呵呵笑了：“哟哟哟！妹妹真是，平日总说想叔叔，如何功劳便是我了？”苏秦知道妻子秉性，也知道大嫂目下是竭力不使叔叔难堪而圆场，雄辩的苏秦对这种家事纠葛素来无可奈何，哈哈一笑道：“走吧，都上车，回家了。”又回身对荆燕吩咐道：“荆兄率军士们在这里扎营，等候三两日。”荆燕笑道：“大哥但去，多住几日无妨，大梁约期一个月呢。”

五辆轺车与长长的财宝牛车启动了，辚辚隆隆地驶进了功臣坊后的苏庄大道。

轺车刚到一字六开间的高大门楼前，苏秦便闻“汪汪汪”一阵狗吠，一只大黄狗带着显然是挣断了的铁链冲了出来！三个仆人跟在后面惊慌失措地喊着追着。

“住手！”苏秦猛然一声高喊，轺车尚未停稳，便跳了下来迎着黄狗跑了过去。

大黄喉头呜呜着哗啷啷冲到苏秦面前，一个直立扑到了苏秦怀里，长长的舌头在苏秦脸上猛舔。苏秦紧紧地抱住大黄，一任那热烘烘的舌头刮舔着脸上的风尘：“大黄啊，你瘦了，老了，看看，胡须都有白了……”猛然，心头掠过大黄叼着饭包在雪野纵跃的矫健身姿，苏秦不禁哽咽了，细心地为大黄卸下了粗大的铁链，拍拍大黄的头：“大黄啊，自今日起，没有人敢再用铁链拴你了，苏庄是大黄的地盘，你可以自由自在，啊。”大黄一动不动地听着，那双幽幽发光的大眼分明流出了两行眼泪，眼角的短毛湿漉漉的，喉头不断发出低沉的呜呜声。心中一阵热流，苏秦不禁又紧紧抱住了大黄。

猛然，大黄挣脱了苏秦怀抱，“汪汪”叫了两声，叼住苏秦斗篷往庄内扯。

苏秦笑道：“好好好，跟你走。”便大步跟着大黄进了庄门。一瞄之间，苏秦发现一切布局照旧，却都变成了新房子，心中不禁一沉。大黄领着苏秦曲曲折折地来到了水池边父亲的小院子，蹲在门口“汪汪汪”叫了三声，只听屋中一声苍老微弱的咳嗽，大黄呼地蹿了进去。

走进幽暗的大屋，一阵浓浓的草药气息扑面而来。一个年轻的侍女正在燎炉上煎药，见苏秦进来连忙站起行礼：“丞相大人，奴婢正在按方煎药。”苏秦惊讶道：“你如何知道我？”侍女低声道：“奴婢原在王室，特被选来侍奉苏伯的。”苏秦心中明白，低声问道：“老人家用药么？”侍女默默摇头，轻轻地叹息了一声。苏秦不再说话，轻手轻脚地走进了寝室。一盏明亮的纱灯下，面色枯黄的老人静静地躺在榻上，大黄蜷伏在榻前一动不动。

“父亲，季子回来了。”苏秦跪在了榻前，在老父面前，苏秦总是出奇的平静。

老父亲睁开了眼睛，静静地望着儿子灰白的须发、晶莹的玉冠、绣金的斗篷，还有腰间那条粲然生光的六印金带。渐渐地，老人眼中放射出异样的光彩，脸颊神奇地泛出了一抹淡淡的红晕。老人目光灼灼地盯着儿子：“季子，你终究成事了，苏家门庭，终究改换了……苏亢对得起列祖列宗了……仕宦无常，好自为之……”老人安详地永远合上了双眼。

苏秦静静地看着父亲刀刻一般的皱纹缓缓舒展，苍白枯黄的脸上写满了平静与虚无，变得婴儿般平静安详。人世的沧桑忧患留给父亲的痕迹，连同父亲的生命一起，从此永远地消逝了。

“父亲，你心里舒坦，走得安宁，季子无愧于心了。”苏秦站了起来，为父亲盖上了那方大大的白布。大黄人立起来，呜呜低吼着反复嗅了一阵老主人的身体，静静地蜷伏在榻前不动了。

三日后，苏家简朴隆重地安葬了父亲。陵园是老人生前自己选好的，在苏家地面的一座小山下面，一条小溪流，一片松柏林，倒也是平实幽静。苏秦深知父亲秉性，坚执婉拒了周室参与，更没有报丧六国，在一众乡邻的争相帮衬下，平静地办完了这场喜丧。办完丧事，苏秦与家人议定：父亲明大义重事功，无须以周礼守丧三年；苏代苏厉须发奋读书，大嫂大哥与妻子支撑祖业，务求光大。谁知已经是半疯癫的大哥硬是不赞同，哭闹着坚持要给父亲守陵三年。大嫂无可奈何，抹着眼泪对苏秦说：“教他去吧，他跟老父奔波几十年，守着老父他也安心。再说，他也无用了，就让他替二叔尽尽孝吧。”

送大哥到陵园时，却见大黄蜷伏在老父的墓前静静地动也不动。给它留下的一大箱干肉与带肉骨头、一盆清水竟然原封未动。苏秦惊讶了，大黄在这里不吃不喝地守了三天么？

“大黄，吃吧。”苏秦抚摩着大黄，拿着一根带肉的大骨头凑到它鼻头前。

大黄纹丝不动，连低沉的呜呜声也没有。

“大黄，跟我走吧……”

大黄还是一动也不动，只有那两只幽幽的眼睛扑闪着幽幽的晶莹。

“大嫂，给大黄盖间木屋，遮风挡雨了……”

大嫂哽咽着点点头。

“放心去吧，大黄我来管。”不知何时，妻子到了背后，“大黄是孤命，我晓得。”

“你……”刹那之间，苏秦不知如何应对了。孤命？妻子分明在说自己。可是苏秦又能如何？她是自己的妻子，可她与自己却又如此陌生而格格不入，几次冲动都被她那永远矜持守礼的端庄消融得无影无踪。妻子，那是一个多么温馨喷香的向往，可在自己这里如何就如此的可望而不可即？愣怔半日，苏秦对大嫂深深一躬道："大嫂，拜托了。"

大嫂依旧哽咽着不断点头。

"放心去吧，只怕是我要侍奉大嫂了。"妻子出奇的平静，脸上带着罕见的微笑。

猛然，大嫂放声大哭，捶胸顿足，泪如雨下，跌坐在茅草枯黄的墓前。

三日后，苏秦满腹惆怅地离开了洛阳，没有衣锦荣归带来的奋然，也没有阖家团聚的喜悦。刚毅明智的老父亲去了，忠勇灵慧的大黄活活为老主人殉葬了，辛劳半生的大哥变疯癫了，风风火火明明朗朗的大嫂骤然萎缩了，木讷柔韧的妻子变得更为生疏而遥远……洛阳故乡的这块土地，处处给苏秦留下了浓浓的忧戚，若非那两个生气勃勃的弟弟的一抹亮色，这块沉沦衰败的土地简直就要令人窒息了。

苏秦赶到大梁的时候，四公子正在焦灼地等待。他们给了苏秦一个令人震惊的消息：楚威王骤然病逝，太子芈槐即位了；屈原派快马密使送来一封密柬，请求迅速促成六国联军，迟则生变。苏秦当即与四公子议定：各回本国落实盟约军马，来春立即赶赴楚国，筹划对秦国发动第一次进攻。

五　合纵阵脚在楚国松动

接到楚威王病逝的消息，张仪仰天大笑道："天助秦国！天助张仪也！"

嬴华主张立即出使楚国，张仪摇头笑道："不，恰恰要迟些个。"嬴华疑惑道："迟些个？丞相大哥不怕失了先机？"张仪道："楚国情势，你不甚了了。这个芈槐，天下第一个没见地的君主。楚威王骤然病逝，世族权臣与变法新人必有一场权力争斗。去得太早，两派尚未开斗，反倒容易使他们拧成一体共同对外。晚些时日，两边要么难分难解，要么已成血海深仇。我，也才有周旋于两派之间的余地，此乃其中真谛也。”绯云在旁笑道：“咄！老谋深算，听得人直起鸡皮疙瘩。”张仪嬴华不禁哈哈大笑。

过了一个长长的冬天，春暖花开的三月，张仪才从容启程向郢都而来。张仪没有错料，楚国的确经历了一场残酷的内斗，朝局权力已经是面目全非了。

楚威王做了十一年国王，已经为变法摆置好了一个较为有利的权力框架：以令尹昭雎为首的旧贵族的权力大大缩小，以大司马屈原与春申君黄歇为首的新派的权力大大增强，六国合纵一建立，楚国的外部威胁大体解除，楚威王便要立即在楚国推行第二次大变法。参加合纵会盟大典之前，楚威王已经与屈原详细商定了变法方略，而且专门将屈原与太子芈槐留在郢都镇国。作为六国合纵的赫赫盟主，楚威王回国之日，便是变法启动之时。谁知人算不如天算，孱弱的楚威王一回到郢都便病倒了，整整两个月卧榻不起，难以料理国事。入冬之际，四十九岁的楚威王终于撒手尘寰，死时圆睁双眼，守候大臣无不怵目惊心。

楚威王一去，大司马屈原与春申君黄歇受命主持国丧，忙得寝食难安。旧贵族们却在忙另外的事。他们敏锐地嗅到了这是一个极好的机会，如同当年楚悼王逝世，老世族趁机铲除吴起一样的好机会。他们立即秘密聚会，商定了夺回权力的协同方略，谁也没有去争国丧与扶持新王登基那种出力未必讨好的权力。

待得二十六岁的太子芈槐一登上王位，五大世族的元老大臣立即递上血书，要求国王罢免屈原，废黜春申君，否则，全体元老去国还乡！当屈原与黄歇看到屈黄两族的元老们竟然也出现在血谏之中时，顿时乱了方寸。黄歇激烈主张：调来屈原练好的八万新军，剿灭一班老朽。屈原反复思量，觉得那无异于楚国内部大战，土地财货与基本兵力都在旧世族的封地里，八万新军如何有扭转乾坤之力？最后只得长叹一声，找楚怀王芈槐商议大计。

这芈槐是个素无主见且耳根极软的庸碌人物。屈原黄歇一番慷慨陈词，芈槐立即激昂拍案，要用王族亲军来“维持父王的变法大志”。屈原黄歇一走，元老们跪成一片守在宫门请命，芈槐顿时没有了主意，急得团团乱转。这时，世族元老们祭出了最为隐秘的一个利器——王妃郑袖。

郑袖是个神秘女人，功夫独到，昔年便将太子治得服服帖帖而不为外人知晓。如果没有这个秘密利器，也许老贵族们真还没有底气发动这场逼宫大战。但是，这些宫闱密情对于屈原黄歇来说，不过是不屑一顾的龌龊小技，永远不屑为之的。

三日之后，事情发生了莫名其妙的变化：屈原的大司马被罢免，新职是三闾大夫。这个职位听起来倒是显赫：掌管楚国贵族升迁封赏。实际上，在楚国这个各种实力牢牢掌控在贵族手中的国家来说，却没有任何实权。黄歇的春申君倒是没有被罢黜，但是却只留下了一个权力：职司合纵，不得染指其他。在宣读王书的朝会上，屈原愤激大叫：“上苍昏昏兮，亡我大楚！”连呼数遍，当场吐血昏厥。春申君却是哈哈大笑着扬长而去了。

张仪入楚，事先通报了楚国王室。楚怀王与郑袖正在湖中泛舟，闻报笑道：“来就来了，秦国还当真虎狼不成？”泛舟罢了，将此事忘得一干二净，朝臣没有一人知晓。于是，张仪进入郢都波澜不惊，入住驿馆，也没有任何与丞相规格相对等的接风洗尘宴会。嬴华愤愤道：“好个楚国，竟如此做大？日后有它好看！”张仪意味深长地笑道：“此乃天意也，过得几日，便知好处。”嬴华见张仪笃定成算，笑了笑不再说话。

入夜，郢都街市空前热闹了起来。国丧三月，国人憋闷了整整一个冬天，时当春暖花开国丧解禁，国人顿觉大大舒畅。等闲农夫工匠白日春忙，只有趁着夜市来添置一些日用器物。官吏士子们更是洒脱，白日踏青放歌，夜市聚饮作乐，五色斑斓的长街中车马如流行人如梭，弥漫出罕见的繁华康乐，恍若太平盛世。

一辆四面垂帘的篷车，在郢都最为宽敞的王宫前街上随着车流辚辚向前。这种篷车厢体宽大，帘幕讲究，可坐二到四人不等，寻常至少要两马驾拉。稍微殷实的商贾，除了轻便快捷的轺车，总是要有一辆这样的大型篷车，以供主人携贵客同游。眼下这辆篷车很是考究，除了车轮，车身材质几乎全部是锃亮的古铜，四围的丝绸帘幕镶嵌在青铜方框中，绷得平展妥帖，外边不见里边，里边却能透过细纱清楚地看到街景人物；尤其是驾车的两匹纯黑色骏马，鞍辔鲜亮，身姿雄骏，虽是碎步走马，却整齐一律得一匹马也似。辕头驭手是一个英俊少年，一身红色皮短装，手中马鞭把手时不时闪烁出灿灿金光，一看便是富商俊仆。车行街中，时有路人驻足品评啧啧称赞，众口一词地认为：这车主是临淄大商无疑。

在一家经营珠宝玉石的富丽堂皇的大店前，篷车停了下来，车中走出两个头戴竹笠身着宽大长衫的红衣人。待篷车湮没在珠玉店的车马场，两个红衣人也进了灯火通明的店堂。一个黄衫中年人正摇着大芭蕉扇在店堂巡视，瞄了客人一眼走过来拱手笑问："敢问客官，可是苍梧大商？"

年轻红衣人笑道："店家好眼力，我等正是苍梧商贾，欲买上好楚玉，不知可有存货？"

"可是与和氏璧匹敌者？"

"正是。"

"二位请到后堂看货。"

中年人带两位竹笠红衣人穿过两道回廊，来到庭院中一间孤立的大石屋中。一名少年仆人点亮纱灯捧来茶具，便退了出去。中年人深深一躬道："属下参见台司大人。"

年轻红衣人摘去头上斗笠道："这位是我王特使张大人。"

"属下参见张大人。"

高大的红衣人也摘去了斗笠，摆了摆手径自坐在长案前默默饮茶。年轻台司是嬴华，特使却是张仪。只见嬴华摆摆手示意中年人坐了，她自己站在张仪身边问道："商社在楚国可有进境？"

"禀报台司：商社已经与令尹昭雎的长公子、昭府家老过从甚密，属下出入昭府已经没有任何阻碍；与新王宠臣靳尚，亦可称兄道弟，甚是相得。"中年人恭敬回话。

"这个靳尚，官居何职？"

“靳尚原是大司马屈原属下司马，新王即位，被任为王宫郎中，职司王妃郑袖护卫。此人官职不大，却深得新王与郑袖信任，目下是郢都炙手可热的人物。”

“郑袖其人如何？有甚等嗜好？”

“属下派员奔波三月，遍访郑袖故乡及郢都王宫侍女内侍。此人说来话长，容属下细细道来……”中年人侃侃讲出了一个奇异女子的故事：

郑袖家族原本是中原郑国的大族。春秋末期，郑国大大衰落，郑氏首领也在权力场败落，率领族人南迁到偏僻的越国会稽，成为占据一方的山地部族。越王勾践时，郑氏部族出了一个著名的美女，叫郑旦。勾践献给吴王夫差的美女中，除了赫赫大名的西施，便是这个美丽善良的郑旦了。后来，西施与郑旦都成了夫差宠爱的妃子，日日夜夜地拖着夫差欢宴行乐。悠悠岁月，郑旦却真正深深地爱上了豪爽豁达的夫差，与西施走上了截然不同的道路。后来越国攻灭吴国，大军进入姑苏城，西施被范蠡救出乱军，永远隐遁了。郑旦却在最后关头自杀殉情，与夫差死在了一起。战后论功罪，郑旦被加上了“卖国邀宠”的大罪，郑氏部族骤然由献女功臣成为有罪部族，被一体罚为王室的奴隶。楚国灭越后，这个郑氏部族被当做财产，封赏给了令尹昭雎。

郑氏部族的处境虽已低贱，代出美女的部族遗风却没有丝毫改变。或耕田，或狩猎，或放牧，或打鱼，郑氏部族那些少女少妇的绰约风姿，非但没有因为布衣风尘而衰减，反倒是平添了几分红润丰腴的神韵，比那苍白瘦削的细巧美人更是诱人。每逢春日踏青，郑氏部族的布衣少女都会引来无数王公贵族的热烈追逐。白发皓首的昭雎，正是在踏青之时为美丽的郑氏布衣少女怦然心动的。他先为自己选了一个郑氏少女做侍妾，一月之后大是满意，便遍访郑氏村落，选了一个最令人心动的少女献给了太子，这个少女就是郑袖。

郑袖生得娇小婀娜，田野风尘与粗劣的生计，赐给了她永远也无法改变的一种明艳红润。除了美丽女人能歌善舞的寻常本事，更重要的是，这个郑袖秉承了郑氏美女的最动人处：美丽多情而又极其善解人意，粗识文墨，却能解得老人辈最深奥的话题，那双幽幽深潭般的眼睛，似乎天生便能看到男人的内心深处，时时准备着满足男人最为隐秘的渴望。

昭雎原本是将郑袖献给太子做侍妾的，谁也想不到，一年之后，郑袖竟变成了太子妃。虽然不是正位夫人，却是一人专宠。要不是楚威王不悦，焉知太子不会与郑袖大婚？昭雎见微知著，立即将郑氏家族脱除隶籍，赐给独立的十里封地，又荐举郑氏族长做了小官，郑袖哥哥做了令尹府属吏。渐渐地，郑袖变成了风韵天成的少妇，酷爱一切新奇珍宝，也酷爱着她的夫君，令人不可思议的是，太子在她面前驯服得像个大儿子一般。

据宫中一个老侍女说，郑袖曾指点着太子的额头笑道："乖乖听话，日后在外人面前不许狗儿般驯顺，还做国王呢，晓得无？"太子挺身高声道："是了，记住了！"太子即位做了国王，昭雎又将靳尚荐举给郑袖做了侍卫郎中。于是，郑袖与靳尚便成了昭雎手中的两根绳索，牢牢地拴住了新楚王，掌控了郢都朝局轴心。

"看来，倒是个多情红颜了？"嬴华冷冷一笑。

张仪思忖道："若要疏通郑袖，你等可能接近？"

"能。"中年人爽快答道，"属下可请靳尚引见。"

"好。"张仪点头，"你在明日内办好两件事：一则，与靳尚约定，后日引见一贵客给郑袖；二则，向昭雎家老透露：张仪入楚。他如何说法，迅速报我。"

中年人听得"张仪"二字，悚然起身拜伏在地："不知丞相驾到，请恕小吏不敬之罪！"

张仪笑道："不知者不罪，起来。"

嬴华正色道："丞相入楚，多有危机。商社要派出全部干员，探听郢都各种动静，但有可疑，立即报来。"

"属下明白！"中年人军中将领一般赳赳领命，又问道，"敢请丞相示下：属下可否向靳尚与昭雎家老显示秦人身份？"

张仪看了看嬴华，嬴华有些愣怔，心知商社既往只是以商贾身份疏通，没有暴露真实身份；如今要做这两件大事，寻常商人之身，难免会引起靳尚与家老怀疑，确有不便。嬴华没做过这种半公开的差使，转着眼珠不说话，显然是吃不准。张仪思忖一番道：“第一次，对昭雎家老只说是祖居秦国，听入楚秦人闲话说的；对靳尚，只说是故国商人想揽楚国王室的一笔生意，要请郑袖疏通。若进境顺利，日后可逐步教他们略有觉察，但却不需明说。”

“是！属下明白。”

“那好，我们走了。”嬴华顺手给张仪戴上斗笠，中年人捧起屋角石案上一只精巧的铜匣，仿佛替主顾送货一般将两人送了出来。到得店门，华贵的篷车已经在那里等候，绯云笑着摇摇头道：“没有人打扰吔，过来得顺呢。”

车行途中，嬴华轻声笑道：“真没想到，丞相还是个秘事高手，属下佩服。”

张仪笑道：“大道驭技，何足道哉！可曾读过《孙子兵法》？”

“读过啊。”

“你听好了。”张仪念诵道，“明君贤将所以动而胜人，成功出于众者，先知也。先知者，不可取于鬼神，不可象于事，不可验于度，必取于人而知敌之情也……非圣智莫能用间，非仁义莫能使间，非微妙莫能得间之实。微哉！微哉！无所不用间也……故明君贤将，能以上智为间者，必成大功。”

嬴华惊讶地睁大了眼睛。她读过《孙子兵法》，也知晓这是《用间篇》里的话，可过往如何就一点儿印象也没有，更没有与自己做的秘事联系起来。此刻一听，大觉有醍醐灌顶之效，不禁感慨赞叹：“大哥当真过目不忘，能朗朗上口呢。”

“不上心，甚也记不住。”

“是。最后一句是说：须得以高深智慧者统帅用间秘事，方可成得大功？”

“不错。记住了？”

嬴华沮丧笑道：“我可是不配，怪道只能做些鸡零狗碎的勾当。”

张仪哈哈大笑：“小弟可是上上之‘间’也！几时自惭形秽了？”

“好！有大哥统帅间事，管教楚国晕头转向。”

“用间敌国，奥妙无穷，还得用心揣摩。”张仪笑着叮嘱。

“大哥说得是，小弟记住了！”嬴华的确是真心佩服张仪了。

次日午后，商社报来第一个消息：靳尚已经欣然应允引见，只是提出要分一成利金。张仪笑道：“伸手索钱，成事之兆。行人小弟，我看这第一趟，要你出马。”“我？”嬴华惊讶道，“对付女人，我可是没谱得紧。”张仪揶揄笑道：“看来啊，女人还只有男人对付了。”嬴华骤然红了脸笑道：“真没谱。我说真的。”张仪颇为神秘地笑道：“来来来，我教你一条稳心妙计……”低声对着嬴华耳边如此这般地说了一遍，嬴华点头笑道：“好吧，试试了，若得灵验，我服你懂女人。”张仪大笑摇头道：“不不不，女人入得邦交，我便懂。否则，我也是一抹混沌。”

次日傍晚，一艘乌篷小舟驶出了郢都南门的水道，进入了城外的一片茫茫大湖。这是云梦泽北部边缘的浅湖，阳春三月的季节浮萍遮掩红树茫茫，小舟如漂行在绿色的原野。舟行半个时辰，遥遥一座小山在前，山腰闪烁着点点灯光，恍如天上宫阙。不消片刻，小舟靠岸，便闻码头石上“啪啪啪”三掌。小舟船头站着的一个黑衣人，也是“啪啪啪”三掌回应。

“小哥到了么？我等候多时了。”码头石上传来一个年轻的声音。

“多劳靳兄。我如约来也。”说话时小舟已经悠然靠上码头，黑衣人跳上码头石回身拱手道，“小哥请下船，郎中在此等候。”

舱中走出一个身材高挑的白衣人，身后还跟着一个捧匣少年。白衣人从容上得码头石拱手笑道：“相烦郎中照拂，在下无以为敬，敢请郎中收下这三个天子方币了。”说罢一挥手，空中“哗唧”一声，一件物事从身后少年手中飞向对面的带剑黄衣人。

黄衣人双手接住，欣然一躬道：“如此罕见宝物，靳尚如何当得？”原来，这“天子方币”是西周王室尚坊铸造的一种四方古金块，天下统称“方金”，专门用来赏赐大国诸侯，实则是铸造金币的原料块。由于有天子徽记，再加民间绝无流通，甚至周室东迁后连洛阳王城府库也没有了，所以成为天下绝品。如此“方金”，得一方便价值无算，靳尚骤然得了三方，如何不惊喜激动？

白衣公子淡淡一笑："些须之物，不成敬意，倘得事成，日后容当重谢。"

靳尚慨然道："小哥富贵天相，断无不成之理，请随我来。"转身向山腰走去。黑衣人却留在码头守候。朦胧月光下，可见石板小径直通山腰一座虽然不大但却很高的房子，房子似乎是楚国特有的那种竹木楼，屋外四面都是婆娑绿树。白衣人向绿树丛中瞄了一眼，笑道："郎中，埋伏了几多人马等我啊？"靳尚回身笑道："这是王室常规，与小哥无关，若小哥害怕，我令他们撤出便了。"白衣人笑道："如何能坏了郎中职司？我只是觉得新鲜罢了。"说笑着到了竹木楼前。

靳尚走上门厅台阶，向里拱手道："启禀王妃：贵客到了。"

只听一个模糊柔和的声音道："教他进来。"

"小哥请。"靳尚拱手作礼间，一个艳丽侍女已经打起薄如蝉翼却又垂得极为平整的丝帘。白衣公子借着明亮的灯光向靳尚打量了一眼，见这个被郢都视为新贵的人物生得鼻直脸方英挺颀长，一身紫皮软甲，果然一个俊秀人物。白衣公子皱皱眉头，带着俊仆从容跨进了门槛。这是一间整洁宽敞的大厅，地是竹板镶嵌的，墙是竹板拼装的，屋顶与楼梯也是竹制的，连座案小几琴台绣墩，都无一不是细韧光洁的竹皮包成，处处散发着竹子特有的清新芳香，令人感到舒适清新之极。大厅里空荡荡的一个人也没有，白衣公子也不着急，悠然地四面打量，欣赏着墙壁上的各种竹拼花纹。

"毋晓得何方贵客，定然要在这里见我啊？"一个柔亮的声音在厅中荡开，却未见人在何处。

白衣公子也不端详探询，只是拱手低头道："在下乃秦使张仪之仆从，特意拜会王妃。"

一阵莺莺笑声传来："秦使张仪？晓得谁哦？找我一个宫闱女子何事啊？"语气中透出一种柔昵的纯真与好奇。

"禀报王妃：特使大人祖上本是楚国越人，闻得王妃是故乡仙女，羡慕异常，特意遣在下拜望，聊表故国乡情。"

"哦！"柔昵的声音惊讶了，"晓得。如此这张仪也是个念祖义士了。

他在秦国做何等官职啊？”

“张仪大人，秦国丞相。”

“天！秦国丞相？”柔昵的声音情不自禁地惊叹了，“毋晓得有此大才，当真是越人荣幸呢。替我回复丞相：若有故乡旧事未了，来找郑袖哦。”

“多谢王妃。”白衣公子深深一躬，“丞相为表乡情，献给王妃一件薄礼。”

“哦？”柔昵的声音甜蜜而恬淡，“有稀罕物事？丞相心意，郑袖晓得了。”

“丞相礼物，虽不金贵，却是天下唯一，与王妃最是相配。”

“哦？天下唯一？毋晓得何物？”

“貂裘宝衣。”

“晓得哦。”柔昵的声音一阵咯咯甜笑，“貂裘我有两件，银灰的哦！”

“启禀王妃：这件是红貂皮裘。”

“红貂？”柔昵的声音惊讶了，“晓得毋？红貂可是绝世极品，真有此物哦？”

白衣公子朗声道：“王妃果然慧眼。貂皮乃皮具至宝，红貂更是百世一见。相传六百年前周穆王有过一件，此后，只闻其名不见其实。这件红貂，乃陇西大驼族单于在寒冻大雪中猎得，可化雪于三尺之外，确是稀世奇珍。”

“晓得了，我来看看！”柔昵的声音顿时脆亮起来，接着听见一阵轻盈急促的脚步声隐隐从竹墙中传来，一个美丽动人的女子骤然从竹墙中飘了出来。一领竹绿的长裙，一方曳地的披肩白纱，雪白的肌肤晶莹光洁，一头秀美的长发随意飘洒在双肩，一双晶亮的眸子像那幽幽的深潭，分明是惊喜而来，脸上却写满了少女一般的纯真从容，决然看不出财货珍宝浸泡的虚伪与邪恶。随着她的出现，厅中顿时明亮了许多，俊秀明朗的白衣公子惊讶地睁大了双眼：“王妃不事雕饰，美丽如斯，当真天地造化！”

郑袖粲然一笑道：“哦！毋晓得侬竟生得如此可人！比靳尚还多了几

分灵秀呢。”

“在下资质愚鲁，何敢与郎中大人相比？王妃请来看红貂宝裘。”

郑袖却依旧幽幽地盯着白衣公子道：“侬毋晓得，男子是要女子品味哦？你穿上女装，定比女子还美呢。说给丞相，将你赏给我哦？”

白衣公子的笑脸上骤然涌出一片红潮。此时，旁边的少年俊仆双手一抖，厅中顿时一片金红的亮光：“敢请王妃鉴赏红貂——”光芒乍现，郑袖不自觉地用手捂了一下眼睛，及至转身，惊喜笑道：“天哦！毋晓得红貂如此美呢！”此时，白衣公子已是笑意从容道：“王妃请看：这红貂裘用金线缝制而成，金线光芒闪烁于大红之中，熠熠生辉。王妃晶莹如玉，绝世佳丽，红貂裹身，如火拥梨花，岂非天下丽质奇观？”

“天哦——”郑袖又一次惊叹，“毋晓得天下有如此宝物呢，好了，我来穿上哦！”

少年俊仆将大红貂裘展开，婀娜郑袖依身着衣，轻盈一个转身，倏地满室生辉。

靳尚从门廊下大步进来，一叠声惊叹道：“王妃与红貂堪称双绝合一！当真巫山神女也！秦使大人好眼力！”

“天哦！好热！”顷刻之间，郑袖额头涔涔细汗，脸泛红潮。靳尚连忙上前将红貂展下，甜腻笑道：“冬日飞雪，只需一件纱裙贴身，便温暖如春，好惬意呢。”郑袖柔柔笑了：“晓得侬孝顺了，饶舌哦。”又转身笑道，“张仪大大可人，毋晓得何以回报哦？”

白衣公子恭敬作礼道：“丞相为秦楚修好而来，倒是无甚大事。王妃盛情，在下定然禀报丞相。”

“晓得哦。”郑袖微微一笑，“丞相为罢兵息战而来，此等好事，定然顺当了。”

“多谢王妃。”白衣公子向少年俊仆瞟了一眼，少年捧着一方竹匣走到郑袖面前恭敬地低声道：“王妃，此物为西域神药，强身延寿。匣内附有服用之法，是丞相敬献于楚王的，请王妃转呈。”郑袖嫣然一笑：“毋晓得西域还有神药？好，我代大王收了哦。”

三更时分，乌篷小舟离开山下码头，凭着王室护军的夜行令箭，顺利地驶进了郢都南门。尚未入睡的张仪听完嬴华、绯云二人的细致学说，不禁拍案笑道：“这郑袖果然聪颖灵慧。用间第一步，大功告成也。”嬴华笑道：“我倒看这郑袖一身异味儿，却是说不清白。”绯云急急道：“吔！她要她给她做管事呢。”张仪不禁笑道：“她她她，究竟谁呀？”绯云咯咯笑道：“吔，就是她要她嘛。”嬴华红着脸笑道：“我差点儿没忍住，幸亏绯云挡了一阵。咳，上天也真是奇妙。”一副不胜惋惜的样子。张仪道：“丽人未必丽心。夏之妹喜、商之妲己、周之褒姒、吴之西施，哪个不是天姿国色良善聪慧？她们的异味都不是娘胎里生的，是宫闱里浸泡的。国有异味，丽人如何能洁身自好？皎皎者易污，诚所谓也。”

次日商社来报：昭雎闻张仪入楚，大是惶惶不安。请命张仪如何应对？张仪悠然道：“暗示昭雎家老：张仪健忘好酒，宴请一次，厚礼赠送，或可无事。”商社头领答应一声欣然去了。

“张兄，昭雎害得你好惨吔！”绯云黑着脸咬牙切齿。

嬴华低声道：“要不杀了昭雎？我看郑袖、靳尚成事足矣！”

“当真胡说。”张仪罕见地沉着脸道，“国家兴亡，何能尽一己之快意恩仇？郑袖靳尚，差强可对付楚王，然对付不了屈原黄歇一干重臣。昭雎之能，要害在左右朝局，压制楚国之合纵势力，无人可以取代。此人于秦国有益，于连横有利，纵是张仪仇人，又有何妨？”

嬴华与绯云沉默了，看着张仪，两个人的眼眶中涌出了一线泪水。张仪笑了，拍着两人肩膀道：“昭雎绝非善类，要教他服软，到时……”一番低声叮嘱，两人都破涕为笑。

次日，一辆华贵的青铜轺车驶到了驿馆门口。一个黄衫高冠的贵公子，被一个须发皆白的老仆扶下了轺车。驿丞得报，匆匆迎出门来：“不知公子光临，有失远迎，万望恕罪。”贵公子傲慢地笑着：“张仪可在？”驿丞躬身道：“在在，公子稍等，小吏去叫他出来便是。”贵公子冷笑道：“叫他出来？你好大面子！带着家老通禀。”驿丞拭着额头汗水，连声答应着带老仆人走了进去。片刻之后，家老碎步跑出：“公子，张仪说请你进去。”贵公子脸上一喜，却又低声问：“气色如何？”家老道：“小老儿看不出。”“笨！”贵公子嘟哝了一句，大步进了驿馆。

“楚国裨将军昭统，求见丞相大人。”贵公子在门厅前远远施礼报号。

“啊，令尹公子，请进了。”嬴华走了出来。

大厅之中，张仪安然坐在长案前翻阅竹简，连头也没有抬。贵公子略显尴尬地咳嗽了一声，又一次躬身高声报了号。张仪依旧没有抬头，只是漫声道：“一个裨将军，见本丞相何事啊？”贵公子惶恐作礼道：“在下奉家父之命，特来向丞相致意。”“家父？究竟谁呀？”张仪冰冷矜持，依旧没有抬头。

“家父，乃是，令尹昭雎。”贵公子期期艾艾地很是紧张。

“昭雎？”张仪猛然抬头，眼中射出凌厉的光芒，有顷，冷笑道，“昭雎向本丞相致意么？”

“正是。”贵公子额头上冒出了涔涔细汗，“家父，闻得丞相为秦楚修好而来，颇为欣慰，意欲为丞相接风洗尘……”

“客到三日，还有接风洗尘之说？”

“家父本意，是想与丞相共商修好大计。”

“如此说来，令尹昭雎赞同两国修好？”

贵公子连忙点头道：“家父素来敬重丞相，欲请丞相晚来过府共饮，澄清昔日误会纠葛，共襄两国邦交盛事。”

张仪思忖一番，淡淡笑道：“好，本丞相入夜便来，听听令尹如何说法。”

“这是家父亲笔请柬。”贵公子兴奋地从大袖中拿出一个硕大的黄色封套，双手捧到张仪书案前。张仪傲慢地笑笑，没有接柬。昭统只好恭敬地将封套放到书案上：“在下告辞。”惶恐地迈着一溜碎步走了。

暮色时分，令尹府派来三辆轺车迎接。张仪不带护卫，只带了嬴华绯云两人，各乘轺车辚辚隆隆地向令尹府而来。到得府门，昭雎已经在门厅郑重迎候。张仪轺车到时，昭雎亲自上来扶张仪下车，谦恭热情之态，仿佛在侍奉国王。张仪毫不推辞，一脸高傲的微笑，任他搀扶领引，只是坦然受之。

到得府中，盛宴已经排好，在一片水面竹林间的茸茸春草之上。暖风和煦，月光明亮，一顶雪白的大帐，仿佛草原旅人相聚，倒真是饮酒叙谈的好所在。张仪揶揄笑道："楚国好山好水，都被令尹占了。"昭雎呵呵笑道："丞相说好山好水，老朽就很是欣然了。其实啊，郢都最好的园林，当是屈黄两府。老朽迟暮之年，老旧粗简而已，如何比得新锐后进？"张仪悠然一笑，对昭雎的试探浑然无觉道："令尹这老旧粗简，也强过张仪丞相府多矣。惜乎秦国，只有铁马金戈也。"昭雎笑着凑上来低声道："老朽保丞相回转之日，可在咸阳起一座豪华府邸。"张仪大笑一阵道："果真如此，张仪可是命大也。"

说话间进得大帐，红毡铺地，踩上去劲软合度，脚下分外舒适，没有纱灯，一片银白的月光透过雪白的细布帐篷洒了进来，既清晰又朦胧。青铜长案粲然生光，黄纱侍女绰约生辉，当真诗情画意般幽雅。张仪心中暗自惊讶，想不到一个阴鸷大奸，却有如此雅致情趣。若非对面是昭雎，以张仪洒脱不羁的性格，早已经高声赞叹不绝了。虽然如此，张仪也还是微笑着点头赞叹："令尹眼光不差，深得聚酒之神韵也。"须发雪白的昭雎在月光下直是仙风道骨气象，闻言拊掌笑道："原是丞相慧眼，老朽没有白费心机也。"

这时，两个全副甲胄的青年将军大步进帐，躬身向张仪行礼。昭雎笑道："此乃犬子昭统，做了个小小的裨将军。这位是老朽族侄，名唤子兰，职任柱国将军，颇有些出息。今日老朽家宴为丞相洗尘，他们两个奉陪了。"张仪笑道："令尹子弟皆在军中，可是改了门庭也。"昭雎呵呵笑道："何敢谈改换门庭？后生们喜欢马上生计，老朽也是无可奈何了。来，敢请丞相入座。"

六张青铜长案摆成了一个扇形，张仪与昭雎居中两案，左首嬴华与绯云两案，右首子兰与昭统两案。案上食鼎酒爵连同长案，一色的幽幽古铜。张仪一看，便知是楚国老贵族的特有排场，非遇上等贵客绝不会搬出。再看排在各个长案后的酒桶，却是驰名天下的六种名酒：赵国邯郸酒（赵酒）、魏国大梁酒（魏酒）、齐国临淄酒（齐酒）、楚国兰陵酒（楚酒）、越国会稽酒（越酒）、鲁国泰山酒（鲁酒）。酒香弥漫，煞是诱人。

未曾开酒，昭雎先拱手作礼道："久闻丞相酒中圣哲，却不知情钟何方？今日天下名酒皆备，俱是窖藏五十年以上之名品。还有，老朽专为丞相备了六桶秦国凤酒，听任丞相点饮，老朽相陪，一醉方休了。”说完，拊掌三声，六名黄纱侍女各捧深红色的酒桶飘然而入。

“敢请丞相定夺，何酒开爵？”昭雎兴致盎然。

张仪知道楚国贵胄们有一个心照不宣的聚酒习俗：根据酒性预测事之吉凶，几乎就是一种“酒卜”。今日昭雎齐备天下名酒而要张仪定夺开爵酒，实际上便是一种微妙的试探，看张仪是心怀酷烈还是意在温醇。张仪拍拍热气蒸腾的大鼎道：“酒为宴席旌旗，菜为宴席军阵。旌旗之色，当视军阵而定。看菜饮酒，诚所谓也。今日鼎中乃震泽青鱼，自当以越酒开爵为上。”

“丞相酒圣，果非虚传，上越酒。”昭雎绽开了一脸笑意。

一爵饮下，昭雎喟然一叹：“丞相今日能与老朽同席聚饮，老朽不胜心感哪。老朽阅人多矣，却在丞相身上跌了一跤，至今想来，仍是惭愧不能自已……”说话之间，眼中竟涌出了泪水，唏嘘之态，一片真诚。

张仪朗声笑道：“各为其主，令尹何出此言哉！张仪虽断了一条腿，毕竟性命还在，恩恩怨怨，睚眦必报，何来天下大道？令尹莫多心，张仪绝非小肚鸡肠也。”

“好！”子兰慨然拍案，“丞相果真英雄气度！我等晚辈敬丞相一爵！”说着与昭统一齐举爵，遥遥拱手，一饮而尽。张仪也笑着饮了一爵。

“丞相心地宽广，老朽敬服也。”昭雎又是一叹，“丞相前来修好秦楚，老朽愿同心携手，成秦楚邦交盟约。就实而论，合纵抗秦，大谬。春秋战国三百余年，强国出过多少，何以偏对秦国耿耿于怀？”

“令尹老成谋国，说得大是。”张仪笑道，“楚国强大过，魏国强大过，齐国也强大过，就不许秦国强大几日？说到底，还是中原诸侯老眼光，视秦国为蛮夷，见不得米汤起皮罢了。本来这楚国也是南蛮，不想却鬼使神差地做了合纵盟主，当真可笑也！”

“先王病体支离，神志不清，被一帮宵小之徒蛊惑了。”

“宵小之徒？令尹大人，彼等势力可是大得很也。”

昭雎冷冷一笑：“汪洋云梦泽，浪花只会作响罢了。”

“好！”张仪拊掌笑道，“不说浪花之事，免得浪费这大好月光。令尹，两位将军，请了。”举爵遥遥致敬，汩汩饮尽。

“好！”昭统饮下一爵，拍案赞叹，“丞相酒品，在下敬佩之极。在下素闻丞相酷好名酒剑道，我子兰兄乃楚国第一剑，敢请为丞相剑舞助兴，丞相意下如何？”

“楚国第一剑？好，见识见识了。”张仪大笑拊掌。

昭统“啪啪啪”三掌，帐外飘进一队舞女。与此同时，帐外草地上一大片红毡撒开，一个编钟乐队整整齐齐地排列开来。子兰起身肃然一躬道：“在下幼年于越地拜师习剑十年，资质愚鲁，剑术实不当老师万一，献丑于丞相，敬请指教了。”说罢一个滑步，身子如一叶扁舟般漂到了大帐中央，骤然又如中流砥柱般屹立不动，飘飘斗篷也“刷”的一声紧紧贴在了身上，仿佛体内有个吸力极强的风洞。仅此一斑，张仪便知此人决然是越剑高手。只见他双手抱拳一拱，一柄弯如新月的吴钩便悬在了胸前。此时编钟轰然大起，悠扬地奏起了楚国的《山鬼》，八名黄衫舞女也轻盈灵动地飘了起来，大帐中顿时充满了一种诡秘的气息。

“山鬼”本是楚国山地部族崇尚的大山神灵。楚国多险峻连绵的高山，多湍急汹涌的大川，山川纠葛，生出了万千奇幻。山地部族无不敬畏高山大川的诡秘神力，各地便衍生出名目繁多的山神。楚人虽敬之若神明，却呼之为山鬼。这种山鬼，在楚国腹地是山民所说的“山魈”；在楚国西部大江两岸，山鬼则是“巫山神女”；而在新楚，也就是故旧吴越之地，山鬼则化成了“女尸”（天帝女儿的名字）。山鬼被普遍供奉，各地都有《山鬼》歌舞，且都是灵动诡秘，与越剑剑术的神韵很是相和。子兰以《山鬼》之曲相伴而舞剑，倍添其神秘灵动。此时，歌女们边舞边唱：

风飒飒兮木萧萧　表独立兮山之上
猿啾啾兮长夜鸣　雷填填兮雨冥冥
青光寒兮碧血凝　剑入手兮一羽轻

借凌厉兮决恩仇　锻玄铁兮成吴钩
安剑履兮身名裂　起长歌兮古今愁
霹雳剑兮君和我　西风来兮醉千筹
今采菊兮奉吴钩　霜月白兮梦远游

楚地歌声，尖锐高亢大起大落，时而如高山绝顶，时而如江海深渊，凄厉呜咽，如泣如诉。随着这种在中原人听来起伏全无规则的长歌，子兰的吴钩宛如一道流动的月光，在大帐中穿梭闪烁，嗡嗡劲急的剑器震音不时破空而出，给凄婉诉求的歌声平添了一股威猛凌厉的阳刚之气。

"彩——"剑气收敛，歌舞亦罢，昭统兴奋地拍案喝彩。

昭雎淡淡笑道："丞相剑道大师，看子兰越剑尚差强人意否？"

"令尹谬奖了。"张仪哈哈大笑，"我三脚猫一只，岂敢当剑道大师？又岂敢指点子兰将军？座中我这两位属吏，倒都在军中滚爬过几日，教他们说说了。"

"噢？"昭雎捋着长须笑道，"只知二位是行人、少庶子，尚不知两位是剑道高手。敢问剑士名号？"此一问，便知昭雎很熟悉秦国的剑士等级。

"在下黑虎剑士。"嬴华拱手回答。

"小可苍狐剑士。"绯云拱手回答。

"啊哈哈哈哈！"昭统大笑起来，"丞相真道诙谐，我还以为是秦国的铁鹰剑士也。黑虎苍狐，一个二流，一个三流，如何评点楚国第一剑士？"

"只怕未必。"嬴华冷冷笑道，"子兰将军之剑舞，固是妙曼无双，然若实战，在下以为：却是镴矛头一支。"对这阴柔而张扬的《山鬼》舞，嬴华本来就不以为然，在她的耳目之中，这首《山鬼》背后的话语是：我昭雎与你张仪修好，只是想了却恩怨罢了，却也并非怕你，我有天下第一流的吴钩剑士，你也不要欺人太甚。张仪说昭雎不是善类，看来果然如此。作为一个特异的剑士，她必须教昭雎明白：只要张仪愿意复仇，秦国剑士随时可以取走昭雎的人头。没有如此威慑，昭雎未必会服服帖帖地听命于张仪。虽说嬴华很赞赏子兰的越剑技艺与剑舞才情，但也看出了他的剑术的致命弱点，此刻便毫不客气地点了出来。

子兰顿时面色涨红：“行人之言，子兰要讨教一二，何谓镴矛头一支？”

“是否镴矛头，却要实战，言辞如何说得明白？”嬴华面带微笑，话语却强硬不过。

“行人当真痛快！”子兰转身对张仪一拱，“敢请丞相允准子兰与这位兄弟切磋剑术，以助酒兴。”

“也好，月下把酒看剑，原是美事一桩。”张仪带了三分醉态，哈哈大笑道，“行人兄弟，赢不了不打紧，二流剑士嘛，谁教你口出狂言，啊！”

昭雎微微一笑道：“子兰小心，不要伤了这位后生英雄。”

嬴华离席站起，向子兰抱拳一礼：“在下点到为止，将军尽管施展。”此话一出，子兰不禁微微变色，咬咬牙关压住了火气笑道：“好，小兄弟先出剑便了。”嬴华道：“我从来不先出剑，将军请了。”子兰又气又笑，若非顾忌今日本意在结好张仪，真想一剑洞穿这个傲慢小子。想想也不计较，吴钩一划，空中闪烁出一道青色弧光，陡地向嬴华当胸刺来。

嬴华使楚，特意带来了那把祖传的蚩尤天月剑。赴宴之前，她将天月剑的枯枝木鞘已经换成了黑牛皮鞘，握在手中好似一支黑沉沉的异形精铁。子兰剑光一闪，嬴华的带鞘天月剑骤然迎上，黑色闪电般搭住了迎面疾进的吴钩。骤然之间，一泓秋水般的吴钩光芒尽敛，竟粘在天月剑身上不能摆脱。嬴华大臂一沉手腕翻转，天月剑便绞住吴钩在空中打起了圈子。两剑纠缠，若脱不出剑身，自然是任何招数都使不出。唯一能够比拼的只能是实战力量：一是甩开对方剑器绞缠之力而另行进击；二是比对方的绞力更大更猛，迫使对方剑器脱手。

这是战场上经常遇到的实战情形，任何虚招都毫无用处。可惜子兰剑术虽然妙曼，却没有在战场上生死搏杀的经历，也没有与真正高超的剑士刺客做殊死拼杀的经历，此刻被天月剑绞住，竟无论如何脱不出手。眼看黑沉沉的天月剑越绞越快，子兰只有靠着柔韧的身段跟着连续翻转，否则只有撒手离剑。那样一来，以任何较量规矩都是必须认输的。就在子兰咬牙坚持连环翻身寻觅机会的时候，突然间天月剑猛转方向，便听“当啷”一声金铁大响，手中一轻，弯如新月的吴钩拦腰折断，天月剑闪电般定在了他的咽喉部位，一股森森冰冷立即弥漫了他的全身。

“吔！才一回合呀？”绯云高兴地拍着手笑了起来。

嬴华收剑，气定神闲地拱手笑道：“承让了，将军若打几年仗，可能有成也。”

子兰翻身跃起，胸脯大起大落脸色青红不定，却终究生生忍住向张仪拱手道：“秦国剑士剑术高强，在下佩服！”张仪似乎醉了，红着脸哈哈笑道：“高强么？连个铁鹰剑士都不是，只有跟我做文吏。”昭雎一直含笑静观，表面不动声色，内心却实在震惊，待那黑沉沉的异形剑电光火石间压在了子兰咽喉，笑容在苍老的脸上顿时僵住了。听见张仪舒畅地大笑，他竟毫无说辞地跟着只是呵呵地笑。

“啪”的一声，昭统拍案站起：“丞相，闻得秦国苍狐剑士长于短兵，可否让在下与这位少庶子切磋一番？”

“那就切磋。令尹啊，我等把酒再观赏了，干！”张仪大笑着饮干一爵，昭雎连忙笑着陪饮了一爵，一双老眼盯住了少年一般俊秀的少庶子。

“少庶子，丞相允准了，我俩就来助助酒兴。”昭统手往甲带上一趁，一把铜背短弓赫然在掌，“昭统身为王宫侍卫，练的就是短兵。少庶子若能与我对射两阵，定是一场好博戏。”绯云已经离席起身，手中空无一物，纤细的身材愈发显出一个大袖飘洒的美少年。她粲然笑道：“吔，小可只是一个小侍从，自然任凭将军立规了，只不知两阵如何对法？”昭统道：“第一阵，互射三箭；第二阵，相互齐射；若还未分胜负，你我再比第三阵短剑。”绯云笑道：“吔，那将军就开弓吧。”昭统道：“你弓箭上手，我自然开弓。”绯云笑道：“短兵短兵，越短小越好吔。就在身上，将军开弓吧。”

“好！第一箭！”昭统单手一扬，只见月色下金光一闪，一阵细锐的啸声破空而来，月色下却不见踪影。昭统存心必胜，一瞬之间三箭连发而出，一箭当头，一箭当胸，一箭却在足下。绯云天生的眼力奇佳，否则练不得短兵。啸声一起，她便看准了三箭方位，心中暗骂：“吔，小子好狠毒！”不闪不避，右手大袖只是一摆一兜，那细锐的啸声泥牛入海一般没了声息，她却依旧垂着大袖，站在月下满脸笑容。昭统大是惊讶：“我的箭？你，你是巫师么？”绯云咯咯笑道：“吔，你才是巫师呢，还你了。”左手一扬，三支箭发着同样的啸声神奇地钻进了昭统甲带上的小箭壶里。

这一下当真是匪夷所思，在场的所有人都睁大了眼睛。张仪只听母亲说绯云略通匕首袖箭，也从来没有见她施展，今日得见如此神奇，心中大是赞叹，饶是当着昭雎父子，也不禁拊掌大笑。昭雎与子兰瞠目结舌，一句话也说不出来。

昭统恼羞成怒道：“此等臂腕小技，有何炫耀？真射一箭我看！”

“吔，我又没说是大技。”绯云笑道，“只此一箭，射不中我便输，如何？”

“好，可是你自己说的。”昭统脸色发黑，凝神聚力要接住这支短箭，教训这个狂妄的少年，他相信自己的目力与敏捷，接一支箭当是万无一失。

“我要射掉你的头盔吔，看好了。”绯云咯咯笑着丝毫未动，也没有任何声息。

昭统高声道：“来吧……”话音未落，头盔“咚噗”一声砸在了地毡上！

“噫？！”昭雎与子兰、昭统一齐长长地叫了一声，惊讶疑惑恐惧赞叹无所不包。昭统木呆呆地站在帐中，盯着地上的头盔只是出神。

“吔，微末小技，得罪将军了。”绯云笑着向昭雎一拱，“令尹与我家丞相聚酒，小可便献个灭烛小技，博令尹一笑如何？”昭雎恍然醒悟，连忙点头笑着：“好好好！少庶子再显神技，老朽可是等着见识了。”

绯云命方才的八个舞女进来，人手一支点亮的蜡烛举在头顶，在大帐中央站成了一个弧形。绯云退到帐口大约三十步左右方才站定。寻常短箭是不敢射如此距离的，纵是战场强弓，百步之外也就没有了准头。如今一个少年，却要在三十步之外射灭豆大的蜡烛火苗，简直令人无法想象。战国刀兵连绵，谁对武道都有些许常识，况乎在血雨腥风中滚出来的昭雎家族？一时间，大帐静得喘息之声可闻，几个举烛舞女更是裙裾索索提心吊胆。此时绯云身形站定，骤然间长身跃起，空中大袖一展，便听“噗噗噗”一阵连梭轻响，八支蜡烛几乎是一齐熄灭！

绯云拱手笑道：“吔，献丑了。”便坐到了案前没事儿般自顾吃了起来。

“令尹啊，以为如何？”张仪醉眼蒙眬地看着昭雎。

昭雎早已经出了一身冷汗——张仪身边有如此鬼魅人物，要取人首级当真如探囊取物。纵然张仪不在郢都，他那个秦国商社安知没有此等人物？自己身边虽然也是多有剑士，可谁又能敌得如此长剑短兵？心念及此，昭雎不禁惶恐笑道：“神乎其技！神乎其技！老朽大开眼界了。丞相有此等英杰，老朽敬服也。”

“饮酒作乐尔尔，何足道哉！”张仪一通大笑，拱手道，“叨扰令尹，告辞了。”

“丞相稍待。”昭雎“啪啪”两掌，一个老仆捧来一只一尺见方的铜匣。昭雎凑近张仪低声说了一阵，张仪只是矜持地微笑点头，吩咐绯云接过了那只铜匣。一切完毕，大帐外驶来了一辆四面垂帘的篷车。昭雎将张仪殷殷扶上车，子兰亲自驾车将张仪送回了驿馆。

此时已是四更将近，绯云吩咐厨下做来一大盆又酸又辣的醒酒鱼羊汤，喝得三人满头冒汗，却都是异常的兴奋。绯云笑道：“老贼好神秘吔，大张旗鼓地请客，却偷偷摸摸地用篷车后门送人。”张仪笑道：“神秘兮兮，就是这老贼服软了。今夜两位小弟大有功劳，来，干一碗庆功！”径自将大碗与两人面前的空碗“当”的一碰，又咕咚咚喝了一碗。绯云笑道：“吔，酒徒一个，任甚都做酒了。”嬴华第一次看见张仪酒后模样，觉得这时的张仪爽直憨厚诙谐，与平日的张仪判若两人，竟觉特别的可亲，不禁咯咯笑道：“喝了七种酒还能说话，人家可是酒圣呢。”说着拿下张仪手中的空碗：“别举着了，没酒了。说说，今晚谁功劳最大？”张仪呵呵笑着：“大小弟，一剑立威。小小弟嘛，令老贼毛骨悚然。功劳，都大也。”嬴华笑着拍案：“酒糊涂！小小弟功劳大，那才真叫神乎其技也。”张仪也拍着长案一副恍然醒悟的样子：“大小弟大是，小小弟当真一个小巫婆！我都不晓得她有这两手也。”绯云笑得捂着肚皮道：“吔！才不是小巫婆呢。”缓过劲儿来道，“其实不神吔，我的袖箭不是甩手，也不是寻常小弓单箭，我是公输般的‘急雨神弩’，一机在袖，可同时发射八支箭，也可单支连发。张兄、华哥你们看。”说着右手向上一伸，大袖滑落，手臂上赫然现出一个用皮条固定的物事。

绯云解开皮条，将物事摆在了案上：“看看，这便是‘急雨神弩’了。”

这急雨神弩外观极是寻常，不足一尺长的一片厚铜板而已。然则仔细端详，却是一套巧夺天工的连锁机关。八个箭孔大约竹签一般粗细，在铜板上排成了错落无序的奇怪形状；铜板横头伸出了一个带孔的榫头，孔中穿了一根精致的皮条；以不同方式扯动皮条，小箭就会以不同方式发射。嬴华是兵器行家，一番端详后不禁惊叹：“用之简单，威力惊人，当真匪夷所思！”张仪笑道：“那层出不穷的机关，都包在肚子里了。”嬴华笑道：“小弟定有奇遇，此等神兵可是绝世珍品呢。”

绯云道：“吔，这可是张家的祖传之物。”

嬴华大是惊讶。张仪却哈哈大笑道：“海外奇谈！张家祖传，我如何不知？”

绯云幽幽一叹道：“那是主母不让告你吔。主母说：张家祖上有一代做过洛阳工匠，后来跟着神工公输般做了徒弟。这‘急雨神弩’是公输般匠心画图，却是张祖一手制作。只做了六件，公输般破例教张祖留了一件，说张家有远运，有朝一日会有大用的。我被主母救回的第三年，主母才将这急雨神弩的故事说给了我，还说此物张兄用之不妥，教我精心练习，跟随张兄。”

“那？你跟谁学的射技？母亲？”一说到母亲，张仪便情不自禁。

绯云摇摇头：“张老爹教我的，他老人家是高手。主母说，要不是张老爹，张家早被流盗洗劫了。”说着说着绯云有些哽咽了。

张仪叹息一声，良久沉默。嬴华道：“大哥不需忧伤，今日事伯母地下有知，也当含笑九泉。”绯云也抹去眼泪笑道：“吔，都是姐姐摆功摆出来的呢。”嬴华咯咯笑道：“哎呀呀，如何又变成姐姐了？是大哥。”绯云笑道：“吔，大哥只有一个，你是假大哥真姐姐呢。”说着两人笑成了一团。张仪忍俊不禁，也哈哈笑了。

次日午后，一辆青铜轺车在一队甲士护卫下开到驿馆，张仪被隆重地迎接进了郢都王宫。

楚怀王大是烦恼。先是郑袖花样百出的宫闱“规劝”，后是昭雎一班老臣子软硬兼施的利害陈说，楚怀王本来已经打算听从他们的主意了；偏在这时，屈原黄歇一班变法新锐却又闻讯而动，非但闯进王宫慷慨陈词质询他“将先王遗志置于何地”，还当场断指写下了鲜血淋漓的长卷血绢，发誓要与虎狼秦国周旋到底。

这一下楚怀王当真为难了，他不怕别的，就怕这顶“背叛先王遗志”的铁头罪冠。老昭雎如此死硬，当初也没敢断然主张背弃楚威王的既定国策，而只是胁迫他罢黜屈原缩权黄歇，合纵与变法却只字未提，还不是不想背“忤逆先王”的恶名？芈槐别的不清楚，父王在楚国朝野与天下诸侯中的巨大威望，却是最清楚不过的。父王死了，但父王的威望却是他的立身之本，一旦被朝野指为“背叛先王”，那还不成了天下不屑一顾的恶君，说不定随时都有倒戈之危。

细细一想，芈槐觉得大是怪异：张仪一来，一切大变。行事向来讲究“分寸”的老昭雎与从来不过问国事的郑袖，竟全都急吼吼地要与秦国修好。屈原黄歇一班新锐，在遭到贬黜时也没有如此激烈的言辞举动，如今竟指天发誓地对他这个新王施压。平心而论，对于是否一定要和秦国修好，还是一定要和秦国为敌，芈槐当真不在乎，也认为大可不必如此认真。邦交大道，从来都是利害计较，哪有守株待兔的蠢人？如今两派各自咬住一方，水火不能相容，他却彷徨无计了。两边都有胁迫他的利器，两边都不能开罪，两边也都不能听从，芈槐第一次感到了当国王的苦恼。烦乱之下，他坐着王船独自在云梦泽漂了一天一夜，生生憋出了一个主意，第一次感到了做国王的快乐。

张仪来了，被领过了曲曲折折的回廊小径，最后进了一座极为隐秘的小殿。这是芈槐亲自指定的密谈地点，他要依靠自己的见识，在大国邦交中显示国王的圣明。

“丞相入楚，芈槐多有简慢，望勿介怀。”

战国合纵连横路线图

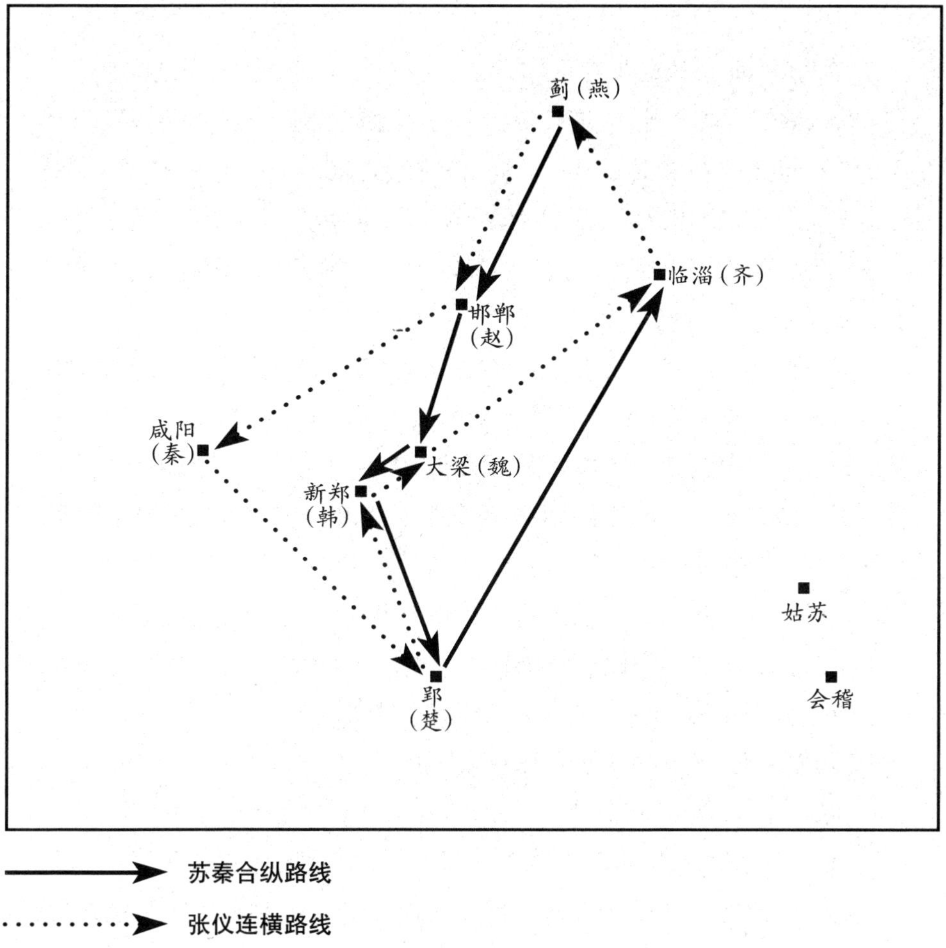

“先王方逝，主少国疑，张仪岂能不知？”

“先生以丞相之身使楚，必是重大事体，芈槐愿闻先生高见。”

“秦楚修好，别无他图。”张仪要言不烦。

“改弦更张，楚国有何好处？”芈槐也是直触要害。

“秦楚接壤千里有余，一朝为敌，秦国伤害而已，楚国却是岌岌可危也。”

“丞相是说，楚不敌秦？”

“楚若敌秦，何须六国合纵？”

楚怀王一怔，又立即笑了：“合纵深意，在于灭秦，而不是抗秦。”

张仪骤然一阵大笑：“掩耳盗铃者，不想却是楚王也。秦国现有十万铁骑，一年之内将增至二十万。楚国只有支离破碎的二十万老军，楚国抗秦，无异于以卵击石。至于六国灭秦，更是痴人说梦。难道楚王忘记了三十年前的六国灭秦大会盟么？其时也，秦国尚是穷困羸弱，六国尚不能灭，况乎今日哉？”

楚怀王顿时语塞。虽然他觉得张仪有些盛气凌人，但对张仪所说的事实却无法辩驳，谁教秦国确实比楚国强大了许多？芈槐也想强硬对话，但他知道，实力较量，弱势一方是没有资格强硬的。沉默有顷，楚怀王换上了一副微笑的面孔道：“丞相曾助楚国灭越，对楚国朝局当不陌生。秦楚修好，赞同者有之，反对者有之，本王何以自处？尚请先生教我。”

张仪揶揄笑道：“楚王若能将王权让于张仪，张仪自有办法。”

“丞相取笑了。”芈槐见张仪软硬不吃，顿时没了应对之法，只好直截了当，“秦国若能返还房陵，本王便有立足之地。”

“倘若返还，楚国如何？”张仪紧叮一句。

“退出合纵，秦楚结盟。”

“好！”张仪欣然拍案，“请楚王宣来史官，当场立下盟约。”

楚怀王没想到如此顺当地讨回了房陵之地，一时竟有些不敢相信。房陵六百里河谷盆地，又是几百年粮仓，对楚国的重要性怎么说也不过分，但能不动刀兵而收复房陵，纵退出合纵，屈原黄歇一班新锐也奈何他不得。芈槐笑道：“两国立约，须得双方君主押约上印了。”言下之意，是要钉实张仪的权力。

“张仪乃秦国开府丞相、秦王特使，楚王若有疑虑，自当作罢。”

芈槐略微思忖便高声下令：“宣太卜进宫。”

楚国的官制相对简约，太卜兼有记载国史、执掌宗庙、占卜祭祀等多种职责，实际便是文事总执掌。楚国具有浓郁的山地神秘传统，素来将占卜职能列于首位，此官便称为太卜。中原各国则将记载国史列为首位，一般称为太史令，府下分设宗庙、占卜、祭祀等属官。这时楚国的太卜是郑詹尹，此人与郑袖一样，乃楚国郑氏家族的支脉，为人深沉寡言，与朝中各方都甚为相得，与屈原还是忘年诗友。闻得楚王宣召，郑詹尹立即登车匆匆进宫。及至听到楚怀王立即拟就盟约的命令，他竟怔怔地愣在那里说不上话来。在他六十多年的记忆里，如此没有任何仪典的邦交立约是从来没有过的，尤其是一国之王与一国丞相立约，更是匪夷所思。他想说出自己的想法，却又嗫嚅着开不得口——太卜在实际国务中是无足轻重的，说了又能如何？愣怔片刻，只得拱手领命，坐到内侍已经准备好的长案前，双手提笔，在两张大羊皮纸上同时写下了两份盟约。

“太卜高年清华，竟有双笔才能，张仪佩服了。”张仪丝毫没有在意盟约，只对郑詹尹一手双笔绝技赞不绝口。

“如何？我大楚国也有上上之才了！”楚怀王芈槐也是不说盟约，只注意张仪说话。

老内侍将盟约递到王案前，楚怀王瞄了一眼，写上了“楚王芈槐”四个大字，随即命令：“用印。”一方鲜红的大印清晰结实地盖在了羊皮纸上。老内侍又将两份盟约捧到张仪案前，张仪笑道：“丞相印在咸阳，张仪只能押上名号了。”楚怀王笑道：“无妨。本王派特使随丞相去咸阳，用印之后随即交割房陵，如何？”张仪笑道：“土地乃无可移动之死物，邦交却是无常活物。何者先行兑现，楚王自当权衡。”楚怀王恍然拍案道：“好！三日之内，楚国派出特使，知会苏秦，退出合纵。”

张仪大笑：“三日后，张仪与两位特使离开郢都。”

楚怀王送走张仪，立即回到后宫对郑袖说了今日盟约。郑袖拍着芈槐的脸颊连连夸赞他“长大了，有谋划”，还破例地教芈槐当了一回威风凛凛的大男人，芈槐乐得直叫，又一次体味到了王者的快乐与力量。

不想屈原黄歇当晚匆匆入宫，愤愤劝谏楚怀王勿受秦国诱骗，当立即撤除盟约，立即派出合纵联军。芈槐气得脸色发青，愤愤然辩驳：“合纵联军一定能收回房陵？你屈原担保？还是黄歇担保？兵不血刃而收复房陵，本王错在何处？六国合纵好，可曾给了楚国一寸土地？本王为何一定要守株待兔？！”

“噢呀我王，”春申君黄歇换了话题，“张仪狡诈无常，若骗了我王，楚国岂不贻笑天下？那时楚国何以在天下立足？”

“大谬！”楚怀王声色俱厉，“秦国失信？张仪行骗？果真如此，本王自当统帅三军，为楚国雪耻复仇！”

屈原深深一躬道：“言尽于此，夫复何言？臣等愿我王记住今日才是。”说完大袖一摆扬长而去，春申君也跟着匆匆去了。芈槐兀自喘着粗气自说自话地骂了一通，刚刚骂得累了，老令尹昭雎又到了。昭雎盛赞楚怀王：“明君独断，力排众议，挽狂澜于既倒，救楚国于危亡，英雄气度，胜过先王多矣！”芈槐顿时心花怒放，觉得老令尹当真忠心耿耿老成谋国，立时赏了昭雎黄金百镒。

当晚，屈原在春申君府邸彻夜商议。天色泛白时分，一骑快马飞出郢都北门，直上官道奔赴燕国去了。

第九章 纵横初局

一 燕山幽谷 维风及雨

苏秦回燕，燕国当真是惊动了。

蓟城万人空巷，红色人群从郊野官道一直蔓延到王宫门前，鼎沸欢腾之壮观使任何大典都黯然失色。老人们说，一辈子都没见过这样的人山人海，武安君给燕国带来了大运。

燕国君臣郊迎三十里，旌旗矛戈如林，青铜轺车排成了辚辚长龙。燕易王恭敬地将苏秦扶上王车，又亲自为苏秦驾车，引得万千国人激情澎湃漫山遍野地雀跃欢呼，万岁之声淹没了山原城池。谁都觉得，这个给燕国带来巨大荣耀的功臣，无论给予多么高的礼遇都是该当的。百余年来，燕国是战国中唯一的老牌王族诸侯，也是唯一没有扩展而始终在龟缩收敛的战国，没有在值得记忆的大事中风光过哪怕一次，燕国人也从来没有扬眉吐气的时日。如今，燕国成了六国合纵的发轫之国，赫赫六国丞相竟回到燕国就职。一夜之间，燕国成了天下瞩目的首义大国，朝野臣民谁不感慨万端唏嘘欢庆？上自燕易王，下至工匠耕夫，谁也没有仔细去品味这件事对燕国的真实意义，更没有人去想，是否值得为一次邦交斡旋的成功如此狂欢，只是听任那压抑太久的萎缩之心尽情伸展，尽情发泄。

王车上的苏秦，一副淡漠的笑容。

面对绵延不绝的欢呼与形形色色的顶礼膜拜，苏秦有些茫然了。同是一个人，在潦倒坎坷的时候没有谁去理睬他，一朝成名，却有如此难以想象的荣耀富贵与崇拜颂扬如大海波涛般要来淹没他。洛阳归乡，国人对他欢呼赞颂，但苏秦却没有茫然眩晕，反倒有些许真诚的陶醉与喜悦。毕竟，衣锦荣归是人生难得的一种骄傲，纵然这种骄傲不无浅薄处，但它却是一种真实的愉悦享受。

今日不然，燕国朝野的狂热，使他如芒刺在背浑身不自在。他实实在在地觉得，六国合纵是自己的血汗功劳，纵然身佩六国相印也当之无愧。但是，他也实实在在地以为，六国合纵不能从根本上挽救任何国家，更不会给庶民百姓带来富裕康宁。将六国合纵看成救世神方，将苏秦看成上天救星，实在是一种虚妄。期之愈深，失之愈痛，一旦六国合纵出现危机，光环与泡沫骤然消失，人们又当如何？如果说，国人百姓的欢呼颂扬，苏秦还能释然一笑，那么国君大臣给他的旷世礼遇，则的确使他隐隐不安。他本能地觉得，六国君臣之中，极少有人把握六国合纵的真实用心与本来图谋。他甚至有了一丝隐隐的恐惧：六国合纵一旦立于天地之间，这个庞然大物的命运，已经不是他能操纵的了。

燕易王为苏秦举行了盛大的接风宴会，国中大臣与王室贵胄三百多人济济一堂，钟鸣乐动，高歌曼舞，觥筹交错，人人欢欣。席间燕易王拍案下书：拜苏秦为燕国开府丞相，赐易水封地二百里，在蓟城起造武安君丞相府邸。既是武安君，又是开府丞相，这便是老百姓们津津乐道的“封君拜相”，也是天下君王对臣子的封赏极致，同样也是布衣入仕所能达到的最高峰。燕易王话音落点，大殿中一片高呼：“武安君万岁——”“丞相万岁——”苏秦依照礼仪一躬到底谢了王恩，却没有燕国君臣所期望看到的欣喜激动。但燕国君臣这一丝失望也一闪而逝，迅速被宴会的大喜大庆淹没了。

三更时分，大宴方才结束，看着峨冠博带的大臣们与灿烂锦绣的贵胄们川流不息地走出大殿，苏秦心中空荡荡的。从始到终，他都没有看见燕姬的身影。她是前国后，只要在蓟城，燕王断无不请她赴宴之理。难道她不在蓟城了？她能隐到哪里去？

“武安君啊，”燕易王从中央王座走了过来，“大宴散去，本王留了几名大臣再与武安君小宴叙谈，听武安君说说六国大势如何？”燕易王三十余岁，一副络腮长须，粗壮敦实，酒后正是满面红光兴致勃勃的样子。

“臣亦正有此意。”苏秦拱手道，“然则，人少为好，臣欲向我王陈明秘策。”

燕易王略有沉吟，终于笑道：“好，那就留宫他、子之两人。”

群臣退去，燕易王在大殿东侧的书房外厅设了小宴。说是小宴，实则是每人一鼎燕国的酸辣羊肚汤醒酒，之后就是饮茶。燕易王安排这个小宴，本意不在酒，而在于让大臣们听苏秦讲述六国合纵的经过与各国详情，以及如何使燕国声威大震的宏图长策，以振奋朝野。可苏秦却提出“人少为好，陈明秘策”，燕易王便感到有些扫兴。但苏秦目下是六国一言九鼎的人物，燕易王想想也就听从了，只留下了两个武臣相陪：一个是边丞宫他，一个是辽东将军子之。宫他原是周室大夫，护送燕姬嫁于燕文公后，留在了燕国，此人正在盛年又颇通兵法，燕文公任命他做了掌管全国边境要塞的边丞，虽然并不显耀，但却是实权臣子。子之是燕国东北方的抗胡边将，正好来蓟城办理兵器，燕易王想教他听听天下大势。其所以留下这两个人，是燕易王估料苏秦的秘策必是组成六国联军攻秦，而这两人恰恰是燕易王心目中要派出的将领。

“武安君何以教我？”羊肚汤饮罢，燕易王拭去额头汗珠，笑吟吟看着苏秦。

苏秦悠然笑道：“魏王告诉臣，孟夫子给他说了一个故事，我王可否愿听？”

“好。”燕易王道，“孟夫子常去大梁游，惜乎不来燕国也。”

“孟夫子说：有个宋国农夫种下一片麦子，天天到地头看，两个月了，麦子老是只有两三寸高。农夫心中着急，将麦苗一根根拔高了几寸，满眼望去，一片麦苗齐刷刷高了许多，蓬勃碧绿大有起色。农夫匆匆回家，高兴地对老妻与儿子说：‘今日辛劳，揠苗助长。明日再揠，过几日就能收获了。’老妻儿子大是惊讶，连忙赶到地头，一看之下，好端端的麦苗已全部枯萎了。”苏秦打住，依旧微笑地看着燕易王。

“完了？”

“完了。”

“甚个故事？”燕易王沉吟道，“世间有如此蠢人么？”

“真正揠苗助长者，可能没有。然做事相类而急于求成者，数不胜数。”

“噢——”燕易王恍然道，“武安君是说，六国合纵不能急于求成？”

“非纯然如此。”苏秦道，“孟夫子这个故事的真意，告诫人做事须得求本，而不是虚张声势。根本坚实，声势自来。根本虚弱，纵有外势而依旧枯萎。我王以为然否？”

“也是。武安君似有弦外之音？”如此一个故事，燕易王确实有些茫然。

苏秦肃然道：“臣之本意：六国君臣大多未能体察六国合纵之本意。”

“合纵本意？难道不是六国抗秦么？”

“抵御强秦，只是六国合纵之直接目标，当务之急罢了。”苏秦虽目力不佳，此时眼中却是灼灼生光，“六国合纵之根本，在于争取数年甚或十余年稳定，使各国能够抢出一段时间变法图强，与秦国作根本国力之竞争。但识得这一要旨，便将合纵视为手段方略，而将变法图强视为真正目的。惜乎六国之中，只有楚国体察了这一要害，否则楚威王不会如此果决地力行合纵。魏赵韩齐四国，都对利用合纵机遇而变法图强，没有丝毫体察。臣今归燕，似觉燕国朝野亦无变法图强之筹谋，举国上下，皆视合纵为挡风之墙、御敌之盾。而除此之外，究竟该当如何作为，却没有思谋对策。如此情景，臣不能不忧心忡忡。”

在发动合纵的游说中，苏秦的说辞从来只涉及各国所面临的威胁、各国间的恩怨纠葛以及与六国共同大敌——秦国的仇恨，从来没有对任何一个君主说出六国合纵的深远本意。不是不可说，而是没有必要说。六国君臣中浅薄平庸颟顸者多，深远意图往往会被看做不着边际的书生空言，何如不说？除了楚国殿堂那场特殊的论战，苏秦只用对面君王能够听得懂的语言说话，甚至对于四大公子，他也没有剖陈过六国合纵的本意。今日有感于燕国最初的知遇之恩，真诚坦率地说了出来，一席话显得分外的沉重。

燕易王却被苏秦说得有些懵懂了。他暗自觉得好笑，不就变法强国么，这也是秘策？一百多年来不知多少人说过了，但凡名士都将变法挂在嘴边，至于如此郑重其事？谁不想强大，可那容易么？燕国连场像样的胜仗都没打过，秦国欺负，赵国欺负，齐国欺负，连中山国也欺负，威胁日日不断，能守到今日已经是罕见了，大势不稳，谁敢变法？虽作如此想，他却不能对苏秦如此说，思忖一番笑道："武安君说得也是，本王受益匪浅。燕国一旦康宁，立即着手变法如何？当务之急嘛，还是派军入盟，打败秦国。两位将军以为如何？"

宫他挺身拱手道："臣以为大是！外敌不去，何论内事？"

"要抗秦，也要变法！"辽东将军子之只硬邦邦一句话。

苏秦沉默片刻，突然带有几分酒意地大笑起来："我王已经想到此事，原是臣画蛇添足也。"少顷似乎醒过了神，笑道，"合纵成军，燕国何人为将？派军几何？"

"宫他为将，出兵五万。"燕易王爽快脆捷。

子之突然高声道："子之请命为将，血战秦国，为大燕雪耻！"

燕易王似有犹豫，笑道："此事回头商议便了。"

"好！将军请战，燕国有望！"苏秦哈哈大笑一阵，"臣，今日醉了……"一言未了，烂泥般软倒在地毡上。

燕易王大笑："哎呀，武安君酒量当真浅也。来人，王车送武安君回府。"

一辆华贵的驷马青铜篷车辚辚驶出了王宫。三月的燕山风浩荡吹来，车帘啪啪直响，躺在车中的苏秦霍然坐起，打开车帘，扑面一阵料峭寒意。苏秦顿觉清爽，猛然长身站上车辕，如同站在轺车伞盖下一般，斗篷与大袖齐舞，长发与高冠纠结，空旷寂静的长街响彻着他的曼曼吟诵："钟鼓锵锵——河水汤汤——忧心且伤——怀允不忘——"

离开燕国南下的时候，苏秦已经有了一座武安君府邸，那是一座王族罪臣的抄没府邸。虽然在穷困的燕国已经是很显赫了，但就实而言，也就是一座四进六开间的大宅院而已。这座府邸苏秦只住了不到十日便走了，连庭院中的房屋都没有时间看完。燕易王接到苏秦北上归燕的消息，加紧对这座府邸进行了一番修缮，又从王宫与官署挑选出了二十多名侍女与官仆，在一名王宫老内侍的督导下日夜整修刷洗，使武安君府变得亮堂堂一片生气。王车到达府门，家老总管领着四名侍女前来迎接，一看武安君醉不可支，立即用软榻将苏秦抬了进去。

王车一走，苏秦立即恢复了常态，饮了几盏淡茶，在庭院转悠了两遭，惊讶地发现这座不大的庭院已经变得与他离开时有了霄壤之别，除了不够宏阔，完全是一个贵胄府邸了。既然如此，燕易王为何还要另外为他起造新的武安君丞相府？难道这里不能开府理事么？对于穷弱的燕国，一座华贵宏大的府邸需要耗费多少民脂民膏，燕王难道没有想过么？尽管燕易王今日对他的主张表示了淡漠与嘲笑，苏秦也不愿意初回燕国便与燕王发生摩擦，但苏秦还是不忍看到燕国在如此衰弱之际做如此的大肆铺排。思忖良久，苏秦回到书房，提笔向燕易王上书：

谏君相府邸书

王欲为苏秦新起君相府邸，臣心殊为不安。墨子云：国有七患，城郭沟池不可守而治宫室，民力尽于无用，财宝虚于待客，大患之首也。臣之府邸四进六开，仆从数十，修葺一新，开府可也，理事足也，无当新起宏阔府邸。先祖立国之初，燕山荒莽，林草连海。先燕人奋发惕厉刀耕火种而成家园，遂立于北国诸侯之首。当此内忧外患之际，边卒饥寒，战车锈蚀，工匠穷困，农人饥馑，我王当辄思先祖国人之大德，固本用财，聚集国力，激励民心，以为变法图强之奠基。《周书》云：国无三年之食者，国非其国也；家无三年之食者，子非其子也。王若虚耗国家财货，铺排君臣行止，上不厌其乐，下不堪其苦，国家忧患多矣！

"当"的一声，苏秦掷笔，青铜笔杆撞得玉石砚台脆响。

帷幕后传来一声轻轻的叹息。苏秦霍然起身，沉声喝问："谁在帐后？"

纱帐一阵婆娑，暗影中走出一个斗笠垂纱裙裾曳地的人来，看那高挑婀娜的身材，便知是女子无疑。苏秦心中一动："你？可是……"只见那人缓缓摘下吊着黑纱的斗笠，现出了那永远烙在苏秦心头的绿色长裙与披肩白纱。

"燕姬……"苏秦揉揉蒙眬的眼睛，"果真是你么？"

"季子，没有错，是我。"燕姬灿烂的笑脸上闪着晶莹的泪花。

苏秦端起书案上的风灯，喘息着一步一步挪到近前，凝望着那张不知多少次闯入他梦乡的面容：乌发依旧那么秀美，肌肤依旧那么皎洁，眼睛依旧那么明亮，微笑依旧那么神秘，那，那是……苏秦颤抖的手指轻轻地摩挲着燕姬眼角细密的鱼尾纹，骤然之间泪如泉涌，颓然跌倒，手中的风灯也"咚"地砸在地毡上。

"季子……"燕姬低低惊呼一声，将苏秦抱起，放在了日间小憩的小竹榻上。

苏秦睁开眼睛霍然坐起道："燕姬，快说说！你是如何过来的？你藏在何处？"

"呀，捏得我好疼。"燕姬轻声呢喃，又粲然一笑，"你躺下，我再说好了。"

"好。"苏秦也笑了，"一见你，我竟弱不禁风了。"斜倚在了竹榻靠枕上。

"太操劳了。"燕姬幽幽一叹，"迢迢驰驱，时时应酬，日日应对，夜夜上书，有如此做事的么？"

"无妨，打熬久了，我撑持得住，先说你。"

燕姬无可奈何地笑了笑，向苏秦讲述了宫闱巨变中她的经历。

燕文公骤然死去，燕姬大为起疑。文公虽然已经五十多岁，且有老疾缠身，但据太医的诊断与燕姬自己的体察，燕文公在三五年之内至少不会有性命之忧。可是，就在燕姬陪着太子去举行春耕开犁大典回来时，老国君已经死在了书房之中，面色紫黑大睁双眼形容可怖！燕姬立即查究侍奉老国君的内侍侍女，却找不出任何头绪。就在她喘息未定的时分，太子竟然带着三百名精锐甲士与几名大臣赶到了后宫，丝毫没有询问老国君的死因，也丝毫没有与她商量，立即下书宣布了国公薨去的消息，宣布了国丧，宣布了太子即位。令燕姬惊讶莫名的是，平日里对她甚是敬重，她也曾多次助其度过危机的太子，竟然在顷刻之间变得冷酷凌厉，对她视若无物。燕姬沉住气一句话也没有说，离开了寝宫，立即着手清理了自己的物事，做好了随时离开宫廷的准备。整个国丧的一个月里，她都没有离开自己的庭院一步，既不参与葬礼，更不过问国事朝局。突然之间，她这个国后变成了被遗忘的古董，似乎从来没有存在过。大丧之后，新君宣布称王，在新御书[1]清点燕文公书房时，却发现少了一方最重要的传国玉印、一幅燕国秘藏图。

新王气势汹汹来找她时，将那座小庭院包围了。燕姬非但没有惊慌，反而笑吟吟地向新王申明：她奉天子王命，要重回洛阳王室。新王阴沉着脸说，只要她交出玉印与秘图，就放她回洛阳。燕姬一阵大笑道："我不回洛阳，死在燕国又有何妨？"新王无奈，只好屏退甲士，一个人温言软语地劝她求她。燕姬全然不为所动，冷冰冰地提出："先君死得蹊跷，查明死因，究办谋逆奸凶，再说此事不迟。"新王万般无奈，只好连夜与心腹密谋，第二天便将宫中内侍总管与三家大臣满门斩首，蓟城国人一片欢呼。

新王又来见燕姬。燕姬便将玉印交给了这个已经十分陌生的昔日太子。新王又索要秘藏图。燕姬拿出了燕文公的遗书，遗书上赫然写着："秘藏图交由国后燕姬掌管，新君可酌情支取，不可更改执掌。若有违背，宗庙不容！"新王愣怔半日，长叹一声道："国后意欲如何？"燕姬笑答："唯想隐于秘藏之地，远离宫廷纠葛，如是而已。"新王道："若有急处，如何找到国后？"燕姬道："先君有三只信鹞，但放一只，两个时辰内我便可收到，届时我自会指明地点。"新王思谋良久，只好答应燕姬

[1] 御书，燕国掌管国君文书的官员，相当于秦国的长史，也就是国君秘书长。

离开蓟城。

燕国虽国用拮据，但历代国君都秉承了老周王族的谨细传统，将一定的剩余财货囤积隐藏。六百多年下来，这些秘密藏匿的财宝实在是不可小视。燕国敢于以穷国弱国摆老贵胄架势，一大半原因是因了这些惊人的秘藏。离开这些秘藏，燕国不能应对任何一场像样的大仗。唯其如此，新君无论如何不敢开罪这位奉先君遗命掌管秘藏图的国后，反而每隔一两月便派出信鹞嘘寒问暖一番。如此一来，燕姬过起了真正的隐居生活。

“他要跟着信鹞踪迹找你，岂非大大麻烦？”苏秦有些着急。

“季子傻也。”燕姬笑道，“不是信犬，不是信鸽，是信鹞。鹞子如苍鹰，一展翅直上云中，难觅踪迹，他却如何跟踪？这也是历代燕君的老法子，从来没有闪失的。”

“如此便好。”苏秦长长地舒了一口气，“荆燕上次回燕，没有听到你的消息。今日宴席也没见你，我真有些急也。”

“新君多权谋，将宫中封锁得很是严密，对外却无事一般。季子以为新燕王如何？”

“权谋机变有余，雄心正才不足，不是好气象。”苏秦忧心忡忡。

“你还愿意将燕国作为根基么？”

“燕国为合纵发端，天下皆知，还当是立本之国。”

燕姬笑道：“夜深了，这些事择日再说。”

苏秦恍然坐起：“你究竟在何处？如何找你？”

“三日之内，按图来寻。”燕姬微笑着从袖中抽出一方白绢摁到苏秦手掌中，“保你有说话的好所在。我走了，你别动。这里的内侍官仆都是我的旧人，出入忒便当。”说完戴上斗笠，一闪身转入帷幕后消失了。

苏秦顿时觉得空荡荡的，茫然怅然恍惚烦乱，片刻间一齐涌上心头。睡是无论如何也睡不着了，索性到庭院中闲走。蓟城刁斗已经打响了五更，天中月明星稀，横亘北方天际的那道山峰剪影好像就压在头顶。山风还没有鼓起，天地间万籁无声，苏秦突然生出一种从未有过的窒息感，胸中憋闷极了。

合纵发端便危机丛生：联军尚未建立，楚威王就突然病逝了；燕文公、齐威王、魏惠王，几个对秦国怀有深刻警惕的老国君也都死去了；任何一国，随时都可能突然生出各种各样的麻烦。燕易王的言行使他突然悟到：六国合纵的真实意图，可能永远都难以被人理解了，更是难以实现了；他所面对的，将是层出不穷地奔波补漏；六国合纵所能起到的唯一作用，很可能只是一张需要不时修补的盾牌。

一想到这里，一种浓浓的沮丧渗透到苏秦心头。在洛阳郊野冰天雪地中构思的远大宏图，在今日六国君臣们的狗苟蝇营中，仿佛一场光怪陆离的梦。变法不好么？强国不好么？为何这些君主权臣就是不愿意做？真是一个天大的谜团。骤然，苏秦觉得自己疲惫极了，苍老极了，对世事无奈极了，真想躲进一个世外仙山，仔细地透彻地揣摩一番人世间的奥秘。可是，世外仙山在哪里？洛阳苏庄么？老父故去了，留下的苏庄只是一片充满了世俗渴求的故园旧土而已。两个弟弟期望着二哥将他们带上入仕的大道，让他们一展才华；大嫂期盼着他的权力万世永恒，使苏氏家族永远辉煌；妻子倒是期盼他是一介平民男耕女织，可她能给苏秦的，依然是一种窒息，一种深深陷入田园泥土而不许自拔的窒息。说到底，当你褪尽身上的权力光环时，那片故园旧土给你的便只是蔑视与嘲笑，而绝不会给你一种出世的超脱。梦中仙子一般的燕姬，偏偏又陷入了燕国的宫廷阴谋之中，该当自由的时日，她却依旧戴着国后的桂冠，并没有远走隐世的打算，她似乎注定要在这个阴谋圈子中周旋下去，永远地留在燕国土地上。果真如此，苏秦的梦幻也将永远地化为乌有……

三十岁尚是处子之身的苏秦，第一次萌生了深刻的迷茫，有些无所措手足了。

“大人！如何睡在这里？”一个侍女惊慌地喊着。

苏秦睁开眼睛，看见自己躺卧在水池畔的一张石案上，衣衫潮湿冰凉，露水珠儿尚在晨雾中晶莹生光。侍女小心翼翼地扶起苏秦：“大人，家老正在四处找你呢。”苏秦慵懒地打了个长长的响亮的哈欠，揉揉眼睛问：“有事么？”

“说是荆燕将军紧急求见。”侍女低声回答。

“荆燕？”苏秦精神一振，霍然起身，大步匆匆向书房而来。

随着苏秦归燕，荆燕在燕国也声名大振。大宴之时，燕易王下书封荆燕为中大夫。对于一个平民出身的武士来说，原先的千夫长已经是荆燕的最大出息了，封为中大夫而位列朝臣，无异于极身荣耀彻底改换门庭。可荆燕却红着脸对燕王说：“荆燕一介武夫而已，不敢位列庙堂之上，愿终生为武安君属吏。”燕易王大感意外，又要在朝堂显示用贤气度，倒也着实劝说了几句，期望他接受王封。可荆燕却只是红着脸摇头，一句话也不说。燕易王扫兴又无奈，只好褒奖几句作罢。苏秦也颇为困惑，趁席间如厕，于无人处询问缘故，荆燕却只木讷道：“心智浅薄，当不得大命。”见荆燕不愿多说而又绝无更改的样子，苏秦也没有多问。大宴未完，荆燕南下大梁联络去了，如何恁快便回来了？

荆燕正在书房外焦急地徘徊，见苏秦衣衫不整长发散乱满脸青灰地匆匆走来，不禁迎上前去惊讶问道：“大哥如何这般模样？”苏秦摆摆手道：“无妨，酒多了而已，出事了？”荆燕低声急迫道：“斥候急报：张仪出使楚国！我怕你有新谋划，便半道折回，你定了主张我立即出发。”苏秦沉默着没有说话，思忖片刻道：“你在外厅稍待片时，此事容我仔细想想。家老，给将军上茶。”说完大步进了书房。

一个时辰后，苏秦走出书房，手中拿着四个铜管道：“荆燕，你立即分派得力骑士，将这四份书简分送信陵君、孟尝君、平原君、春申君四大公子。三日后你随我南下，你来准备细务，我有一件事需要料理。”

“大哥放心，你尽管办事，我这便去。”荆燕将铜管插入腰间皮袋，大步出门去了。

苏秦觉得有些困倦，来到浴房在冷水中浸泡了片刻，神志顿时清爽。这是他在郊野苦读时形成的习惯，夏日在冰凉的井水中浸泡，冬日赤身在冰雪中打滚儿，那冰凉的气息直渗心脾，消解困顿最为有效。冷水浴完毕，他又匆匆地吃了一鼎肉汁面饼，便乘坐一辆四面垂帘的辎车直出蓟城北门。到得郊野无人处，换上一匹青灰色阴山骏马，苏秦直向大山深处飞驰而去。

三月的燕山，苍黄夹着青绿，莽莽苍苍地横亘在面前，数不清有多少河谷有多少奇峰。来到一条清波滚滚的河边，苏秦一番打量，脚下一磕，骏马沿着河道直向那道最为低缓平庸的山谷驰去。走得一程，山谷突然由南北向转为东西向，苏秦左手马缰轻抖，进入了西面的山谷。大约走得三五里，山谷渐行渐窄，身上却觉得越来越热，燕山特有的那种饱满浩荡而略带寒意的春风，不知不觉间竟变成了和煦温暖的习习谷风。面前奇峰高耸入云，地上柔柔绿草如茵，满山林木苍翠葱郁，与山外直是两重天地。

苏秦驻马张望一番，觉得这道山谷的奇妙景色在燕山之外断难想到，当真是平中隐奇。突然，他听到了一种隐隐约约的隆隆之声，走马寻着隆隆声深入山谷，大约里许，迎面一道大瀑布从高高的山峰上跌落，飞珠溅玉，水雾中断断续续地闪烁出不断变幻的彩虹。抬眼四望：瀑布正在山谷尽头，两边奇峰对峙，中间谷地只能可可地容下这片碧绿的深潭；潭边谷地生满了野花野草，层层叠叠交相纠结，却叫不上名字。鸟鸣虽湮没在隆隆瀑布声中，但那些灵动出没于花间草丛树梢的五彩身影，却实实在在的是生机盎然。

"天泉谷？好个所在！"苏秦大伸腰身做了一个长长的吐纳，觉得身上酥软了一般。静了静神，他从长衫衬袋里拿出一只黑黝黝的陶埙吹了起来。这是洛阳人烙在心头的踏青民谣，在《诗》中便是《王风》中的《黍离》，是周人在东迁洛阳时西望镐京废墟，对部族衰落的迷茫与叹息。这首歌儿，在中原战国也许已经被人遗忘了，但洛阳王城的子民却是永远不会忘记的。

随着悠扬沉郁的埙音，谷中突然飘出了悠长的歌声：

知我者谓我心忧
不知我者谓我何求
悠悠苍天
此何人哉
……

歌声苍凉肃穆，正是《黍离》的老词，那种滞涩的唱法，那种独特的招魂般的呼唤，不是周人决然不能唱出。

“燕姬——你在哪里？”

“右首看——”

苏秦转身，朦胧看见了山花烂漫的山腰中随风飘展的一点雪白。虽然目力不佳，他也断定那是燕姬无疑，打马一鞭，骏马长嘶间箭一般向东边山峰冲来。

“季子！我来了——”山腰一阵清亮的笑声，一个绿衣白纱的身影轻盈地从山上飘了下来，堪堪地落在了马背之上。一阵丰满柔软的馨香与温暖顿时从背后包围了苏秦，淹没了苏秦。一种从未体验过的奇异感受，闪电般袭击了他，使他差点儿跌下马来。猛然，他一把将那丰满柔软的绿裙白纱揽了过来，紧紧地箍在怀中，一阵急促的喘息，两个灼热的躯体在马背上重叠了，融化了……

“真是一头饿狼。”花草丛中，燕姬摩挲着苏秦的脸颊。

“中山狼！”一阵大笑，苏秦又将燕姬拉进了怀中。她满脸红潮地喘息着，紧紧抱住了津津冒汗黝黑闪亮的结实身躯，任那令人如醉如痴的潮水裹挟着腾腾热汗，恣意地向她冲击，在她晶莹丰满的身体里尽情翻涌。她仿佛变成了一叶轻舟在波峰浪谷中出没，又仿佛一片羽毛在风中飘荡，悠上巅峰，飘下深谷，湮没在无边的深深的愉悦里。她尽情地叫喊着呼唤着寻觅着，却又更深更深地湮没了自己……

阳光徜徉到山顶的时候，燕姬醒了。她没有惊动苏秦，到山根小溪流中收拾好自己，坐在他身旁，静静地端详着守候着，一任那一抹晚霞从山顶褪去。终于，苏秦睁开了眼睛：“噫！天黑了？”燕姬亲昵地笑着在他脸颊上拍拍：“季子，你是真累了。”苏秦霍然坐起摇摇头笑道：“从来没有如此酣睡过，冷水冲冲，三日三夜也没事。”燕姬咯咯笑道：“真是头中山狼。看那边，山根是小溪，潭中溢出天泉水，只怕有点儿凉。”

“越凉越好。”苏秦走了过去，躺在了溪中的卵石上，任清凉的山溪哗哗流过自己。

“夜来何处啊？山洞？谷地？”燕姬坐在溪边大石上笑吟吟地喊着。

“都是仙境。”苏秦仰面朝天躺在水流中，快乐地高声答着。

燕姬笑着站了起来，打开她的随身皮囊，支开了一顶白色小帐篷，燃起了一堆熊熊篝火。此时，一轮明月爬上山顶，峡谷的一线天空碧蓝如洗，花草的淡香和着瀑布激扬的水雾，混成清新纯馥的气息弥漫在谷中，隐隐水声传来，倍显出一种无边的静谧。苏秦出了山溪，只觉一种从未体味过的轻松舒畅，情不自禁地对着天中明月高声吟哦：“谁谓河广？一苇航之。谁谓天高？跂予望之！谁谓河广？曾不容刀。谁谓天高？暮暮朝朝——”

燕姬笑了：“被你一改啊，这首《河广》还真是深远了许多。”

《河广》原是宋国流浪者的思乡歌谣。苏秦心思潮涌，将“谁谓宋远”一句，改成了“谁谓天高”，意境便大为深远起来——谁说大河宽广？一苇扁舟便可渡过。谁说上天高远，踮起脚来便可相望。谁说大河不宽广？一苇小舟不容逾越。谁说上天不高远？暮暮朝朝也走不到。

苏秦喟然一叹：“今日天堂，只怕是暮暮朝朝也。”

“你呀，先来吃喝了。”燕姬笑道，“只要想走，又岂怕暮暮朝朝？”

“说得好！”苏秦大笑一阵，猛然闻见一股奇特的酒肉香气飘来，趋前几步，见篝火铁架上烤着一只红得流油的山鸡，旁边摆着一坛已经启封的兰陵酒与两只陶碗，不禁大喜过望，“噫！如何有酒肉了？”燕姬笑道：“不出一箭，百物齐备呢，回头细说。来，先共饮一碗。”“且慢。”苏秦端起陶碗笑道，“总该有个说辞也。”

“今日得遇君，永世毋相忘。”

“魂魄绕子衿，来生亦相将！”

两碗相撞，两人一饮而尽。燕姬的笑脸上挂着晶莹的泪珠，顾不上擦拭，拿下铁架上红亮的山鸡用短剑剖开，递给苏秦一只硕大的鸡腿。苏秦一手接过，另一手却轻轻抹去了她脸颊的泪痕。“季子……”燕姬一阵颤抖，连忙背过了脸去用汗巾堵住了自己泉涌的泪水，回过头来又是灿烂的笑容。苏秦大撕大嚼，燕姬一块一块地将山鸡递到他手上，自己却始终只是默默地凝望着。

“完了？呀！你如何一点儿没吃？”苏秦惊讶地摊着两只油手叫了

起来。

燕姬“噗”地笑了：“看你吃比我吃舒心多了，来，洗洗手擦擦脸。”说着从身后扯过一个皮囊解开，倒水教苏秦洗手擦脸。收拾完毕，两人默默相望，一时无话。良久，燕姬低声道：“几多时日？”

“还有十二个时辰……”

“还来得及。看看我的住处吧。”

“燕姬，你要在燕国永远住下去？”

燕姬轻轻地叹息了一声：“天地虽大，何处可容我身？我的梦想，一半已经破灭了。剩下的一半，将永远留在我的心里……燕姬不能嫁给你，不能名正言顺地做你的妻。你不能娶我，不能名正言顺地做我的夫。可上苍偏偏教我们相遇，教我们相知，教我们相爱。你说，我们又能如何？纵然无视礼法王权，可你还有刚刚开始的功业，那是你终生的宏图，我们没有毁灭它的权力……”

心中一阵大痛，苏秦生生地咬牙忍住了那几乎要喷发出来的呐喊，不能！他不能给燕姬留下太过猛烈的伤痛。沉默良久，苏秦渐渐和缓过来，拨弄着篝火低声道：“我只是担心你的处境。”

“季子，我是万无一失的。对付宫廷权谋，自保还是有余的。”燕姬目不转睛地看着苏秦，“倒是你，太执著，看重建功立业，忽视权谋斡旋，我真担心你呢。”

“我有预感：六国合纵的真正目标，已经不可能达到了。目下我只有一个愿望：促成六国联军，与秦国大打一仗，使秦数年内不敢东出函谷关。以铁一般的事实说话：合纵抗秦，能够为中原六国争取时日。白白挥霍浴血争来的时日，那是六国自取灭亡！真的，我不想将遗恨留给自己……”一阵粗重的喘息过后，苏秦慨然笑道，“这个愿望一成，我便与你隐匿山野，做世外仙人。六国自顾不暇，那时谁来管一个逃匿了的苏秦？谁来管一个早已消失的国后？”

“季子！”燕姬猛然扑到苏秦怀里，紧紧地抱住了他，分不清是笑还是哭。

山月已到中天，那堆明亮的篝火渐渐地熄灭了。

二　怪诞说辞竟稳住了楚国

春申君比谁都焦急，天天以狩猎为名，在郊野官道等候苏秦的消息。

眼看张仪在挥洒谈笑间颠倒了楚国格局，新锐人士都有些蒙了，人心惶惶，心思灵动者已经开始悄悄向昭雎一边靠拢了。连小小郎中的靳尚，也成了郢都的热门人物，昔日的新锐们纷纷凑上去小心翼翼地逢迎，求一个穿针引线的门路。若秦国一旦将房陵之地交还于楚国，楚国正式退出六国合纵，楚国变法岂不眼睁睁地就夭折了？第一次，春申君感到茫然无所适从了。对张仪这个人，他实在是揣摩不透，更想不出应对办法。张仪入楚，春申君与屈原事先都知道，可并没有在意，其中原由在于：昭雎是张仪的大仇人，张仪一定会借着秦国强大的威慑力，逼迫楚王杀掉昭雎；昭雎则一定会全力周旋反击，无论结果如何，昭雎的势力都会削弱，楚王都会重新倚重新锐人士。他们认定：入楚对张仪是个泥潭，对昭雎是场劫难，对他们却未尝不是一件好事。春申君与屈原，那时都不约而同地说出了“作壁上观”四个字。

谁能料到，张仪静悄悄地住在驿馆，竟能与昭雎化敌为友；竟能渗透宫闱与郑袖结盟；竟能使楚怀王大失分寸，置先王遗命于不顾而与虎谋皮。等到春申君与屈原挺身而出，血谏抗争的时候，惜乎大错铸定，为时已晚了。对如此一个嬉笑怒骂皆成文章的诡谲莫测之士，屈原也是束手无策，只是反复念叨：“一定要等苏秦，此人非苏秦不是对手，一定要等。”

郢都北门外的山塬已经是郁郁葱葱了。淮南的春日比中原要来得早一些，风中的寒气早已消散，和煦的微风中已经有了初夏的气息。春申君与门客们在山塬上追逐着星散的野兔狐鹿，眼光却不时地瞟一瞟山下伸向北方的官道。

“春申君快看，有车队南来！”一个门客站在山头大喊起来。

绿色平原的深处，一股烟尘卷起，正缓缓地向南移动着。正在这时，一骑骏马从郢都北门飞来，遥遥高喊：“报——武安君书简到——”随着喊声，骏马已风驰电掣般来到面前。春申君接过书简打开一瞄，打马一鞭，向山下飞驰而来。

北方烟尘，正是苏秦的骑队。从蓟城出发时，苏秦免去了全部车队辎重，只带领原先的一百名剽悍骑士，人各快马，兼程南下。荆燕乘一匹西域汗血马早发半日，前行联络。马队赶到邯郸，平原君已经在郊外等候；赶到大梁，信陵君也已经在郊野等候。一声问候，一爵烈酒，苏秦匆匆安排一番，便马不停蹄地驰驱而去。一路兼程疾行，竟与先发两日送信的骑士同日到达。郢都城楼已经遥遥在望，苏秦看见迎面一骑飞来，那熟悉的黄色斗篷随风翻卷，不是春申君却是何人？

“武安君——”

“春申君——”

两人同时飞身下马疾步向前，紧紧地抱在了一起。

“噢呀，武安君好洒脱！”春申君一番打量，一阵大笑。原来苏秦为了疾行快赶，非但亲自骑马，而且是一身红皮软甲，长发披散，身背长剑，斗篷头盔一概没有，活脱脱一个风尘剑侠。

“骑术不高，只好利落点儿了。”苏秦也是一阵大笑。

“噢呀别说，这剑背在身上还当真利落也！苏秦背剑，日后我也学学。”

苏秦笑道：“偷懒你也学么？不常用可背，你等剑士要背剑，急了拔得出来？”

“好，回头你教我便了。噢呀快走！屈原等急了。”春申君随着话音飞身上马，一磕马肚，箭驰一般飞出。苏秦骑队随后紧跟，片刻间进了郢都北门。

到得府邸，春申君立即命人去密请屈原。屈原这时已经贬为三闾大夫，军国大政难以参与。但凡大事，春申君却还是与屈原尽量地先行秘密商议，尽量地不张扬。当屈原到来时，苏秦刚刚用冷水冲洗完毕，换了一身轻软的布衣来到正厅。二人见面，四手相握，苏秦说屈原瘦了，屈原说苏秦黑了，一番感慨唏嘘，直到春申君招呼入席落座。饮了一爵洗尘酒，春申君便将楚威王病逝后的朝局变化与张仪入楚的经过说了一遍。

屈原拍案愤激道：“张仪可恨！昭雎可恶！靳尚可耻！郑袖可悲！楚

王可笑！楚国可怜也！”春申君连忙摇摇手，示意屈原不要过分犯忌，又连忙吩咐家老关闭府门，拒绝造访。

苏秦沉默良久，方才问道：“讨回房陵，谁先动议？”

“噢呀，那是我王自家先提，本为搪塞我等，不想张仪竟一口应允了。”

“盟约双方，谁人签押？有秦国王印相印么？”

“噢呀，我听一个老内侍说：张仪只写了名号，说相印王印皆在咸阳，回去补上了。”

“派出特使交割，是何方主张？”

“自然是楚国。”屈原又愤愤拍案，“张仪忒煞可恨也！”

苏秦微微一笑道：“看来，事有转机也。”

“有转机么？”春申君大是惊喜，“噢呀，武安君快说！”

苏秦道：“张仪为人洒脱，行事机变细密不拘常法，不似我等这般拘泥。将合纵撕开一个裂口，是秦国当务之急。当此情势，楚王提出任何要求，张仪都会先行答应下来，回头再谋化解之策。以方才几个事实看，秦国根本没想归还房陵。果然有此预谋，张仪自会先有筹划，将秦国义举传扬得天下皆知，更会带着秦王的印鉴王书与丞相大印。据此推断：楚国特使一定是无功而返。两位说说，假若如此，又当如何？”

“噢呀，楚王亲口说的：‘果真受骗，本王自当统帅三军雪耻复仇！’”

屈原惊讶了：“如此说来，这张仪也忒出格！做了丞相，竟敢拿邦交大事行骗，日后如何立足于天下？岂非奇闻一桩？”

苏秦笑道：“以王道礼法衡之评判，说张仪是欺诈行骗，也不为过。然则以战国机谋算计观之，却是无可指责了。生灭兴亡，无所不用其极，自家昏庸，何怨敌国狡黠？”说罢一声长长的叹息。

“噢呀武安君，你只说，目下如何走这步棋了？”

苏秦略作沉思后道：“先说三步：第一步，我拜会楚王，为下一步立定根基；第二步，加快组建联军，促使抗秦大局明朗起来，使楚王不致过分松动；第三步，房陵骗局一旦大白，立即联军攻秦。只要打得一仗，楚王再想变，只怕也难。”

“妙！噢呀呀果真棋逢对手，非苏秦不能对张仪了！”

屈原也舒展一笑："第三步若能走成，武安君便挽救楚国了。"

苏秦笑道："明日拜会楚王，只我与春申君前去，此中意味，尚请屈兄体谅。"

屈原爽朗大笑，曼声长吟："骐骥伏匿而不见兮，凤凰高飞而不下，鸟兽犹知怀德兮，何云贤士之不处？"

"屈子诗才，天下无双也！"苏秦不禁拊掌赞叹。

"噢呀，屈原兄久不开口，今日吟哦，大是吉兆了。"

苏秦又说了燕赵魏韩四国已经开始着手调派大军的情势，以及信陵君、平原君的信心，末了道："从百年邦交看，中原锁秦的历次盟约，软弱处都在楚齐两国。楚国之变，因由在于地域广阔、内乱频仍，往往自顾不暇。齐国之变，因由在于与秦国相距遥远，少有直接的利害冲突。目下看来，六国合纵之薄弱环节，依然是楚齐两国。楚国本是合纵盟主，居于六国合纵之枢要，楚国站在谁边，谁便有了六成胜算。由此观之，楚国齐国，乃是天下纵横的两大主要战场。今次第一局，便是争夺楚国！"

"大是！"屈原恍然道，"武安君，二位该去见楚王了。我去办另一件事。"

"噢呀，说得入辙，到时辰了。"春申君霍然起身，"武安君，进宫。"

"进宫？"苏秦笑了，"这是丑时，算哪家时辰？"

"噢呀走吧，车上再说，否则迟了。"春申君说着拉起苏秦便走。

在四面垂帘的辎车中，春申君一边摇头叹息，一边诉说着楚怀王的怪癖。

芈槐是个谜一般的君主。由于楚威王的严厉，芈槐也从军打过仗，也在低层官署当过小吏，还在楚威王离京时做过监国太子。该经过的都经过了，可依然是一个富贵安乐素无定性的纨绔王子，忽而清醒得出奇，忽而颟顸得滑稽。就说这起居议事，楚威王历来是鸡鸣三遍即起，批阅公文一个时辰，卯时准定朝会议事。那时候，芈槐只要在郢都，每次也都是参与朝会的。可自己做了国王后，竟鬼使神差地大转弯。夜里不睡，白日不起，每隔三日，才在午后来到正殿坐上片刻，碰巧有大臣求见便见，若无人求见，便在殿中观赏一个时辰的歌舞，然后立即回到后宫。即位一年，没有一次大朝会。大臣要见楚王，就得猫捉老鼠一般守候在大殿外。

春申君有一个门客叫李园，在宫中做主酒吏，深得楚怀王赞赏，成了随身不离的玩伴儿。每次要见楚王，春申君都要事先找李园打探芈槐的行踪。苏秦要来，春申君更是上心，派了一个心腹门客专门与李园联络，随时报知楚王行踪，否则，想见楚王也见不上。苏秦听得大皱眉头，心中沉甸甸的不是滋味儿。

楚怀王正斜倚在坐榻上，观赏一支新近排练成的歌舞，饶有兴致地和着节拍哼唱；却见一领黄衫的春申君匆匆进来，身后还有一个散发无冠的红衣人，不禁大皱眉头，极不情愿地坐了起来，挥挥手教舞女们下去了。

“臣，春申君黄歇参见我王。”

“春申君，此地乃王宫，不是人市，晓得？”楚怀王斜眼瞄着红衣散发人，一脸阴云。

“噢呀我王，此人正是你大为称颂的六国丞相、武安君苏秦。”

“啊——”楚怀王长长的惊叹仿佛在吟哦，高低起伏，似乎恍然惊醒一般。随着悠长起伏的惊叹，笑意终于铺满了白胖的脸庞，脚步也移到了苏秦面前，“武安君大名如雷贯耳，先王屡次说要带我见你了。”嘴上说着，眼光却不断上下打量着苏秦。

春申君心中清楚，拱手笑道：“噢呀我王，武安君风尘仆仆，刚到郢都一个时辰，沐浴后未及更衣，便来拜见了。”

“噢——”又是一声长长的吟哦惊叹，“武安君如此奋发，芈槐敬佩不已了。来来来，这厢坐了，慢慢说话，上，上茶了——”芈槐本来想喊上酒，一想这是大殿不宜随意摆酒，磕磕绊绊地喊成了上茶，结巴得满脸通红。

“多谢大王礼遇臣下。”苏秦恭敬地拱手作礼，表示他完全理解这是楚王的特殊敬重。

芈槐原本不喜欢倨傲名士，如今见赫赫苏秦这般谦恭有礼，心中大感舒坦，呵呵笑道："谦谦君子，武安君可人。那个张仪是你师弟？如何忒是气盛？"

"秦国强大，张仪自然气盛。"

"秦国强大么？"芈槐惊讶地睁大了眼睛。

"秦国不强大么？"苏秦也惊讶地睁大了眼睛。

芈槐一怔，骤然哈哈大笑："回得有趣！秦国啊，是强大，虎狼之国嘛。"

"既是虎狼，大王可知是何种虎？何种狼？"苏秦兴致勃勃。

芈槐困惑地摇摇头："毋晓得，虎狼就是虎狼，不一样么？"

"那是自然。"苏秦悠然笑答，仿佛一个老人在给一个孩童讲说天外奇闻，"是丛林虎，是中山狼。"

"丛林虎？中山狼？好厉害么？"

"当真厉害。"苏秦似乎余悸在心一般，"丛林虎吃人不吐骨头，中山狼能变身骗人，吸干人之骨髓。"

"你，见过？"

"见过。"苏秦点点头，"我只差被中山狼啃开头颅，吸了骨髓。"

"噢——"芈槐脸色发青，"那你还活着？"

"明知必死，性命相搏，就活了下来。"

"啊——"芈槐吟哦着恍然点头，"只要死打，就能活。"

"对对对。"苏秦大为赞赏，"我可不如大王聪明绝顶，这是一个世外高人告诉我的：中山狼能窥透人心，人无死战之心，则狼必定要吃了你。若想死战到底，狼便放你逃生。"

"噢——"芈槐又一次吟哦惊叹，"中山狼，上天派来专吃懦夫？"

"大王圣明！高人正是如此讲说。"

芈槐哈哈哈大笑了一阵："如何当得，如何当得啊？"舒畅得脸上泛出了红光。

苏秦郑重其事道："本当聒噪大王，不想大王对秦国本性竟有如此洞察，苏秦自愧不如，也就不饶舌了。"

“武安君大可放心。”芈槐慷慨拍案，“本王立誓继承先王遗志！晓得？要不是他等添乱，本王连张仪见也不见！晓得？”

“晓得晓得。”苏秦连连点头，“臣只待大王派定军马，与秦国决战。”

“那是。”芈槐挺挺胸膛道，“楚国出十万军马！够了？”

“大王气壮山河，苏秦万分敬佩。”苏秦深深地一躬到底。

“还是武安君善解我意，她还说我笨……”芈槐嘟哝一句，突然打住。

春申君拼命憋住笑意，将脸埋在大袖里猛烈咳嗽了好一阵。出得宫来登上辎车，终于憋不住了，大笑不止道：“噢呀呀武安君啊，这，这便是你等纵横家的说辞了？”笑着笑着竟软倒在车榻上。苏秦悠然吟道：“说人主者，当审君情。因人而发，说之要也。如此而已。”春申君恍然道：“噢呀，还是我等不得法，激烈认真过甚了。”苏秦笑道：“要在别个君主，也许如此。然在这个楚王身上，我却没谱。也许是我的说运好，歪打正着了。”

刚回到府邸，家老捧给春申君一支铜管，说是三闾大夫派人送来的。春申君连忙打开铜帽抽出一页皮纸，赫然一行大字——吾去安陆五六日还。

春申君大是惊讶，愣怔着说不出话来。旁边苏秦问：“安陆？要紧地方么？”春申君低声道：“云梦泽东北岸山城，新军训练营地，原是屈原兄掌管。”苏秦听罢也是一怔，踱着步子不说话。春申君着急道：“噢呀武安君，这位老哥哥此刻去安陆，会不会有点鲁莽，会不会添乱？”苏秦笑道：“至少不会添乱。屈子大才，岂能没有这些许分寸？鲁莽，大约也不会。至于他究竟想做何事？我却说不准了。”春申君笑道：“噢呀好，那就先放下，回头我派得力门客照应便了。走，先用饭再说。”

饭后二人又密议了一个时辰，苏秦进了寝室。连日奔波疲惫，竟呼呼酣睡到日上三竿方醒，梳洗完毕出门，却见荆燕匆匆赶来，禀报说马队已经开出北门外等候。春申君陪着苏秦匆匆用饭，饭罢相互叮嘱几句，苏秦便与荆燕飞马出城了。

苏秦的谋划是：趁楚国特使没有从咸阳返回，而楚国也不会有明确举动的这段时日，尽速赶到临淄稳住齐国，最好能与孟尝君一起带出齐国军马，赶赴虎牢关联军幕府；齐国一定，回头再照应楚国。

三　门客大盗开齐国僵局

这时的临淄，一片悠悠然升平气象。

齐国地处大海之滨，不在中原腹心，很少受到根本性威胁。齐国所接壤的三个大邻国——燕国、魏国、楚国，也极少挑衅齐国。除了真切地感到威胁，齐国历来不愿意主动搅进中原的混战圈子。只要战火不烧到自家国门，齐国朝野就尽情享受着“远在天尽头”的富庶风华。齐威王时期不得已救赵救韩，两次大胜魏国，奠定了东方强国地位，但却依然固守着齐国的这个老传统。苏秦进入临淄街市，行过鱼市、盐市、铁市、农市、百物市，又行过官署国人街与稷下学宫大道，熙熙攘攘一片升平，平静奢靡的气息扑面而来，丝毫没有国难临头的危急紧张气象。恍然之间，苏秦似乎看到了昔日的安邑与大梁。

国人若此，孟尝君又当如何？难道他也淡漠了六国合纵？

孟尝君成了大忙人。前些日刚刚搬进修建好的新府邸，原来的府邸改成了门客院。此刻，孟尝君正与冯驩几个舍人，忙着商议分配门客的居所衣食的等次。封君之后，孟尝君名声大振门客骤增，已经到了三千余人。

这些门客大体分为三类：一是列国求仕无门的布衣之士，一是流动天下的游侠剑士，一是各种各样的逃匿罪犯，其中大多数是复仇杀人而逃亡者。就个人说来，这些人大都是各个阶层游离出来的能者，身怀一技之长，生性桀骜不驯，将名望与尊严看得比生命还重要；但有待遇不周或自感委屈，轻则扬长而去，重则公然诉求搅闹，绝没有息事宁人一说。偏是孟尝君豪侠义气，不吝钱财，又精明机警长于斡旋，竟使这些昂昂豪徒人人以为孟尝君只对自己最好。每次接纳门客，孟尝君都要亲自接见，一则抚慰激励，二则询问其家人亲戚恩人仇人的居处下落。所有这些问答，都被屏风后的书吏记载下来。过后，门客的家人、恩人、亲戚便会接到一笔安家钱财，门客的仇人也会遭到各式各色的报应。

一次，孟尝君设夜宴为一个新门客接风。席间，仆人不小心将厅中大灯撞翻，顿时一片漆黑。对这种无心错失，孟尝君历来宽厚，灯灭了倒是一阵大笑："黑食白食皆是吃，来！再干了！"新门客却大起疑心，以为席间宾客酒菜有别，不想教人看见，故意黑灯。于是，门客愤然起身摔碎酒碗，一声"告辞"，抬脚就走。

"义士且慢。"孟尝君站了起来，在重新点亮的煌煌灯光下，笑吟吟端着自己的食盘走了过来，"义士，换换如何？"说着便端起了新门客的食盘。新门客回身，见孟尝君的铜盘中也是一盆鱼羊炖，不禁大是羞惭，深深一躬慨然高声道："吾以小人之心猜度君子，污人名声，有亏士道，当还公子一个公平！"说完肃然坐下，拔剑猛然刺入腹中，大睁着双眼，端端正正地坐着死了。

从此，孟尝君"客无所择皆善待"的名声传遍天下，列国游士纷纷来投。虽则如此，门客毕竟还是有别的。大争之世，养士本来就是为了实力较量，若才能大小一体待之，如何能以功过赏罚激励才能之士？但如此一来，数千人的衣食住行，就成了一个需要逐一考功的细致事务。几十个门客舍人（头领）排定之后，孟尝君还得核查询问一遍。饶是如此，也还有难以预料的突发搅闹。尤其是有了两座府邸后，门客的居所显著变化，需要孟尝君亲自处置定夺的事务更多，忙得不亦乐乎。

"禀报孟尝君：六国丞相苏秦到。"家老疾步匆匆地走了进来。

"啊？到了何处？"孟尝君大是惊讶。

"马队驻扎城外，轺车已到了府门。"

孟尝君霍然起身，向冯驩说一声"改日再议"，匆匆出门去了。

苏秦本可径直进门，无须通报，但他却按部就班地下车，让家老去通报，自己在府门外悠然地踱着步子，欣赏这极有气派的六开间门厅。未及片刻，孟尝君大步匆匆出门，玉冠也没戴，红衫散发，一派洒脱，老远便拱手大笑道："武安君别来无恙乎！"

"天远海阔，新楼高卧，孟尝君当真潇洒也。"

“武安君骂我了不是？咳，也该骂！”孟尝君一阵大笑端详，“满面风尘烟火色，武安君倒是当真受苦了，走！”拉起苏秦的手一路笑着进了门厅。

少不了海鲜珍奇的接风宴席，在慷慨激昂的高谈阔论与花样翻新的频频劝酒中，苏秦也有了三分酒意。这就是孟尝君：不管你与他有多少嫌隙恩怨，一旦坐到一起，你都会如坐春风，如对明月，觉得天下一切事情都好商量，于是放开海量饮酒，敞开胸襟说话，所有的怨气都随着坦诚的快乐悄悄地消融了。等到孟尝君吩咐撤去酒席屏退左右，开始煮茶叙谈的时候，苏秦对孟尝君的一丝不快已经烟消云散了。

“武安君，田文问心有愧也！”孟尝君拍案叹息着，“合纵大典归来，新王对联军大事不置可否。田文几次请见，王顾左右而言他，硬是转不过话题。紧接着便是启耕大典、学宫春典、官市解冻等等，凡冠冕堂皇的事都派我去，只是不与我说合纵联军。月前，又逢搬迁府邸，杂乱无章，无暇他顾，合纵联军竟一无进展。你说，田文奉先王遗命，受六国丞相之命，身为合纵专使，却是一筹莫展……”说着“咚”的一拳砸在案上。

苏秦呵呵笑道：“何须如此自责？孟尝君，你只要做好一件事，便是补天了。”

“武安君但说，田文万死不辞！”

“尽快教我见到齐王。”

“就这件事？”

“就这件事。”

孟尝君哈哈大笑道：“武安君哪武安君，你也忒小瞧田文了！莫说今日，便是当初见先王，不也没费力气？这算得补天之事？传扬出去，岂不贻笑大方？”

苏秦带着三分醉意摇摇手：“那就试试你的通天手眼了。”

孟尝君又气又笑道：“这有何难？用得着通天手眼？你只想好说辞，明日午后进宫便是。”说话间站了起来，绕着苏秦踱步，“你不说，我替你给田文下令：田文，你要据理力争，拿到兵符印信，半月内将五万兵马带到虎牢关……咦——武安君，你这是何意啊？”

扯着粗重的呼噜，苏秦已经倒在地毡上，睡着了。

孟尝君一阵大笑，立即吩咐侍女将苏秦扶到寝室休憩。安顿好苏秦，孟尝君依然是精神奕奕毫无倦色，一番思忖便吩咐备车进宫。他要和苏秦开一个小小玩笑，教他天亮便见齐王，懵懵懂懂的说辞不利落，而后再教他多见几次，看他还认为这是大事么？孟尝君原本豁达豪侠，与门客们也时有善意戏弄之举，越想越觉得此计大妙，想到苏秦在王殿懵懂黏糊而又惊诧的样子，不禁在车中大笑起来。

午夜的宫门空旷冷清，孟尝君的高车特别显赫。宫门司马[1]原是孟尝君的一个门客，因其剑术搏击出类拔萃，且通得些许文墨，孟尝君便荐举给齐威王做了侍卫。此人忠于职守，唯王命是从，齐宣王即位便将他拔为宫门司马。见孟尝君辎车到来，宫门司马匆匆迎上，拱手低声道：“主君何夤夜前来？”

“我有急务，要面见齐王。”

“哎呀，”宫门司马满面通红道，“王有严命，三日内不见任何大臣。”

“如何？”孟尝君大急，“三日不见，究竟为何？”

“在下如何得知？”宫门司马一脸沮丧。

孟尝君愣怔片刻，情知剑士门客都是“义”字当先一腔热血，稍有为难定然是没有退路，若开口请他疏通，无异于逼他当场自杀。堂堂孟尝君，用一条将军人命换得苏秦面见齐王，还有何面目在天下周旋？想想笑道：“王命便是王命，与你无关。你只告我齐王明日的行踪，我来设法。”

“齐王严命：我等护卫军士，不得步入二进之内，更严禁与内侍宫女接触。”

孟尝君摇摇手制止了宫门司马。他知道，宫门将领并不是国君的贴身卫士，寻常时日也只能从内侍宫女的口中得知国君行踪，这条路一断，再要他探听，便是大犯忌讳的事了。稍有不慎，又是一条人命。心中如

[1] 宫门司马，齐国掌管宫门警卫的官吏。

此想，嘴里还不能说，孟尝君便道："没事，三日后也不迟，我走了。"宫门司马一脸愧疚深深一躬，却红着脸说不出话来。

孟尝君猛然回身笑道："哎，三日后还要你帮忙也。"

"嗨！"宫门司马顿时精神抖擞如释重负。

辎车辚辚碾过长街，孟尝君第一次茫然无计了。赫赫孟尝君见不上齐王，有这种咄咄怪事么？看来，这个族叔新王是有意不见他无疑了。有意不见，便是有意搪塞六国合纵，岂有他哉！六国丞相苏秦来解这个扣儿，齐国合纵专使孟尝君，竟连面君程序都启动不了，颜面何存？这时，他才对苏秦方才的话体察出意味来了。想想颇觉奇怪：苏秦事先探听清楚了临淄内幕么？不像。苏秦做事极是方正，不可能也没有时间秘密探听临淄王宫的内情。看来，苏秦对齐王的心思是揣摩透了，至少比他这个齐国重臣要清楚得多。一番叹息，孟尝君雄心陡起，脚下猛然一跺，那辆驷马辎车在空旷的长街飞驰起来，隆隆辚辚声势惊人。

生就的好强好胜，越是常人不能做到的事，孟尝君越是发力。

记得母亲说过，他是五月初五生的，能活下来已是个奇迹。按照阴阳家的说法：五月子败家，不利父母。当初，太医号准了母亲生子日期后，父亲田婴忧心忡忡，思前想后终于咬着牙对母亲说："不要了！不要生这个儿子了。"可母亲身为小妾，将儿子看成生命，当时虽然没说话，实际上已经打定主意要生这个儿子。于是，母亲与忠实的女仆在临淄郊野找了个农家住下，将儿子生了下来，寄养在农夫家中。

后来，母亲时不时偷偷去探望儿子。五年后，母亲秘密托人，将儿子送进了稷下学宫读书。十岁时，孟尝君已经长成了一个谈吐不凡的英俊少年。有一次，母亲鼓起了最大勇气，将儿子带到了田婴面前。田婴一见，很是喜欢这个英气勃勃的少年，问可是母亲的娘家族侄？母亲低声回答："不。他是你十年前的儿子，取名田文。"父亲惊愕愤怒道："当日命你不要生，如何竟敢擅自生了？！"母亲吓得瑟瑟发抖道："君若不取，妾身与儿子远走便是。"少年田文却昂昂挡在母亲身前，向父亲一躬道："君为王族名士，能否见告，何以不要五月子？"田婴气呼呼道："五月子，长大后不利父母，男害父，女害母！"田文高声道："人生受命于天？还是受命于家？”父亲一听，愣怔着不说话了。田文昂昂然高声道：“我若受命于天，你又有何忧？我若受命于家，则必当光大门户，无人能止。”父亲惊愕沉默良久，终于长叹一声：“罢了罢了，你，留下便了。”

回归王族公子的身份后，田文在家族中还是被视为“庶出五月子”，处处受气。母亲为此郁郁寡欢。少年田文憋闷极了，心中一百个不服气，下决心要显示学问，改变母子处境。一日，四十个儿子济济一堂，由父亲考校学业。例行问答完毕，父亲说：“周旋列国，辩才当先。谁若能问得住我，谁便是田门英才。”锦绣华贵的大小哥哥们争先恐后地发问，一个也没有难住父亲。父亲长叹一声：“看来，田门到此为止矣！”

此时，田文霍然起身，高声发问：“子之子为何？”

“为孙。”父亲悠然笑了，兄弟们也哄堂大笑——如此问话，何其浅薄也。

“孙之孙为何？”田文小脸绷得紧紧的。

“玄孙。”

“玄孙之孙为何？”

父亲愣住了，摇摇头：“不知道了。你等，谁个知道啊？”厅中一片摇头，没有人再笑了。父亲回头问：“文，你自己知道么？”

田文高声答道：“玄孙之孙为来孙，来孙之孙为昆孙，昆孙之孙为仍孙，仍孙之孙为云孙，云孙之后，以代计之。此谓人伦梯次也。”

举厅惊愕，田文一举在家族中成名。父亲对他开始另眼相看了。有次父亲问他：“子以为田氏有何缺失？”田文肃然答道：“古云：将门必有将，相门必有相。田氏富豪敌国，门下却无一贤，诚非大患乎？”父亲睁大双眼看着他，当真是惊讶了。第二天，父亲便命田文为掌家公子，主接待宾客招贤纳士。几年之间，田文的豪侠睿智与特立独行的做派，使诸多名士宾客深为钦佩。田氏敬贤的名声大起，田婴家族倏忽成为齐国举足轻重的势力。列国诸侯但凡出使齐国，都指名道姓地要求田文做会谈特使，末了，竟纷纷请求齐威王与田婴将田文立为世子。正是在这种声望下，田文终于成为田婴家族的继位栋梁。

孟尝君没有失败过，更没有在邦交宾客的周旋中失败过。更何况，这次六国合纵是他功业名望的根基，如何能败在一个最不起眼的环节上？

回到府中，孟尝君立即急召门客舍人议事。片刻之间，二十多个舍人聚齐，孟尝君将事情一说，众人一片默然。孟尝君从来不公然指责门客，只是阴沉着脸不停地兜圈子踱步，舍人们你看我我看你，大是难堪。谁都知道“养兵千日，用兵一时”，如今孟尝君要在这些奇能异士中找一条出路，众人却是无计可施，安得不如坐针毡？

良久，冯驩道：“主君，我看可教苍铁一试。”

“如何试法？”

冯驩嗫嚅道：“只是，主君要失去一件宝物了。”

孟尝君冷冷一笑：“何物是宝？你倒是好清楚。”

冯驩知道仗义疏财的孟尝君真是生气了，连忙如此这般地说了一遍。舍人们纷纷点头称是。孟尝君思忖一番也觉可行，不禁笑道：“好！我这便去见苍铁，其余接应事宜，冯驩调遣。”舍人们散去，孟尝君便向门客院的车骑部走去。

苍铁，出身赫赫大盗，是门客中一个独一无二的人物。此“盗”，却非窃贼或寻常抢劫者，而是反抗官府的奴隶叛逆军。春秋战国之世，盗军蔓延最广泛者，是奴隶制解体最缓慢的楚国。在楚国盗军中，势力最大战力最强的，是“盗跖”军。跖率领的盗军，全部是官府罚做苦役的奴隶，脸上烙着永远的印记，走到哪里都是永远的罪犯。逃亡造反后，他们或在楚齐吴越魏几个大国，或在十多个小国的边界山地，或在茫茫大湖中流窜，以各种形式袭击官府，防无可防剿无可剿，一时震动天下。后来，在各国官军的围追堵截下，跖终是战死了。但是，跖的盗军并没有销声匿迹，而是散成了几股逃进了高山密林。其中一股近千人的盗军，从楚国北部山地偷越秦国大散岭，向北流窜到了阴山草原。

十余年后，中原大势渐渐稳定，奴隶制也土崩瓦解了。这股流窜草原的楚国盗军，在争夺水草的拼打中只剩下了二三百人，也都到了四十余岁，日益地思念故土。最后，头领拍板决断：回中原！经过一年多的仔细打探，他们选择了齐国薛邑作为落脚之地。这薛邑，是田婴家族的封地，与楚国风习相近。当时的田文虽然还未封君，但已掌家多年。他闻得封邑来了一群流民，也没在意，只下令划出一大片山林教他们定居。毕竟，在人口稀缺的战国，没有人会拒绝流民逃入自己的封地。

一日，孟尝君率领门客骑士到这片山林去狩猎。刚到山口，便听得山林中一片响遏行云的嘶鸣。门客中有一人原是马贼，断定这是漠北野马特有的嘶鸣。孟尝君大觉奇怪，当即遴选了十名骑术剑术俱佳的门客，随他进山察看。进得山谷草地，眼前的景象使所有人大为震惊：四匹雄骏的火红马驾着一辆庞大的铁车，在两山之间来回飞驰！铁车上的驭手长发飞舞黝黑精瘦，身包一张斑斓虎皮，仿佛一段生铁钉在车辕，手抖四根马缰，口中不时吹出各种呼哨。每到山根，驷马一齐嘶鸣、一齐急剧转弯，声震山岳间比四个人一起反身跑还来得整齐利落。那风驰电掣的车速，任谁也闻所未闻，那几乎贴着草地飞起来的气势，任谁也大为向往。孟尝君情不自禁地高喊："壮哉猛士！"随着山鸣谷应的喊声，驷马铁车骤然回头冲来，又在闪电般的冲击中，骤然山岳般钉在了距离孟尝君五尺开外。但见驷马人立，铁轮隆隆，草皮大飞，门客们不约而同地跳开，只有孟尝君纹丝不动地钉在原地。

"阁下有此胆识，可是公子田文？"精铁汉子在高高的车辕上昂昂拱手。

"正是，阁下高姓大名？"

"在下苍铁。"

就这样，一番快意攀谈，一通大肉烈酒，苍铁带着十五条长发遮着烙印的汉子，做了田文的门客。这苍铁，便是漠北盗跖军的首领。在阴山漠北流窜的近二十年里，这十六人为了熟悉马上生涯，练就了一身降伏野马的高超本领。苍铁本是郢都造车坊的苦役奴隶，悄悄跟一个造车工师学了一手高明的造车术。但更为难得的是，苍铁对驾车驯马有着过人的天赋，在盗跖军中是唯一的马上猛士。进入漠北，苍铁为了使残余兄弟在匈奴骠骑下生存，非但教习马术，而且带领兄弟们驯服了一批野马。为了在进入中原后站稳脚跟，他们在中山国秘密打造了一辆铁轮车，用驯化的四匹野马驾拉，由苍铁做驭手，可日行三千里。为此，军中兄弟都说：苍铁就是给周穆王驾车会见西王母的造父。后来，苍铁便有了“追造父”这个名号。要将如此车马与如此人物送出去，孟尝君确实心疼。更重要的是，还不知道苍铁是否愿意这样做。苍铁不是寻常门客，孟尝君绝不想使他有丝毫的为难。一个浴血百战的英雄，一个九死一生的奴隶，任谁都不会轻慢这样的人物。

半个时辰后，孟尝君走出了苍铁的小院落，回到府中已经是脚下飘浮，倒身榻上便酣睡了过去。

日上三竿时分，齐宣王田辟疆正在湖边与一个老人对弈。

极为平庸的棋艺，丝毫不影响齐宣王酷爱黑白子游戏，更不影响他与天下闻名的高手对阵。从做太子时算起，他已经记不清与多少棋道高人切磋过了。奇怪的是，无论切磋多少高手，他的棋艺始终没有丝毫长进。齐宣王也是丝毫地不放在心上，依旧是每日三局，局后便走进了书房或殿堂。今日对局的老人，是新到稷下学宫的一个陈国棋士。老人布衣白发，棋风凌厉无匹，眼看杀得黑棋全盘无一片可活。齐宣王竟每死一片便哈哈大笑一阵，却没有星点儿缴棋认输的意思，依然是东一榔头西一棒槌地横冲直撞。老人也是怪异，既不生气，也不懈怠，更无高兴，只是石俑一般肃然端坐，一板一眼一刀一枪地应对着，该杀死的绝不退让，该防守的绝不冒进。齐宣王眼看全盘皆死，大笑拍案：“好棋！再来第二局！活一片我便赢！”

侍女正在收棋，宫外突然传来一阵响遏行云的萧萧嘶鸣。齐宣王眼睛一亮，正待发问，内侍总管一溜碎步跑来：“禀报我王：宫门外有人献宝！”

齐宣王霍然起身：“是千里马么？”

“我王圣明！不是一匹，是四匹，还有千里云车！”

“宣他进宫……且慢！”齐宣王突然打住，略一思忖道，“领他到宫城东门等候。”

“谨遵王命。”老内侍答应一声，一溜碎步消失了。

齐宣王撂下棋士老人，一句话也没说匆匆走了。对于围棋黑白子，田辟疆是爱而无心，玩乐而已，但对于良马名车，田辟疆却是真正的行家里手，说爱之入骨也毫不为过。齐国正在最强大的时候，父王也叮嘱他不要轻易地将齐国引入战国纠葛，只要守得住齐国的富庶升平，与中原列国做长期竞争，齐国便可大成。守定这个宗旨，他有的是闲暇时间，有的是府库金钱，有的是无上权力，能够将他的喜好淋漓尽致地展现出来。田辟疆不是昏聩君主，他自认玩乐是有度的：每日三局棋，每日一趟马，其余时间处置国务；三局棋是无意消闲，一趟马却是极为认真地锤炼骑术车技，黑白子再输也不打紧，车马锤炼却务求日有长进。一个骑术车技的环节不精熟，田辟疆绝不罢手。往往是车马出城时说好的一个时辰完毕，回来时却已经是掌灯时分了。这几日为了避开孟尝君，田辟疆已经多日没有出城趟马了，虽觉憋闷异常，却也是无可奈何。今日有人献来宝车良马，听那响遏行云的嘶鸣之声，田辟疆便知绝非虚妄，自然是再也忍不住了。

宫城东门，是个清静隐秘的偏门，但凡君主秘事都从这里出入，等闲大臣不会在这里出现。田辟疆换好一身狩猎甲胄，飞马来到东门，刚刚在箭楼女墙站定，林间大道中一辆驷马高车红云一般飘了过来，辚辚隆隆声势惊人，到得箭楼前三丈处戛然刹车，驷马一车如同钉在地上一般。

“好！”田辟疆拊掌高声赞叹。

“禀报我王：献宝义士到了。”车厢中的老内侍尖声喊着。

“草民铁苍，参见齐王！”车辕上一个精铁般的汉子拱手作礼。

田辟疆高声道：“铁苍义士，箭楼下调头，我来试车。”

“嗨！”精铁汉子答应一声，马缰轻抖，驷马铁车辚辚走马向前。堪堪将近箭楼，“哗啷”一响，前后伸展三丈余长的车马竟在城门洞中骤然转弯调头，身后车厢正正地对着箭楼。田辟疆兴奋地喊了一声好，大红斗篷翻卷，大鹰一般落到了宽敞的车厢之中。

“大王可要试车？”精铁汉子立在辕头却没有回身。

“如此良车宝马，岂能不试？”田辟疆兴奋地打量着车身与一色火红的骏马，“出城！到郊野我来驾车。”

“嗨！”精铁汉子脚下轻轻一跺，驷马铁车“哗”的一声飘出了林阴大道，飘出了临淄北门，直向大海边飞去。田辟疆只见两边林木飞速倒退，自觉腾云驾雾一般。饶是行家里手，他也不禁双手紧紧握住了铁柱扶手。片刻之间，车马到了荒无人烟的茫茫草地，精铁汉子喊道：“大王车技如何？”

“尚可。”田辟疆已经回过神来，分外兴奋。

精铁汉子又喊道：“先接右手马缰，对了！再左手马缰，好——要轻——”

齐宣王挺身站在辕头，手执四根马缰，第一次感到了驾车竟是如此美妙。四匹骏马就像一团火焰在茫茫绿草上飘飞，坚实硕大的铁轮无声无息，头上一团白云片刻间被抛到了身后。更妙不可言的是，这车驾来分外轻松舒畅，手中马缰只要持平，几乎不用任何动作便照直飞驰，与寻常驾车者一连串“嘚儿驾”的吆喝简直是天壤之别。那种车，王者不能上手，此车却是天下神物，天生的王车。

“海山——”精铁汉子一声大喊，一声呼哨，驷马云车稳稳地钉在了白色沙滩外的山岩顶上。放眼望去，茫茫大海波涛连天，汹涌潮水惊涛拍岸，白色沙滩伸展成辽远的弧线，驷马铁车恰恰伫立在森林苇草覆盖的苍绿色山顶。海风扑面，涛声隆隆，白云悠悠，海燕翻飞，恍如身在荒莽旷远的天尽头。

田辟疆正在痴痴瞭望，身后遥遥传来骏马嘶鸣与沉雷般的马蹄声，其间还夹杂着隐隐狗吠。凭经验，他知这是狩猎马队在逼近。田辟疆有些惊讶，这里距离临淄少说也有二百多里，谁能到此狩猎？莫非辽东的狩猎部族迁徙过来了？回头一望，几面红色幡旗分明是齐军旗号，不禁长长地舒了一口气，吩咐精铁汉子圈回车马候在一座小山头，要看看究竟何人有此雅兴？

眨眼之间，一群四散奔突的野鹿野羊出现在绿色的山塬上，红色大旗也风一样飘了过来。奇怪，旗上竟然没有字号。田辟疆不禁有些困惑，心头又蹿出辽东部族的影子。正在犹豫要不要离开，一辆战车飞快驶来，车上一人斗篷如火手执长弓遥遥高喊：“何人车驾在此？莫非天外来客？”

孟尝君？如何是他？田辟疆又气又笑，不想见他，偏又遇他，当真是好没来由。想飞车走开，未免不伦不类，哪有君主公然逃避臣子的道理？索性不走，他还能在这野荒荒的天尽头聒噪六国合纵么？主意一定，田辟疆悠然自得地站定在高车上，笑看孟尝君追逐猎物而来。

随着一声“停车”，隆隆战车在三四丈外紧急刹住。孟尝君跳下战车疾步趋前施礼道：“闲暇狩猎，不想却遇我王，唐突处尚请王叔恕罪。”

齐宣王笑了：“不期而遇，何来唐突？孟尝君，你如何到海边狩猎？”

“禀报王叔：田文款待贵客，邀客人海猎，图个新奇。”

“噢？何方贵客，劳动孟尝君亲自出马？”

“禀报王兄：六国丞相苏秦。”

“你说何人？”齐宣王惊讶了，“苏秦来了？在哪里？”田辟疆精明异常，既然苏秦撞到了面前，若是失敬，那可是大大的不周。苏秦毕竟是当今天下举足轻重的风云人物，等闲国君想见他还真难，过分冷落可是对齐国声望有损的。

孟尝君笑着一指远处的大旗：“那边。武安君要与我比赛猎获物，两路逐鹿了。”

齐宣王道：“来，上我车，拜会苏秦。”孟尝君飞身上车。齐宣王一点头，驷马云车哗啷启动，在草地上骤然飞了起来。孟尝君惊讶大喊：“哎呀！这是甚车？风神一般！”齐宣王哈哈大笑：“驷马云车！你可曾见过？”孟尝君摇头大笑：“哎呀呀，这是天车！如何得见？”话音落点，驷马云车已经在狩猎战车前钉住了。

齐宣王跳下云车遥遥拱手道：“武安君入齐，田辟疆有失迎候，尚请见谅。”

苏秦已经下了战车，也遥遥拱手笑迎：“匆促前来，未及通报，原是苏秦粗疏也。”

齐宣王一挥手：“孟尝君，扎起大帐，我等与武安君海阔天空。”

“好！”孟尝君一声令下，一顶牛皮大帐片刻扎好，铺上毛毡，摆上烈酒干肉，顿时无限风光。齐宣王先表示了大海洗尘的敬意，接着着实将今日得到的驷马云车大大夸赞了一番，请苏秦回程一试云车。苏秦与孟尝君着意赞叹，帐中一片融融春意。酒过数巡，齐宣王问起苏秦行踪。苏秦便将组建六国联军的进展说了一遍，特意细诉了楚怀王的转变，说到北上入齐，微笑着打住了。

"楚国变回，自然可喜可贺。"齐宣王意味深长地一笑，"然则，秦国还未见分晓，此事仍在变数之中，武安君以为如何？"显然，楚国的一切齐宣王都是清楚的。

"齐王以为，合纵变数在楚？"

"武安君以为不在楚？"

苏秦摇头："不在楚，在齐。"

齐宣王哈哈大笑："武安君且说，齐国变在何处了？"

"齐国之变，如同苏秦的双眼，常人难以觉察。"

"此话怎讲？"

"目力不佳，只看得眼前，十丈之外，一片朦胧。"

"武安君，你是说田辟疆目光短浅？"

"齐王可曾想过，齐国摧毁了魏国的霸主地位，却为何依然蜗居海滨？三百年前，姜齐绝无今日田齐之富强国力，[1] 为何却能尊王攘夷，九合诸侯，成为中原文明之擎天大柱？"苏秦目光炯炯道，"此中根本，在于田齐淡漠天下苦难，唯顾一国之富庶升平，以为长此以往他国自会衰落，齐国自会强大。届时瓜熟蒂落，齐国则坐拥天下。乍然看去，似乎深谋远虑。仔细揣摩，却是一条亡国之道。"

"武安君危言耸听也。"齐宣王对苏秦直接洞察抨击先王确定的秘密国策，觉得老大不快，"即便齐国后发制人，如何便是亡国之道？"

苏秦一辙到底道："尝闻齐王饱读经史，古往今来，可曾有过守株待兔得天下者？谚云：流水不腐，户枢不蠹。邦国在激荡锤炼中强大，国人在安乐奢靡中颓废，此谓多难兴邦，千古不变之道也！秦国曾经四面危机，然则奋发惕厉，一朝竟成天下超强。燕国三百余年矜持自好，素

[1] 姜齐，春秋时代以姜氏为国君的齐国；田齐，战国时代以田氏为国君的齐国。后者乃政变夺权。

来对中原冲突作壁上观，却沦落为连中山国都敢于向其挑衅的最弱战国。痛定思痛，燕文公方决然下水，发起合纵，举国民心为之大振。若鼎力变法，燕国富强便在眼前。齐国已经是三十年富强，却不思进取，以垂暮之静应朝阳之动，沉沦暗夜便在数年之间。此谓盲人骑瞎马，夜半临深池，岂有他哉！”

随着苏秦坦诚犀利的剖析，齐宣王静静地看着苏秦，一言不发，良久沉默，之后喟然长叹：“武安君请明示，要齐国出兵几多？”

“少则五万，多则八万。”

“好！八万。”齐宣王一阵大笑，“武安君解惑有功，回临淄大宴。”

当晚，齐宣王为苏秦举行了盛大宴会，当场下令孟尝君为齐军统帅，赐兵符印信。朝臣大是振奋，纷纷请战。齐宣王当即拍案，准许二十多名王族子弟随军磨炼。一时间，大殿宴会变成了生机勃勃的议政堂，连预备好的歌舞也没有人关心了。

次日，孟尝君立即派出飞骑调集兵马。三日后，齐国的八万大军便在临淄郊野集中完毕。苏秦忧虑楚国反复，立即向齐宣王辞行，与孟尝君率领八万大军浩浩荡荡地向虎牢关幕府进发。行至中途，春申君特使飞报：秦国拒绝交还房陵，楚国朝野愤怒，楚怀王却又犹疑反复，不敢发兵，请武安君立即南下！

四　积羽沉舟新谋略

回到咸阳，张仪吩咐嬴华将楚国特使送到驿馆，自己轻车进宫了。

张仪将出使楚国的经过一说完，秦惠王拍案赞叹：“用间化仇，一举使楚国混乱，非张卿之潇洒，不能成此大功也！”又恍然笑道，“只是这归还房陵之约，可有些棘手。”

秦惠王自然清楚，张仪不可能将房陵真正地归还楚国，只是总觉得如此做法有些说不出口来。秦人勇武厚重不务虚华，素来崇尚实力较量，蔑视山东六国的诡诈倾轧，一贯地在邦交中坦诚明争；尤其是秦穆公与百里奚时代，秦国的王道邦交更是有口皆碑；秦献公、秦孝公两代被山东长期封锁，但只要有邦交来往，秦国从来都是信守承诺的。也就是说，秦国朝野对“欺骗”两个字是深恶痛绝的。在秦国历史上，商鞅第一次冲击了老秦人的这种“王道邦交”。在收复河西的大战中，商鞅以“设宴议和”为名俘获了魏国统帅公子卬。那时候，山东六国骂商鞅是“小人负义”，老秦人心中也觉得有些不硬正。可商君却说：“大仁不仁。拘泥些小仁义，置国家利害于不顾，真小人也！”自那以后，秦国朝野已经发生了很大变化，迂腐的王道传统几乎已经被人们遗忘了。虽则如此，像张仪这种做法，还是出乎秦惠王预料的。他佩服张仪的超凡才华，竟能在旬日之间将合纵撕开一个裂口，大大超出了他的期望。但是，以“归还房陵”为名，诱使楚怀王退出合纵，却明显是欺骗。秦惠王总觉得道义上有些难堪，却又不好责备张仪。

“我王尽管隐在幕后，此事张仪一人处置。”张仪淡淡笑道，“我王若对‘无所不用其极’六个字没有体察，连横便是一句空言。”

“嬴驷不是宋襄公，没有恁般愚蠢的仁义道德，只是……”

“秦国崛起，六国合纵，秦国与山东皆在生死存亡关头。”张仪一句话廓清大势，脸色郑重起来，“当此你死我活之际，成者王侯，败者贼寇，赤裸裸冷冰冰岂有他哉！若有一丝一毫之迂腐，连横之策便会大减锋芒。昔日宋襄公不击半渡之兵，大败身亡；文种以煮熟的种子进贡吴国，而使敌国颗粒无收。古往今来，贤能豪杰之士欺骗敌国者数不胜数，何能以行骗二字掩盖其万丈光焰？昏聩颟顸之主，恪守王道仁义者亦不可胜数，何能以诚信二字减少其丑陋滑稽之分毫？况秦为法治大国，肩负统一天下之大任，若对强敌稍存怜悯之心，再求自己沽名钓誉，则强势崩溃，大业东流，徒为青史笑柄也。我王出于苦难，成于板荡，若不能理直气壮地无所不用其极，则王道滥觞，秦国锐气锋芒必将大减！此中后患，望我王深思。”

秦惠王听得心头直跳，肃然起身一躬：“嬴驷谨受教。”

“我王心坚，臣便意定了。”张仪拱手作礼，“楚国特使，我王只是不见便可。”

“好！便是如此。”

此后几日，楚国使者三次求见张仪，丞相府领书不是说丞相进宫去了，便是说丞相出咸阳视察去了。楚使无奈，只有求见秦王。可内侍却说秦王狩猎去了，要十日才回。楚使无计，也顾不得大臣体面，只有日夜守候在丞相府门口等候。

这日三更时分，恰逢张仪车马辚辚归来。楚使拦住轺车大喊：“丞相何其健忘啦！房陵盟约已定，何日交割啦？”尖锐悠长的楚调使护卫甲士哄然大笑起来。

张仪下车笑道：“特使何其性急也！一则，我王狩猎未归，王印未用。二则，楚国尚未履约，房陵如何交割？”

楚使急道：“楚国如何没有履约啦？”

张仪淡淡道：“楚王承诺退出合纵，并与齐国断交，退出了么？断交了么？”

楚使红着脸道：“楚王说，那是交割房陵之后的事啦。”

张仪冷冷道：“盟约是双方订立，如何只凭楚王一面之词？回去问明，楚国若已经退出了合纵，且与齐国断了邦交，我自然会交割房陵之地。”

楚使一时愣怔，无话可说。张仪大袖一拂，径自去了。

万般无奈，楚使又等了十多日，总想见到秦王澄清此事，可无论如何也见不上。楚使无法，只好又守候在丞相府门前，好容易等着了张仪，张仪却反倒笑着问他：“如此快便回来了？想来楚国已经退出合纵，也与齐国断交了？”楚使结结巴巴道：“丞相大、大错啦。我没、没有回郢都啦！”张仪哈哈大笑：“那就是说，楚国不打算要房陵了。也好，我也没有那么多土地送人。”楚使愣怔间黑着脸喊起来：“你，你是丞相，说话不作数啦！”张仪揶揄笑道：“芈槐还是国王啦，他都不作数，我如何作数啦？”楚使还要搅闹，张仪大袖一拂，又径自去了。

绝望的楚使只好星夜离开咸阳，南下回郢都了。

楚使刚走，嬴华便来禀报：郢都商社飞鸽快讯，苏秦已经赶到楚国，说得楚怀王几乎就要反复了回去，立誓拿不回房陵便与秦国血战。末了嬴华嘟哝道：“我就不明白，你一说芈槐就转过来，苏秦一说芈槐就转过去，是芈槐颟顸糊涂，还是你俩说辞厉害？”张仪哈哈大笑：“如此看去，缺一不可也。”嬴华担心道：“假若楚国真转了，丞相大哥岂非劳而无功？”张仪笑道：“你呀，只知其一，不知其二。连横对合纵，绝非一两个回合能见分晓的。此乃长期较量，从宫廷到战场，从邦交到内政，须得拼尽全力、持之以恒地周旋，方能最终战胜对方。合纵初立，若能一击即溃，那你也忒小瞧我那师兄了。”嬴华笑道：“哟，那我这行人可就做老了。”张仪呵呵笑道：“青衣小吏做白头，苦差使也，后悔么？”“你才后悔。”嬴华满面通红，粲然一笑，回身便走。

“哎，你这个行人，回来。”

“有事么？”嬴华转了回来，脸颊上红晕犹在。

“请教了：王族中可有待嫁公主？”张仪悠然地踱着步子。

“你要做甚？”嬴华猛然警觉起来，眼睛一转却又揶揄笑道，“若是丞相大哥想做王室快婿，我倒是可以帮忙。”

“那好啊，说来我听听，几个？年齿？相貌？艺能？”

“哼哼，你买牲畜么？不知道！”嬴华黑着脸一跺脚走了。

张仪愣怔片刻，径自哈哈大笑：“张仪张仪，你好蠢也。”走进书房去了。

暮色时分，绯云前来送饭，却见幽暗的书房里晃悠着张仪长大的身影，一个人在默默踱步沉思。绯云点亮了纱灯，在一张空案上摆好了饭菜道：“吔，老爷大哥，用饭了。”恍惚坐到案前，张仪突然笑道：“你方才叫甚来着？”绯云撇着嘴道：“吔，是老爷大哥嘛，饭来了，连看也不看人家一眼。”张仪拍着绯云的头哈哈大笑道：“绯云啊绯云，我看这可人的小女人最厉害，否则，勾践怎么拿西施郑旦做灭敌利剑？”绯云娇嗔道：“呸呸呸，你老爷是夫差，我可不敢做西施。别瞎说了，吃饭吔。”张仪拿起玉箸，向书案一努嘴：“请领书来，将书简誊清存底，立即呈送秦王。”

绯云走过去一看，书案上摊着一长卷竹简，简上墨迹方干，显然是刚刚写成。绯云连忙去请来执掌机密的领书。领书问过张仪，卷起竹简到缮写房去了。

晚饭后，张仪正在书房端详楚国地图，宫中内侍匆匆来到，宣召张仪立即进宫。张仪没有片刻耽搁，上得轺车从府门斜对面的宫墙偏门进了王宫。内侍没有领他去经常议事的偏殿，径直将他领到了大书房。张仪自然清楚，到了这里，便是秦惠王要与他单独密谈了。

秦惠王正在用饭，眼睛却盯着面前的长卷竹简：

积羽沉舟　长破合纵

臣张仪顿首：臣自楚国归来，尝思楚芈槐之反复，以为连横破合纵乃长期之功，不能毕其功于一役。极而言之：六国不灭，秦国不统，纵横之争将永为纠缠。有鉴于此，臣出八字对策：积羽沉舟，长破合纵。即不求一次摧毁六国盟约，而以各式手法不间断示好分治，以求各个击破；即或屡次反复，亦绝不休止。长此以往，六国间积怨日深，合纵则不攻自破也。鸿毛虽轻，积多可沉舟，此所谓积羽沉舟也。以臣之见，燕国与秦无旧仇，可嫁公主而结好；齐国偏远，可尊其虚号而结好；楚国贪婪，可以利诱之，使其不断反复，从而自外于合纵；三晋与我接壤，可软硬兼施，胁迫之，分化之。若如此，则合纵必可流于无形矣！

看到张仪的上书，秦惠王第一个感觉是惊讶。连横本来就已经是惊世奇策，且一次出使就动摇了楚国，张仪的斡旋才华与连横的威力，已经使秦国朝野刮目相看了。谁能想到张仪在一次出使之后，竟能举一反三，提出更为明晰可行的连横策略？一眼看完，顾不上用饭，秦惠王立即派内侍宣召张仪。

“我王如此勤政，秦国大有可为。”张仪笑着走进来深深一躬。

秦惠王一推鼎盘站了起来：“勤政算甚来？没有长策大谋，还不是越忙越乱？来，丞相这厢坐了。”说罢回头吩咐，“上茶。”待张仪坐定，秦惠王拿过案上长卷，不断轻弹着慨然赞叹，“读丞相上书，直如醍醐灌顶，快哉快哉！”

“我王认同，张仪倍感欣慰。”

“积羽沉舟，长破合纵。有此八个字，当真是点石成金也！”秦惠王不禁轻叩书案，击节吟哦：“六国不灭，秦国不统，纵横之争永为纠缠……不求一次摧毁，而以各式手法不间断示好分治，以求各个击破；即或屡次反复，亦绝不休止——丞相可谓一举廓清迷雾，字字力敌万钧也！”

“我王慧眼，臣倒是多了一番忧虑。”

秦惠王少见地大笑起来：“丞相啊，对六国的各种手法，今夜可是要仔细揣摩一番了。定策难，做起来又谈何容易。”

张仪不禁喟然一叹：“六国若有一王如此，苏秦幸何如之！”

秦惠王不意被触动心思，饶有兴致地问：“若苏秦当年为我所用，卿当如何？”

“一如苏秦，六国合纵。”张仪没有丝毫犹豫。

“连横并积羽沉舟之策，苏秦可能提出？”

“苏秦大才，张仪不疑。”

“结局若何？”

“我固当败。”

“何以见得？”

“时也势也。苏秦在秦，苏秦胜。张仪在秦，张仪胜。”

“莫非苏秦不明此理？”

“非苏秦不明也，乃知其不可而为之也。”

“丞相之言，令人费解。”

“仁政井田不可复，孔孟毕生求之。六国旧制不可救，苏秦全力救之。事虽相异，其理同一。孔孟为天下求一‘仁’，苏秦为天下求一‘公’也。”

“强力大争，焉得有公？”

“给六国一个如同秦国一般重新崛起的时机，还天下大争以同一起点，此谓‘公’也。奈何六国不争，苏秦又能如何？”

秦惠王默然良久，终是喟然一叹。

五　媚上荒政杀无赦

这一夜，君臣二人密谈到五更方散。

张仪出得宫来，薄雾迷茫，天黑得伸手不见五指，索性弃车徒步而行，片刻出得宫墙偏门，却见长街树下黑糊糊一片蠕动。张仪虽然吃了一惊，却是胆色极正，大步走近一看，竟是一群肥牛当街倒卧，悠闲地喷着鼻息倒嚼，旁边一张大草席上，横七竖八地躺着几条呼噜鼾睡的汉子。张仪又好气又好笑，低声喝道："嗨！醒醒了！当街卧牛犯法，知道么？"一个精瘦的身影一骨碌爬起连连打拱作礼："军大人恕罪，我等少梁村汉，只草草住得一夜，明日献了寿牛便走，求大人法外施恩才是。"张仪见是个白发老人，先软了心肠，温和问道："寿牛？甚个寿牛？给谁献寿牛？"老人仍是打躬不迭道："军大人有所不知，我少梁县连年大熟，都是托王家圣明福气。今年少梁县要给秦王祝寿，每村献一头寿牛咧。"

张仪听得大是诧异——献耕牛祝寿，这可当真是天下头一份！

那时候，耕牛比黄金还贵重，除了国家祭祀天地的大典，谁敢用活活的耕牛做寿？再说，张仪身为丞相，尚丝毫不知秦王有祝寿之举，山野庶民却如何这般清楚？心思闪烁间张仪笑道："你等是王室贵戚，好福气。"一个粗壮汉子连忙摇手道："不咧不咧，草民能有恁福分？"又一个汉子抢着道："秦王寿诞呀，有人上心咧，四月初三么！不知说几多遍了，少梁谁不知道？"张仪笑问："那这个人肯定是大贵人了？"汉子正要说，精瘦老人低声呵斥道："一边去！胡咧咧个甚？"回身对张仪躬身笑道："他是个半瓜，信不得，寿牛自是庶民诚心献纳了。"张仪笑着连连点头："那这寿牛，是全村人花钱买的了？""错咧错咧！"一个汉子高声道，"出钱买牛，那能叫献牛祝寿？这牛可是咱家自个儿献上的！"张仪笑道："一家一牛，都想献牛祝寿，不就没有耕牛了？"那汉子脸色憋得通红，想说话，却硬生生回过身去了。老人叹息一声道："军大人，看你也是个好人，就莫再问了。王家圣明，子民祝寿，左右不是坏事了。"

张仪思忖着笑道："倒也是，不说了。老人家，秦国向来是法外不施恩。我看你还是赶紧将寿牛赶到南市去，那里有牛棚。哎，可不要说在这里碰见过人。”

“是是是，大人有理。”老人回身低声下令，“走！各人吆起自家牛快走！”

汉子们卷起了草席，一片“嘚儿起嘚儿起”的吆喝声中将耕牛赶了起来。突然，一个汉子“哎哟”一声，脚下一滑，摔了个仰面朝天。

“哈（坏）咧哈（坏）咧！牛拉屎咧！”一个汉子惊恐地叫了起来。

秦人都熟悉与日常衣食住行有关的律条，“弃灰于道者，黥。”是谁都刻在心头的。将柴火灰随意倒在路边，都要给脸上烙印刻字，何况牛屎？更何况在王宫与相府间的天街上？一时之间人人惊慌。

“慌慌个甚？都脱夹袄！快！”精瘦老人厉声命令。

十多个粗壮汉子齐刷刷脱下了厚厚的双层布衣，这便是“夹袄”，春秋两季的常衣。见汉子们已经脱了夹袄，老人指点着低声吩咐：“你等几个包起牛粪！你等几个擦干净街道！狠劲擦！”汉子们二话不说，在飕飕凉风中光着膀子忙活了起来。老人回头对着张仪深深一躬：“军大人，我等草民为王祝寿，无心犯法，还请大人多多包涵，莫得举发，我全里十甲三百口多谢大人了！”说着扑通跪到了地上，其余汉子们也光膀子抱着牛屎夹袄一齐跪倒：“我等永记大人大恩大德！”

张仪心中大不是滋味儿，连忙扶起老人，殷切道：“人有无心之错，既然已经清理干净，又脏了衣服，还受了冻，我如何还要举发？老人家，快走。”

老人一躬，唏嘘着与汉子们牵牛走了。静谧的长街传来噗沓噗沓的牛蹄声，张仪的心也随着一抖一抖。寒凉的晨风拍打着衣衫，恍惚间张仪竟忘记了身在何处，痴痴地兀立在风中，一直凝望着牵牛的农人们远去。

“丞相，早间寒凉，请回府歇息。”家老早晨出门，见状连忙跑了过来。

回到府中，张仪不能安枕，觉得少梁献寿牛这件事实在蹊跷；又隐隐觉得“寿牛”后边影影绰绰隐藏着更深的东西，只是吃不准这件事究竟是否应该向秦王提出，尤其是否应该由他提出。古往今来，哪个帝王不喜欢为自己树碑立传歌功颂德？虽说秦惠王是个难得的清醒君主，但安知内心没有此等渴望？若是有人暗中授意，出面劝谏岂非自找无趣？然若佯装不知，却又于心何忍？

虽然不是那种以“死谏”为荣的骨鲠迂腐臣子，张仪却也不是见风转舵的宵小之辈。纵横家的本色，是“审势成事”，不审势则动辄必错，即或搭进性命也于事无补。可眼下此等情势，他却是两眼一抹黑。按照商君法制：庶民不得妄议国政。这“不得妄议”，既包括了不许擅自抨击，也包括了不许擅自进行各种形式的歌功颂德以及对君王与上司祝寿。商鞅变法以来，秦国的各种祝寿便销声匿迹，秦惠王难道不清楚？蓦然之间，张仪想到了秦惠王车裂商君，不禁出了一身冷汗。安知这位城府极深的秦王不想对商君之法改弦更张？果真如此，那这祝寿莫非是试探？张仪啊，慎之慎之……

睁着双眼躺卧了一个多时辰，张仪索性起身梳洗，又喝了一鼎滚热的羊肚汤，吩咐书吏去请行人嬴华前来。

行人本是开府丞相的属官，官署便在相府之内。由于嬴华常有秘密使命，所以未必总是应卯而来。但只要在咸阳，嬴华还是忠于职守，每日卯时必到自己的官署视事。这也是秦国王族子弟的传统——但任国事，便守规矩，从不自外。今日嬴华刚进官署，见书吏来唤，依着章法跟在书吏后边来到了张仪书房，全然没有以往洒脱亲昵的笑意。

张仪挥挥手教书吏退下，笑着问道：“公子可知今日何日？”

“丞相不知，属下安知？”嬴华一脸公事。

“秦王寿诞。公子不去祝寿？”

“秦王寿诞？”嬴华又惊讶又揶揄地笑道，“丞相灵通，赶紧去拜寿了。”

张仪悠然一笑：“穷乡僻壤都赶着寿牛来祝寿，身为丞相，焉能不去？”

“寿牛？亏了丞相大才，想出如此美妙的牛名。”

“美妙自美妙，却不是我想的，是农夫说的。不过，我亲眼所见。”

“属下不明丞相之意。”

“是么？”张仪悠然一笑，“秦王今日定要大宴群臣，相府关闭，全体属官随我进宫祝寿。你嘛，乃王室公子，特许你三日寿假如何？”

“寿假？”嬴华大是惊愕，“六国联军正在集结，你倒是给我寿假……”

“上有大寿，臣能不贺？”张仪只是微笑。

“岂有此理？我偏不信！”嬴华一跺脚风也似的去了。

秦惠王正在书房听樗里疾禀报各郡县夏熟情势，却见嬴华大步匆匆而来，一脸愤愤之色。当年秦惠王重回咸阳，这个堂妹妹是他与伯父嬴虔之间的小信使，可谓患难情笃。嬴华执掌黑冰台，也是秦惠王亲自定名的。不管多么忙碌，只要这个小妹妹进宫，秦惠王都会撇开公务与她谈笑风生。此刻秦惠王向樗里疾示意稍停，打量着嬴华亲切笑道：“哟，要哭了，受谁欺负了？王兄给你出气。”

“没有别人，就你欺负我！”

“我？”秦惠王哈哈大笑，“好好好，说说看，王兄如何惹你了？”

“今日可是你生日？”

秦惠王一怔：“别急，我想想……是，四月初三，小妹要给我做寿？”

“你不是自己想做寿么？”嬴华揶揄地笑着。

“我想做寿？”秦惠王又是一愣，索性站了起来，“小妹，谁说的？”

“老百姓说的！寿牛都拉到咸阳了，你不知道？”

“寿牛？甚个寿牛？”秦惠王云山雾罩，脸却不由得黑了下来。

旁边不动声色的樗里疾一对小眼睛炯炯发亮，嘿嘿笑道：“君上莫急，我看此事有名堂，听公子说明白了。”

嬴华硬邦邦道：“正当夏熟，农夫们却要从几百里外给你献寿牛！没有你的授意，谁个敢这样做！方才我在南市外已经看了，少梁县四十八头牛披红挂彩，正要进宫！你就等着做寿吧。”说完转身便走。

秦惠王又气又笑又莫名其妙，摊着双手“咳”的一声，愣怔着说不出话来。

“君上，且听我说。”樗里疾走了过来笑道，“此事我大体揣摩明白，就看君上主意如何了。”

“我的主意，你就没揣摩明白！”秦惠王冷笑着，脸色很是难看。

樗里疾嘿嘿笑道：“好，黑肥子便说，左右也是我右相的事。少梁县连年大熟，庶民对国政王家多有赞颂，也是实情。于是，有人鼓动庶民，献牛给君上做寿。庶民难知详情，必以为这是官府主意，甚或王家授意，是以有了民献寿牛之举。虽有若干细节不明，然臣之揣摩，大体无差。”

“这‘有人’是谁？”

“事涉律法，臣须查证而后言。”

秦惠王默然良久，突然厉声吩咐：“宣召廷尉！”内侍一声答应，急匆匆去了。

廷尉是商鞅变法后秦国设置的司法大臣，专司审判并执掌国狱。此时的廷尉虽然也是独立大臣，但却归属于统辖国政的丞相府，由右丞相樗里疾分领。片刻间廷尉赶到，秦惠王阴沉着脸下令：“着廷尉潼孤，十日之内查清寿牛一事！依法定刑，即速禀报。”

潼孤本是商君时的律条书吏，精通律法，忠于职守，一步一步地从“吏”做到了“官”，虽然已经是白发苍苍的老臣子了，骨鲠刻板的秉性却丝毫没有改变。听完秦惠王书令，他肃然拱手道：“秦法在上，此令该当右丞相出，我王自乱法统，臣不敢受命。”

秦惠王又气又笑，想想却是无奈，回头道：“好。右丞相下令。”

樗里疾正要说话，潼孤却道：“事涉王家，王须回避，属下须在丞相府公堂受命。”

“好好好，我走我走。”秦惠王又气又笑地走了。

“潼孤，随我到丞相府公堂受命。”樗里疾憋住笑意，大摆着鸭步出了国王的书房。

两人刚刚走到宫门车马场，便听一阵金鼓之声震耳欲聋。樗里疾急晃鸭步走到宫门廊下，却见黑压压成千上万的庶民围在了王宫大街看热闹，最前面一幅横长三丈余的红布，黑字赫然斗大——少梁献牛为王贺寿！横幅下几十头大黄牛披着红绿彩布，不时的“哞哞”长叫，偶有牵牛者发出惊慌的呼喊：“牛拉屎咧——快接着！”四面哄然大笑，有人便高喊：“寿牛拉屎不犯法！尽拉无妨！”又招来一片哄然大笑。

“嘿嘿，潼孤，此等情形当如何处置？”樗里疾笑着，脸上却抽搐着。

“律法所无，潼孤不敢妄言。”

樗里疾嘿嘿一笑，晃着鸭步走上门廊外的上马石礅，脸色顿时黑了下来，大手一挥厉声道：“宫门甲士成队！”

“嗨！”宫门两厢哄然一声，两百名长矛甲士锵然聚拢，瞬间摆成了一个方阵。

秦国宫城禁军是两千四百人，每八百人一哨，轮值四个时辰。这八百人按照秦军的经常编制，分为八个百人队，头领是百夫长。八个百人队为一“校”，头领职衔为“尉”，习惯称为宫门尉。也就是说，昼夜十二个时辰，总有八百禁军守在王宫冲要地带。宫门最为要紧，每哨必有两个百人队守护，而宫门尉往往亲自带队守护宫门。寻常情势下，宫门无论发生何种骚乱，若无国君或权臣的特殊命令，只要骚乱者不冲击宫门，宫门禁军不得擅动。此时宫门尉正在宫门当值，见庶民虽蜂拥而来，却是进献寿牛，自然不敢随意发动。如今见右丞相发令，立即拔剑出鞘，整肃待命。

“将献牛人等全部羁押！将耕牛交南市曹圈养，等候处置！”

宫门尉举剑大喝：“左队押人！右队牵牛！”

两个百夫长手中长剑一举：“开步！”长矛甲士两人一组，挺着长矛楔入人群。

围观的民众大是惊讶。谁能想到给国王献牛做寿者，竟然被拘押起来？许多山东商人立即喊叫起来：“错了错了！抓错了！人家是给秦王贺寿的！”咸阳老秦人也一片呼喊：“献寿牛不犯法！不犯法——”献寿牛的农人们也一片叫嚷，几个白发苍苍的老人乱纷纷嘶声高喊：“害了牛还害人！冤枉哪冤枉！”“耕牛如命，谁愿来献哪？”

樗里疾连连挥手制止，人群渐渐平息下来。樗里疾高声道：“国有律法，不会冤枉无辜。一时拘押，正是要彻查违法罪犯！围观人等立即散去，毋得鼓噪！三日后，秦王与国府自有文告通报朝野。”

无论是咸阳国人还是六国商贾，都知道秦国律法无情，见赫赫右丞相已经公然承诺“彻查”并将通报朝野，便知此事非同小可，虽然满腹疑虑，人们还是在一片小声议论中散去了。四十多头“寿牛”全部赶往南市圈养，一百多个少梁农夫也已经被全部带开。

“潼孤，去丞相府！”樗里疾黑着脸跳上轺车辚辚去了。潼孤连忙上了自己轺车紧跟而来。进得丞相府，樗里疾教潼孤先在外厅等候，自己到书房来向张仪禀报。听樗里疾说完经过，张仪哈哈大笑：“秦有商君之法，便有骨鲠之臣，天兴大秦，岂有他哉！”立即与樗里疾来到国政厅，也就是寻常说的相府正堂。

等闲时分，官员来丞相府接受政务指令，都是樗里疾单独处置。一则是樗里疾本来就一直主持内政，国务娴熟，文武皆通，除了事后归总禀报张仪，基本上无须张仪操心。二则是秦国的法制完备，凡事皆有法度可依，依法出令，大体上也无须张仪出面。三则是张仪领开府丞相之职，但其谋事重点却在秦国外事，也就是全力与合纵周旋，内事尽可能地交给樗里疾去做。这是秦惠王与张仪樗里疾在开府拜相之日，心照不宣的君臣默契，丝毫没有削弱张仪权力的意味。今日遇见潼孤这等毫无通权达变的执法老臣，张仪樗里疾也就只有以全套法式对待了。

过程倒是简单。张仪居中一坐，樗里疾右手下坐，站在厅中的领书一声高宣：“请命官员入堂——”潼孤进得大厅一躬：“廷尉潼孤奉召领命，参见丞相，参见右丞相。”便肃然挺身站在当厅。张仪悠然道：“廷尉潼孤：国发重案，事涉王室，命尔依法办理此案，受右丞相樗里疾督察。”领书便将写着命令、盖着丞相大印的一方羊皮纸双手呈给潼孤。潼孤接过，拱手高声道：“廷尉潼孤领命。敢请右丞相督察令。”樗里疾正色道：“本大臣依法督察，廷尉潼孤须得在三日内，查清此案来龙去脉，报请丞相、秦王，会同朝臣裁决。”潼孤高声答道：“潼孤领命。潼孤告辞。”迈着赳赳大步出厅去了。

樗里疾憋不住，嘿嘿笑了：“少梁县令一头老狐，碰在一口老铁刀上了。”

“飓风起于青萍之末。我看，这股邪风不可能是少梁一家。”

樗里疾一怔，随即恍然道：“也是，我得赶快访查一番。”

话音方落，书吏匆匆进门：“禀报丞相：又有六个县的农夫们来献寿牛寿羊，听说右丞相在宫门拘押了少梁人众，都将牛羊赶到南市去了。”

张仪看看樗里疾没有说话。樗里疾脸色黑了下来，霍然起身，急忙晃着鸭步走了。

三天之中，廷尉府一片忙碌，飞骑如穿梭般进出，风灯彻夜通明。老潼孤先前以为，此案虽是生平未闻的特异案，案情却是简单，只需将献寿牛的少梁县查清即可了结。不成想一入手竟是大大麻烦。且不说寿牛之外又来了寿羊寿鸡寿猪，更麻烦的是发案范围从一个少梁县变成了八个县。除了偏远的陇西、北地、上郡、商於，秦中腹心地带的大县，几乎全部都包了进来。献寿礼者都是朴实木讷的农夫，数百人被拘押在城外军营更是一件棘手事。时近夏忙，这些人都是村中有资望的耕稼能手与族中长老，如今非但不能领赏赶回，反而被当成人犯关押，日夜大呼冤枉，整个关中都人心惶惶起来。

秦惠王闻报，气恼得摔碎了好几个陶瓶，却也是无可奈何，只有连连催促樗里疾与潼孤尽速结案。

潼孤虽是执法老吏，却也是生平第一遭儿遇到这匪夷所思的“祝寿案”。涉案者都是勤劳朴实的良民，即或背后有官吏操纵指使，可也全都是县令县吏。潼孤之难，倒不在无法定罪量刑，而在于牵扯的官吏庶民太多，范围之大，几乎就是大半个秦国。虽说他也亲身经历了商君一次斩决七百多名人犯的大刑场，可那些罪犯都是疲民世族中的违法败类，如何与如今这些“罪犯”同日而语？潼孤也是秦国平民出身，深知庶民无心犯法，即或那些县令县吏，其中也多有政绩不凡者，如何能断然杀之？反复思忖，潼孤上书丞相府，提出了“放回农人夏收，缉拿少梁县令勘审”的救急之法。公文呈上，樗里疾却不在咸阳。潼孤大急，直接面见张仪。张仪略一思忖，教他在府中等候，自己立即进宫。一个时辰后张仪回府，下令潼孤放了农夫，将八名县令全数缉拿到咸阳勘审。潼孤本想说县令无须缉拿太多，看着张仪脸色少见的阴沉，终于没有开口便匆匆去了。

农夫们一放，情势立时缓解，秦川国人立即淹没到夏收大忙中去了。八个县令虽然被押到了咸阳，留下的县吏们却是大出冷汗，连忙下乡分外辛苦地督导收种，农时公务倒是没有丝毫的紊乱。潼孤便静下心来，认真勘审这几个县令。

这一日勘审少梁县令，秦惠王与张仪便装而来，面无表情地坐在了大屏之后。

“带人犯上堂——”书吏一声长喝，一个黑瘦结实的官员被两名甲士押进大厅。

秦法虽刑罚严厉，却极是有度。但凡违法人等，在勘审定罪之前，官不除服，民不戴枷，除了关押之外，与常人无异。这与山东六国的“半截法治”大不相同，与后来的“人治”更有着天壤之别。这时的少梁县令依然是一领黑色官服，头上三寸玉冠，神色举止没有丝毫的慌张。

“堂下何人？报上姓名。”潼孤堂木一拍，勘审开始了。

“少梁县令屠岸钟。”

“屠岸钟，少梁县四十八村献寿牛，你可知晓？”

“自是知晓。龙紫之寿，也是下官晓谕庶民也。”屠岸钟镇静自若。

“何谓龙紫之寿？”

“天子者，生身为龙，河汉紫微，是为龙紫。龙紫者，我王万岁万岁万万岁也！龙紫之寿，我王万寿万寿万万寿也！”屠岸钟慷慨激昂，大念颂词。

“屠岸钟昌明王寿，是奉命还是自为？”

“效忠我王万岁，何须奉命？屠岸钟一片忠心，自当教民忠心。”

“端直答话！究竟是奉命还是自为？”

“自为。屠岸钟领全体十八名县吏，三日遍走少梁四十八村，使龙紫之寿妇孺皆知。”

“献牛祝寿，可是屠岸钟授意？”

“无须授意。民受屠岸钟教化，闻龙紫之寿，皆大生涕零报恩之心，交相议论，共生献牛祝寿之愿。”

“献牛祝寿，屠岸钟事先可曾阻止？”

“庶民景仰万岁之德治，效忠万岁之德行，屠岸钟何能阻止？”

“端直说！可曾阻止？”

“不曾阻止。”

“献牛祝寿，屠岸钟可曾助力？”

“自当助力。屠岸钟心感庶民忠贞大德，特许献牛者议功，以为我王万岁赐爵凭据，又特许献牛者歇耕串联，上路吃住由县库支出。”

“其余各县祝寿举动，屠岸钟是否知晓？”

“下邽、平舒两县派员前来询问，屠岸钟亦晓谕龙紫之寿。其余各县，屠岸钟并未直面，但却都知晓也。”

“屠岸钟，少梁境内三十里盐碱滩排水，丞相府可有限期？”

“有。仲秋开始，春耕前完工。”

“如期完工否？”

“尚未开始。”

“因由何在？”

“连年大熟，民心祈祷龙紫之万寿，岂容琐事分心？”

“屠岸钟，你可知罪否！”潼孤沟壑纵横的老脸一片肃杀。

“说甚来？知罪？”屠岸钟仰天大笑道，“古往今来，几曾有过颂德祝寿之罪？三皇五帝尚且许民颂德，何况我王大圣大明大功大德救民赐恩之龙主？尔等酷吏枉法，但知春种秋收，不知王化齐民，竟敢来追究忠贞事王之罪，当真可笑也！”

“大胆屠岸钟！”潼孤“啪”地一拍堂木，“此地乃国法重地，端直答话，勿得有他！”

“尔等酷吏，岂知大道？屠岸钟要见我王万岁万岁万万岁！”

老潼孤气得稀薄的胡须翘成了弯钩，堂木连拍。屠岸钟却只是嘶声喊叫着要见“我王万岁万岁万万岁”，威严肃杀的廷尉大堂乱纷纷一团，没了头绪。

突然，大堂木屏“哗啦”推开，秦惠王铁青着脸走了出来。潼孤颤巍巍站起来正要行礼参见，秦惠王摆摆手制止了他，缓慢沉重地踱着步子走到了屠岸钟面前。屠岸钟做了五年县令，却偏偏没有见过秦惠王，见此人虽然布衣无冠却是气度肃穆地逼了过来，不禁吭哧道：“你你你，你是何人？”

“屠岸钟穷通天地，却道我是何人？”那咝咝喘息的喉音与冷笑令人不寒而栗。

“哼哼，你总不至于是我王万岁万岁万万岁吧？”屠岸钟傲慢地冷笑着。

秦惠王浑身一个激灵，咬牙切齿地冷笑着：“可惜呀，你运气不好。看准了，站在你面前的偏偏是秦国君主。不相信么？”

看着恭敬肃立的潼孤，再看看满堂肃杀的矛戈甲士，屠岸钟悚然警悟，心头狂跳，不禁一身冷汗，慌忙扑倒以头抢地：“罪臣屠岸钟，参见我王万岁万岁万万岁！”

“罪臣？你少梁县令功德如山，何罪之有啊？”

“屠岸钟不识我王万岁万岁万万岁，罪该万死！”

“不识本王便罪该万死，这是哪国律法啊？”

屠岸钟吭哧语塞，额头在大青砖上撞得血流纵横：“屠岸钟一片忠心，唯天可表也！”

“一片忠心？三十里盐碱滩不修，四十八耕牛做寿，这便是你的忠心？”

“臣彰显我王大仁大德，教化民众效忠王室，无知有他，我王明察！”

“好个无知有他。屠岸钟，你也是文士一个，这是哪家学问？”

“启禀我王万岁万岁万万岁：臣自幼修习儒家之学，畏天命、畏大人、效忠我王！”

“住口！”秦惠王厉声断喝，“儒家之学？孔子孟子宁弃高官而不改志节，你如何不学？儒家勤奋敬事，你如何不学？挖空心思，媚上逢迎，龙紫之寿、寿牛寿羊、万岁万岁万万岁、万寿万寿万万寿，名目翻新，当真匪夷所思！沽大忠之名，行大奸之实，种恶政于本王，祸国风于朝野。恬不知耻，竟以为荣！如此居心险恶之奸徒，竟位居公堂，教化民众，端的令人拍案惊奇也。”

“我王诛臣之心，臣却如何敢当啊？！”屠岸钟奋力抢地嘶声哭喊。

“如何？你这颗心不当诛么？”

“屠岸钟天地奇冤！我王万岁明察……”

“狗彘不食！”秦惠王勃然大怒，回身抢过甲士一支长矛直扑过来，

“再喊一句，洞穿了你！”冰凉闪亮的长矛顶在胸口，屠岸钟顿时脸色苍白瑟瑟发抖，大张着嘴巴一句话也说不出来。潼孤虽然年迈笨拙，此时却大步抢来双手抓住长矛：“臣奉命勘审人犯，我王不能坏了法度！”

“当”的一声，秦惠王掷开长矛，拂袖去了。

就在当日晚上，樗里疾回到咸阳，匆匆到丞相府见了张仪，两人立即进宫了。樗里疾禀报了走访秦中八县的情形，尤其对屠岸钟的来龙去脉作了备细述说。秦惠王听罢，久久沉默。

这个屠岸钟，原是晋国权臣屠岸贾的后裔。春秋时，屠岸贾在晋灵公支持下诛灭了上卿赵盾满门。谁想阴差阳错，侥幸被人救出的一个赵氏孤儿却活了下来，而且鬼使神差地被屠岸贾收做了义子。二十年后，这个赵氏孤儿因了屠岸贾的权势，做了晋国将军。此时又是鬼使神差，收养赵氏孤儿的老义士，竟然秘密向这位年轻的“屠岸将军”揭穿了他的本来身世与灭门大仇。此时恰逢屠岸贾失势，孤儿将军愤然联络赵氏旧势力，一举将屠岸氏剿灭。从此，屠岸氏残余人口星散逃亡于列国。后来，赵氏恢复了势力，与魏韩两个大族共同瓜分了晋国，有了声威赫赫的赵国。

赵氏立国，明令以屠岸氏为不共戴天之世仇，锲而不舍地在天下秘密追杀。屠岸氏族人纷纷改名换姓，一时间，屠岸氏几乎绝迹。这时，逃到秦国骊山河谷的两家屠岸氏后裔，也改为“土山”姓氏，彻底地变成了老秦人。几代之后，“土山”一族已经有了五十余户四百余口。商君变法后聚族成里，土山氏渐渐富了起来。“土山”族长一心想改换门庭，将自己的大儿子“土山钟”送到了鲁国去求学。此子归来，雄心勃勃，振振有词地力劝父亲恢复屠岸姓氏：“人之生灭在于天，何在于姓氏？赵氏不当灭，虽抄满门而漏孤儿。屠岸氏当灭，又岂在隐姓埋名哉！”父亲与族人们被他的勇气感动，终于议决恢复了屠岸姓氏。于是，“土山钟”变成了屠岸钟。

屠岸钟与下邽县令在鲁国求学时是同窗师兄弟。后来，屠岸钟在这个县令荐举下先做了县吏，三年后又做了少梁县令。当时的少梁县，偏远荒凉又靠近魏国，寻常文士出身的吏员都不敢去做少梁县令。屠岸钟却是上书请命要做少梁县令的。樗里疾还记得，他当时便欣然批下了。当时正逢秦惠王在陇西巡视，屠岸钟未及被召见，便匆匆赴任了。

上任头三年，屠岸钟尚算勤政敬事，将少梁县治理得井然有序。可三年未见升迁，屠岸钟开始渐渐变得闷闷不乐了。据一个老县吏说，两年前的一天，屠岸钟秘密请来了一个魏国老巫师，用古老的钻龟之法为他占卜命数。老县吏也说不清巫师是如何解说龟甲裂纹的，反正从那之后，屠岸钟便开始邪乎起来了。先是在县府大堂的庭院立了一座“望王碑”，每日三炷香、三叩拜、三次高声表白对秦王的耿耿忠心。后来，无论与何人叙谈，也无论公事私事，但凡涉及秦王，立即挺身起立，高声念诵“我王万岁万岁万万岁”一句，再入座说话，举座莫不愕然。再后来，屠岸钟又镌刻了一座“秦王功德碑”，列出了秦王的“十大功德”。但凡庶民诉讼或吏员公务进入少梁县大堂，都要在屠岸钟陪同下先行叩拜念诵一通，否则不能处置任何公务。今年恰逢少梁县连续三年大熟，屠岸钟忽发奇思妙想，便有了寿牛寿羊这桩奇案，波及关中八县，令人匪夷所思。

由于屠岸钟经年如此，人们也由惊愕疑虑变成了信以为真。渐渐地，屠岸钟的“大忠”之名传扬了开来，诸多县令群起仿效，县吏与少梁县的族长们还酝酿给秦王上“万民书”，请秦王引屠岸钟入朝“秉持大政，泽被朝野”。

“我王请看，这是老县吏代为草拟的万民书。”樗里疾从大袖中摸出一方折叠的羊皮纸打开双手递过。秦惠王顺手便丢在案上，看也不看一眼。樗里疾知道秦惠王此刻憋闷窝火，不能聒噪追问，只能慢慢疏导，教国君自己开口，便嘿嘿笑着看看张仪：“丞相以为，这天下第一奇案，如何处置？”

“此案奇归奇，然并无复杂疑难处。”张仪微微一笑，“此案之难，在于处罚之度。一则，本案涉官涉民，须得有所区分；二则，本案无成法可循。秦法虽有‘妄议国政罪’，但却没有媚上贺寿歌功颂德之条目，其间分寸，颇难把握也。”

樗里疾飞快地眨巴着小眼睛，又是嘿嘿一笑道：“要黑肥子说来也好办，夺爵罢官，以儆效尤，毕竟不是杀人放火也。”

张仪盯着樗里疾，眼里一丝揶揄的嘲讽，一句话也没说。

“岂有此理！”秦惠王啪地拍案而起，“定要严厉处罚，此等邪风，远胜杀人放火！”秦惠王缓慢地踱着步子喟然叹息，“古谚云：王言如丝，其出如纶。但有丝毫宽宥，无异于放纵官场恶风。秦法无成例，难不倒我等君臣。商君变法至今已近四十年，民情官风皆有变，律法亦当应时而增。况且，匡正朝野，移风易俗，本是商君立法之本意，何能拘泥成法而放纵恶习？”

“好！我王但有此心，何愁国风不正？”张仪顿时满脸笑意。

樗里疾耸耸肩膀两手一摊：“我王如此圣明，臣有何说？”秦惠王与张仪顿时想起酒肆第一次谋面时的情境，不禁同声大笑。

此日，张仪与樗里疾会同廷尉潼孤及商鞅变法时的一班老臣子，对秦法进行了细致梳理，增加了一百多个条目，报秦惠王作最后定夺。在此期间，潼孤也昼夜忙碌着将“寿牛案”的处置及刑罚分类明确下来：其一，所有涉案庶民，两年不得叙功，有功不得受爵；其二，所有涉案县吏，罚俸两石，两年不得叙功；其三，八名县令，屠岸钟‘斩，立决’，其余七名县令夺爵罢官，贬为庶人。几名书吏连夜誊清为三卷，立即呈送王宫。

盖着赫赫大方王印的批件一发下来，潼孤惊讶得目瞪口呆。

其实，秦惠王只动了一条：屠岸钟改为剐刑，其余原封未动。而潼孤的惊讶，恰恰在于这个剐刑。

剐刑，是杀死人犯的一种方法，后人叫做“凌迟处死”。远古无利器，钝刀割肉是世间最为痛苦的折磨。于是，用钝刀对罪大恶极的罪犯一块一块地割肉，而后再割除生殖器，再砍开骨架，让罪犯在漫长的煎熬中活活疼死。教观刑者毛骨悚然，永远烙印在心头。终战国之世，只有后来的齐湣王田地在逃亡中被民众一刀一刀地剐死。除此之外，大夫受剐，闻所未闻。战国时兵器精进，利刀出现，剐刑变得更为残忍：最甚者可以剐两到三日，罪犯方最终身亡。但是，剐刑毕竟是一种“非刑”，也就是法律规定的刑罚之外的处刑之法，不是正刑。直到后来的五代十国，凌迟才成了大量使用的常刑。宋代之后，凌迟更成了法律规定的正刑，专一处死那些谋逆类“十恶不赦”的罪犯。这是后话。战国之世刀兵连绵，人们习惯于轰轰烈烈痛痛快快地去死，对待战俘罪犯，要杀也都是一刀了事，绝不累赘。剐刑，也只是流传在狱刑老吏们中间的一个神话而已，见诸刑场，几乎哪个国家也没有用过。而今，秦惠王竟要对这个天下奇案的首犯，使用这种旷古罕见的奇刑，老潼孤如何不心惊肉跳？潼孤反复思忖，本想上书劝阻，蓦然之间，却想到了商鞅被秦惠王车裂的非刑，不禁打了个激灵，终于保持了最后的沉默。

屠岸钟被押到刑场的那一天，渭水草滩人山人海。

奇怪的是，当亮晃晃的特制短刀割下第一片肉时，屠岸钟居然还在嘶声惨叫：“我王万岁万岁万万岁……”及至一刀割到喉头，才沉重地呼噜了一声，了无声息。此后两日，万千国人眼看着这个赫赫县令从惨叫喘息，变成了一跳一跳，变成了一抖一抖，又变成了难以觉察的一丝抽搐，却鸦雀无声。忍不住者竟跑到河边翻肠搅肚地呕吐，直到第二天，太阳枕在了西山之巅，如血残阳照着那在晚风中摇曳的森森骨架，人们才梦游般地散去了。

可是，人们又迎头碰上了张挂在咸阳四门的那张硕大的羊皮王书。官府吏员们打着风灯守在旁边，一遍又一遍地为人们高声念诵着：

禁绝媚上荒政令

秦王书告朝野：为政之本，强国富民。为官之道，勤政敬事。阿谀逢迎，媚上荒政，上负国家，下负庶民，诚为大奸大恶。今少梁县令屠岸钟不思勤政报国，专精媚上，揣摩君心，猜度奇巧，歌功颂德，耕牛贺寿，发闻所未闻之邪术，沽大忠之名，行大奸之实，乃旷古罕见之奸佞也。恶习旦开，官风大坏，吏治不修，祸国殃民，法制大崩，国将不国！本王今书告朝野：秦法已修，颁行郡县；自后凡不遵法度，刻意媚上，一心逢迎而荒芜政事者，杀无赦。秦王十一年八月人们听得感慨唏嘘，又惊诧莫名。

古往今来，何曾有过君王不许臣下歌功颂德表忠心者？纵是三皇五帝，也还不是在芸芸众生的颂扬声中，才有了接受禅让的资格？能做到不纵容臣下庶民歌功颂德，就已经是天子圣明了。如今这个秦王，非但剐了这个临死还在喊万岁的县令，而且禁绝一切媚上逢迎歌功颂德，如何不令厚重淳朴的庶民们困惑？春秋战国以来，多少君王毁在了阿谀逢迎的奸佞手中？英明神武如霸主齐桓公者，不也是被易牙、竖刁两个割了生殖器的阉臣哄弄得不问国事，最后竟困死深宫，连尸体上都生满了蛆虫？流风蛊惑，人们相信了“是人便喜颂歌声”，以为那是巍巍泰山般屹立不倒的官道人道。可如今，这个秦王却对这一套如此地深恶痛绝，他是个真圣人么？人们想说几句，却又不敢。转而扪心自问，如此国王有何不好？只要守法，怕甚来？剐刑残忍么？可那剐的是媚上荒政的县令，又不是剐无辜百姓。仔细想想，国王无非是教官员们看个心惊肉跳，从此永远绝了这害人之风，说到底，还是对老百姓有好处啊……

想着想着，人们心里舒坦了，那种莫名其妙的恐惧也消失了。虽然还是不敢像以往那样忘情地高喊一嗓子“万岁”，但也是相互竖起大拇指，低声笑谈着消融在炊烟袅袅的村庄，消融在灯火闪烁的街巷。一股凛冽的清风掠过，老秦人觉得天更蓝了，水更绿了。

就在这时，传来了一个惊人的消息：六国大军云集函谷关外，要猛攻秦国了！

六　联军幕府　春风得意

河外营寨连绵，六大片旌旗军帐满当当地塞实了四十里山塬。

大约春秋开始，黄河以南的大片平原便叫做“河外”，黄河以北的山塬便叫做“河内”。这片气势惊人的军营，就扎在大河南岸虎牢山下的河外平原上。以兵家眼光看，这片大军营地极得地利之便：北临滔滔大河，东靠虎牢要塞；引河入梁的鸿沟恰恰从虎牢山东麓南流，汜水则从南麓北流入河，三水夹营，大军取水极是方便；鸿沟与大河的夹角地带，是天下储粮最多的敖仓，大军粮秣路程仅仅只有三五十里。

这便是山东六国的合纵大军。从六色军营的驻扎方位看，显是极具匠心。虎牢山南麓是火红色的魏国营寨，依山傍水近粮，占尽形胜险要，乃是全军的辎重枢纽位置，正当身为“地主”的魏军驻扎。东南的汜水东岸，是草绿色的韩国营寨，背靠太室山，正在韩国边缘。北临大河的一片山塬，则是红蓝色的赵国营寨，过河北上二百里便是赵国的上党地带，正占据着这里直通赵国的唯一渡口。汜水东面接近荥阳的山塬上，是紫色的齐国军营，位置正在韩齐官道的咽喉。东北接近广武的山塬上，是海蓝色的燕国军营，正在魏燕官道的咽喉地带。虎牢山西麓的虎牢关外，是茫茫土黄色的楚国军营，既是直面函谷关的前敌位置，又是南下楚国淮北地区的最便捷所在。六大营寨各有便利，各得其所，没有一番折冲周旋，显然是不可能的。

这片浩大的军营里，驻扎着六国联军四十八万，是战国以来最大的一次性用兵规模。其中魏国精锐步骑八万，主将晋鄙；齐国步骑八万，主将田间；赵国步兵六万，主将肥义；韩国步骑五万，主将韩朋；燕国步骑六万，主将子之；楚国兵力最多，十五万大军，主将子兰。

在这片茫茫军营的东边接近敖仓处，还有一座小军营。这座军营只驻扎着两万余人马，却是六色旌旗六色甲胄，大军帐多，大纛旗多，色彩斑斓分外热闹。这便是由六国丞相苏秦执掌的六国联军幕府。军营中央有一座砖木庭院，被百辆兵车围起的一个巨大辕门包围着。辕门口一面六色大纛旗迎风舒卷，上书“六国丞相苏”五个大字。辕门内外，二百名长矛甲士列成了一个肃杀的甬道，亮晃晃的长矛大戟一直延伸到庭院口。这便是六军司命的幕府。辕门百步之外，扎着红黄紫蓝四顶没有辕门的大帐，帐口也是各立一面大纛旗，分别是魏公子信陵君、齐公子孟尝君、赵公子平原君、楚公子春申君。

这片军营虽然不是实际意义上的出令统帅部，却是四十八万大军的灵魂所在。故而有幕府之名。幕府者，将军统辖三军之府署也。将军出战无常处，所到以幕帘为府署，故曰幕府，或云莫府。究其实，幕府便是后世所谓将军总帐，司令部。或砖石庭院，或牛皮大帐，皆可为幕府，未必有固定法式。

时当落日衔山，幕府庭院里已经亮起了十多盏纱灯，八名侍女正穿梭般地在院中摆布收拾，厚厚的猩红色地毡使得她们变成了无声忙碌的影子。这时，腰悬长剑的荆燕大步匆匆地走了进来，看也不看侍女们一眼，进入幕府径直掀帘进了后帐。

所谓后帐，是幕府中用小门隔开的一个起居小寝室。此刻，小寝室的军榻上蜷卧的是苏秦，那悠长均匀的鼾声，显然是沉沉大睡者才能发出的。荆燕稍一犹豫，轻轻拍着军榻靠背道："大哥，天快黑了，该起来了。"鼾声突然停止，苏秦睁开了眼睛坐起来，伸腰打了个长长的哈欠。荆燕递过一条汗巾低声笑道："大哥真是太乏力了，眼屎涎水都有了。"苏秦呵呵笑着擦去了眼屎口水道："心松泛了，睡得一个眼屎涎水横流，解乏。"说着霍然站起，"你先去应酬，我冲个凉水便来。"

在起居琐事上，苏秦从来不用仆人侍女。国君们赐给他的侍女，都是专门挑选的侍奉能手，可他都一律婉言谢绝，实在推不掉就送给别人。他惯于自理，也善于自理，对伸手来衣张口来饭的那种贵胄生活极是厌烦，认定那种生活对心志是一种无形的消磨。此刻他脱光了身子，走到帐角提起一桶冰水便从头顶猛浇下来。一阵寒凉骤然渗透了身心，顿时便清醒起来，用大布擦干身子擦干长发，换上一套干爽的长袍，分外地惬意清爽。

寻常时日，苏秦也不喜欢给头上压一顶高高玉冠。只要不是拜会国君，他总是布衣长袍散发披肩，最多是一根丝带束了灰白色的长发而已。此刻长发未干，他便布衣散发悠游自在地走出了内帐，来到了大帐口。本想到外边走走，看看落日，可望着庭院中亮晃晃的长矛大戟，他顿时皱起了眉头。

"百夫长，教甲士撤到辕门之外。日后辕门内无须甲兵护卫。"

两个百夫长异口同声："此乃军法，小军不敢擅动！"

"谁的军法？回头我自会向荆燕将军说明，撤出去。"

两个百夫长一举短剑："辕门之外，列队护卫！"矛戈甲士锵锵然退了出去，辕门内顿时清净宽敞了许多，仿佛一个别致的庭院。苏秦踱步"庭院"，远眺晚霞照耀下锦缎般灿烂的大河远山，心头泛起一种说不清的滋味儿。

秦国食言，楚国愤怒，使眼看就要夭折的合纵骤然有了转机。当苏秦风尘仆仆地赶到郢都时，楚国朝野正在一片愤愤然的混乱之中。楚怀王大感屈辱，一连声地叫嚷要杀了张仪。可真到了决策关头，却莫名其妙地又软了。苏秦与屈原、春申君联络楚国新锐势力的三十多名将军，一起晋见楚怀王。在苏秦的苦心说辞与屈原春申君并一干将军的慷慨激愤中，楚怀王终于当场拍案，决意起兵。眼看国人汹汹，新锐拼命，郑袖不得不沉默了。

老狐般的昭雎一反常态，连夜进宫，向楚怀王痛切责骂张仪与秦国，荐举自己的族侄子兰做楚军统帅，要一雪"国仇家恨"。颟顸懵懂而又自以为精明过人的楚怀王，立即欣然赞同，当场向子兰颁赐了兵符印信。屈原与春申君大是不满，连夜邀苏秦共同进宫。谁知楚怀王振振有词："昭氏封地的兵员最多，粮赋最多。子兰为帅，军兵粮秣不受掣肘，有何不妥？再说昭氏与张仪有仇，他能不死力奋战？"屈原愤激，历数昭雎祸国殃民勾连张仪的劣迹，断言："子兰为帅，丧师辱国！"楚怀王闻言大发雷霆，呵斥屈原"败言不吉，灭楚志气"。春申君立即顶上，自荐为将。楚怀王只说了一句"未战先乱，居心叵测"，铁青着脸不再吭声。苏秦担心事情弄僵，楚怀王又再度反复，便婉言周旋，表示赞同楚怀王，提出春申君做监军特使。楚怀王很不情愿地答应了下来，这才算勉强收场。

谁知屈原怒气不息，对苏秦颇有辞色，连夜南下，以"新军整训未了，不成战力"为由，将正在北上的八万新军调入屈氏封地驻扎。昭雎大为不满，联络几个老贵族大臣请杀屈原"以解朝野之恨"。楚怀王素来不懂军旅之事，根本不清楚少了新军又能如何，只是打定了主意要不偏不倚，对昭雎打着哈哈不置可否，回头便下书另行调兵。

这次，苏秦对屈原的做法不以为然，说屈原是"以小怨乱大局"。屈原愤激异常，拍案而起道："八万新军乃楚国精华，能教子兰狗才挥霍新军之鲜血？真正的楚秦大战还在后头，八万新军不能交给奸邪之才！"春申君只是沉重叹息默默不语。苏秦也没有再和屈原认真计较。毕竟，屈原是楚国新锐势力的灵魂，他那卓越的才华、喷薄的激情、犀利的见解与坚韧的心志，无不给楚国少壮人物以巨大的感召。虽然屈原贬官做了三闾大夫，可训练新军的实权仍然在手，实际影响力远远大于春申君。更重要的是，屈原是楚国支持合纵最坚定的栋梁人物，苏秦无论如何也不能因不发新军而与屈原对立。

楚国一出兵，齐国不再犹豫。楚齐一动，魏赵燕韩大见踊跃，两个多月便完成了大军集结。遥望大军营帐，苏秦却总有一种奇异的感觉：秦国弱小时，山东六国多次合谋瓜分，可始终没有一次真正的行动；偏偏在秦国强大而成致命威胁之后，山东六国才真正地结盟合纵，成军攻秦。此中意味，直是教人想到天意，想到冥冥之中谁也无法揣摩的那些神秘。

在六国君臣看来，那时没灭秦国，此时一战灭秦，也不为太晚。说到底，六国都认定了可以一战必胜，一战灭秦。每个人都摆出了不容辩驳的数字：秦国差强二十万新军，除了必须防守的要塞重地，能开上战场的充其量十五六万；四十八万对十五六万，几乎四倍于敌，焉能不胜！

苏秦素来不谙兵家，甚至连张仪那种对兵器军旅的好奇兴趣也没有。但生于刀兵连绵的战国，哪个名士对军旅战事都会有些基本知识。苏秦了解秦国，也了解六国，自然不会像六国君臣那般信心十足。但是苏秦仍然认为，这场大战至少也有六七成胜算。兵力上，六国是绝对优势。将才上，秦国有司马错。楚国的子兰统帅四十八万大军虽然差强人意，但有颇通兵法的信陵君襄赞，当不会有大的失误。纵然如此，苏秦还是极力主张设置了六国幕府，为的就是教通晓军旅战阵的四大公子起到轴心作用，弥补六国大将的平庸。令苏秦感慨的是：四大公子个个可以为将，偏偏个个都没有拜将，却不约而同地被国王任命为"阵前监军兼领合纵特使"，与苏秦共同组成了这座六国幕府。

"噢呀呀，武安君好兴致，看日头落山了？"

"春申君啊。"苏秦回身笑道，"你看这长河落日，军营连天，晚霞中旌旗茫茫，战马萧萧，当真令人感慨万千也。"

"噢呀呀，要出第二个屈原了！我可是看不出啥个感慨来。"春申君笑着笑着猛然压低了声音，"噢呀武安君，我总是放心不下了。"

"何事啊？"看着诙谐机智的春申君神秘兮兮的样子，苏秦不禁笑了。

"子兰为六国总帅，虾蟹肉了，硬壳一剥全完。噢呀，我看要教信陵君做总帅。这一仗，可是六国大命了。"

"虾蟹肉？好描画。"苏秦笑容一闪而逝，"按照合纵盟约，出兵多他国一倍者为统帅，有何理由换将？"

"噢呀，我是百思无计。你是六国丞相，执掌幕府，不能想个妙策了？"

"临阵换将，事关重大，晚间与信陵君一起会商，再作定夺。"

此时一阵马蹄如雨，信陵君、孟尝君、平原君三骑不约而同地飞马而至。三人腾身下马，一色的斗篷高冠软甲长剑，高声笑谈着联袂进入辕门，一阵英风扑面而来。

"四大公子人中俊杰，当真军中一景也。"苏秦遥遥拱手笑迎。

平原君拱手笑道："武安君布衣散发统大军，才是天下一景也。"

"噢呀呀，平原君一鸣惊人了！我如何想不出此等好说辞来？"

众人哄然一阵大笑，苏秦拱手道："诸位请进帐，今日尽兴。"

苏秦幕府没有将帅气息。将台令案兵符印剑，帐外聚将鼓，帐内将军墩，这些威势赫赫的物事统统没有。一圈六盏与人等高的硕大风灯，将大帐照得分外通明；厚厚的猩红色地毡上，六张长案排列成了一个马蹄铁般的半圆；每张长案上都已经是鼎爵盆盘罗列，连同案旁三个酒桶与一个跪坐的侍女，每张大案都形成了一个单元。苏秦居中，信陵君平原君居左，孟尝君春申君居右。

苏秦笑道："今日聚宴，皆由信陵君安排，由他先交代一番了。"素来不苟言笑的信陵君神采飞扬，大手一挥道："无忌借地主之便，代为武安君绸缪，就近取材。今日是三国菜三国酒：楚鱼、齐鸡、魏麋鹿，赵酒、燕酒、兰陵酒。谁个另有所求，立时办来便是。"春申君煞有介事地低头盯着满案鼎盘，笑叫道："噢呀呀，满案珍奇，我倒真想叫个秦苦菜来啦！"众人大笑。信陵君一拱手道："敢请武安君开席。"

所谓开席，便是打开席间最主要的食具，而后再举爵致辞开宗明义。苏秦闻言笑道："信陵君办事，总归有章有法。"说着拿起手边两支精致的铜钩深入鼎耳之下，将热气蒸腾的青铜鼎盖钩起，再连铜钩一起置于侍女捧来的铜盘中；而后举起已经斟满的铜爵，环视座中一周，慨然笑道："合纵得遇四大公子，苏秦之幸也！蒙诸君鼎力襄助，终得大军连营。久欲聚饮，跌宕无定。今日一聚，终生难得。来，为联军攻秦，旗开得胜，干此一爵！"

"联军攻秦，旗开得胜！干！"五爵相向，尽皆一饮而尽。

苏秦笑道："诸君性情中人，今日但开怀畅饮，无得拘泥，鸡鱼鹿，来！"

"噢呀呀且慢，"春申君晶莹光洁的象牙箸点着铜盘中红亮肥大的烤鸡，惊讶地嚷嚷起来，"孟尝君啊，我楚国鸡才鸽子般大，这齐国鸡如何这般大个？这能吃么？"

"楚国倒有何物是大个了？"孟尝君哈哈大笑道，"你说的'鸽子'，原是越鸡。齐国鸡，原是鲁鸡。庄子说了：'越鸡不能孵鹄卵，而鲁鸡固能矣。'说的就是越鸡小，鲁鸡大。越鸡细瘦肉精，宜于陶盆炖汤。鲁鸡肥大肉厚，宜于铁架烧烤。这烤整鸡可是我齐国名菜之首，保你肥嫩酥软香，大快朵颐，满嘴流油。来！象牙箸不行，猛士上手，哎，对了。"孟尝君两手抓住两只鸡腿一撕，一口吞去了半只鸡大腿。

春申君看得目瞪口呆，突然拍案："噢呀呀，来劲啦！"丢掉象牙箸，上手大撕张口狼吞，几口下去，腮边流油噎得喉头咯咯响。众人哄堂大笑，侍女使劲儿憋着笑意，连忙用打湿的汗巾沾拭他满脸的油渍。春申君抚摩着胸口喘息道："噢呀呀，好噎好噎啦。"孟尝君笑得连连拍案："快！大个葱，最，最是消噎爽气。"说着拿起铜盘中一根肥白粗大的小葱[1]，咯吱咯吱咬了下去。春申君如法炮制，一口下去却叫了起

[1] 小葱为中国固有，大葱为西汉后由西域传入。

来："噢呀呀，不爽也罢，辣死人了！"

哄笑声中，春申君揶揄道："噢呀，齐人如此吃相，大是不雅，诸位且看我楚国人如何吃鱼了？"说着拿起象牙箸，扎住了铜盘中一条金色小鱼，"噢呀，看好了，此乃云梦泽小金鱼，鲜嫩清香，偏是鱼刺极多了。"说话间几条小金鱼已被象牙箸分成若干小段。一段入口，只见春申君文雅地闭着嘴唇，只是腮帮在微微蠕动，银丝般的鱼刺便从嘴角源源不断地流了出来，片刻之间，几条小鱼全部下肚。

四个人都饶有兴致地瞅着春申君，及至鱼盘顷刻干净，不约而同地"啊——"了一声。看着面前的鱼盘，却没有一个人敢下箸。春申君乐得哈哈大笑："噢呀如何？你那大个儿肥鸡，可有这般风味了？少不得呀，我要为诸位操劳一番了。"说着对几个侍女笑道："将案上鱼盘，都端到那张空案上去了。"又对自己身边的侍女吩咐道，"你去剔除鱼刺了。"那名黄裙侍女飘然过去，一刀一箸玉腕翻飞，须臾之间接连剔出四盘鱼肉。各座侍女捧回案上，盘中整齐码放的精细肉丝丝毫不乱。

"噫——"最年轻的平原君长长地惊叹一声，"楚人如此吃法，天下还有鱼么？"

"哗"的一声，满帐大笑。苏秦悠然道："民生不同，南北各有专精，联体互补，便成天下了。"

"武安君此言，不敢苟同。"平原君笑道，"衣食住行出性情，可不能弄成了一锅肉粥。譬如赵胜，生就的马肉烈酒，若是吃小鱼，饮兰陵酒，只怕一筐鱼一车酒也没个劲道。"

"噢呀呀，平原君一顿几多马肉，几多烈酒了？"

"看如何说法，草原与匈奴大战，一次战饭，马肉五六斤，烈酒一皮囊。"

"噢呀，一皮囊几多了？"

信陵君笑道："骑士皮囊，五六斤上下。"

"噢呀，都是赵酒么？"

平原君大笑："若是楚酒，冰天雪地中能有满腔烈火？"

"噢呀好！赵酒一爵，干！"众人哄然笑应，一齐大爵饮下。

信陵君道："为了这赵酒，楚国还和赵国打过一仗，春申君可是知晓？"

春申君皱眉摇头："噢呀大仗小仗不断，这酒仗，可是不记得了。"

"久闻信陵君精熟战史，说说。"孟尝君兴味盎然。

"我如何也不知道？快说说。"平原君叩着长案催促。

信陵君悠然一笑："五十多年前，楚宣王会盟诸侯。赵国没参加，却献了一百桶窖藏五十年的上等好酒，示好楚国。楚国主酒吏品尝后对赵酒大是赞赏，然却硬说赵酒藏期不够，酒味淡薄，责令赵国掌管酒食的宰人另送一百桶来。赵国宰人大是叫苦，反复申明陈年赵酒已经全数运来，赵国再也没有这么多五十年陈酒了。楚国主酒吏却以为赵国宰人不懂孝敬规矩，便使出了一个小小计谋。"

"何等计谋？"几人不约而同。

"主酒吏偷天换日，将民间淡酒换装进赵国酒桶，搬上了宴席。楚宣王极为喜欢烈酒，及至饮下，寡淡无味，怒声责问这是何国贡酒。主酒吏惶恐万分地搬来酒桶，指着那个大大的'赵'字说不出话来。楚宣王勃然大怒，认为赵国蔑视楚国，当即兴兵北上，只要赵酒五百桶。赵敬侯也发兵南下，针锋相对，偏偏就不给赵酒。"

孟尝君不禁拍案："噢嗬，这仗打得稀奇，后来如何？"

"后来？在河外相持半月，谁也没讨得便宜，偃旗息鼓了。这便是旷古第一酒战。"

平原君深深吸了一口气，轻声道："为一百桶酒开战，匪夷所思也。"

信陵君道："亘古以来，有几战真是为庶民社稷打的？好生想想。"

"噢呀，这楚国主酒吏可是个小人，脸红。"

"脸红何来？小人暗算君子，此乃千古常理也。"孟尝君笑道，"孔老夫子多受小人纠缠，临死前大呼：唯小人与女子为难养也！"

"噢呀呀，谁道这是孔夫子临死前喊的，偏你看见了？"

举座大笑一阵，又借着酒话题大饮了一阵。苏秦笑道："信陵君是准备了歌舞的，要不要观赏一番？"平原君立即接口："不要不要，再好也腻了，听说孟尝君春申君善歌，两位唱来多好？"话音落点，举座齐声喊好。

“谁先唱？”苏秦笑问。

“孟尝君——”举座一齐呼应。

孟尝君酒意阑珊，额头冒着热汗道：“好！我便来。只是今日难得，我也唱支踏青野歌。”

“好！我来操琴。”信陵君霍然起身，坐到了琴台前。

“齐国《海风》。”孟尝君话音落点，琴声叮咚破空。孟尝君用象牙箸在青铜鼎耳击打着节拍，陡然一声激越的长吟：“东出大海兮，大海苍茫——”

别我丽人　　渔舟飘荡
海国日出　　远我故乡
云遮明月星斗暗　　水天无尽路长长
西望故土　　思我草房
念我丽人　　我独悲伤
忽闻丽人一朝去　　魂归大海永流浪

人们听得入神，肃静得竟忘了喊好喝彩。

苏秦黯然道：“渔人酸楚，当真令人扼腕也。”信陵君笑道：“倒是没想到，孟尝君有如此情怀。”孟尝君连连摇手道：“惭愧惭愧，我是跟一个门客学唱的，他把我唱得流泪了。”平原君揉揉眼睛道：“好了好了，一篇翻过，该春申君了。”

“噢呀，我是公鸭嗓，可没孟尝君铁板大汉势头了。”春申君神秘地眨眨眼睛笑道，“我看呀，我用南楚土语唱一支。谁能听懂我唱的词儿，我就送他一样礼物。若举座听不懂，每人浮一大白。如何？”

苏秦一指周围的歌女琴师与侍女：“那可得连她们也算进来。”

“噢呀，也行了，我看看她们。”春申君打量了一圈笑道，“她们也不行，我准赢。”

平原君道：“你就唱吧，我正等浮一大白。”

春申君对女琴师笑道：“埙，吹《陈风》了。”女琴师点点头，拿起一只黑幽幽的埙吹了起来。埙音空灵缥缈，《陈风》委婉深沉，倒是正相得宜。春申君咳嗽一声，也用象牙箸击打着节拍唱了起来。只见他面含微笑，一副情意绵绵的陶醉模样，口中却是咿呀啁啾呜呜哝哝仿佛舌头大了一般，忽而高亢沙哑，忽而婉转低沉，一时极为投入。

戛然打住，春申君笑道："噢呀完了，听懂了么？"

众人瞠目结舌，骤然哄堂大笑，连连指点着春申君，笑得说不出话来。

"噢呀呀，不行吧。"春申君得意地笑着，"这叫寸有所长，举爵了。"

突然间"叮——"的一声，编钟后一个女乐师走了出来道："小女听得懂。"

"好——"举座一片叫好，分外兴奋。春申君笑道："噢呀呀，你是楚人了？"女乐师道："非也，小女薛国人。""噢呀呀！"春申君大是惊讶，"薛国人如何能懂了？真的假的？"女乐师轻声道："小女虽不懂南楚土语，但却通晓音律。人心相通，只要用心去听，自能听得懂。"春申君沉默了片刻道："姑娘能否唱得一遍？"女乐师点点头，陶埙再度飘出，柔曼的歌声弥漫开来：

投我以木桃兮　抱之以琼瑶
非为生恩怨兮　欲共路迢迢
投我以青苗兮　抱之以春桃
非为生恩怨兮　欲结白头好

女乐师一身绿衣，一头白绸扎束的长发，亭亭玉立，人儿清纯得如同明澈的山泉，歌声深情得好像篝火密林的诉说。众人听得痴迷，都眼睁睁地看着春申君，等他说话。

春申君站了起来，对女乐师深深一躬道："噢呀，他乡遇知音了。姑娘如此慧心，黄歇永生不忘。"说罢从腰间甲带上解下一柄弯月般的小吴钩，双手捧上，"这柄短剑乃天下名器，赠与姑娘。若有朝一日入楚，此剑如同令箭，畅通无阻了。"美丽清纯的女乐师接过吴钩，轻声念道："投我以青苗兮，报之以春桃。小女也有一物，赠与公子。"说着从贴胸的绿裙衬袋中摸出一个红绸小包打开，露出一只绿幽幽圆润润的玉埙：“这只玉埙，乃小女家传，赠与公子，以为念物。”春申君接过玉埙捧在掌心，又是一躬，女乐师也是虔诚地一躬。不意二人的头却碰在了一起，女乐师满脸通红，众人不禁哈哈大笑。

平原君学着春申君口吻笑道：“噢呀，变成孔夫子啦，如此多礼啦？”

信陵君举爵道：“春申君野歌唱得好，有果！来，共浮一大白。”

“噢呀呀，我输了，浮三大白。”春申君与众人饮尽，又连忙再饮两爵，呛得面色涨红，连连打嗝。

孟尝君豪气大发，拍案高声：“酒到八成，来一局六博彩！”

“好！六博彩！”帐中一片呼应。

苏秦笑道：“信陵君是六博高手，你等还不是输？”

孟尝君高声道：“谁说我今日要输？来！我与信陵君对博，诸位人人押彩，如何？”

“好——”乐师侍女们也跟着喊起好来，显然是分外兴奋。

“六博”，是流行当时的博弈游戏，坊间市井流行，宫廷贵胄更是喜欢。这种游戏的特异之处，正在于无分男女贵贱，在场有份，呼喝嬉闹，毫无礼仪讲究。齐国的滑稽名士淳于髡，曾对齐威王如此这般地描绘六博游戏：“州闾之会，男女杂坐，行酒稽留，六博投壶，相引为曹，握手无罚，目眙不禁，前有堕珥，后有遗簪……日暮酒阑，合尊促坐，男女同席，履舄交错，杯盘狼藉。”当真是一幅生动鲜活的男女行乐图。如此可以放纵行乐的游戏，如何不令这群年轻男女们怦然心动？

平原君高喊：“摆上曲道！”

两个侍女欢天喜地地抬来了一张精致的红木大盘，摆在正中一张长案上。这便是六博棋盘，叫做“曲道”。盘上横竖各有十二线交织成方格，中间一行不划格，叫做“水道”。水道中暂时只有两条精致的鱼形铜片，这是“筹”，由胜方得之兑钱。一旦开始，各种大小铜片便会都投在“水道”中。

曲道摆好，人人离席聚到了曲道大案两边。孟尝君与信陵君是博主，隔案对坐。苏秦与春申君打横对坐，平原君挤在孟尝君与春申君之间。

其余十余名艳丽妖娆的侍女乐手挤挨在各个缝隙里，或趴在哪个男人的背上，或坐在哪个男人的腿上，一时莺声燕语，大是热闹。只有那个绿裙女乐师静静地微笑着，趴在春申君背上抱着他的脖颈，却不往人堆里挤。

信陵君笑道："武安君做赌正，如何？"

"好——"一声呼喝，一片笑声，算是当局者全体赞同，相信了苏秦的公道。

"好了，我便做了。"苏秦故意板着脸道，"先立规：赖赌金者，重罚！"

"好——"女子们喊得最响，得遇四大公子这样的豪阔赌主，她们的彩头往往是难以预料的，再加上六国丞相做赌正，赖赌重罚，谁不欢呼雀跃？

孟尝君大笑："大丈夫岂有一个'赖'字？请掷彩。"

六博行棋，先得掷彩。所谓掷彩，便是用两粒玉骰子决定行棋先后。骰子六面：两面白两面黑，一面"五"（五个黑点），一面"塞"（画一块石头）。两粒同掷，"五白"最贵（一白一五）。但有"五白"，众人齐声大喝"彩——"，这便是喝彩。其余的五黑、全黑、全塞、五塞，都不喝彩。掷出彩来，除了掷彩者先行棋，对方还要先行付给在场所有当局者一定的彩头。这便是"五白"一出，齐声喝彩的原因。

苏秦将两粒亮晶晶的玉骰子当啷撒进铜盘："谁先掷？"

"我半个地主，孟尝君先掷了。"信陵君笑着谦让。

"好！我先来。"孟尝君拿起两粒骰子在大手掌中一阵旋转，猛然抛向空中，待"叮当"落盘，大手顺势捂下，掌下犹有当啷脆响。孟尝君手掌移开，五白赫然在目。

"彩——"诸般男女一齐忘形大叫。

信陵君微微一笑，拣起两粒骰子，手腕一抖摔入大铜盘中。但见两粒骰子在铜盘中光闪闪蹦跳如同打斗一般。"哎哟哟！骰子活啦！"女子们惊叫起来。此时信陵君单掌猛然捂下，盘中一阵叮当不绝，待手掌拿开，又是一个五白。

"彩啊——彩——"一阵尖叫笑闹哄然爆发。

苏秦哈哈大笑道："两白相逢也，都付彩头！记下了。"

“人各十金！”孟尝君高兴得赢了一局一般。

“跟上。”信陵君呵呵笑着。

苏秦高声道：“六博将开，先行押彩——”

平原君抢先道：“我押信陵君，百金。”向水道中打下一个刻有“百金”二字的铜鱼片。

“噢呀，孟尝君我押啦，百金！”春申君也打下一个铜鱼片。

苏秦对四周女子们笑道：“赌正抽成。你等押了。”

女子们笑着叫着押了起来，十金二十金的小铜鱼片纷纷落入水道。春申君大笑：“噢呀呀，小小啦！对他们两个要狠点啦。”趴在春申君背上的女乐师尚未押彩，突然笑叫起来：“我跟春申君，押孟尝君，五百金啦！”一条肥大的铜鱼片“当啷”一声打入水道。

“呀！这个应声虫，好狠也！”孟尝君惊讶地叫了起来。

“轰哗——”一声，男女们大笑着前仰后合地叠在了一起。

苏秦拍掌喊道：“肃静，开始行棋，布阵——”

六博共有十二枚棋子，黑白各六，实际上是一种远古军棋。按照古老的军制，六子分别是枭（帅）、卢（军旗）、车、骑、伍、卒，后四者统称为“散”；枭可单杀对方五子，对方五子联进包围，则杀枭；但在行棋之时，棋子有字一面一律朝下，无字一面朝上；两子相遇，赌正翻开棋面定生杀，枭被杀为最终失败。由于双方都在黑暗中摸索，只能凭已经翻开的棋子判断形势，所以即便有事先布阵，也仍有诸多难以预料的戏剧性结局。正是这种难以预料的戏剧性，才使六博棋具有赌的特殊魅力。

孟尝君执白，信陵君执黑，两人各自在案下一个小铜盘里摆好阵形。小铜盘端上，身边偎依的侍女原封不动地将棋子移上大盘。孟尝君高喊一声：“枭来也！”兴冲冲将一枚圆圆的玉石白子推过水道。信陵君哈哈大笑：“五散来迎！”手掌一伸，推出了摆成弧形的五颗玉石黑子。六博行棋原是可以任意呼喊，但输赢却要在翻开字面后决定，所以也便有了兵不厌诈的乱喊名目。苏秦酒量小，又不饮烈酒，最为清醒，左右一打量，不动声色地先翻开了五颗黑子。

“啊！果真五散！”男女们惊诧笑叫。

苏秦又翻开了那颗孤身过水的白子。

“啊哟！果真是枭！”又一阵更响的惊叫笑闹。

“联兵杀枭了——赢了——彩——”押信陵君的男女们顿时抱在一起叫了起来。

苏秦笑道：“联兵杀枭？好！孟尝君立马兑彩！”

“好口彩，联兵杀枭！输得快活！兑彩——”孟尝君哈哈大笑。

一片笑闹中，绿裙女乐师惊讶地叫了起来：“噫呀！日光半山了——”

众人抬头，亮煌煌的阳光已经撒满了军帐，帐中顿时显得酒气熏天，乱作一片狼藉。说也是怪，正在笑闹的男女们一见明亮的日光，顿时横七竖八地倒在了猩红地毡上，一片呼噜声大起。苏秦心中有事，霍然起身，想将春申君与信陵君叫到一边说话，扫了一眼，不见春申君，仔细搜寻，却发现春申君正埋在一片绿裙下鼾声大作。信陵君虽未倒地，却也趴在长案上结结实实睡着了。豪侠的孟尝君与年轻的平原君，则都裹在色彩斑斓的裙裾中喃喃地说着梦话了……

苏秦走出了帐外，秋风吹来，一阵萧瑟寒凉的气息渗进燥热的心田，顿时清醒了许多。想想帐中情景，苏秦对幕府司马叮嘱了几句，便飞身上马，向楚国军营去了。大战在即，他实在放心不下子兰。秦国的司马错，子兰究竟知道多少？更有他的师弟张仪与司马错合力，六国大军胜算究竟有得几多？蓦然之间，苏秦感到了一种巨大的隐忧。